Teresa Gerstein
0151-20253509

Judit Kováts
Heimatlos

Judit Kováts

Heimatlos

Die Geschichte einer Aussiedlung

Aus dem Ungarischen
von Eva Zador

NISCHEN
VERLAG

Für Dénes

„Die Vergangenheit entzog sich unserer Gewalt,
aber der Zukunft sind wir Herr.“

István Széchenyi: Kreditwesen
(Aus dem Ungarischen von Michael v. Paziazi)

I. Buch

1.

Der Partisanenaufstand kam aus dem Nichts. Er breitete sich aus wie ein Flurbrand, sprengte Brücken, Tunnel und Eisenbahnstrecken; Neusohl ist das Hauptquartier der Partisanen, von Tyrnau bis Liptau beherrschen sie die ganze Nordslowakei. Auch Lomnitz haben sie bereits eingenommen und schon starten sie den Angriff auf Deutschendorf. Wenn Deutschendorf fällt, dann fällt auch Käsmark, die Kaserne ist leer, die slowakische Armee wurde abgezogen.

Glaserhau, Priwitz, Deutschproben, Rosenberg: In allen deutschen Dörfern werden Unmengen von Zivilisten getötet. Waldwinkel ist noch nicht einmal so sicher wie Käsmark, Kinga ist mit ihrer Mutter zu den Verwandten nach Ungarn gefahren. Unabsehbar, wann sie zurückkommen. Jarinka und ihre Familie bleiben, sie aber sind Slowaken und haben nichts zu befürchten.

Auch Papa ist Mitglied der Delegation, die nach Pressburg fährt, um den Schutz Käsmarks und der Zipser Dörfer zu erwirken. *Der Gesandte aus dem Reich spinnt, wenn keine Hilfe kommt, sind wir verloren*, mehr sagt er nicht, als er zurückkehrt und Mama ihn fragt, was sie denn erreicht hätten. Deutsche Zivilpersonen gründen den Heimatschutz.

Ständig schreibt Papa Briefe und telefoniert, als wäre er der Nachrichtendienst in Person, zwischen Briefen und Anrufen verflucht er dann abwechselnd das Reich, den Staatssekretär Karmasin und Gerlindes Vater, schließlich

sei der doch der Bürgermeister. Das Reich und Karmasin sind mir egal, aber Gerlinde ist meine Freundin wie Kinga oder Jarinka, und selbst wenn sie es nicht wäre, ist es nicht eben schön, auf ihren Vater zu schimpfen, denn was kann der Bürgermeister von Käsmark schon gegen die Partisanen ausrichten, die sind doch mit allem ausgestattet. Tag und Nacht kommen die Flugzeuge und werfen ihnen irgendwo über der Magura Waffen hinunter, im Heimatschutz aber ist es so, als würden wir mit Schleudern auf Kanonen schießen – das hat auch Papa gesagt, als Mama versuchte, ihn zu beruhigen.
Großmutter betet für die Verwandten in Pressburg und Olmütz, für die ganze Familie und alle Zipser Deutschen, meine Schwester Polli weint, weil es keine Nachrichten von Gerd gibt. *Er ist bestimmt nicht gefallen, sonst wüssten wir das schon!* Damit beschwichtigt Papa sie, doch sein Augenlid zuckt, und das zeigt, dass er nervös ist. Auch Mama ist nervös, in ihrer Nervosität reibt sie sich die Hände und streitet sich mit Papa, und auch ich bin nervös, will nichts von den Partisanen oder der Ostfront wissen, nichts von alldem, was passiert ist, und auch nicht davon, was noch passieren wird. Der Himmel ist unwirklich blau, so wie beim Einweichen der Wäsche das Waschblau, ich will nur den Rest der Sommerferien genießen; ich setze mich ans Klavier, schlage aber ständig daneben, nervös kann man nicht Klavier spielen.

Die Deutschen sind einmarschiert. Von nun an steht die Slowakei unter dem Schutz des Deutschen Reiches, und uns, die deutschen Kinder aus der Slowakei, schützt nur mehr der Führer. Und zwar vor jedem, der uns etwas Böses will. Jetzt gerade vor den Partisanen. Wir werden nach Ernstbrunn in ein KLV-Lager evakuiert. In Österreich und im tschechischen Riesengebirge gebe es viele solcher Kinderlager, seit Jahren würden die Kinder aus den zerbombten deutschen Städten dorthin gebracht – erklärte Frau Eisler, als sie uns in der Klassenlehrerstunde darüber informierte und aufforderte, es in unser Hausaufgabenheft einzutragen.

Wegen der Partisanen und der gesprengten Brücken und Tunnel müssen wir zuerst nach Zakopane fahren, dort steigen wir in einen Sonderzug, der Heimatschutz und die Wehrmacht stellen bewaffnete Begleitung, uns kann auf der Reise also nichts passieren. Auch für den Reiseproviant ist gesorgt, in großen Kisten nehmen wir Unmengen von Lebensmitteln mit. Sicherheit, Unterricht nach Lehrplan, alle deutschen Schüler kommen mit, die slowakischen und ungarischen Schüler bleiben, höchstens ein Vierteljahr und wir kehren zurück, hier dagegen gibt es Überfälle durch Partisanen, Plünderungen, Morde und die nahende Ostfront: Eltern, die ihren Kindern wirklich Gutes wollen, können nichts gegen die Evakuierung einwenden.

Auch wenn sie Deutsche ist, sie ist schließlich ein Kind, ihr Platz ist in Gefahr an der Seite ihrer Mutter!, Mama versucht, mich trotzdem zu Hause zu behalten, aber Verordnung ist Verordnung, Pflicht ist Pflicht, Papa kauft mir im Laden von Herrn Mandel einen nagelneuen Rucksack, ohne ein einziges Wort legt er ihn auf den Esszimmertisch, dann geht er weiter seinen Angelegenheiten nach. So ist er eben. Man kann ihm nicht widersprechen, nicht mit ihm streiten, er denkt sich etwas aus und handelt augenblicklich. Ich weiß nicht, was ich will. Gerlinde, Trudi und Zilli kommen mit, Kinga und Jarinka nicht, auch Péter bleibt, doch für die Partisanen sind alle Deutschen Feinde, sogar die Kinder, und betrachtet man die Sache so, dann ist es jetzt wirklich gefährlich, eine Deutsche zu sein.

Glaserhau, Bahnstation, junge Burschen, gestandene Männer, alte Greise, ausnahmslos Deutsche, es sind sehr viele, sie werden in Viehwaggons gepfercht, der Zug fährt los, doch nach ein paar Kilometern bleibt er am Waldrand beim Bahnwärterhäuschen stehen, die Partisanen wählen zwölf kräftige junge Männer aus, drücken ihnen Spaten und Schaufel in die Hand, treiben sie zwischen die Bäume, der Zug fährt weiter, hält kurz darauf erneut an, jetzt müssen bereits alle aussteigen und zurück zum Wald gehen, der Graben ist nicht allzu tief, er reicht den zwölf kräftigen Männern gerade einmal bis zur Schulter, den anderen befiehlt man, sich neben sie zu stellen, die Maschinengewehre bellen auf, der Pfarrer wird nur verletzt, gräbt sich aus und rennt unter dem Schleier der Nacht durch den Wald und über die Wiese, bis er den Bach erreicht, dann weiter den Bach hinunter, das Wasser spült die Blutspuren weg.

Ich habe nicht auf Papas Schreibtisch herumgekramt, es wäre sicher besser gewesen, den Brief nicht zu lesen, doch er lag da offen herum, drängte sich fast auf, außerdem hatten wir den Herrn Pfarrer seit einer ganzen Weile nicht mehr gesehen und keine Nachricht von ihm. *Diese Gegend ist gefährlich, Glaserhau liegt genau in der Nähe des Brandherdes!* Papa machte sich Sorgen, Großmutter betete, Mama rieb sich wie üblich nervös die Hände, und ich brach – vielleicht wegen der Erinnerung an eine längst vergangene verliebte Schwärmerei – in Tränen aus.

Ich schlafe das letzte Mal in meinem Bett, weiß, dass ich am Morgen sehr früh aufstehen muss, doch wie ich mich auch plage, ich kann einfach nicht einschlafen. Wie die Apostel, sie sind zu zwölft, sie graben ihr eigenes

Grab, die Partisanen fleddern ihre Leichen: Dieser Film läuft in meinem Kopf ab, ich bin wach wie eine Eule. Als es mir endlich gelingt, einzudösen, schrecke ich aus einem furchtbaren Traum auf: Ich will rennen, doch meine Beine sind schwer wie Blei, ich trete ohnmächtig auf der Stelle, dann fällt mir ein, ich kann doch fliegen, habe aber keine Flügel, stehe auf einem Bahnhof, warte auf den Zug, aber statt des Zuges rast ein Wagen mit wilden Zauberpferden auf mich zu, *du bist ja klatschnass!,* Mama weckt mich und streicht mir die Haare aus der Stirn.

Papa hat eine wichtige Besprechung, Großmutter ist es eng ums Herz, von ihnen verabschiede ich mich zu Hause. Auf dem Rücken trage ich den neuen, moosgrünen Rucksack, darin Wechselkleidung, Zahnpasta, Handtuch, Seife, Mohnkipfel und Schinkenbrot, Mama und Polli begleiten mich, wir eilen die Gasse hinunter, das Kopfsteinpflaster ist rutschig, unter der Überführung schlägt mir der Geruch von Moos und feuchtem Gestein entgegen, hinter uns die Burg, vor uns das Rathaus. Polli schwärmt mit gekünstelter, fiepsiger Stimme von der Donau, von Wien und Salzburg, als erlebte sie ihre Flitterwochen mit Gerd gerade neu, Mama zählt mehrmals nacheinander auf, worauf ich alles achten soll, und legt mir ans Herz, wir träfen uns, falls wir uns aus den Augen verlieren sollten, bei Kriegsende alle in Olmütz.

Dort wohnt Mamas ältere Schwester, meine Tante Frida, mit ihrem Mann, Onkel Paul, dem Fabrikanten. Die Fabrik ist eigentlich eine kleine Drechslerei, aber die ganze Familie nennt Onkel Paul den Fabrikanten, weil das einerseits viel kürzer ist als Drechslereibesitzer und sich andererseits sehr vornehm anhört. Meine Tante und ihr

Mann haben keine Kinder, deshalb verbringen wir unsere Ferien jedes Jahr bei ihnen, nicht als ob man uns allzu sehr zwingen müsste, denn sie kennen das Wort „nein" einfach nicht, bei ihnen dürfen wir bis mittags im Bett liegen, nachts Romane lesen, bis zum Einbruch der Dunkelheit an der March bleiben, und wir bekommen sogar dreimal am Tag Geld für ein Eis.

Kapucínska ulica 8, ja, ich weiß, die sechste Straßenbahnhaltestelle nach dem Bahnhof, ja, ich weiß; ich bin Mamas Anweisungen leid, auch Pollis Reiseerlebnisse, es war überflüssig, mir die Adresse meiner Tante aufzuschreiben und in den Rucksack zu stecken, aber ich bin wohlerzogen und diszipliniert, ich laufe zwischen den beiden und nicke nur. Die Ladentüren sind weit geöffnet, die Turmuhr der Heilig-Kreuz-Kirche schlägt Viertel nach, Jani, der verrückte Bettler, kommt uns in einer ausgemusterten Eisenbahneruniform entgegen, in seinen Händen zwei Trommelschlegel, am Gürtel klappern leere Büchsen, lange Haare, blaue Augen, ein zerzauster Bart, er wirkt wie Jesus, erst recht, wenn er predigt, *Heimsuchungen beim Jüngsten Gericht, wacht auf, seid bereit, das Blut des Lammes, das Blut der Gnade, bleibst du draußen, musst du sterben, kommst du rein, dann wirst du leben:* lauter wirres Zeug, niemand schenkt ihm Beachtung, aber es tut ihm auch keiner etwas zuleide, er gehört einfach zum Leben der Stadt, so wie die Feuerwehr. Jetzt predigt er nicht, als er mich erblickt, schlägt er mit den Trommelschlegeln gerade auf dem nächstbesten Mülleimer den Takt, er lächelt mich an, ich lächele zurück, das ist mein Schulweg, scheinbar ist alles genauso wie sonst, aber es ist doch nicht genauso, am Nachmittag wird mir Großmutter keine Blaubeermarmelade und kein weiches Brot hinstellen, und auch Fifi, unser Hund, wird vergeblich am Tor warten, ich komme nicht nach Hause.

Auf dem Platz lauter bekannte Gesichter. Mit Ausnahme von Stefan, der mit einer Blinddarmentzündung im Krankenhaus liegt, sind alle deutschen Schüler aus der Klasse da, auch Direktor Altmann, Frau Eisler, die sudetendeutschen Lehrer mit Herrn Brenner an ihrer Spitze, dem eisernen Verfechter von Pflicht und Ordnung, und Frau Hensel mit ihrer jüngeren Schwester als Köchin und Küchenhilfe. Wir mögen etwa zweihundert sein, außer uns aus Käsmark sind auch alle deutschen Kinder aus den umliegenden Dörfern da, mit ihren eigenen Lehrern wie wir.

Mama unterhält sich mit den anderen Eltern, sie lächelt in einem fort, dabei lächelt sie sonst nur selten und vor allem nicht so gekünstelt und mit so glasigen Augen wie jetzt; ja, es sei großartig, dass der Heimatschutz uns begleite, und ab Zakopane dann die Wehrmacht, und natürlich, auch der Heimatschutz sei ganz großartig, aber die Wehrmacht sei schließlich die Wehrmacht, es gebe tatsächlich keinen Grund zur Sorge, aber es wäre nun mal nichts wichtiger als die Sicherheit der Kinder, sie redet und nickt, aber ich sehe ihr an, dass sie mit den Gedanken ganz woanders ist und sich nur beherrscht, wie es sich für eine Mutter gehört.

Herr Brenner gibt den Jungen Anweisungen, Frau Eisler den Mädchen, er ist nervös, weil keine Disziplin herrscht, nur Krach und Stimmengewirr, und wir verstreut, durcheinander dastehen, sie ist nicht nervös, als es Zeit ist, bläst sie in die Pfeife und ruft: 7A. Wir steigen Klasse für Klasse in alphabetischer Reihenfolge in den Bus, zuerst die Kleinen, dann wir aus den oberen Klassen, ich sitze neben

Trudi, vor mir Gerlinde und Zilli, hinten die Jungs, würde uns nicht der Heimatschutz begleiten und fehlten uns die slowakischen und ungarischen Mitschüler nicht, könnte es sogar ein ganz normaler Schulausflug sein.

Als der Bus losfährt, drücke ich die Stirn an die Scheibe und lasse meinen Blick von rechts nach links über die Straße wandern, denn auch wenn es unmöglich ist, ich hoffe doch, Kinga oder Jarinka zu sehen, vielleicht alle beide. Vor dem Einsteigen habe ich mich ein wenig von der Holzkirche entfernt, aber Herr Brenner hat mir gleich hinterhergerufen: *Hartmann, wohin gehen Sie?,* und auf mein Gestotter hin erwiderte Mama kopfschüttelnd, *sie kommen nicht, sie sind keine Deutschen,* ich aber blickte nur verständnislos vor mich hin, ich hatte bis dahin nie daran gedacht, dass Kinga Ungarin, Jarinka Slowakin und ich eine Deutsche war, auch wenn Jarinka bei der Schulabschlussfeier auf Slowakisch gesungen, Kinga im Magyar Ház ungarische Gedichte vorgetragen und ich im Deutschen Haus die *Träumerei* auf dem Klavier gespielt hatte.

Als wir Käsmark verlassen, taucht die Tatra zwischen den Wolken auf und zeigt sich in ihrer vollen Pracht. Das Krummhorn, die Warze, der Kastenberg, der Karfunkelturm, die Gerlsdorfer, die Schlagendorfer und die Lomnitzer Spitze; als würde das Gemälde zu Hause dem Klavier gegenüber lebendig. Beim Klavierspielen schaue ich es immer an. Mein Blick streift zum Lauf der Töne vom Gipfel ins Tal und vom Tal auf den Gipfel, hinunter und hinauf, hinauf und hinunter, von rechts nach links und von links nach rechts, Farben und Klänge verschmelzen miteinander, bestimmt spiele ich falsch, könnte sie mich hören, würde Fräulein Luise in einem fort klopfen und immer lauter rufen, Rhythmus und Fingersatz, aber sie hört mich nicht, und wenn ich danebenschlage, ist es egal, denn eigentlich spiele ich doch gar nicht, sondern denke nach, und das kann ich eben am besten beim Klavierspielen. Im ersten Schritt trifft es also die Kinder, aber wenn es einen ersten Schritt gibt, gibt es dann auch einen zweiten? Und wer weiß schon, ob aus dem Vierteljahr nicht mehr wird.

Die Fahrt dauert sehr viel länger als gewohnt, weil wir wegen der Partisanen einen großen Umweg am Fuß der Tatra machen müssen. Nach Uhrngarten ist die Gefahr jedoch vorbei. Blockhäuser, goralische Hirten, himmelhohe Tannenwälder, die Luft ist frisch, man möchte am liebsten hineinbeißen, dann kommt eine fast rechtwinklige, große Linkskurve, üppig grüner Rasen, die Geranien blühen noch in den Fenstern, nach den Holzhäusern Villen und Pensionen, danach die großen Hotels, die Alte Kirche, der Czarny potok, auf der Krupówki stehen die Händler, der Gubałówka raucht ebenso gleichmütig wie im Winter, als wir zum Skifahren hier waren, es gibt keine Partisanen, und die Ostfront ist weit weg, wären wir nicht eben hier, dann wäre alles genauso wie sonst, aber wir sind hier, und wir sind sehr viele, selbst für ein Skiparadies und einen Erholungsort wie Zakopane ist es nicht leicht, so viele Kinder und Begleiter unterzubringen.

Wir werden in einer großen Villa einquartiert, schlafen auf dem Boden, auf Strohsäcken, am nächsten Tag Mittagessen in einem Hotel, flauschige Teppiche, Kristalllüster, auf der Terrasse riesige Palmen, Oleander. In einem so eleganten Hotel war noch keiner von uns, eingeschüchtert sitzen wir an dem mit weißer Tischdecke und glänzendem Porzellan gedeckten Tisch und rühren in unseren Haferflocken. Ratlos blinzeln wir einander an, tun so, als wäre der Brei heiß, bis Trudi ihn in einem unbemerkten Augenblick hinter sich zur Palme kippt. Gerlinde tut es ihr gleich, dann am Nachbartisch Wendi, Gabriel und Otto, wir sind verlegen, denn es ist eine Sünde, Essen wegzuwerfen, doch niemand sieht es, und Wendi, der furchtbar klug ist, flüstert, dass wir eigentlich nichts Schlimmes tun, denn Haferflocken seien ein organischer Stoff und bauten sich ab, daher würden wir die Palmen und den Oleander jetzt düngen – unser Bündnis mit den drei Jungen, hier beginnt es.

Am nächsten Tag teilen Schwestern vom Roten Kreuz das Frühstück und Butterbrote mit Käse für die Reise aus, wir brechen satt zum Bahnhof auf, die Wehrmacht ist tatsächlich da, wir sind uns unserer Bedeutung bewusst und strecken stolz die Brust raus.

Wir fahren den ganzen Tag und die ganze Nacht, nachts wegen der Flugzeuge verdunkelt. Die Lokomotive hat gedämpfte Scheinwerfer, in den Waggons sind die Glühbirnen blau angemalt, ein bleistiftdicker Lichtstrahl beleuchtet durch den unbemalten unteren Teil den Boden. Die Sturmleuchte, mit der die Wächter der Wehrmacht und des Heimatschutzes in regelmäßigen Abständen auftauchen, schaukelt in Wadenhöhe, es ist, als wären wir im Jenseits.

Wir versuchen zu schlafen, doch die Holzbänke sind furchtbar unbequem. Wir stehen auf, räkeln uns, setzen uns wieder, lehnen uns aneinander, Gerlinde und Trudi klettern auf die Gepäckablage, jeweils zu zweit teilen wir uns einen Sitz, unsere Rucksäcke werden zu Kissen, unsere Beine hängen hinunter und schlafen ein, wir können einfach nicht still sitzen. *Schläfst du?*, fragt Zilli schon das wievielte Mal, *ja,* flüstere ich, weil ich keine Lust habe, mich zu unterhalten. Ich schließe die Augen, drücke sie fest zu, so fest, dass auf einmal Kreise vor ihnen tanzen, lieber öffne ich sie wieder, starre auf den blauen Lichtstreifen am Boden, versuche, mir die Polonaise in Erinnerung zu rufen, die Fräulein Luise das letzte Mal mit mir durchgenommen hat, schlafe beinahe ein, doch es krabbeln mir Tausende von Ameisen über die Beine, ich ziehe meine Knie hoch, ganz hoch bis zum Kinn, so ist es viel besser, aber dann dreht sich Zilli neben mir um, wenn ich nicht von der Bank rutschen will, muss ich meine Beine wieder ausstrecken. Über meinem Kopf in der Gepäckablage schnauft Trudi, Herr Brenner muss bei seiner Runde irgendwo in der Nähe angekommen sein, denn ich höre genau, wie er in zackigem Ton erklärt, dass der deutsche Schüler stark und mutig ist und unter allen Umständen seinen Mann steht.

Reichsdeutsch, volksdeutsch, merkt ihr denn nicht, dass ihr Deutsche zweiter Klasse seid?, grummelt mein Onkel aus Pressburg gleichsam als Antwort. *Du hast leicht reden, Pressburg ist eine Großstadt, Käsmark ist klein, Ungarische Partei, Deutsche Partei: Irgendwo muss man sich ja zuordnen, wenn du außen vor bleibst, stärkst du die Slowaken!* Papa mag meinen Onkel nicht, ständig streiten sie, aber es ist, als spielte jeder von ihnen seine eigene Platte ab – der eine die Platte der Anpassung, der andere die des Widerstands –, immer sagen sie dasselbe.

Meine Arme und Beine erschlaffen, endlich ist das Kribbeln vorbei, Frau Eisler bläst in ihre Pfeife, damit wir uns in Zweierreihen aufstellen, durch den schrillen Ton springen mir die Augen auf, doch außer Trudi, die irgendwie aus der Gepäckablage nach unten geraten ist, an die Tür gelehnt auf dem Boden sitzt und sagt, *entschuldige, ich bin dir fast ins Genick gefallen,* schlafen noch alle, von Papa, meinem Onkel, Frau Eisler und Herr Brenner habe ich nur geträumt. Trudi und ich machen unsere Rucksäcke auf und essen, was von unseren Mohnkipfeln, die wir von zu Hause mitgebracht haben, und dem Butterbrot-Paket vom Roten Kreuz aus Zakopane übrig geblieben ist. Wir wollen uns zwar etwas für später aufheben, naschen aber so lange davon, bis wir den letzten Krümel verputzt haben. Ein bisschen plagt uns das schlechte Gewissen, weil wir so gierig gewesen sind, doch vollgefuttert gelingt es uns endlich, einzuschlafen, und wir wachen erst wieder auf, als der Zug mit quietschenden Rädern hält.

Wien, Westbahnhof, Nebel, Schwestern vom Roten Kreuz, Jungen in der Uniform der Hitlerjugend, Mädchen – ihre Uniform ist dieselbe wie unsere, nur die Abzeichen sind andere. Herr Brenner ist jetzt kein Teil meines Traumes mehr, er steht in seiner vollen Wirklichkeit auf dem Bahnsteig und kommandiert uns zum Abmarsch. Wir marschieren in einer langen Kolonne, durchlöcherte Fassaden, zerbombte oder halb eingestürzte Häuser, wir starren auf Wohnungen ohne Fußboden und Decke, auf die Tapetenmuster und schief hängenden Familienfotos an den heil gebliebenen Wänden, ich fühle mich schlecht, denn es ist, als gehörte es sich nicht, mich verstohlen umzusehen, aber ich kann nicht widerstehen, drehe meinen Hals nach links und rechts, der Wind wirbelt Ziegelstaub und Flugasche auf, es schnürt mir die Kehle zu, Wien ist furchterregend.

Wir werden in einem großen Schulkomplex untergebracht, in dem einen Flügel die Jungen, in dem anderen die Mädchen, wie die Heringe, so liegen wir in einer Reihe nebeneinander im Turnsaal, es ist, als heulten in der Ferne Sirenen, doch es liegt sich viel besser auf dem

Strohsack als im Zug auf den Bänken, kaum lege ich den Kopf hin, überkommt mich ein tiefer, traumloser Schlaf. Am Morgen werde ich von Trudi geweckt, sie schüttelt mich mit beiden Händen, einen Augenblick lang verstehe ich gar nicht, wo ich bin und was Trudi von mir will, aber wieder kommen die Schwestern vom Roten Kreuz und wie in Zakopane verteilen sie Butterbrote und Tee. Ich habe das Gefühl, ich könnte ein ganzes Pferd verspeisen, doch Nachschlag gibt es nicht, wir müssen zurück zum Bahnhof, unser endgültiges Reiseziel, Ernstbrunn, ist von hier nur noch einen Katzensprung entfernt, zumindest im Vergleich zu dem langen Weg, den wir schon zurückgelegt haben.

2.

Wir sind sehr viele. Die Kleinen kommen zu Familien, wir Größeren werden in Hotels und Pensionen untergebracht. Die Schüler aus dem Käsmarker Gymnasium im Roten Hahn, der fast genauso aussieht wie das Grand Hotel in Tatralomnitz, nur kleiner. KLV-Lager, Hotel Roter Hahn, Ernstbrunn: Von nun an ist das unsere Adresse.

Unser Lagerführer, Herr Klement, ist ein hochgewachsener, junger Lehrer aus dem Pressburger Realgymnasium, er hat braunes Haar und ein Lächeln in den Augen, unsere Mädelführerin ist eine junge Frau namens Ria Holtz, ebenfalls aus Pressburg. Zurückgekämmtes Haar, zusammengepresste Lippen, kaltblaue, wässrige Augen: Ria Holtz ist von unbestimmbarem Alter, und wenn wir nicht wüssten, dass sie ein Fräulein ist, würden wir sie für vierzig halten.

Trudi weint in der ersten Nacht. Sie drückt ihr Gesicht in das Kissen, aber ich höre ihr Schluchzen auch so. Regeln über Regeln, jede Minute ist exakt eingeteilt wie in einer Kaserne! Halb sieben: Wecken, Appell, Zähneputzen, Waschen, Bettenmachen, Morgenappell auf dem Hof, Melden, Fahnenhissen, es hallt das Lied, Abteilung kehrt, Butterbrot und Milchsuppe zum Frühstück, viel und lecker, aber wir dürfen nicht sofort essen: Wir müssen uns lautlos gleichzeitig setzen, die Stuhlbeine darf man nicht hören, sie dürfen nicht knarren, wenn es aber dann doch passiert, geht alles wieder von vorne los. Vormittags Unterricht, nachmittags Leibeserziehung, einmal die Woche Putz- und Flickstunde: Wir stopfen die löchrigen Strümpfe, nähen unsere zerrissenen Kleider und putzen unsere Schnürstiefel, jede nur ihre eigenen, wir dürfen uns nicht helfen. Montags und donnerstags schreiben wir Briefe nach Hause, aber wir können nicht alles berichten, denn es ist Pflicht, sie vorzuzeigen, und wenn wir uns beklagen, haben wir sie neu zu schreiben. Am Ende müssen wir uns mit *Heil Hitler* verabschieden. Aber das ist alles ganz egal, Hauptsache, es kommt eine Antwort von zu Hause, und das, was Mama schreibt, zensiert keiner. Und Mama versichert, dass sie mich, egal, wohin ich auch gerate, finden wird, und zur Sicherheit oder viel eher zu ihrer eigenen Beruhigung schreibt sie die Adresse meiner Tante Frida unter den Brief und legt mir noch einmal ans Herz, dass sich die ganze Familie, falls ich vielleicht doch verloren ginge, nach Kriegsende bei ihr treffen würde.

Ernstbrunn und Umgebung ist berühmt für seine Weine, an den Hängen reihen sich die Reben in soldatischer Ordnung. Der größte Eigentümer ist irgendein Fürst, der das Kinderlager unterstützt, im Tausch dafür werden wir zur Weinlese abkommandiert. Die Sonne strahlt, kein Unterricht, die Trauben sind süß; die Weinlese macht Spaß, zumindest scheint es anfangs so. Wir ziehen unsere Körbe von Rebe zu Rebe, und wenn sie voll sind, tragen wir sie an den Anfang der Reihe, zum Tretbottich zurück, wo ein russischer Kriegsgefangener arbeitet. Blonde Haare, blaue Augen, rote Wangen, wüsste ich nicht, dass er Russe ist, würde ich ihn für einen einheimischen Arbeiter halten. Wenn er ein Kind erblickt, lächelt er, je kleiner es ist, desto freundlicher sein Lächeln. Es ist verboten, mit ihm zu reden, denn er gilt als Feind, doch er lächelt unverdrossen und ist so freundlich, dass es unmöglich ist, in ihm den Feind zu sehen. Da wir Slowakisch können, verstehen wir, wenn er russisch spricht, und das macht ihn glücklich. Er stamme aus Moskau, sei Buchhalter, heimlich zeigt er uns ein Foto: Eine junge Frau mit kornblumenblauen Augen und geflochtenen Zöpfen umarmt ein kleines Mädchen, das ihm bis aufs Haar gleicht. Die Slowaken seien Brüder, sagt der Russe, es kümmert ihn nicht, dass wir Deutsche sind, wir könnten schließlich Slowakisch und die Deutschen aus Käsmark seien auch Brüder, weil sie slowakisch sprechen.

Die Weinlese ist eine schwere Arbeit, alle Knochen tun uns weh und vor den Trauben ekelt es uns schon, trotzdem bedauern wir, nicht mehr hingehen zu müssen. Laufen, hinlegen, robben, hoch, runter, Marsch, Marsch: Das Lagerleben geht seinen gewohnten Trott weiter, Herr Brenner exerziert die Jungen. Sprecht hochdeutsch, sitzt still, Silentium: Uns, die Mädchen, dressiert Ria Holtz. Allerdings ist das Silentium nie still genug, beim Hinsetzen knarrt immer ein Stuhlbein, und wir sprechen unbeirrt zipserdeutsch; Liegestütze, mit einem Holzscheit in der ausgestreckten Hand stillstehen, Ria Holtz ist erbarmungslos, sie erlässt uns grundsätzlich nichts von der Strafe.

Wenn es diese beiden nicht gäbe, wäre eigentlich alles in bester Ordnung. Nachschlag gibt es nicht, doch was wir bekommen, schmeckt gut, die Knödel mit Blaubeeren sind geradezu ein Gedicht, einmal die Woche Kino, jeden Sonntag machen wir einen Ausflug, wir fühlen uns beinahe, als wären wir auf einer ausgedehnten Ferienreise. Doch Herr Brenner und Ria Holtz sitzen uns im Nacken, sie hassen wir noch mehr als ihn, da sie nicht einmal unsere Lehrerin ist, sondern nur eine dahergelaufene Fremde aus Pressburg. Insgeheim beten wir, dass uns der Herrgott von ihr befreien möge, aber wir verfluchen sie auch – der Himmel soll über ihr einstürzen, der Erdboden soll sie verschlingen, das Wasser soll sie fort treiben –, und wir verfluchen sie so inständig, dass wir schließlich erhört werden, obwohl Gerlinde meint, es habe eher das Gebet geholfen, doch ob Gebet oder Fluch, das ist einerlei, wir tanzen vor Freude, als sie plötzlich, ohne sich zu verabschieden, abreist. Frau Eisler sagt, sie sei zurück nach Pressburg gefahren, um ihre Mutter zu beerdigen, und wahrscheinlich würden wir sie nicht mehr wiedersehen. Als sie das sagt, glänzen ihre Augen vor Tränen, wir hingegen empfinden keinen Funken Mitleid für Ria Holtz, vielmehr befürchten wir, sie könnte nach der Beerdigung doch zurückkommen, wir beten also jetzt, damit das nicht passiert.

Die Aufgaben der Mädelführerin übernimmt Frau Eisler, die nicht minder streng ist, bei der Stubenkontrolle wirft sie öfter einmal den ganzen Inhalt des Schrankes mitten ins Zimmer, dennoch ist unser Leben mit dem Verschwinden des Fräuleins entschieden leichter. Das Theater mit dem lautlosen Hinsetzen hat ein Ende, wir müssen uns nicht anhören, wie sich ein Führerkind zu benehmen hat, und jetzt nennt uns auch niemand mehr so. Es ist allein Herr Brenner, der unsere Erziehung im Geiste des Reiches für gefährdet hält und meint, wir seien immer noch nicht deutsch genug. *Frau Kollegin, Sie lassen die Zügel zu sehr schleifen! Körperliche Ertüchtigung, keine Träumereien, kein Heimweh, sie dürfen keine freie Minute haben, um an zu Hause zu denken!*, sagt er zu Frau Eisler mit unterdrückter Gereiztheit. *Wir sind hier nicht in der Kaserne! Das sind schließlich Kinder! Es gibt keinerlei Probleme mit ihnen, sie machen ihre Aufga-*

ben, was wollen Sie denn noch? Ich höre nicht jedes Wort, als ich sie beim Gang auf die Toilette zufällig auf dem Treppenabsatz belausche, doch Frau Eisler antwortet etwas in der Art, und sie sagt es nicht weniger soldatisch als der Herr Lehrer. Erleichtert durch die Erkenntnis, dass sie auf unserer Seite steht, kann ich nicht anders und muss auf dem Klo vor Freude einfach singen.

Es ist schon kein Herbst mehr, aber auch noch kein Winter, ein nebeliger, nasskalter November, es gibt keinen Monat, der abscheulicher wäre. Unsere Versorgung wird schlechter, die Blaubeer-Knödel gehören der Vergangenheit an, immer nur Erbsen und Bohnen! Der Nachschub von zu Hause kommt gerade rechtzeitig. Das Problem ist allerdings, dass man die Pakete nur in Wien am Westbahnhof entgegennehmen kann, doch Wien wird ständig bombardiert, und es ist unmöglich, einen Fahrer zu finden. Herr Klement treibt dennoch jemanden auf, er bezahlt ihn mit Zigaretten und Schnaps, das ist jetzt mehr wert als Geld.

Frau Eisler geht den ganzen Tag nervös auf und ab, schaut jede Minute auf die Uhr. Auch wir sind furchtbar aufgeregt, denn seit wir die Benachrichtigung von den Paketen bekommen haben, träumen wir ständig von Schinken, Würsten und Marmelade, wir kochen und essen: in der Vorstellung. Piroggen mit Brimsen, Kaiserschmarrn, Knödel, Zipser Würstchen, die leckeren, wie man sie im Lyzeum beim Schulwart kaufen konnte. Er verkaufte sie mit kleinen Brötchen, und die waren immer so frisch, dass ihre Kruste Risse wie Spinnweben bekam, sie waren wunderbar knusprig und die Würstchen knackten, der rote Saft tropfte aus ihnen heraus; *haltet den Mund!,* schnauze ich die Mädchen an, weil ich nie Geld hatte und meinen Heißhunger auf diese Würstchen schon zu Hause kaum aushalten konnte.

Es dämmert bereits, als Herr Klements hochgewachsene Gestalt endlich auftaucht. Wir rufen nach Frau Eisler, ihre Augen strahlen, ihre Stimme bricht, als sie *Gott sei Dank* vor sich hin stammelt. Auch wir freuen uns über Herrn Klement, natürlich freuen wir uns, aber wir sind auch unendlich enttäuscht, da er mit leeren Händen zurückgekehrt ist. Er habe bei der Paketausgabe in der Schlange gestanden, als die Sirenen aufheulten, doch kaum hatten sie aufgeheult, waren die Flugzeuge auch schon da und bombardierten den Bahnhof. Mit dem Fahrer, der Wien wie seine Westentasche kannte, raste er an den Trümmern vorbei durch die zerbombten Straßen und Gassen, und auf wundersame Weise gelang es ihnen, unfallfrei und auf allen vier Rädern aus der Stadt zu kommen. *Ein Schutzengel hat auf uns aufgepasst,* mit diesen Worten beendet der Lehrer seinen Bericht und schaut Frau Eisler bedeutungsvoll an, die bis über beide Ohren rot wird.

Herr Klement ist ein Held, unerschütterlich macht er sich am nächsten Tag erneut auf den Weg. Nur statt zum Westbahnhof irgendwohin an den Stadtrand, in das große Lebensmittellager der Wehrmacht. Zusammen mit dem Fahrer vom Vortag, der genau weiß, wo sich dieses Lager befindet, und die erneute Fuhre zu einem günstigen Preis berechnet. Bei der zweiten Fahrt haben sie mehr Glück, zumindest was den Fliegeralarm angeht, jedoch rührt den deutschen Lagerarbeiter unser notleidendes Kinderlager in keiner Weise: Er fertigt uns mit zwei Säcken Reis ab. Wobei Reis ein perfektes Werk des Schöpfers sei, was nichts besser belege, als dass Millionen von Indern davon gelebt haben und auch heute davon leben – Herr Klement hält uns einen Vortrag über Stärke, Aminosäuren und Mineralstoffe, von denen es im Reis exakt so viele gebe, wie unser Organismus, der in der Entwicklung begriffen sei, benötige, und wenn man all das bedenke, dann könne man sagen, dass Reis fast genauso sei wie tierisches Eiweiß, außerdem mache er nicht so viele Umstände, man brauche nur Wasser und ein wenig Salz zum Kochen und fertig, wir sollten uns also freuen! Und wir freuen uns, denn wir sind so hungrig, dass wir alles essen.

In der Tatra schneit es nicht erst an Weihnachten, sondern schon im Oktober, und wir gehen jedes Wochenende Skifahren. Hier aber ist es, als wäre der Winter gänzlich unbekannt, nur Regen und Matsch, aber von zu Hause treffen die Päckchen ein und Weihnachten, das ist auch ohne Schnee schön. Ein Tannenbaum mit Engelshaar, nach dem Abendessen Mohngebäck und eine große Schüssel Schlagsahne, *Stille Nacht* und *O Tannenbaum*; wir versuchen, wie es sich für die Schüler der oberen Klassen gehört, keine Rührung zu zeigen. Schon im Bett denke ich an zu Hause, ich stelle mir die Kerzen und den Schmuck am Weihnachtsbaum vor, die Pralinen, die an ihm hängen, und die Schaumkringel, Großmutters Zitronenwurst, Mutters Mohnrolle und die Apfelsoße mit Sahne, ich stelle mir unsere Holzkirche vor, die feierliche Messe, das Schlittschuhlaufen, die Weihnachtskonzerte, Stimmen, Lichter, Farben, Gerüche: Ich höre und sehe sie, spüre sie, ich bin überhaupt nicht hungrig, trotzdem öffne ich das Weihnachtspäckchen, nasche im Dunkeln vom Früchtebrot und esse alles bis zum letzten Krümel auf. Danach ein Stückchen von der Schokolade, noch eins und noch eins, und auch das letzte, wozu soll das denn noch übrigbleiben. Im Kinderlager bin ich gefräßig geworden.

Das Jahr endet traurig. Ein Brief von zu Hause, statt von Mama ausnahmsweise von Papa: Bevor die Front Käsmark erreicht hat, wurden alle Deutschen evakuiert. Bei minus zwanzig Grad hat es eine Woche gedauert, bis sie sich nach Olmütz durchschlagen konnten, leider hat Mama eine Brustfellentzündung bekommen, sie hustet und hat Fieber, aber in Olmütz gibt es gute Ärzte, und Tante Frida ist Krankenschwester von Beruf, Mama ist also in den allerbesten Händen, das Haus und Fifi haben sie Jarinka und ihrer Familie anvertraut, ab jetzt soll ich nach Olmütz schreiben und mir keine Sorgen machen, wo und wie auch immer, sie würden mich ganz sicher finden.

Alle sagen, wir bräuchten uns keine Sorgen zu machen, alle aber machen sich Sorgen. Ich auch. Ausgenommen Papa, der alles löst, organisiert, erledigt, für jeden in der Familie. Ich sorge mich um Mama, weil ihre Lunge schon immer schwach war und sie jetzt hustet und Fieber hat, und um Großmutter, weil ihr das Herz Probleme macht und sie achtzig Jahre alt ist, um Gerd, weil die Ostfront die Ostfront ist und er noch immer kein Lebenszeichen von sich gegeben hat, um Polli, weil sie sich bestimmt die Augen nach Gerd ausweint, und ich sorge mich auch um Fifi, weil er jeden Tag vergeblich mit gespitzten Ohren am Tor auf mich wartet.

Es gibt hier auch Leute aus Einsiedel, am Tag nach Weihnachten tauchte unerwartet ein rothaariger Kerl vom dortigen Heimatschutz auf und erzählte, dass er der Letzte war, der den Ort in einem deutschen Panzer verlassen hat. *Da ist keine Menschenseele geblieben, im Dorf hausen nur Hunde und Katzen,* das sagte er, und auf Trudis Frage, wer sie denn dann füttern würde, zuckte er nur mit den Schultern.

Ich habe von Hunden geträumt. Bin vor ihnen weggerannt, ein ganzes Rudel war mir auf den Fersen, kleinere und größere, mit im Sturm wehenden Ohren, rotschwarz gefleckt: Jeder von ihnen sah aus wie Fifi, sie winselten und bellten, aber ich hatte nicht einmal ein Häppchen Brot bei mir, das ich ihnen hätte geben können. Jarinka und ihre Eltern kümmern sich bestimmt gut um Fifi, was mich natürlich freut, aber ein bisschen habe ich auch Angst, dass er mich, gerade weil sie sich so gut kümmern, schließlich vergessen wird.

Man kann das Donnern der Kanonen schon hören. Wie bei einem nahenden Gewitter. Jeden Tag Fliegeralarm. Es kommt vor, dass wir dreimal am Tag in den Luftschutzraum rennen müssen. Uns wurde der Keller des Gemeindehauses schräg gegenüber vom Roten Hahn zugeteilt. Kaum fünfzig Meter und keine Minute, wir sind schnell da.

Unten sitzen wir so eng aneinandergepresst, dass wir den Atem des anderen spüren. In der Ecke ein Kübel für die Notdurft, mit einer Decke zugedeckt. Rascheln, Rumoren, Getuschel, der beißende Gestank von Zwiebeln, nervöser Schweißgeruch, ausgelöst durch die Angst. In Naturkunde haben wir gelernt, dass der Iltis unter der Erde wohnt und fürchterlichen Gestank verbreitet, wenn er Angst hat. Iltis-Menschen unten, unter der Erde, oben, in der Luft, Menschenvögel, oder eher Vogelmenschen, die Piloten haben Väter, Mütter und eine Liebste, vielleicht auch Kinder, nachts schlafen sie, morgens stehen sie auf, frühstücken, bekommen irgendwo weit weg auf einem Flughafen ihre Anweisungen, steigen auf und kommen, sie kommen und wir erwarten sie mit Hass in unseren Herzen. Meist treffen sie zwischen elf und halb zwölf hier ein. Ab elf schärft sich unser Gehör, unsere Tätigkeiten versehen wir nur mit halber Aufmerksamkeit, sprungbereit horchen wir nach draußen, in die Ferne.

Seit Wochen essen wir das Mittagessen kalt, zur Vesper, dass es um Viertel vor zwölf noch still ist und ruhig, ist eine Ausnahme. Wir setzen uns an den Mittagstisch, sind jedoch erst bei der Suppe, als die Sirenen aufheulen. Alle auf einmal klagen und seufzen, unsere Enttäuschung ist so groß, dass Frau Eisler Mitleid mit uns hat. *Weiteressen! Wir werden uns nicht mit leerem Magen stundenlang unter der Erde verkriechen!,* aber wir schaffen nur noch ein paar Löffel, denn schon explodieren über unseren Köpfen die Bomben. Erdgrollen und Donnerschlag, die Wände zittern, die Fenster zerspringen mit lautem Getöse, *raus!,* schreit Frau Eisler, wir rennen zur Tür, schmeißen dabei die Stühle um, trampeln uns gegenseitig nieder. Draußen bleiben wir plötzlich stehen, denn der Luftschutzkeller ist zwar nur wenige Schritte entfernt, doch die Straße zu überqueren, das bedeutet den sicheren Tod. Auf einmal taucht Herr Hahn auf, der Besitzer des Hotels, und zeigt zum anderen Ende des Gartens, dort, am Fuße des Hügels befindet sich der Weinkeller des Hotels, wir rennen.

Unten ist es kühl und dunkel. Herr Hahn schaltet das Licht an, und für einen Augenblick staunen wir sogar trotz des tosenden Bombenlärms. Riesige Weinfässer von mehreren Hundert Litern Fassungsvermögen stehen soldatisch in zwei Reihen nebeneinander, ihre Reifen rot gestrichen. Trudi und ich klettern als Erste auf sie hinauf, danach bekommen auch die anderen Lust. Stolz schauen wir uns um, keiner ermahnt uns. Das triumphierende Lächeln gefriert uns jedoch bald auf dem Gesicht, denn unser Zufluchtsort wird von einem Donnern erschüttert, dass die Erde über uns bebt, plötzlich erlischt das Licht, und die Kellertür schlägt mit einer derartigen Wucht auf, dass es sie aus den Angeln reißt. Es ist, als würde Frau Eisler meilenweit weg schreien, *nur ruhig, es passiert euch nichts!,* aber die Bomben explodieren ohne Atempause, von der Decke fällt uns die Erde in den Nacken, manche weinen laut, manche beten, Trudi, Gerlinde und ich klammern uns aneinander, ich weiß nicht, wer von uns sagt, dies sei der Weltuntergang, das würden wir nicht überleben. Ich schwöre mir, wenn doch, dann werde ich eine fleißige, brave Schülerin sein, Tag und Nacht lernen und jeden Tag beten, damit die Mama gesund wird und die russischen Kugeln Gerd an der Front verschonen. Ich lege mir die Arme um den Kopf und stelle mir vor, mich in einer Hülle zu verkriechen, in einer unsichtbaren Panzerhülle, kugelsicher, feuersicher, ich bin unverletzlich, neben dem Fass kauernd starre ich trotzig auf die Knöpfe an meinem Mantel, habe keine Ahnung, wie viel Zeit vergeht, bis die Welt oben wieder still wird. Der Alarm wird jedoch noch lange nicht aufgehoben. Unsere Arme und Beine schlafen ein, aber wir wagen nicht, uns zu bewegen, schließlich ist es Herr Brenner, der das untätige Warten leid ist: Mit entschlossenen Schritten macht er sich auf den Weg nach oben, dann ruft er herunter, es sei vorbei, wir könnten hochkommen.

Oben steigt uns der dichte Gestank von Rauch und Ruß in die Nase, zuerst sehen wir nichts, dann stehen wir wie angewurzelt da: abgerissene Stromleitungen, brennende, eingestürzte Häuser die ganze Straße entlang, schräg gegenüber ist das Gemeindehaus mit unserem Luftschutzraum dem Erdboden gleich. Wir sehen uns mit leeren Augen an, können nicht fassen, dass wir jetzt eigentlich auch dort unter den Trümmern liegen müssten. *Der Herr hat uns beschützt!*, Frau Eisler durchbricht die bestürzte Stille. *Der deutsche Schüler betet nicht und weint nicht, der deutsche Schüler ist stark und mutig!*, Herr Brenner ist immer und unter allen Umständen seiner Gesinnung und sich selbst treu. Ich fürchte den Tod.

3.

Nichts ist mehr so wie vor dem Bombenangriff. Als hätten wir Tote zu beklagen, so traurig ist die Stimmung. Wenn man so will, ist der Rote Hahn noch einmal mit Glück davongekommen: Im hinteren Trakt wurden die Küche und die Wäscherei getroffen, die Fenster sind zerbrochen. Alle. An die Stelle der Scheiben hängen wir Decken und Laken, die Öfen beheizen wir die ganze Nacht, wir schlafen in unseren Mänteln und sind froh, dass der Winter so mild ist.

Am Tag danach beginnt ein neues Leben. Unser Kriegsleben. Wir räumen den Schutt weg, schrubben und fegen. Die Mädchen helfen im Hotel, die Jungen draußen auf der Straße, bei den Trümmern. Wir schaffen viel, und zum Glück kann Herr Hahn den Glaser überreden zu kommen. Zuerst lässt er die Schlafräume im oberen Stockwerk verglasen, so können wir in der zweiten Nacht schon ohne Mantel schlafen.

Wir sind zu nah bei Wien, Ernstbrunn ist nicht sicher. Telegramme, Telefonate, es beginnen die Vorbereitungen zu einer erneuten Evakuierung. Wir packen unsere Rucksäcke und schreiben Briefe. In die Sudeten, ins Riesengebirge, je nachdem, wo die Eltern sind, ich natürlich nach Olmütz. Die Briefe sind abgesehen von der Adresse identisch, Frau Eisler diktiert sie. Auch hier käme es zu Bombenangriffen, aber unser Luftschutzraum sei sicher, sie bräuchten sich um uns keine Sorgen zu machen, denn man evakuiere uns weit weg von der Front, ins bayrische

Bad Reichenhall. Gleich nach unserer Ankunft würden wir sie über die genaue Adresse benachrichtigen. Wir nennen die Flucht Evakuierung.

Die Rucksäcke sind gepackt, stehen neben unseren Betten bereit. Es ist fast unmöglich, in den Zügen Platz zu bekommen, Herr Klement läuft sich tagelang die Füße wund, bis es ihm endlich gelingt, uns einen Waggon zu beschaffen. Schließlich fahren wir mit einer Verspätung von zwei Stunden los. Alle Ortschaften enden auf -dorf, eine nach der anderen, furchtbar lange Wartezeiten auf winzigen Bahnstationen, dabei steigt niemand zu, kaum fahren wir los, halten wir auch schon wieder an, es dauert schrecklich lang, bis wir uns nach Krems durchschlagen. Dort besteigen wir ein Schiff und fahren die Donau stromaufwärts. Unser Schiff ist ein Schlepper, er zieht eine ganze Reihe von Booten hinter sich her. Der Magen hängt uns in den Kniekehlen, aber wir bekommen unser Abendessen erst bei Einbruch der Dunkelheit. Gierig verschlingen wir die mit Margarine bestrichenen Brote. Am Morgen strahlender Sonnenschein, die Wachau, Melk, Burgen mit Türmen, strenge Klöster, himmelhohe Felsen, die so aussehen, als stürzten sie gerade in die Donau; vom Wasser aus wirkt diese Märchenwelt wildromantisch, als gäbe es gar keinen Krieg.

Die Schiffsfahrt geht bis Linz, dort steigen wir wieder in den Zug. Im Talkessel herrscht dichter Nebel, als führen wir durch Milch. Eine dumpfe, unheilverkündende Stille, selbst das Rattern der Räder ist kaum zu hören. Plötzlich eine Explosion, der Zug beginnt wild zu zucken, als leide er an Epilepsie, wir fliegen im Abteil von einer Seite zur anderen, das Gepäck fällt uns auf den Kopf, ineinander verheddert fluchen wir, manche rufen nach ihrer Mutter, ich spreche schnell ein Gebet. Die Zeit, bis der Zug quietschend anhält, scheint endlos. Ohne Sinn und Verstand springen wir aus dem Zug, Frau Eisler und Herr Klement schreien um die Wette, Herr Brenner brüllt, doch in dem wahnsinnigen Stimmengewirr ist nichts zu verstehen. Auf der Suche nach Schutz rennen wir von selbst an den Fuß der Böschung. Wie eine riesige Daunendecke legt sich der Nebel auf uns, es ist sicher, dass man von oben aus dem Flugzeug nichts sieht. Auch als er die Bombe abwarf, konnte der Pilot nichts gesehen haben. Vielleicht waren gar nicht wir der Zielpunkt, nur wollte man vom Einsatz nichts mit zurücknehmen.

Eine halbe Stunde, eine Stunde oder auch mehr; wir haben keine Ahnung, wie viel Zeit vergangen ist, als endlich das Kommando erklingt, dass wir zum Zug zurückgehen dürfen. Wir klettern den Bahndamm hoch, mit zusammengekniffenen Augen schauen wir uns um, doch die Waggons stehen so gleichgültig da, als sei nichts geschehen. Der Schaffner taucht auf, hinter ihm die übrigen Passagiere, wir gehen mit ihnen zur Lokomotive. Der klobige Riese liegt hilflos auf der Seite. Der Lokomotivführer irgendwo im Wrack, mit Sicherheit tot. Sein Leben ist der Preis für unser Leben, von uns ist niemand ernsthafter verletzt. Kratzer, Prellungen, zerrissene Hosen, blutige Knie: Das ist alles, was äußerlich zu sehen ist. Die Angst ist nicht zu sehen. Weil wir sie nicht zeigen. Wir schlucken sie hinunter, schließen sie in unseren Magen und erlauben ihr nicht, aufzubrechen. Wir weinen nicht, wir sind stark und mutig, der deutsche Schüler hält immer stand, unter allen Umständen.

Zurück in Linz, eine Nacht im Luftschutzraum des Bahnhofs, am nächsten Tag geht es mit einer anderen

Lokomotive weiter. Wir zotteln vor uns hin, stehen auf offener Strecke herum, schlafen im Zug. Oder schlafen eher nicht, aber es ermahnt uns niemand. Wir schlagen uns bis Salzburg durch, das Ziel ist nicht mehr weit, doch kaum haben wir die Stadt verlassen, kommen wieder die Flugzeuge, wir sind gezwungen, in der Deckung eines Waldes haltzumachen. Wir stehen lange. Ein Versteckspiel. Zug gegen Flieger. Das ist bereits die österreichisch-deutsche Grenze. Die frühere Grenze, denn Österreich ist Teil des Reiches, jetzt gibt es keine Grenze. Reichenhall ist von hier aus wirklich nur einen Katzensprung entfernt, aber wieder kommt der Schaffner und fordert uns auf auszusteigen, weil die Schienen zerbombt sind. Unsere Lehrer stecken die Köpfe zusammen und beschließen, dass wir zu Fuß weitergehen. Vorsichtshalber statt auf der Landstraße durch den Wald. Dank des täglichen Sportunterrichts sind wir trainiert und kommen gut voran, doch es ist sicher, dass wir Reichenhall nicht mehr vor Einbruch der Dunkelheit erreichen werden. Es dämmert schon stark, als wir in einem Dorf beim ersten Haus, auf das wir stoßen, um Hilfe bitten. Die Nachbarn kommen zusammen, alle sind sehr freundlich, jede Familie kann vier bis fünf Kinder aufnehmen, wir bedanken uns, aber Frau Eisler erlaubt nicht, dass wir voneinander getrennt werden. Schließlich öffnet man uns die Turnhalle der Schule, die Dorfbewohner streuen Stroh auf den Boden, legen ein paar Decken darauf und bringen uns sogar einen großen Topf mit heißem Tee. Unser Brot ist trocken, wir tunken es in den süßen Tee, damit es sich ein wenig vollsaugt, so ähnelt es wenigstens einem weichen Hefezopf. Nach der langen Reise mit dem Schiff und dem Zug ist es wunderbar, sich auf dem Stroh auszustrecken.

Reichenhall, Karlsgymnasium, Sportplatz, Appell, Fahnenhissen, außer uns Käsmarkern gibt es hier auch andere Zipser – Zipser gibt es anscheinend überall auf der Welt. Die Bürgerschule in Schmölnitz wurde ähnlich wie unser Lyzeum im vergangenen Herbst evakuiert, nur eben ohne Umwege geradewegs hierher. Der hiesige Lagerführer, Herr Lindenthal, der Direktor des Gymnasiums, ist ein stämmiger Mann mit brummiger Stimme und vollkommen grauem Haar, der Jugendführer ein echter Berliner Junge, er besucht die Reichsführerschule.

Funkelnde, schwarze Augen, schwarzes, lockiges Haar, kleine Grübchen, kindlich und männlich zugleich, ich starre ihn so auffällig an, dass Gerlinde es bemerkt und mir spöttisch zuflüstert, sie hoffe, er habe keine Freundin. Trudi und Zilli interessieren sich überhaupt nicht für Jungs, doch jetzt kichern sie, ich aber zucke nur mit den Schultern und drehe meinen Kopf demonstrativ weg. Wir stellen uns auf. *Fräulein, passen Sie auf Ihre Sachen auf!*, eine samtige, tiefe Stimme, es ist der mit den funkelnden Augen, in seiner Hand meine Jacke, verlegen lächele ich ihn an, er hingegen macht wie in einer Kaserne ordnungsgemäß kehrt und geht weg. *Wenn das dein Péter wüsste!*, Gerlinde spöttelt weiter, ich aber fahre sie an, dass das nicht mein Péter sei und auch nicht ihrer und dass er überhaupt niemandem gehöre, woraufhin sie einen Rückzieher macht, doch mir ist die Lust an Gerlinde, an Reichenhall und an der ganzen Evakuierung gründlich vergangen, ich wäre gern zu Hause und würde am liebsten in unserem Zimmer zur Straße hin dem Gemälde mit der Tatra gegenüber Klavier spielen, am liebsten vierhändig mit Péter, so wie vorletzte Weihnachten bei dem Konzert im Lyzeum, als mich Kinga damit foppte, dass Péter in mich verliebt sei und wir einmal zusammen in der Carnegie Hall spielen würden. Als Kinga das sagte, lachten sogar ihre Augen, und ganz bestimmt hatte sie Péter dasselbe über mich erzählt, denn ab sofort schnallte er mir beim Eislaufen immer die Schlittschuhe an, aber all das ist jetzt nur noch Träumerei, ein Märchen, wir deutschen Schüler wurden evakuiert, Péter und Kinga zogen nicht als Kostschüler bei Frau Lang ein, das Klavier bleibt stumm, Péter übt nicht und kritzelt keine Noten auf den Zeitungsrand, den Heftumschlag oder irgendwelche Zettel, weil Péter Ungar ist, und auch Kinga ist Ungarin, Jarinka hingegen Slowakin, und alle sind sie weit weg. Der mit den funkelnden Augen heißt übrigens Erwin, und ja, er gefällt mir.

Rundherum Berge, richtige Gipfel, noch höher als die zu Hause, die Luft ist frisch – ozonreich würde Papa sagen –, Mama müsste hier bestimmt nicht husten, wäre für immer von ihrer Brustfellentzündung geheilt. Wir werden in Villen einquartiert, Jungen und Mädchen getrennt. Smaragdgrüne Thujen entlang des schmiedeeisernen Zauns, an den Ecken des Gebäudes jeweils eine Riesentanne, auf der Etage Zimmer mit Balkons, Fensterläden, die Fassade von Efeu berankt; unsere Villa heißt Marianne und ist wunderschön, die der Jungen in der Nachbarschaft sieht fast genauso aus.

Die Ruinen einer mittelalterlichen Burg, die Alte Saline, Kurpark, Trinkhalle, Freiluftinhalatorium, der Predigtstuhl ist mit der Seilbahn in zehn Minuten erreichbar, die Saalach nur einen Katzensprung entfernt, in ihr gibt es Fische, außerdem ist irgendein See auch nicht mehr als ein Stündchen weit weg – Frau Müller, die Besitzerin der Villa, zählt die Sehenswürdigkeiten auf. Honigblondes Haar in einem strengen Knoten eng am Nacken anliegend, schmale Nase, fadendünne Lippen, spitzes Kinn, Schuhe, Strümpfe, Rock, Strickjacke, alles schwarz, aber sie lächelt und empfängt uns wirklich herzlich, auf ihrem Gesicht ist nicht der geringste Schatten zu sehen, hat sie doch jetzt uns am Hals. Wenngleich wir auch keine Schmarotzer sind, ich weiß nicht, ob die slowakische oder die deutsche Regierung, aber angeblich bezahlt eine von beiden für uns, und wenn man es so betrachtet, dann ersetzen wir eigentlich die wegen des Krieges ausbleibenden Feriengäste, aber ich glaube, auch wenn niemand bezahlen würde, wäre Frau Müller herzlich und würde lächeln. Nicht als ob sie viel Grund zur Fröhlichkeit hätte, ihr Mann ist bei Stalingrad gefallen.

Der Predigtstuhl ist das genaue Abbild der Lomnitzer Spitze, nur etwas kleiner, *die ähneln sich doch gar nicht, die Lomnitzer Spitze ist viel gezackter!,* Gerlinde weiß immer alles besser. *Du findest, sie ähneln sich nicht, ich schon!,* kaum haben wir unser Zimmer bezogen, schaffen wir es, uns zu streiten, aber so schnell wie wir uns in die Haare kriegen, so schnell vertragen wir uns auch wieder; als wir das erste Mal freie Zeit für uns haben, gehen wir dann doch zusammen auf den Berg. Trudi, Zilli und die drei Jungs, Gabriel, Otto und Wendi, kommen auch mit.

Am anderen Ende der Stadt, auf der gegenüberliegenden Seite der Saalach, hinter der Brücke links, da ist die Seilbahn: Unsere Lagerführer können wir alles fragen, ich erkundige mich nach dem Predigtstuhl. Wäre er nicht im Dienst, würde er gern mitkommen, sagt Erwin, nachdem er uns den Weg erklärt hat, und ich bekomme ganz heiße Ohren. Das passiert mir immer, wenn ich verlegen bin, und so sehr ich mich auch bemühe, es zu vermeiden, wird nach den Ohren mein Gesicht ganz rot und nach dem Gesicht der Hals, mein Herz aber pocht so laut, dass ich meine, es zu hören. Auch jetzt spüre ich, wie ich erröte, und ich will nicht mit einem komisch knappen Danke kehrt machen, doch etwas Gescheiteres bringe ich nicht über die Lippen. Ich ärgere mich über mich selbst, wäre ich eine richtige Frau, würde ich flirten wie in den Filmen oder könnte antworten und mich benehmen wie Polli, in die halb Käsmark verliebt war und die bei diesem berühmten Urlaub in Olmütz auch Gerd auf den ersten Blick um den Finger gewickelt hat. So sehr, dass Gerd am Ende des Urlaubs um ihre Hand anhielt. Papa war dagegen, auch Mama war dagegen, sie hatten eigentlich nichts gegen Gerd, aber gegen die große Eile, ich jedoch freute mich damals noch, dass mein Reich mit Pollis Heirat zu Hause auf das Doppelte anwachsen würde, und Gerds Eltern freuten sich auch, dass ihr Junge endlich zur Ruhe käme. Schließlich redete Polli so lange auf unsere Eltern ein, dass sie nachgaben, und an Weihnachten wurde geheiratet. Gerds Leidenschaft hat bis zum heutigen Tage nicht nachgelassen, ständig umarmt und küsst er Polli, auch in der Öffentlichkeit, und zwischen zwei Umarmungen schaut er sie an, dass man dabei rot werden kann. Großmutter murrt immer, wie schamlos diese Jugend von heute sei, Papa und Mama ignorieren das, ich aber bin richtig neidisch auf Polli, das heißt jetzt nicht mehr, jetzt tut sie mir eher leid, weil man von Gerd nicht einmal wissen kann, ob er in Gefangenschaft geraten oder vielleicht sogar gefallen ist. Polli ist vor Sorge und Traurigkeit ganz bleich; seitdem sie wieder zu uns gezogen war, lächelte sie nicht, redete nicht, und wenn doch, dann nur darüber, was sie und Gerd früher gemacht hatten, wohin sie verreist waren, langsam kenne ich ihr Leben in- und auswendig. Sie selbst schreibt mir nie, lässt mir nur immer etwas durch Mama ausrichten, ich glaube, in ihrem großen Kummer falle ich ihr gar nicht ein, Mama schreibt einfach in ihrem Namen, dass ich auf mich aufpassen und fleißig lernen soll.

Für die Seilbahn auf den Predigtstuhl muss man bezahlen, wir aber haben kein Geld, doch gleich beim ersten Mal schließen wir Freundschaft mit dem alten Herrn Huber, dem Seilbahnführer, genauer gesagt schließe ich Freundschaft mit ihm, denn als er mich erblickt, lächelt er breit und fragt mich nach meinem Namen, er sagt, ich sähe genauso aus wie seine Tochter als Kind, und schon zieht er ein Bild aus seiner Brieftasche hervor: ein Mädchen in meinem Alter mit Sommersprossen, kornblumenblauen Augen und blonden Haaren im Dirndl, abgesehen von meinem Trägerkleid kann ich keine Ähnlichkeit zwischen uns erkennen, aber wenn Herr Huber es so sieht, warum sollte ich ihm da widersprechen. Und überhaupt kommt es ja vor, dass jemand in Wirklichkeit ganz anders wirkt als auf einem Foto. Ich bin immer unzufrieden mit mir im Vergleich mit Mama, die auf jedem Bild wunderschön aussieht, nur tut sie immer bescheiden, wenn man sie lobt. Mit achtzehn Jahren ist sie in ihrem Kleid mit Spitzen, Tüll und Rosenmuster auf dem Faschingsball in Leutschau so schön, dass sie an einem Wettbewerb zur Schönheitskönigin teilnehmen könnte. Damals hat Papa sich in sie verliebt, und ich glaube, er liebt sie immer noch genau wie damals, ich hoffe, sie streiten sich nicht.

Der alte Herr Huber hat als seltene Ausnahme keinen Hitlerbart, sondern einen langen Mongolenbart, der ihm von vornherein ein trauriges Antlitz verleiht. Als er mir das Foto zeigt, erzittern die beiden, sich verjüngenden Enden, wodurch er noch trauriger wirkt, seine Tochter sei bei der Bombardierung von Berlin ums Leben gekommen, das ist das einzige Bild, das ihm geblieben ist, ich traue mich nicht zu fragen, ob sie einen Ehemann oder Kinder hatte oder wie es seine Tochter so weit weg verschlagen hat.

Die Glaswand der Seilbahn streift fast den Felsen, in den Klüften glitzert der Schnee, rechts ein Berg, links ein Berg, über uns ein Berg, unter uns ein See, das Wetter ist klar, wir sehen bis nach Salzburg. Die Saalach und die sich neben ihr schlängelnde Landstraße schrumpfen zu schmalen Bändern, die Gebäude von Reichenhall sehen aus wie kleine Modelle auf einem Eisenbahntisch, hier oben auf dem Berg gibt es keinen Krieg, nur Stille und Vogelgezwitscher, in der Almhütte bekommen wir eine Scheibe Schmalzbrot, die Menschen hier sind wirklich gutherzig. Auch wenn wir kein Geld hätten, sollten wir ruhig kommen, die Grande Dame würde dann wenigstens ein bisschen arbeiten, so lädt uns Herr Huber ein, als wir uns unten im Tal von ihm verabschieden. Bad Reichenhall ist eine Ferienstadt, aber es gibt keinen einzigen Feriengast, eine Seilbahn ohne Menschen ist nun wirklich eine traurige Sache, so traurig wie der alte Herr Huber selbst, *wir kommen gerne,* antworten wir. Wenn der Krieg zu Ende ist, bringe ich Papa, Mama, Großmutter, Polli, Gerd und Fifi her! Statt in Olmütz werden wir hier Urlaub machen, und wir werden so viel Geld haben, dass wir gleich zweimal hintereinander Karten für die Seilbahn kaufen und oben Knödel und Weißwurst bestellen können, ich werde die Reiseführerin sein – wenn Reichenhall nicht so weit von Käsmark weg wäre, könnte ich mir hier mein ganzes Leben vorstellen!

Faschingsdienstag, und wir feiern erst recht! Frau Müller hat die Idee, dass wir eine Faschingsfeier veranstalten könnten, Frau Eisler willigt sofort ein. Wir laden die Schüler aus Schmölnitz ein und natürlich Herrn Lindenthal und Erwin als Jugendführer. Wir bereiten uns fiebrig vor, basteln Lampions, Papiergirlanden und Kostüme, Frau Müller erlaubt uns, auf den Dachboden zu gehen, wir dürfen alles verwenden, was wir finden, Türke mit Turban, Radfahrer im gestreiften Trikot mit rostigem Reifen, Sioux-Indianer in fransigem Hemd mit Federn und Kriegsbemalung im Gesicht, Nikolaus in roter Mütze mit weißer Bommel und rotem Mantel, Ariadne mit einem roten Riesenknäuel und lockiger Perücke. *Eine Perücke in der Antike? Du hast dich um zweitausend Jahre geirrt! Ist mir egal!* Gerlinde kann einen mit ihrer ewigen Besserwisserei wirklich zur Weißglut bringen.

Die Perücke staubt fürchterlich. Zwar versuche ich, sie gut auszuschütteln, doch bei der kleinsten Bewegung meines Kopfes fliegen Tausende von Staubkörnern auf und reizen mich zum Niesen. Auch vor die Jury trete ich laut niesend, so stelle ich mich notgedrungen als verschnupfte Ariadne vor, woraufhin alle lachen. Ich finde mich ziemlich albern, als ich niesend den Faden um die Tisch- und Stuhlbeine wickle, doch Erwin, der ebenfalls in der Jury sitzt, sieht mich die ganze Zeit hingerissen an, ich erwidere seinen Blick. Zwar belege ich keinen Platz, doch nach dem Aufzug und der Siegerehrung bringt Frau Müller das Grammophon herein und wir tanzen, Lehrer und Schüler, jeder mit jedem, aber ich mit Erwin öfter als mit jedem anderen, *wie war's oben auf dem Predigtstuhl?*, ich weiß gar nicht, was ich antworte, worüber wir reden, Erwin hat ganz warme Hände und seine Stimme ist wie Samt, es wäre schön, wenn wir bis zum Morgen tanzen könnten, flüstert er mir zu und beugt sich dabei näher, ich nicke nur und bringe kein Wort heraus. Zehn Uhr: Erbarmungslos wird der Zapfenstreich geblasen, *die sind verliebt!,* die Stimmen der Mädchen klingen neidisch, als sie im Schlafsaal, im Dunkeln spötteln, *er hat nichts dergleichen gesagt!,* protestiere ich, *das muss er ja auch nicht sagen, das sieht doch jeder Blinde!,* wie schön, wenn sie recht hätten!

Faschingsdienstag, Aschermittwoch, Dresden in Asche! Zerbombt, zerstört von den Alliierten. Wir haben es im Radio gehört, doch auch die Cousine von Frau Müller, die aus einem Dorf bei Dresden gekommen ist, hat erzählt, dass die Nacht zum hellichten Tag geworden sei, die Flammen der Feuerbrunst und des Wirbelsturms hätte man sogar bei ihnen gesehen, so stelle sie sich das Jüngste Gericht vor, ausgeschlossen, dass da jemand am Leben geblieben sei. Am nächsten Tag habe es geregnet. Doch es waren keine Regentropfen, verbrannte, undefinierbare Fetzen wirbelten durch die Luft, der Wind blies sie kilometerweit.

Reichenhall ist doch keine so gute Wahl, wie es auf den ersten Blick schien! Es liegt zwar weiter von der Ostfront entfernt, nur ist das Problem, dass von Westen her die andere Front bedrohlich naht. Und ein Problem ist auch, dass es hier in der Nähe eine Kaserne voller Soldaten gibt, wovon die Alliierten sicherlich wissen – sie wissen alles, sehen es und bombardieren –, sodass es nur eine Frage der Zeit ist, dann sind auch wir dran.

Tag und Nacht kommen die Flugzeuge. Frau Eisler hat sich geirrt, als sie uns damit beruhigte, wir seien nicht in Dresden. Die Explosionen sind so heftig, dass das Haus vom Keller bis zum Dachboden bebt, das andere Ende der Stadt wird bombardiert. Die Bombendonner folgen dicht aufeinander, der Luftschutzraum ist zu weit, wir rennen in den Keller der Villa. Unten ist es kalt, flackerndes Kerzenlicht, unsere Gesichter sind in dämmriges Zwielicht gehüllt, man kann ruhig Angst haben, niemand sieht es. Ranziges Schmalz, stechend riechender Essig, faule Eier; die Angst kennt verschiedene Gerüche, unten im Keller gleicht sie matschigen Gurken. *Lasst uns singen!*, bemüht sich Frau Eisler, ein leises Murmeln ist die Antwort.

Wenn die Alliierten alles wissen und sehen, dann müssen sie doch auch wissen, dass es hier, wo wir wohnen, nichts gibt, was es sich im Interesse eines Sieges lohnen würde zu zerbomben! An Dresden denke ich nicht, ich verkrieche mich in einer Hülle, in einer unsichtbaren Panzerhülle, kugelsicher, feuersicher, ich bin unverletzlich; die Angst lockert ihren Griff. Nachdem wir eine gute Stunde dort gekauert haben, trauen wir uns wieder hoch. Der Flieder blüht, auch die Pfirsichbäume, jedoch ist die Sonne von Rauch verdeckt, die Häuser, die Bäume, die Menschen sind grau, die Luft riecht, als würde man tausend Schweine absengen, in der Altstadt zerstörte Häuser und furchtbar viele Tote.

Morgens Appell und Fahnenhissen, vormittags Unterricht, nachmittags Leibeserziehung, Geländespiele, Filmvorführung, Stundenplan, Tagesordnung, jede Minute ist eingeteilt. Unsere Lehrer bemühen sich, ihre Stunden ebenso zu halten wie früher, aber das ist völlig hoffnungslos, ob wir wollen oder nicht, alle unsere Gedanken drehen sich um den Krieg. Ostfront, Westfront, Wunderwaffe, Endsieg, die Russen sind Teufel, rote Teufel, alle Deutschen sind ihre Feinde, sie morden, rauben, plündern und vergewaltigen die Frauen mit Stalins Erlaubnis, die Amerikaner müssen als Erste hier eintreffen, sie wollen wir, selbst dann, wenn sie Dresden und alle anderen deutschen Städte auf dem Gewissen haben, denn Amerika ist das Land der Freiheit, und die amerikanischen Soldaten tun den Zivilisten, auch wenn es Deutsche sind, nichts zuleide – hoffen wir.

Die ganze Welt ist unterwegs. Züge mit Soldaten, Züge mit Verletzten, Züge mit Kriegsgefangenen, manche werden einwaggoniert, manche fliehen von allein mit Schubkarren, Fahrrädern, Kinderwagen, mit dem Bündel auf dem Rücken, und manche werden mit Waffen vorwärts getrieben. Wir kommen gerade vom Fluss, als sie auftauchen. Bis auf die Knochen abgemagerte Frauen mit grauen Gesichtern, ihre gestreifte Kleidung ist zerrissen, auf ihren Köpfen haben sie etwas Deckenartiges, sie werden von Wächtern in SS-Uniform vorangetrieben, es sind so viele, dass wir das Ende der Marschkolonne gar nicht sehen. Wir weichen vor das Haus mit dem grünen Zaun zurück, stehen wie angewurzelt da, geben keinen Mucks von uns. Plötzlich öffnet sich das Tor, eine Frau mit einem großen, blauen Topf in den Händen tritt heraus. Sie schaut starr nach vorn, geht bis zur Mitte der Straße, dort kippt sie auf einmal den Topf aus, macht dann ohne ein Wort kehrt und verschwindet ebenso plötzlich, wie sie aufgetaucht ist, hinter dem grünen Zaun. Die Straße ist abschüssig, die Pellkartoffeln kullern bergab, die Gefangenen springen ihnen hinterher, trampeln übereinander, wer hinfällt, versucht, auf dem Boden kriechend wenigstens eine zu ergattern. Die Menschenmenge wogt und wallt wie ein Riesenkrake, Arme und Beine erwachen zu eigenständigem Leben, es gehören keine Körper und keine Köpfe zu ihnen, die Arme der Wächter wirbeln wie Dreschflegel, sie schlagen und treten, wen sie nur können, und sie brüllen unentwegt, *Schweine, jüdische Huren, weiter, weiter!* Wir sind wie hypnotisiert, versteinert stehen wir da, *die schießen gleich!,* Trudi setzt unserer Lähmung ein Ende. Wir rennen, so schnell uns die Beine tragen zurück zum Fluss, machen einen Umweg durch die halbe Stadt und fallen so zu Hause zur Tür herein. Die Armen wurden aus irgendeinem Konzentrationslager fortgetrieben, jetzt ist es klar, dass die Front bald da sein wird – an der Stimme der Erwachsenen spüren wir die Angst, egal, wie sie es zu überspielen versuchen.

Vorbereitet auf eine eventuelle Flucht stehen unsere Rucksäcke gepackt neben den Betten bereit. *Eventuelle Flucht:* So sagt Frau Eisler, doch wir wissen genau, dass wir zwischen den beiden Fronten eingekeilt sind und es von hier kein Wohin mehr gibt.

Seit Tagen wird diskutiert, ob wir Hitlers Geburtstag so wie üblich feiern sollten oder ob das in der jetzigen Lage eine Dummheit wäre. Angeblich befindet sich hier irgendwo in der Nähe die besondere Festung des Führers, hier hat er sich verschanzt, andere meinen, das sei Blödsinn und er verteile in Berlin Eiserne Kreuze an die Helden.

Schließlich kommt Herr Lindenthal mit der Nachricht, dass vor dem Rathaus doch eine Feier stattfinde, man werde durch die Lautsprecher sogar Goebbels' Rede zum Geburtstag übertragen und die Schüler aus Schmölnitz würden aufmarschieren. Wenn sie aufmarschierten, so sei das ihre Sache, wir bräuchten das nicht, wir seien Fremde, die sich nur vorübergehend hier aufhielten: Frau

Eisler vertritt diesen Standpunkt, ohne Herrn Brenner zu fragen. Die beiden tragen – seit wir Käsmark verlassen haben – ihren Privatkrieg aus. Still und leise, ohne ein lautes Wort. Bislang waren die Kräfteverhältnisse eigentlich ausgeglichen, doch hier, in Reichenhall, hat sich das Blatt gewendet, denn Frau Müller und Herr Klement stehen beide eindeutig auf Frau Eislers Seite, und auch Herr Lindenthal will uns nicht zu Nazis machen, sodass Herr Brenner, ebenso wie sein heiß geliebter Nationalsozialismus, Frau Eisler gegenüber eine Niederlage erleiden musste. Kartoffeln mit Butter: Das feierliche Abendessen haben wir dennoch dem Führer zu verdanken.

Hitler ist bei den Kämpfen um Berlin gefallen. Das wurde im Radio durchgesagt. Herr Brenner gibt beim Morgenappell das Kommando, die Fahne auf Halbmast zu setzen und den Kopf zu neigen, so stehen wir da, die übliche Minute ist schon um ein Vielfaches vergangen, doch wir stehen immer noch da, blinzeln verstohlen von unten nach oben, Herr Brenner senkt seinen Kopf tiefer als alle anderen, vielleicht hat er Tränen in den Augen, ich flüstere Trudi zu, *gleich ist es vorbei,* und Trudi, *das ist ein Hundesohn,* Frau Eisler tritt zu uns, ermahnt uns aber nicht einmal, still zu sein.

Es ist sehr wahrscheinlich, dass wir von den Amerikanern besetzt werden, hundertprozentig können wir uns aber noch immer nicht sicher sein, außerdem ist es völlig egal, ob die Amerikaner oder die Russen, die Nazi-Abzeichen werden uns in Schwierigkeiten bringen, deshalb holen wir die auf Halbmast gesetzte Fahne ein, Herr Brenner drückt sie Frau Eisler in die Hand, damit sie sie zusammenfaltet, Frau Eisler lächelt gezwungen, legt sie zusammen, faltet sie wieder auf, legt sie wieder zusammen und faltet sie wieder auf, weil das Viereck noch immer nicht einwandfrei ist, währenddessen holt Wendi das Teerpapier. Herr Brenner herrscht Frau Eisler an, *ist schon gut!,* und gibt uns das Kommando zum Abmarsch. Mit der in Teerpapier gewickelten Fahne ziehen wir in den Wald, links neben der dritten Biegung des Pfades, zwischen den Tannen, an dem emporragenden einsamen Felsen, der genauso aussieht wie zu Hause das Krummhorn, nur eben in klein, heben zwei Jungen die Grube aus, Herr Brenner kniet sich hin und legt das Paket vorsichtig, als handelte es sich um zerbrechliches Porzellan, hinein, dann gibt er den Befehl, *Hymne! Die deutsche!,* und seine Augen sprühen Feuer und seine Stimme ist heiser, als er nach dem Singen sagt, wir sollten schwören, eines Tages hierher zurückzukehren und die Fahne auszugraben. Ich wüsste gerne, wie lange das Teerpapier die Fahne vor der Fäulnis bewahrt und habe keine Lust, nach einem Stoffstück in der Erde herumzuwühlen, wenn ich einmal nach Ende des Krieges hierher komme, und ich überlege gerade, inwiefern ein erzwungener Schwur verpflichtend sein mag, als Frau Eisler sagt, wir sollten lieber schwören, dass wir, egal, was passiert, einander nicht im Stich lassen, und sie fügt auch noch hinzu, dass in Anbetracht unserer Lage außer der Fahne auch die HJ-Uniform nicht gerade eine Lebensversicherung sei, woraufhin Herr Brenner mit den Augen Blitze verschießt, doch er muss einsehen, dass Frau Eisler recht hat, sodass die Mützen, Abzeichen, Halstücher, Gürtel und Schulterriemen neben die Fahne fliegen. Von der „Beerdigung" zurückgekehrt verbrennen die Jungen die Armbinden und die kurzen Hosen in der Küche im Herd, wir Mädchen einigen uns darauf, dass man, um eine weiße Bluse und einen blauen Rock zu tragen, keine Deutsche sein muss. Aber das letzte gemeinsame Familienfoto, auf dem Gerd die Uniform der Waffen-SS trägt, werfe auch ich ins Feuer. Gerd zwischen Polli und Großmutter, ganz rechts Papa, links Mama und ich und in der Ecke des Bildes Fifi: Wir alle werden innerhalb von Augenblicken zu Asche.

Im Augenweiß ein Blutstreifen, Herr Brenner sitzt den ganzen Tag in zerknittertem Hemd und unrasiert in sich zusammengesackt da, als hätte er einen nahen Verwandten verloren. Er lässt uns nicht mehr exerzieren und schreit nicht mehr herum, dass ein deutscher Schüler nicht weint und nicht betet, es gibt keinen Appell und kein Fahnenhissen, die alte Welt verschwindet und unaufhaltsam naht die neue, die Slowakei gibt es nicht mehr, das Reich war nie unsere Heimat und ist wie ein Kartenhaus zusammengebrochen. Wenn uns die Deutschen fragen, sagen wir, wir seien Deutsche, bei den Russen werden wir zu Slowaken und bei den Amerikanern wissen wir gar nicht, was wir am besten antworten sollten.

Von Tag zu Tag steigen die Chancen, dass sie als Erste hier eintreffen, aber was wird, wenn die Russen vielleicht doch schneller sind? Um uns Mädchen muss man sich sorgen, weil wir Mädchen sind, um die Jungen, weil sie Deutsche sind – ob Keller oder Dachboden, es gibt einfach kein gutes Versteck, der Wald ist voller Soldaten –, bis sich die Dinge entschieden haben, ist es am besten, wenn wir in die Saline ziehen. Drei Schichten Kleidung, Schnürstiefel und Mantel, alle auftreibbaren Decken, ein Topf Erbsen, ein Topf Linsen, ein Korb voll gekochter Kartoffeln und alle verfügbaren Brote, wenn wir uns das einteilen, dann halten wir eine Woche durch.

In die Saline bringt uns ein Aufzug hinunter, es ist stockfinster, wir stehen zu zwölft eng aneinander gepresst, Trudis Atem brennt mir im Nacken. Unten wartet Erwin und weist uns den Weg zu den Hallen. Ich steige als Letzte aus, er reicht mir seine Hand, meine verschmilzt mit seiner, die Berührung ist warm und samtig, die anderen gehen schon weiter, doch Erwin hält noch immer meine Hand und drückt sie, mir versichernd, er werde auf mich aufpassen. In dem Dämmerlicht ist nicht zu sehen, dass er lächelt, aber ich weiß es, mein Gesicht glüht, doch auch ich lächle, drücke ebenfalls seine Hand und lasse ihn wissen, das sei gut. Ich hätte auch etwas Gescheiteres sagen können, zum Beispiel so etwas wie vielen Dank, da freue ich mich sehr, oder dass auch er auf sich aufpassen soll, aber in meiner Verlegenheit ist mir nichts anderes eingefallen.

Fünfundzwanzig Meter unter der Erde, den Tag unterscheidet allein das Licht der Petroleumlampen von der Nacht. Wir haben keine Lust auf die Märchen aus der Tatra, wir wollen nicht singen, wir tuscheln und kichern nicht wie sonst, sondern sitzen nur da, zusammengekauert. Frau Eisler und Herr Klement bemühen sich, uns aufzurütteln, sie schicken uns in die größte Halle, stellen die Petroleumlampe in die Mitte, Mantel, Mütze ausziehen, Frau Eisler gibt Kommandos zum Turnen, Beugen, Strecken, Hocke, Laufschritt, Hüpfschritt, Fersen heben, Knie heben, schneller, schneller, die Stiefel stampfen im Takt, wir laufen im fahlen Licht der Lampen, an der Grenze von Helligkeit und Dunkelheit, immer rundherum im Kreis, es fühlt sich so an, als wären wir schon unendlich lange Zeit unter der Erde und würden einen Marathon laufen, dabei ist das erst der zweite Tag und Frau Eisler kommandiert uns seit kaum einer halben Stunde herum.

Herr Klement geht regelmäßig nach oben, um an Informationen zu kommen, am dritten Tag bleibt er länger als üblich. Frau Eisler reibt sich nervös die Hände – genauso wie Mama es immer macht –, *alles geht einmal vorbei:* statt mit der göttlichen Vorsehung muntert sie uns jetzt mit diesem Spruch auf. Und wirklich, Herr Klements Stimme schallt wie ein Horn durch die Höhle, als er uns zuruft, man habe Reichenhall geräumt, es gebe keine SS mehr, keine Wehrmacht, keine Polizei und Gendarmerie, die Amerikaner seien in jedem Moment hier!

Die Jungs sind vor Aufregung ganz außer sich, die Erwachsenen warten angespannt, die Mädchen freuen sich, dass sie endlich nach Hause können, ich bin traurig, weil Erwin einen Einberufungsbefehl bekommen hat, er wurde nach Berlin abkommandiert. Neben dem Gymnasium hinten im Park wartet er auf mich, wir verabschieden uns im Schutz der Tannen. Er schreibt sich meine Adressen in Käsmark und Olmütz auf und verspricht mir, auch hierher, nach Reichenhall in die Salzburger Straße 21 zu schreiben. Jeden Brief in drei Ausführungen, einen davon müsste ich ja bekommen. Der Krieg ist bald zu Ende, danach beginnt ein neues Leben, ich werde Pianistin, er Brückenbauingenieur, die Musik heilt die Seelen, die Brücken verbinden die Menschen, er zieht mich an sich heran, nimmt mein Gesicht in beide Hände, küsst, umarmt und drückt mich, dabei redet er unverständliches Zeug, ich schmiege meinen Kopf an seine Schulter, atme seinen Duft ein – der Duft von gerösteten Nüssen und Quitten erinnert mich an die Winterabende in Käsmark –, die Zeit bleibt stehen, doch auf einmal löst er die Umarmung und sagt, ihm werde nichts passieren, ich bräuchte mich nicht um ihn sorgen, ihm könne keine Kugel etwas anhaben, aber ich solle auf mich aufpassen und ihn nicht vergessen, was auch immer geschehe, er komme zurück und finde mich.

Vor mir blitzt Péters Gesicht auf, wie wir vierhändig Klavier spielen und er mich von der Seite ansieht, in seinen Mundwinkeln ein Lächeln, in den Augen die Frage. Nein! Wie sollte ich ihm denn untreu sein, wo wir doch nicht mehr gemacht haben, als vierhändig Klavier zu spielen, nur auf dem Korso spazieren gegangen sind, Schlittschuhlaufen waren und er mir Eis gekauft hat, es ist nichts zwischen uns passiert, er hat nicht einmal meine Hand gehalten, hat nicht gesagt, dass er mich liebt; zwar hat Erwin diese Worte auch nicht ausgesprochen, doch mit dem Kuss und dem Versprechen hat er es doch gesagt, die Liebe, die Liebe, ich liebe Erwin und bin glücklich, weil auch er mich liebt, zugleich bin ich nervös und habe Angst, denn wie selbstsicher er auch ist, er geht trotz allem nach Berlin, in die Höhle des sterbenden Drachens, und selbst wenn der Krieg morgen schon zu Ende wäre, kann er bis dahin noch hundert-, noch tausendmal sterben.

4.

FRIEDEN! FRIEDEN! FRIEDEN!
Im Radio wurde die Kapitulation verkündet. An den Häusern weiße Fahnen, auch wir haben sie aufgesteckt. Unsere ist ein Laken, allerdings mussten wir uns so beeilen, dass wir es nicht einmal umsäumen konnten. So ist unsere Fahne etwas ausgefranst. Wir sind gerade im Speisesaal, als die Tür aufschlägt und zwei schwarze Soldaten in Stahlhelmen und mit Maschinengewehren hereinstürmen. Uns stockt der Atem, unsere Lehrer ergeben sich, sie heben die Hände, wir machen es ihnen brav nach, doch die beiden Soldaten werfen nur einen Blick in die Runde und verschwinden auch schon wieder, ohne ein einziges Wort. Während der langen Zeit des Wartens haben wir uns tausendmal vorgestellt, was passieren würde, wenn die Amerikaner kämen; wir warteten auf Panzer, Flugzeuge, heulende Bomben, Kanonendonner, Knattern von Maschinengewehren, aber kein Erdgrollen und Donnerschlag, weit und breit keine amerikanische Armee, nur zwei einsame Soldaten, die gleich wieder gehen. Wir schauen uns ungläubig an: Soll das etwa schon die Besetzung gewesen sein?

Mit dem Frieden brechen gleichzeitig die Ferien an. Wir haben keinen Unterricht, keine Beschäftigungen, es gibt nach wie vor keinen Appell und kein Fahnenhissen, eigentlich auch kein Lager mehr. Herr Lindenthal ist spurlos verschwunden und Herrn Brenner haben die Amerikaner mitgenommen. Um ihn zu entnazifizieren.

Entnazifizieren, desinfizieren, der Herr Lehrer wird gereinigt wie ein Kleidungsstück. Aber es kann auch sein, dass die Entnazifizierung nicht gelingen wird, denn wer aus ganzem Herzen ein Nazi ist, der kann sich nicht verstellen, und die Amerikaner sind ja nicht blöd. Aber woher wollen sie von dem Lehrer eines Käsmarker Gymnasiums wissen, der doch erst seit ein paar Monaten hier ist und den fast niemand in Reichenhall kennt, dass er ein Nazi ist?

Wir sind den ganzen Tag in der Umgebung unterwegs, kriechen in die verlassenen Panzer und Lastwagen und tragen alles, was nicht niet- und nagelfest ist, nach Hause. Vieles liegt einfach herum, wir finden einen Schraubstock, Feilen, Bohrer, ein Fernrohr, sogar Schallplatten; und auf der anderen Seite des Flusses, in einer Art Bunker Unmengen von Munition. Wir sind glücklich mit unserer Beute, doch dauert unser Glück nicht lange. Herr Klement beschlagnahmt alles, stellt uns in eine Reihe und hält uns eine Standpauke. *Ihr Idioten, ihr Schwachköpfe, bei einer Granate könnt ihr innerhalb von Minuten verbluten, aber wenn ihr Glück habt und nicht sterbt, auch dann habt ihr für den Rest eures Lebens nur einen Arm oder nur ein Bein! Ist es das, was ihr wollt?*, brüllt er ganz außer sich und verbietet uns, auch nur in die Nähe von irgendwelchen militärischen Sachen zu gehen. Tabu sind ab jetzt das gegenüberliegende Ufer des Flusses, der Berg, die Landstraße, die Wiese, ansonsten sind wir frei wie die Vögel, allerdings wäre diese Freiheit erst dann wirklich gut, wenn endlich ein Brief von Mama oder Papa käme und ich nicht so schrecklich hungrig wäre.

Seit Tagen gibt es kein Brot. Rote Bete, Linsen, Erbsen, getrocknete Mohrrüben: Frau Müller versucht, daraus essbare Speisen zu zaubern. Am ehesten Suppen, denn ohne Schmalz und Mehl kann man nichts anderes kochen. In der Erbsensuppe schwimmen winzige, schwarze Käfer, es ist unmöglich, sie herauszufischen, ich schließe meine Augen und löffele sie so. Die Jungen essen die Zahnpasta. Sie sagen, sie schmecke ganz gut. Auch ich probiere sie, muss dabei aber würgen. Gabriel meint, ich sei eben noch nicht hungrig genug.

Wir stehen hier außerhalb aller Gesetze. Wir sind aus der Slowakei gekommen, aber die Slowakei gibt es nicht mehr, und wir sind weder Slowaken noch Reichsdeutsche, offiziell existieren wir überhaupt nicht. Wir bekommen keine Lebensmittelmarken, doch ohne die gibt es auch kein Brot, und es gibt einfach nichts zu essen, wir sind auf uns selbst gestellt. Also versuchen wir, irgendetwas zu organisieren. Wir sammeln Pilze, pflücken Löwenzahn und Brennnesseln, suchen nach Vogeleiern, plündern die Gärten am Stadtrand, grasen den Sauerampfer ab, ziehen den Rettich heraus, klauen die Kirschen, machen Jagd auf Zigarettenkippen und wühlen in der Gegend um die amerikanische Kommandantur in den Mülleimern. Die Mülleimer der Amis sind wirkliche Schatztruhen: Es gibt hier Hühnerrücken und -flügel, weil sie nur die Schenkel und die Brust essen, und manchmal fischen wir sogar handgroße Scheiben von Schweinebraten heraus. Das Fleisch klebt vor Dreck, aber was macht das schon, Gabriel schneidet es mit seinem Taschenmesser auf, jeder bekommt einen würfelgroßen Happen, *wenn wir langsam kauen, hält der Genuss länger an,* sagt Gabriel. Wir kauen den Würfel Fleisch, schieben ihn im Mund hin und her, Otto gesteht verschämt, ihn in einem Stück hinuntergeschluckt zu haben, und ich bin stolz auf mich, weil ich meine Gier drosseln kann.

Die Amis sind groß, haben runde Gesichter, sie wirken immer gut versorgt und satt. In ihren Schuhen mit den Gummisohlen gehen sie weich und geschmeidig, sie gehen gar nicht, sie schweben eher, wirken wie Außerirdische. Nachmittags sitzen sie in Gruppen auf der Terrasse des Bürgerbräu, vor ihnen Bier, Brezeln und Würste, von dem Duft läuft uns das Wasser im Munde zusammen. Wir schauen sie nur an, weil wir kein Englisch können, doch oft reicht auch das bloße Schauen. Das Problem ist nur, dass sie uns die Brezeln zuwerfen wie dem Hund die Knochen und es uns nicht immer gelingt, sie zu fangen. Aber auch voller Erde schmecken sie lecker, und überhaupt sind die Amerikaner wirklich gutherzig, manchmal verteilen sie Schokolade und Kaugummis, Otto hat sogar eine olivgrüne Mütze mit der Aufschrift U. S. ARMY bekommen, um die ihn alle Jungen beneiden, er passt so gut auf sie auf, dass er sie nicht einmal zum Schlafen abnimmt.

Das Brot fehlt uns mehr als alles andere, aber das kann man sich nicht organisieren, höchstens erbetteln. Gleich morgens, wenn die Bäckerei öffnet, stehen wir davor und flehen in einem fort, ein bisschen Brot, ein bisschen Brot. Mit einem Singsang wie an Heiligabend beim Krippenspiel. Zuerst fiel es mir schwer, ich murmelte nur und war unfähig, die Hand zum Betteln auszustrecken, und Gabriel murrte, wir würden wieder mit knurrendem Magen zu Bett gehen. Da fiel mir Jani ein, der bei Wind und Wetter jeden Freitag so gegen Mittag bei uns vor der Haustür erschienen war. Ihn begann ich nachzuahmen, ich veränderte meine Stimme und bettelte in seinem Tonfall, dabei sah ich Mama vor mir, wie sie mir das Brot reichen würde. Die bayrischen Bäcker sind aber bei Weitem nicht so gutherzig wie Mama, meist scheuchen sie uns fluchend davon, doch ich höre gar nicht, was sie rufen, ich spiele, dass ich eine Schauspielerin bin und bloß eine Rolle spiele. Wenn ich das gut mache, werde ich mit Essen belohnt.

Etwas organisieren, betteln, klauen: Das sind unsere tagtäglichen Betätigungen. Auch ich habe schon geklaut. Das erste Mal ist es nur so von selbst passiert. Vor der Bäckerei in der Ludwig-Straße reihten sich in großen Körben die auf die Auslieferung wartenden Brote, schöne, rotbraun gebackene Laibe, ihr Duft stieg mir in die Nase, mein Magen begann zu knurren, ich hatte so sehr zu schlucken, dass ich einen Hustenanfall bekam. Der Bäcker und sein Lehrling verluden gerade die Ware, ich ging um den Wagen herum, indem ich sie absichtlich nicht ansah, den Duft des Brotes in der Nase, seinen Geschmack im Mund, ich erinnerte mich gar nicht mehr, wann ich das letzte Mal Weißbrot mit knuspriger Kruste und weicher Krume gegessen hatte, ich musste mich nur umdrehen und zwei Schritte zurückgehen.

Der Bäcker bekam zuerst nicht einmal mit, dass ich aus einem der Körbe zwei Laibe stibitzt hatte, als er es bemerkte, rannte ich schon, so schnell ich konnte, davon, der Bäcker schickte mir den Lehrling hinterher und schrie allerlei, ich aber rannte nur, durch die Unterführungen, von Gasse zu Gasse, rannte so lange, bis ich das Keuchen des Lehrlings hinter mir nicht mehr hörte. Die Katholiken halten es damit so, dass es nicht als Sünde gilt, wenn man etwas zu essen stiehlt. Aber ich werde das der Mama weder schreiben noch erzählen, auch keinem anderen, niemals.

Der Montag ist ein Festtag: Von den beiden Brotlaiben bekommt jeder eine große Scheibe ab. Und auch der Dienstag ist ein Festtag: Die Jungen platzen mit einer Ente herein. Sie sei ihnen auf dem Weg einfach entgegengekommen, sagen sie Frau Müller, die gar nicht fragt, sondern die quakende Ente an den Flügeln packt, in die Küche trägt und eine Suppe aus ihr kocht. Eine Suppe, weil man sie auf diese Weise gerecht aufteilen kann. Das Fleisch löst sie von den Knochen, das Gemüse schneidet sie streichholzdünn, es schmeckt so gut, dass mir der Kopf schwirrt.

Wir essen alles, was essbar ist, und klauen alles, was sich mitnehmen lässt. Um einen größeren Erfolg zu erzielen, bilden wir eine Truppe. Gabriel ist der Chef, er ist der Älteste, Stärkste und Klügste, in allen Fragen hören wir auf ihn. Wir legen Regeln fest. Die wichtigste Regel ist, nicht aufzufallen und nur so viel mitzunehmen, wie unbedingt nötig, um möglichst schnell wegrennen zu können. Wir teilen die Rollen auf: Es gibt Aufpasser, Ausführende, Stafetten und Verkäufer. Die Verkäufer verkaufen das, was wir beschaffen, auf dem Schwarzmarkt. Für Zigaretten oder Tabak, derzeit sind das die Hauptzahlungsmittel. Alle sind wichtig, doch die Verkäufer sind am wichtigsten, denn der Schwarzmarkt ist ein Haifischbecken, wir müssen auf der Hut sein, damit sie unser Alter nicht ausnutzen und uns übers Ohr hauen. Gabriel ist der Hauptverkäufer, aber Wendi und Otto begleiten ihn meistens. Wir Mädchen kommen dafür nicht infrage, wir müssen einsehen, dass man uns noch weniger ernst nehmen würde als die Jungs. Frau Müller ahnt, dass wir unerschrockene Diebe sind, Frau Eisler und Herr Klement wissen es wahrscheinlich nicht.

Die Amerikaner sind die ständig um sie herumlungernde Kinderschar gewohnt und scheren sich überhaupt nicht um uns. Der Lastwagen steht unbewacht da, der Fahrer ist nirgendwo. Trudi, Gerlinde und die drei Jungen stehen an den vier Ecken des Platzes Schmiere, Zilli und ich schlendern um den Lastwagen herum und tun so, als wären wir in ein Gespräch vertieft. Wendi schließt sich uns an, jetzt spazieren wir schon zu dritt, auf einmal hebt Gabriel den Arm, auf das Zeichen hin halten wir Wendi die Räuberleiter, der mit einem Schwung oben im Lastwagen ist. Große Fleischkonserven mit roten Etiketten in Hülle und Fülle, schnell hinein in den Rucksack, so viel hineinpasst, aber es gebe auch Zucker, Wendi sagt das so andächtig wie ein Gebet.

„In was?"

„In Säcken."

„Woher weißt du, dass es Zucker ist?"

„Das weiß doch jeder, dass *sugar* Zucker ist!"

„Sind die Säcke schwer?"

„Fragt nicht so viel, sagt mir lieber, was ich machen soll!"

Zucker ist ein wertvoller Schatz, auf dem Schwarzmarkt ist er Gold wert, aber wenn er nicht in den Rucksack passt, ist es zu auffällig, ihn in der Hand zu tragen: Sollen wir ihn dalassen oder mitnehmen? Wir können nicht zu den anderen hinrennen und uns beratschlagen, wir müssen das selbst entscheiden, und zwar schnell, Zilli und ich sagen gleichzeitig, Wendi soll ihn herunterreichen! Ein hübscher kleiner Sack, mindestens zehn Kilo schwer, der macht uns reich, und wenn nicht, dann haben wir wenigstens eine Weile zu essen, doch dürfen weder Frau Eisler noch Herr Klement etwas davon erfahren, wir müssen den Zucker heimlich verkaufen und danach vom Erlös geschickt einkaufen! Aber das ist ein Ding der Unmöglichkeit, die Erwachsenen sind ja nicht auf den Kopf gefallen, wir können ihnen nicht schon wieder das Märchen von der Ente verkaufen, die uns über den Weg gelaufen ist, oder einfach behaupten, dass wir vollkommen zufällig ein bisschen Schmalz, Brot und Mehl gefunden haben. Was sollen wir also tun? Die Fleischkonserven können wir ruhig Frau Müller geben, sie wird kaum Fragen stellen, und wenn vielleicht doch, dann sagen wir eben, wir hätten sie von den Amerikanern geschenkt bekommen, mit dem Zucker jedoch haben wir erst einmal keine Eile, wir haben schließlich Zeit, uns zu überlegen, was damit passieren soll.

Irrtum. Wir haben keine Zeit. Am nächsten Tag fliegen wir auf. Die Amerikaner knüpfen sich Herrn Klement vor, doch Gott sei Dank wendet sich alles zum Guten: Nach dem Führer nimmt uns Mr. Cross, der Offizier der 8. Armee, unter die Fittiche. Wir bekommen Lebensmittelmarken, Kondensmilch, Milchpulver, die bereits bekannten Fleischkonserven, echten Tee und auch Kaffee. Die vielen Köstlichkeiten haben aber ihren Preis: Wir müssen nicht nur versprechen, nicht mehr zu klauen, sondern auch auf Mr. Cross' Anweisung hin Englisch lernen und uns einen Film über die Konzentrationslager ansehen.

Ob wir etwas zu sagen hätten, fragt Mr. Cross nach der Filmvorführung. Wir schweigen. Es verstreichen lange Minuten, Mr. Cross schweigt mit uns.

„Aus Erwin, deinem Führer-Jüngelchen, hätte auch leicht ein Judenhenker werden können", brummt Gabriel hinter meinem Rücken.

„Was sagst du, mein Junge?“, Herr Cross versteht kein Deutsch, doch Gabriel zuckt nur mit den Schultern und antwortet nicht.

„Wie konntest du so etwas sagen?“, werfe ich ihm vor, nachdem Mr. Cross uns hat gehen lassen.

„Er ging doch in die Reichsführerschule, oder etwa nicht?“

„Aber was hat er mit den Juden zu tun? Sie haben ihn an die Front gebracht! Vielleicht ist er verletzt worden oder gefallen!“

„Wenn er gefallen ist, dann ist er eben gefallen. Was kümmert's dich?“

„Gestern er, morgen du. Und wen wird das kümmern?“, ich renne fort, ich will nicht, dass Gabriel und die anderen meine Verzweiflung sehen, weil ich ausgesprochen habe, was ich nicht einmal als Möglichkeit denken dürfte.

Gabriel folgt mir, Worte schaffen Wirklichkeit, ich nehme es zurück, zaubere es zurück, *Erwin lebt, jawohl er lebt!*, rufe ich Gabriel zu und renne wie ein Hase, er hat keine Chance, mich einzuholen, in den Öfen Asche, vor den Baracken Skelettmenschen, sie haben keine Gesichter, keine Körper, sind gar keine Menschen mehr, Ida mit dem hüftlangen, roten Zopf, Hanna mit den Hunderten von Sommersprossen, Edu, Lipu, Sára, Stefan, Toni, insgesamt sieben aus der Klasse, ich weiß nicht, wie viele aus dem Gymnasium, aber viele, sehr viele, es tut mir leid, es tut mir leid, ich kann gar nicht sagen, wie sehr es mir leid tut, dass ich so einfach zur Kenntnis genommen habe, was passiert ist, und sie vergessen habe.

Der Schnee schmolz schon, es plätscherte aus den Regenrinnen, als ich morgens auf dem Weg zur Schule bemerkte, wie das Haus des Schusters verschandelt worden war. Ich verstand gar nicht, was ich sah, trat vom Gehweg und starrte mitten von der Straße aus auf die drei riesigen, schwarzen Davidsterne und die Menschenköpfe – hohe Stirn, Hakennase, eingefallene Augenhöhlen: sie sahen aus wie Totenköpfe –, als Krönung über ihnen die schrille Aufschrift ŽIDI. Am Morgen erschrak ich mich, am Nachmittag, auf dem Heimweg trat ich nicht mehr vom Gehweg und ging nicht mehr mitten auf die Straße, am nächsten und am übernächsten Tag warf ich nur noch einen kurzen Blick auf die Fassade des Hauses, danach nicht einmal mehr das, die schwarzen Sterne und die totenköpfigen Juden verschmolzen mit dem Straßenbild. Aber was hätte ich tun können? Ich konnte die Wand doch nicht abwaschen oder abkratzen, ich konnte doch nicht verhindern, dass man sie mitnahm! Aus der Schule verschwanden sie von einem Tag auf den anderen. Ich wusste nicht, wie und wohin, aber ich wusste, dass man sie deportiert hatte. Ich wusste von dem alten Herrn Mandel, von Doktor Teichner, und ich wusste von Gyuri Goldstein, dem Chauffeur der Webereifabrik Wein, der Papa manchmal aus Gefälligkeit gefahren hatte und zum Arbeitsdienst mitgenommen wurde. Die Juden sollten endlich lernen, was ordentliche Arbeit sei, schrieb die Zeitung, doch ich dachte nicht daran, dass das für irgendjemanden in Käsmark gelten könnte, schon gar nicht für Herrn Goldstein, denn es gab keinen besseren Chauffeur auf der Welt, sein Auto war innen blitzblank und außen funkelten auf dem Lack die Sonnenstrahlen, aber auch Doktor Teichner arbeitete von früh bis spät, war mehr im Krankenhaus als zu Hause, weil die Kinder zu jeder Tages- und Nachtzeit auf die Welt kamen.

Trotz der Sachen, die ich im Film gesehen habe, hoffe ich, dass im September, wenn die Schule wieder losgeht, die ganze Klasse beim Gottesdienst zum Schuljahresanfang da sein wird, und ich hoffe auch, dass Gyuri Goldstein davongekommen ist und mir, wenn wir uns treffen, anbietet, mich nach Leutschau oder nach Deutschendorf zu bringen, weil er gerade dorthin unterwegs ist, und ich hoffe auch, dass Herr Mandel hinter dem Ladentisch steht und Doktor Teichner mir von Weitem heftig zuwinkt, wenn er mich erblickt, denn die Jahre und Jahrzehnte mögen verstreichen, er aber erinnert sich an jedes Kind, das bei ihm geboren wurde.

Ich habe mit unserer Truppe gebrochen, ich gehe nicht mehr mit ihnen zum Organisieren, gehe nicht Pilze sammeln, angeln, in der Burg herumstreunen, ich gehe nirgendwo mehr hin mit ihnen. Nicht einmal mehr auf den Predigtstuhl. Ich will Zilli, Trudi, Gerlinde nicht mehr sehen und auch die Jungs nicht, ich will niemanden mehr sehen, will nicht hier sein, will kein Lagerkind sein, ich will mein altes Leben zurück, ich will nach Hause! Ob es sich gehört oder nicht, Pflicht und Gewissenhaftigkeit hin oder her, ich will, dass Mama mich wieder dressiert und Papa sie beschwichtigt: *Lassen Sie nur, mein Herz, sie ist doch noch ein Kind!* Wenn ich eine Nachricht von ihnen bekäme, nur irgendetwas von ihnen hören würde, von einem Fremden eine klitzekleine Nachricht, oder endlich etwas käme, eine Postkarte oder ein Telegramm, dann könnte ich mich mehr über diesen dummen Frieden freuen! Aber Reichenhall ist wie eine Insel irgendwo im Ozean, abgeschnitten von der Welt, es gibt keine Post, kein Telefon, keinen Zug, es gibt nichts, nicht einmal eine Brieftaube; wie sollen sie mich so finden?

Eine amerikanische Delegation trifft ein, um uns zu überprüfen. Unsere Nationalität. Ob wir Deutsche sind.

Kaum sind sie fort, halten Lastwagen vor der Villa, sie sind gekommen, um uns an die tschechische Grenze zu bringen, da wir jetzt bereits Tschechoslowaken sind. *Dabei assistieren wir nicht!*, Frau Eisler protestiert und verlässt zusammen mit Herrn Klement demonstrativ das Haus, sie gehen in den Garten. Uns beruhigt sie, wir sollten keine Angst haben, sie könnten uns nichts anhaben, uns nicht einfangen wie die Hühner. Wir haben keine Angst. Die Amerikaner sind auch verärgert freundlich, und nachdem sie sich eine Weile beraten haben, fahren sie wieder weg. Doch sie lassen uns keine Ruhe, am nächsten Tag kommen sie mit einem Hauptmann zurück, der sich ebenfalls auf unsere tschechoslowakische Staatsbürgerschaft beruft. So etwas wie Tschechoslowaken gebe es doch gar nicht, es gebe entweder Tschechen oder Slowaken, wir aber seien keines von beidem, wir seien Deutsche aus der Slowakei mit slowakischer Staatsbürgerschaft – Herr Klement erklärt unsere Situation, aber vergeblich, der Hauptmann versteht nicht, warum wir keine Tschechoslowaken sein wollen. Das sollte man die Slowaken fragen, wegen ihnen hätte man diese Kinder evakuieren müssen und wegen ihnen seien auch ihre Eltern aus der Slowakei geflohen, sodass es niemanden gebe, zu dem man sie zurückschicken könne; so etwas in der Art antwortet unser Lehrer, der so gut englisch spricht, dass sie ihn als Dolmetscher mitnehmen. Erst am Abend kommt er wieder nach Hause, er erzählt uns etwas Lustiges, dann zieht er sich mit Frau Eisler zurück, sie unterhalten sich lange. Wir wüssten nur allzu gerne, über was sie da reden, aber wie wir die Ohren auch spitzen, es gelingt uns nicht, etwas Gescheites aus ihrer Unterhaltung aufzuschnappen. Aber Augen haben wir schon im Kopf! Frau Eislers Gesicht glüht, und es glühen auch Herrn Klements

Augen, wenn er sie ansieht. Es ist eindeutig: Die beiden sind verliebt. Sie versuchen, es zu verheimlichen, dabei müssten sie das gar nicht. Die Liebe ist nicht verboten, und überhaupt leben wir schon so lange zusammen eingesperrt, dass wir sowieso alles vom anderen wissen.

Die Amerikaner lächeln, sind liebenswürdig, aber eisern: Sie geben uns vierzig Tage Aufschub. Während dieser Zeit müssen wir unsere Eltern finden und sie benachrichtigen, damit sie uns abholen. Wer nicht geholt wird, den bringen sie nach Ablauf der Frist über die tschechische Grenze. Aber wir bräuchten keine Angst zu haben, Herr Klement und Frau Eisler wären bis zum Schluss bei uns, und wenn nötig, würden sie uns sogar bis nach Käsmark begleiten.

Unerschütterlich warte ich auf Post und auf Mama. Ich versuche, nicht zu verzagen, doch es ist, als säße ich auf einer Wippe; mal weiß ich ganz sicher, dass sie kommt, mal bin ich vom Gegenteil überzeugt. Dann denke ich daran, dass nichts verloren ist, früher oder später muss sie einen meiner Briefe bekommen, denn die Post wird wieder zugestellt, wenn auch stockend. Ein Beweis dafür ist, dass einige der Kinder schon abgeholt wurden.

Herr Klement läuft sich die Füße wund, verschickt Telegramme, organisiert unsere Heimreise. Papa oder Mama haben vierzig Tage, um einzutreffen! Jesus war vierzig Tage in der Wüste. Es fahren kaum Züge, doch innerhalb von vierzig Tagen kann man von überall hierher gelangen. Bei Trudis Eltern hat der Weg von Käsmark bis ins Riesengebirge zwar einen ganzen Monat gedauert, als sie evakuiert wurden, aber damals war es Januar, sie wurden bombardiert und beschossen. Jetzt ist es Juni, und es herrscht Frieden.

5.

Das ist der schönste Tag! Papa ist gekommen! Mit dem Fahrrad. *Du kannst doch gar kein Fahrrad fahren!*, sage ich zu ihm, *das kann jeder und ein Gefährt, das schneller und sicherer wäre, gibt es heutzutage nicht!*, antwortet er. Ich habe Mama erwartet, weil für Papa immer die Arbeit und die Stadt an erster Stelle standen, er hatte nie Zeit, sich um uns zu kümmern, zumindest warf ihm das Mama immer an den Kopf, wenn sie eine Auseinandersetzung hatten, aber Mama ist wieder krank: die Flucht, die große Sorge um mich, um Gerd, um das Haus, die Möbel und all das, was zurückgeblieben sei, das habe ihre Gesundheit untergraben, jetzt habe sie gerade die Gelbsucht, sei so gelb wie ein Kanarienvogel. Die Mama ein Kanarienvogel: Ich muss kichern, aber Papa weist mich zurecht, Gelbsucht sei eine sehr ernste Krankheit, man könne sogar daran sterben. Tee mit Milch, weich gekochte Eier, Apfelkompott, in Wasser gekochter Weizengrieß und liegen, liegen, liegen: Das hat der Arzt angeordnet. Mitten in der Front konnte man von alldem nur den in Wasser gekochten Weizengrieß und das Liegen einhalten, aber Papa machte das Unmögliche möglich und ließ nicht locker, bis er in einem Dorf bei Olmütz für seine Taschenuhr Milch und Eier besorgen konnte.

„Warum habt ihr nicht geschrieben?“

„Warum hast du nicht geschrieben?“

„Ich habe geschrieben!“

„Wir haben geschrieben!“

Die Briefe sind verloren gegangen, doch was zählt das schon, Hauptsache ist, dass nichts Schlimmes passiert ist, dass es Mama besser geht, sie zu Kräften kommt, nur für eine längere Reise sei sie eben noch zu schwach, doch bis wir in Olmütz einträfen, könne es gut sein, dass sie überhaupt nicht mehr krank wäre, Papa lächelt, und ich weiß, es wird so sein, denn auf das, was er sagt, ist immer Verlass.

Papa hat das Fahrrad von einem bayrischen Bauern gekauft, als ihn auf dem Weg hierher endgültig die Kräfte verließen, allerdings können wir auf der Rückreise nichts damit anfangen, da wir kein zweites haben und Olmütz furchtbar weit weg ist, also verkauft Papa es. Für Zigaretten. Zigaretten sind das beste Zahlungsmittel, man bekommt alles dafür und kann alles damit erledigen. Am nächsten Tag brechen wir früh auf. Gerlinde, deren Mutter sich ebenfalls in Olmütz aufhält, nehmen wir mit. Sie ist allein dort, weil ihr Vater als Bürgermeister von Käsmark die Stadt – wie der Kapitän das sinkende Schiff – als Letzter verlassen hat und es nicht mehr bis nach Olmütz geschafft hat, sondern irgendwo in Österreich stecken geblieben ist.

„Und aus Olmütz wohin weiter?“, fragt Frau Eisler.

„Das ist noch unklar“, antwortet Papa.

Am wichtigsten sei, dass Mama zu Kräften komme und wir eine Nachricht von Gerd bekämen, dann könnten wir überlegen, ob wir unseren Weg nicht vielleicht Richtung Bayern einschlügen. *Gehen wir vielleicht gar nicht nach Käsmark zurück?,* frage ich Papa, weil es so klingt, als habe er schon eine Entscheidung getroffen, aber nein, *wie Mama es will, so machen wir es,* das überrascht mich nun wirklich, weil bislang immer Papa entschieden hat, und wie er entschieden hatte, so musste es sein. *Es ist*

Pflicht, es wurde bekannt gegeben, die Deutschen müssen gehen!, damit hatte er Mamas Versuch, mich zu Hause zu behalten, erledigt. Dass die Schule nicht die Armee sei und es schließlich keinen Einberufungsbefehl gebe, hörte er schon gar nicht mehr, und nachdem er mir den neuen Rucksack mitgebracht hatte, ging er weiter seinen Angelegenheiten nach, ohne Mamas verletzter Wut die geringste Beachtung zu schenken.

Wenn es uns gelingt, in einen Güterzug zu steigen, uns ein Auto vom Roten Kreuz oder auch ein Pferdefuhrwerk mitnimmt, sind wir glücklich, ansonsten gehen wir eben zu Fuß. Über Stock und Stein, durch Bayern, wir schlafen auf einer blühenden Wiese, im Heuhaufen, im Keller einer Hausruine, im Schober, in der Scheune, Blumenstadt, lese ich aus dem offenen Kohlewaggon, ein Ort mit einem solchen Namen muss doch wunderschön sein. Es dämmert, ich weiß nicht, ob Gerlinde wach ist, vielleicht ruht sie auch nur ihre Augen aus, Papa redet vor sich hin, redet zu sich selbst. Der Heimatschutz habe gegen die Partisanen überhaupt nichts ausrichten können, dafür aber war er gut, die deutschen Jungen einzuziehen, damit sie der Front entkamen, zumindest solange die Deutschen nicht einmarschierten. Danach sei es unmöglich gewesen, zu verhindern, dass Gerd zur Waffen-SS eingezogen wurde, auch die Evakuierung war eine Zwangsevakuierung, der Befehl kam geradewegs von der Regierung. *Wenn Lili etwas passiert, lasse ich mich scheiden!,* Mamas Stimme war kalt und scharf, als sie das Papa am Abend vor der Abfahrt sagte, eigentlich sagte sie es gar nicht, sie zischelte es eher, weil sie nicht wollte, dass ich es hörte, aber ich höre alles, auch das, was sie nicht aussprechen, nur denken. Die kalte, wütende Stimme Mamas ist das Letzte, an das ich mich von jenem Abend erinnere.

Gerlinde schläft doch nicht, denn als Papa über Doktor Teichner spricht, spüre ich, wie sich ihr Körper neben mir verkrampft. Als den Juden gekündigt wurde, brachten ihr Vater und Papa den Doktor irgendwohin ans Ende der Welt, in ein verstecktes Bergdorf, doch vergebens, jemand verriet Doktor Teichner, und schließlich wurde auch er deportiert, ebenso wie die anderen. Leichenberge, Öfen, lebendige Skelette, die mit leerem Blick in die Kamera starren; der Film, den wir uns auf Anweisung von Mr. Cross anschauen mussten, läuft vor mir ab, ich frage Papa, was seiner Meinung nach mit den Juden aus Käsmark passiert sei, *man weiß nichts Genaues,* antwortet er, aber seine Stimme klingt wie immer dann, wenn er Mama etwas nicht verraten will.

Zerrissene Familien, Tote, ein Haufen junge Leben, die Namen in Stein gemeißelt, Käsmark gehöre den Slowaken, nichts konnte verhindert werden; Papa ist so traurig, dass man ihn einfach trösten muss. Mama bekomme mich bald zurück und Polli Gerd, und Doktor Teichner, Gyuri Goldstein und all die anderen, die wir mögen – hier denke ich an Erwin –, sie kämen doch wieder, beteuert Gerlinde, Worte schaffen Wirklichkeit, so wird es sein, anders könne es nicht sein, ich bin mir bei dem, was ich sage, so sicher, dass ich im Dunkeln lächeln muss.

Budweis: die tschechische Grenze. Wir warten, bis es Nacht wird, dann brechen wir auf. Mir schlägt das Herz bis zum Hals, aber nachdem Papa die diensthabenden Grenzbeamten mit Zigaretten und etwas Tabak bestochen hat, winken sie uns durch. Wir haben slowakische Reisepässe, als Adresse ist Käsmark angegeben, auch als sie unsere Papiere verlangen, bekommen wir keine Schwierigkeiten, aber Papa ist sehr umsichtig: Noch auf der deutschen Seite legt er uns ans Herz, dass wir ab der tschechischen Grenze Slowaken sind und auch untereinander ausschließlich slowakisch sprechen.

Innerhalb von fünf Tagen gelangen wir nach Olmütz. Erschöpft, doch problemlos. Papa ist mit den fünf Tagen sehr zufrieden, er meint, das sei ein gutes Tempo. Zumindest im Vergleich zu seiner Reise nach Reichenhall. Bahnhof, Brücke, Fluss, rote Straßenbahn, holperiges Kopfsteinpflaster, vergitterte Fenster, Türen mit Steinumrahmung, Wasserspeier in Form von Drachen, das grüne Haus meiner Tante Frida in der Kapuzinergasse sticht von Weitem zwischen den gelben und weißen Häusern hervor; nach dem zerbombten Bayern hat es den Anschein, als hätte es in dieser Gegend gar keinen Krieg gegeben.

Die Katze thront auf ihrem gewohnten Platz auf der Fensterbank, das Tor knarrt laut, Großmutter steht draußen auf dem Hof, aber auch Mama kommt schnell hinzu, Großmutter sagt immer wieder, *mein Engelchen,* und wischt sich die Augen, Mama dreht mich hin und her und umarmt mich, Polli springt mir um den Hals und plappert glücklich, ich sei ein Glücksstern, vielleicht schneie nach mir auch Gerd herein, aus Pollis Armen dann sofort wieder in Mamas, die sich unendlich freut, so sehr, dass sie sogar Papa umarmt und ihn küsst. *Ist für mich ein Brief angekommen?,* frage ich, als ich mich aus den Umarmungen löse, denn hätte Erwin geschrieben, wäre mein Glück vollkommen, aber Mama verneint und fragt, von wem ich denn einen Brief erwarte, sie sieht mich forschend an. In meiner Verlegenheit antworte ich, von Kinga. Beim Partisanenaufstand sei sie mit ihrer Mutter nach Budapest geflohen und vor der Front dann in die Tatra, mehr wisse sie nicht, Mama fragt mich über Reichenhall aus, ich erzähle ihr alles, den Tagesablauf, den Privatkrieg zwischen Frau Eisler und Herrn Brenner, von Frau Müller, der Saline, den Amerikanern, dem Löwenzahn- und Brennnesselsammeln, und ich erzähle ihr von dem ständigen, quälenden Hunger, vom Betteln und vom Klauen, Erwin verschweige ich ihr jedoch. *Jetzt hast du auch Hunger, nicht wahr?*, fragt Mama, fügt aber sofort hinzu, dass es nichts außer Erbsen und Bohnen gebe, ich antworte, ich möge Erbsen sehr gern, das sei prima.

Morgen dann Kekse und Tee, das wird erst richtig prima, Tante Frida lacht und drückt mich so fest, dass ich kaum Luft bekomme. Grüne Augen, ein glattes, faltenloses, rundes Gesicht, milchweiße Haare: Auf den ersten Blick weiß ich gar nicht, was so erschreckend an ihr ist, erst beim zweiten bemerke ich, dass sie völlig ergraut ist, seit ich sie zuletzt gesehen habe. Mein Onkel wurde als einer der Letzten in die Waffen-SS eingezogen und ist jetzt irgendwo in russischer Gefangenschaft, meine Tante macht sich Tag und Nacht Sorgen um ihn, so sehr, dass sie nicht schlafen kann, und wenn sie doch einschläft, quälen sie Albträume, tagsüber taumelt sie dann vor Erschöpfung. Jetzt ist sie aber wie elektrisiert, *Baba, Baba, Babuschka,* singt sie leise, wie als ich noch ein kleines Kind war, und dabei lacht sie, auch ich lache und frage sie nach ihrer Bridgepartie am Freitagnachmittag. Die finde statt, aber sicher, die Bridgepartien seien heilig und unantastbar, Tante Frida, Frau Heller aus der Nachbarschaft, Frau Askar, die Frau des armenischen Pelzhändlers von der anderen Seite des Flusses, und Frau Novakova vom Niederring: Seit Jahren schon bilden die vier das Quartett.

„Kateřina kommt nicht", sagt Tante Frida, als ich nach den Damen frage.

„Wieso?"

„Weil sie Tschechin ist und sich nicht traut."

„Das tut mir leid", murmele ich und frage vorsichtig nach Frau Askar.

„Die kann nicht einmal eine ganze Armee aufhalten", antwortet meine Tante und ich seufze erleichtert. Frau Askar mag ich am liebsten. Funkelnde, schwarze Augen, bläulich schimmernde rabenschwarze Haare und das Gesicht einer Madonna, als ich ihr das erste Mal begegnete, starrte ich sie nur an, sie war so schön, als hätte Botticelli sie gemalt. Zum Mitglied der Bridgerunde wurde sie, nachdem sie mit irgendeiner Krankheit – ich erinnere mich nicht mehr, mit welcher – im Krankenhaus auf der Station von Tante Frida gelegen hatte, während ihrer Genesung hatten die beiden Freundschaft geschlossen, sodass meine Tante sie zum Bridge an die Stelle einer vierten Freundin einlud, die gerade im Begriff war wegzuziehen. Das war schon vor mehr als zehn Jahren, und seitdem versäumt es Frau Askar, wann immer sie mich sieht, nie, mich hin und her zu drehen und zu staunen, wie sehr ich doch gewachsen und wie hübsch ich geworden sei. Das stimme doch gar nicht, protestiere ich immer, wenn ich jedes Jahr so viel hübscher würde, wie sie sage, müsste sie meine Schönheit geradezu blenden, woraufhin sie erwidert, wie klug und wie bescheiden ich doch sei, und mich weiter hartnäckig lobt.

Die Bridgepartie beginnt genau um sechs Uhr nachmittags. Um halb sechs wird der Kartentisch aufgeklappt, die zwei Päckchen französische Karten liegen vorbereitet da, Schokoladenkekse und Tee sind die unerlässlichen Requisiten der freitäglichen Zeremonie, die Kekse bringt Frau Askar mit und bietet sie mir zuerst an, ich solle mir gleich zwei nehmen, ich bedanke mich und laufe, um das Teewasser aufzusetzen, wenn ich in den zehn Jahren auch nicht hübscher geworden bin, so bin ich doch größer und habe gelernt, Bridge und Canasta zu spielen, die Freitagnachmittage sind deshalb so gut, weil alles immer im gleichen Ritual passiert, oder fast alles. Während meiner Evakuierung hat Polli Frau Novakova ersetzt, aber jetzt bieten sie mir an, ihren Platz einzunehmen.

6.

Als wir Gerlinde nach Hause bringen, denke ich zuerst, ihre Mutter scherze, aber nein, als sie bei der Evakuierung im Januar in Olmütz ankam, mietete sie sich geradewegs bei einem Partisanenführer ein Zimmer. Irgendwo auf der gegenüberliegenden Seite des Flusses, zusammen mit zwei anderen deutschen Familien. Beim Heranrücken der Front flohen die deutschen Familien weiter, Frau Stolz konnte sich jedoch ohne Ehemann und Tochter nicht wegbewegen, also war sie darauf angewiesen, in den Keller des Partisanen zu ziehen und dort abzuwarten, bis die Russen die Stadt einnahmen.

Selbst Partisanen leben schließlich von Geld, und anfangs störte es ihren Vermieter auch nicht, dass er mit einer Deutschen unter einem Dach wohnte, nach Kriegsende dachte er jedoch, er dürfe sich keinesfalls kompromittieren, selbst wenn die betreffende Person eine Deutsche aus der Slowakei sei, und schickte Gerlindes Mutter fort. Das Problem war nur, dass andere ähnlich dachten, also lief sich Frau Stolz die Füße wund, bis sie in der Neugasse eine Art Kammer bei einer alleinstehenden, alten Frau fand.

Der schmale, tunnelartige Raum füllt sich, als wir ihn betreten. Ein winziges Fenster, kaum größer als mein Notenheft, es dringt so gut wie kein Licht herein, zwei aus Brettern gezimmerte Betten, auf dem einen Bett eine mit Spitzen besetzte Decke, bröckelnde Wände, der Boden aus gestampftem Lehm, unter dem Bett ein Koffer, an der Wand Nägel für die Kleider, eine Art Ofen aus weißer Emaille, die Farbe blättert ab, in Käsmark hatten sie ein einstöckiges Haus mit vier Fenstern am Kirchplatz und hier diese Kammer, resigniert betrachte ich das einzige schöne Stück, die Spitzendecke.

„Von Adam gibt es immer noch keine Nachricht, das letzte Mal hat er aus Wien geschrieben, Sie sind ein wirklicher Freund, wie werden wir uns nur dafür revanchieren können?", es scheint, Frau Stolz bemerkt unsere Verblüffung gar nicht, mit Tränen in den Augen bedankt sie sich immer wieder bei Papa, dass er Gerlinde zurückgebracht hat.

„Da kommen wir aber weit, mit dem Dank von so einer Nazi-Frau!", Mama verzieht zu Hause den Mund.

„Was redest du da?", Papa ist vor Wut ganz rot.

„War er etwa nicht der Bürgermeister?"

„Wenn Adam Stolz ein Nazi ist, dann bin ich auch einer und du auch und jeder Deutsche in Käsmark samt Hund und Katze!", Papa ist verärgert, Mama blass, Polli schweigt die Hände gefaltet, und ich platze fast, so sehr muss ich lachen.

„Was gibt es denn da zu kichern?", fragt Papa.

„Fifi ein Nazi", ich breche in lautes Gelächter aus, woraufhin auch Polli kichern muss und sogar Mama lächelt, aber Papa schreit mich ganz außer sich an:

„Freche Göre, raus mit dir!"

Trotzig zucke ich mit den Schultern, aber die Tür will ich hinter mir wirklich nicht zuschlagen, sie gleitet mir nur plötzlich aus der Hand. Eine Weile stehe ich unschlüssig auf der Veranda, dann gehe ich zum Tor, schiele in den Briefkasten, doch die Öffnung ist zu schmal, aus dem Dunkel leuchtet nichts hervor. Auf einmal erscheint ein Strohhut mit Band in meinem Sichtfeld, ein Mädchen in einem blumigen Kleid, mit tausend Sommersprossen und einem breiten Lächeln, *Elsi Gotthardt*, sie sagt ihren Namen mit hell klingender Stimme. Ich ärgere mich immer noch über Papa, weil er mich hinausgescheucht hat, schaue trist vor mich hin, doch Elsi lächelt gut gelaunt und erzählt ungefragt auf einen Schwung alles von sich: Sie wohnt mit der Schwester, dem Bruder und den Eltern am Ende der Straße, sie ist so alt wie ich, wurde auf ähnliche Weise evakuiert, zuerst nach Maria Taferl, danach irgendwohin nach Bayern, den Namen der Stadt habe ich vergessen, das Ende des Krieges hat sie in einem Kloster erlebt, von dort holte ihr Vater sie und ihre Cousine ab, sie selbst kommt aus Dobschau, ihre Cousine aus Mühlenbach, doch die ganze Zipser Kolonie hat sich jetzt hier versammelt, von denen aus Käsmark kenne auch ich Frau Roth und Herrn Meier.

Elsi kommt ab jetzt jeden Tag, aber immer nur nach dem Mittagessen, und vor dem Abendessen geht sie nach Hause. Niemand kann sich auf Kosten anderer durchfuttern, überall gibt es wenig zu essen. Auch wir leben nach einer strengen Einteilung – Kartoffeln, Erbsen, Bohnen, Brot rationiert –, aber davon abgesehen geht es uns bei meiner Tante eigentlich gut, das ganze Haus gehört uns, während Elsi und ihre Familie zu fünft in einem Zimmer zusammengepfercht sind. Dort müssen sie essen, schlafen und sich auch waschen, Frau Gotthardt wäscht und kocht im selben Raum, auf einem Kanonenofen, auf dem nur ein einziger Topf Platz hat. Aber sie ist eine richtige Zauberin und Elsi eine fröhliche Natur, ihre Augen lachen und auch ihre Sommersprossen im Gesicht. Und zwar immer. Selbst bei ernsten Sachen. Wenn sie sagt, dass sie einen Bärenhunger hat, aber auf die Idee, dass wir etwas organisieren sollten, antwortet, es wäre besser, wenn wir nicht durch die Gegend liefen, denn die Tschechen seien gefährlich und würden alle Deutschen hassen.

Es ist so heiß, dass die Luft vibriert, Millionen von nadelspitzengroßen, schwarzen Käfern schwirren durch die Luft. Mama näht mir ein wunderschönes Sommerkleid. Wiesenblumen verstreut auf weißem Untergrund, es hat einen Glockenrock und japanische Ärmel, um die Taille einen meerblauen Gürtel. Allerdings kann ich abgesehen von dem schönen Kleid, den freitäglichen Bridgepartien und meiner neuen Freundin Elsi dem Sommer nichts Gutes abgewinnen. Gas und Strom gibt es meistens nicht, zu essen haben wir kaum, Konditorei, Kino, Ausflüge oder Schwimmen in der March, das kommt gar nicht infrage, und nicht nur deshalb, weil wir kein Geld dafür haben, sondern weil es für Deutsche nicht sicher ist und der Reihe nach Verordnungen gegen sie erlassen werden.

Deutsch zu sprechen ist verboten, wir dürfen nicht auf dem Gehweg gehen, nur auf der Straße, und müssen weiße Armbinden tragen. Auf der Armbinde prangt ein großes, schwarzes N. 8 × 10 cm. Die Größe und Farbe des Buchstabens sind in der Verordnung festgelegt – Präzision, Pflichterfüllung, Gewissenhaftigkeit: die deutsche Dreifaltigkeit –, die Armbinden sind natürlich allesamt identisch, es kommt keinem in den Sinn, auch nur einen Hauch von der Verordnung abzuweichen.

Es gibt Lebensmittelmarken und -rationen. Wir müssen uns im Rathaus melden, denn ohne Marken kommt man nur auf dem Schwarzmarkt an Lebensmittel, und das zu Wucherpreisen, die Lebensmittelmarken sind jedoch mit dem Wort *němec* quer überstempelt. Man erkennt uns beim Einkaufen und erkennt uns durch die Armbinde auf der Straße, die Juden waren mit dem Davidstern gebrandmarkt, wir sind es mit dem Buchstaben N.

Es zählt nicht, dass Papa kein tschechischer Staatsbürger ist und auch seinen Wohnsitz nicht hier hat, er ist ein zur Zwangsarbeit verpflichteter Deutscher. Mit einer Brigade schaufelt er einen Schützengraben am Stadtrand zu. Papa geht morgens und kommt abends, auch wenn aus Zwang, aber er arbeitet wenigstens. Tante Frida ebenso. Sie wurde degradiert, sie ist keine Oberschwester mehr und wurde aus dem zweiten Stock zusammen mit den deutschen Patienten in den Keller geschickt, dennoch geht sie unermüdlich ins Krankenhaus, denn ob der Patient Deutscher ist oder im Keller liegt, Patient ist Patient, und wer sollte ihn pflegen, wenn nicht eine deutsche Krankenschwester. Mama wäscht, hält das Haus in Ordnung und näht. An der Nähmaschine von Tante Frida, Sommerkleider, Blusen und Röcke, sie ändert alte Sachen um, flickt sie und bringt mir das Schneidern bei. Schnittmuster auf Packpapier zeichnen, ein ausgedientes Laken säumen, Knopflöcher nähen, mit der Maschine arbeiten. Großmutters Aufgabe ist das Kochen, ich muss beim Putzen helfen und in der Arbeitsteilung bin ich außerdem diejenige, die jeden Tag anstehen muss. Polli schonen wir, denn neuerdings quält sie ständig ein Brechreiz, sie ist sehr blass, die Sehnsucht nach Gerd zehrt sie vollkommen auf.

Ich hasse es, in der Schlange zu stehen, und versuche, mich darum zu drücken, aber wie sehr ich Mama auch bitte, sie befiehlt es mir. Es dauert mehr als zwei Stunden, bis ich in die Metzgerei gelange, und als ich an der

Reihe bin, schaut der Metzger – ein bärtiger Fleischberg mit weißer Schürze – nur auf meine Armbinde und die Lebensmittelmarke mit der Aufschrift *němec* und wendet sich gleichgültig ab. Als wäre es die natürlichste Sache der Welt, dass ich im Gegensatz zu denen, die vor mir in der Schlange gestanden haben, nichts bekomme, ich murmele ein Dankeschön und ein Auf-Wiedersehen und trotte wie ein begossener Pudel hinaus. Mit gesenktem Blick und glühendem Gesicht gehe ich auf der Straße, ich ärgere mich über den sich abwendenden, bärtigen Fleischberg, über den Beamten im Rathaus, der auf die Marken *němec* stempelt, über den Bürgermeister, der die Verordnungen gegen uns unterzeichnet, ich ärgere mich über die Tschechen, die sich etwas auf ihren Sieg einbilden, über jeden einzelnen, ich ärgere mich über Mama, weil ich nicht zum Metzger gehen wollte und sie es mir befohlen hat, ich ärgere mich über mich selbst, weil ich so wohlerzogen gegrüßt habe, noch dazu auf Tschechisch, ich ärgere mich über die ganze Welt, und in meinem Ärger gehe ich trotz des Verbots auf dem Gehweg weiter. Wenn auch ganz am Rand, damit ich schnell auf die Straße treten kann, falls mir jemand entgegenkommt. Es ist jedoch, als wären plötzlich alle weggezogen, der Platz ist leer und die Straße ausgestorben. Ich komme gerade an der Milchhalle vorbei, als die Turmuhr drei Viertel schlägt, und höre, wie jemand hinter mir ruft: *to je nemka!* Ich drehe mich um und stehe vier Gassenjungen gegenüber. Eine Bohnenstange, ein Knirps und zwei Jungen mit runden, pickligen Gesichtern, ihnen gegenüber ich in meinem blumengemusterten Kleid mit Glockenrock und japanischen Ärmeln; einen Seufzer lang scheint es so, als sei alles möglich, auch dass wir aneinander vorbeigehen und nichts passiert, doch die Bohnenstange hält eine Peitsche in der Hand und beginnt, an ihrem Griff herumzuspielen, und als wäre dies das Zeichen, fangen die anderen drei an, mich zu beschimpfen, sie beschimpfen mich um die Wette, geifern, dass ihre Spucke spritzt, nennen mich eine deutsche Hure und Faschistensau, den Rest verstehe ich nicht, plötzlich tritt der Knirps vor und stößt mich, die anderen machen es ihm nach, ich taumele von rechts nach links, versuche, nicht hinzufallen, als ich mein Gleichgewicht wiedergewinne, drehe ich ab und renne los, sie hinterher, die Peitsche schwirrt, mal trifft sie meine Wade, mal mein Schulterblatt, an ihrem Ende sind Knoten, es ist, als würden mich Kugeln treffen, mein Körper krümmt sich, ich nehme all meine Kraft zusammen, renne im Zickzack, versuche, den Schlägen mit plötzlichen Richtungswechseln auszuweichen, meine Verfolger lachen schallend und grölen, *tanz doch, tanz!,* nacheinander öffnen sich die Fenster, auf die Ellbogen gestützt begaffen die Leute die Zirkusattraktion, wenn mich die Peitsche trifft, jubeln sie und schreien, *schlag sie, schlag zu!,* manche schütteln ihre Fäuste, manche lachen laut, es gibt niemanden, der mich auch nur mit einem einzigen Wort in Schutz nehmen würde.

Fünfzehn Minuten dauert der Spießrutenlauf; die Turmuhr schlägt zur ganzen Stunde, als ich meine Verfolger abgeschüttelt habe. Bis zu Hause halte ich durch und weine nicht, dann aber breche ich in Tränen aus. Mama, Großmutter, Tante Frida und Polli sind eifrig bemüht, sie schmieren meine aufgerissene Haut ein, machen Wickel, mein geblümtes Kleid ist übersät mit Blutflecken, Mama reibt sie mit Salz ein, dabei verflucht sie alle Tschechen, und am Abend legt sie Papa nahe, dass wir nach Hause fahren sollten. *Solange nicht etwas Schlimmeres passiert,* so sagt sie, Papa antwortet nicht.

Sicher haben sie mich an der weißen Armbinde erkannt, ich setze keinen Fuß mehr vor die Tür! Aber nein, das ist unmöglich, denn egal, wie widerwärtig das Anstehen auch ist, ich kann nicht erwarten, dass Mama überall allein in der Schlange steht, und ich werde nicht auf meine Treffen mit Elsi, Gerlinde oder den anderen verzichten, ich werde mich ihren Gesetzen entziehen, komme, was wolle, ich ziehe die Armbinde nicht an und werde sehr wohl auf dem Gehweg laufen! Siegen kann nur, wer keine Angst hat, und ich habe keine Angst. Erwin hat auch keine Angst, und egal, wo er ist, er wird zurückkommen! Und irgendwo ist er, ganz bestimmt ist er nicht tot, wenn es so wäre, würde ich das spüren. Ich habe kein Geld für Briefmarken und kenne seine Adresse noch immer nicht, ich könnte ihm höchstens nach Reichenhall schreiben, aber wenn ich von hier einen Brief in die amerikanische Zone schreibe, bringe ich uns alle in Schwierigkeiten. Jarinka hingegen kann ich schreiben, die Slowakei ist kein Feind Tschechiens, Jarinka könnte sich dann in meinem Namen bei Frau Müller in Reichenhall erkundigen, und so wäre es möglich, über Umwege vielleicht etwas in Erfahrung zu bringen, doch Mama erlaubt mir nur, den Briefen, die sie nach Käsmark schreibt, ein paar Zeilen hinzuzufügen, und dazu habe ich keine Lust, ich verlasse demonstrativ das Zimmer. *Dieses Kind ist vollkommen verwildert!,* ich höre, wie Mama sich am Abend flüsternd bei Papa beklagt. *Lassen Sie nur, mein Herz, das ist doch selbst für einen Erwachsenen zu viel!,* Papa versteht mich besser als jeder andere, aber er ist trotzdem mein Papa, wie könnte ich da meine Sorge um Erwin mit ihm teilen? Polli ist eine gute Schwester, ich will sie schon fast einweihen, als sie mir mit einem Geständnis zuvorkommt, rot bis über beide Ohren redet sie über Gerds letzten Urlaub und rückt damit heraus, dass sie sich nicht wegen der vor Käfern wimmelnden Erbsen übergeben musste, sondern weil sie ein Kind erwartet. Auf die Nachricht hin verkauft Papa seinen Fotoapparat und kauft davon Schinken, Butter und eine Gans. *Was für eine Welt! Eine Gans für einen Fotoapparat!,* Großmutter murrt, doch die Gans ist dick, sie hat viel Fett und ihr Fleisch ist zart, es zergeht uns auf der Zunge. *Ich freue mich sehr über das Baby!,* sage ich, als wir um den Tisch sitzen, Polli lächelt dankbar, *ich freue mich aus ganzem Herzen,* wiederhole ich und erwidere ihr Lächeln, und ich freue mich nicht nur wegen des plötzlichen Festessens, sondern freue mich auch noch, als die Gans aufgegessen ist, ich hasse es, hungrig zu sein, und kann unglaublich nach Zipser Würstchen und Spanischer Windtorte schmachten, dennoch lasse ich nicht zu, dass Freude oder Trauer davon abhängen, ob es etwas zu essen gibt oder nicht!

Die Tschechen wollen alles haben. Die Drechslerei haben sie Onkel Paul schon gleich zu Beginn weggenommen, zusammen mit den anderen deutschen Geschäften. Jetzt sind die Häuser dran. Mit den größeren, vornehmeren haben sie begonnen: Auf beiden Plätzen, in der Gegend um das Rathaus und den Dom tauchten der Reihe nach Schilder mit der Aufschrift Volkseigentum auf, aber jetzt vertreiben sie die Deutschen schon wahllos überall aus ihren Heimen. Die Kapuzinergasse kann mit Tante Frida und uns jederzeit an die Reihe kommen. *Was mag wohl zu Hause los sein? Gerd kommt uns schon nach! Wir können nicht länger warten! Wir müssen nach Hause, retten, was zu retten ist!,* sagt Mama zu Papa, dabei reibt sie sich wie immer nervös ihre Hände. *Glauben Sie, mein Herz, dass Sie die an irgendetwas hindern können?*, in Papas Stimme schwingt gewollt oder ungewollt Spott mit. *Sie nehmen mich nicht ernst!*, Mama fährt auf und sperrt beleidigt die Tür zu, Papa bittet sie vergeblich, sie öffnet sie nicht.

Ich hasse es, wenn sie sich streiten! Ich verkrieche mich unter die Riesenthuja, Mama schmollt, und ich schmolle auch, weil mich keiner sucht. Nach einer Weile wird es mir langweilig, ins Haus gehen will ich aber nicht so recht, ich wage mich zu Gerlinde, habe meinen Privatkrieg mit den Tschechen begonnen, also ohne Armbinde.

Auch wenn Gerlindes Vater endlich aufgetaucht ist, gibt es keinen Grund zur Freude, denn als er sich im Rathaus registrieren lassen wollte, wurde er sofort verhaftet und mit einem Marschbefehl nach Käsmark abkommandiert. Der Befehl gelte zwar nur für ihn, doch sie gingen alle drei, hier sei der Hass völlig enthemmt, zu Hause werde es vielleicht besser sein – Frau Stolz spricht sich selbst Mut zu. Auf dem Heimweg gehe ich nicht auf der Straße und nicht am Rand des Gehwegs, sondern in seiner Mitte, ich senke meinen Blick nicht, ich schaue beherzt nach vorn, woher sollte, wenn ich keine Armbinde trage, auch nur irgendwer wissen, dass ich Deutsche bin, ich habe keine Angst.

Ich dürfe nicht mehr auf die Straße hinaus, keinen Fuß vor die Tür setzen! Wie mir nur habe einfallen können, allein bis zur Neugasse zu laufen! Allein! Ob ich nichts daraus gelernt hätte, dass man mich verprügelt hat? Leichtsinniger, unverantwortlicher, selbstsüchtiger, trotzköpfiger, sturer Esel, Mama schimpft mit mir, dass mir Hören und Sehen vergehen, dann beginnt sie von vorn, redet und redet und befiehlt mir, mich nicht von der Stelle zu bewegen, ich muss mir die ganze Predigt zu Ende anhören. In meiner Fantasie verkrieche ich mich in einer Hülle, ich sehe, wie sich Mamas Mund bewegt, aber ihre Stimme höre ich nicht, Mama macht stumm den Mund auf und zu, ich zähle die Rhomben auf meiner Bettdecke, *hast du verstanden, ob du verstanden hast?,* Mamas Stimme durchbricht meine Hülle plötzlich, ich komme gar nicht zu einer Antwort, weil sie mich am Arm rüttelt und aus dem Zimmer stürzt. Polli zieht mich zu sich und spricht mir Trost zu: *So sind Eltern eben, sie haben Angst um ihre Kinder!* Auch sie hat Angst um ihr Kind, dabei ist es noch nicht einmal auf der Welt. Sie betet dafür, dass bis dahin wirklich Frieden sei. Kein Frieden auf dem Papier oder ein Frieden der Ungleichheit, an dem nur manche teilhaben können, sondern ein echter Frieden, der für alle gilt, ungeachtet der Person, und bei dem alle Gefangenen freigelassen werden, die Ehefrauen haben Ehemänner, die Kinder Väter. Noch sechs Monate bis zur Geburt, und sie betet dafür, dass all das Wirklichkeit wird. Sechs Monate sind furchtbar viel Zeit, doch Geduld, Geduld, wir denken uns so lange etwas aus, damit Tante Fridas Haus nicht zu einem Gefängnis wird. Elsi wohnt einen Katzensprung weit entfernt, wir werden durch das Tor spähen, und wenn sich auf der Straße keine Fremden aufhalten, dann sollen drei kurze Pfiffe das Zeichen dafür sein, dass sie ruhig herüberkommen kann, aber ich kann gar nicht pfeifen! Polli sieht mich erstaunt an, will es nicht glauben. Sie, die alles über mich weiß. Unmöglich, dass sie während der achtzehn Jahre meine Schwäche, was das Pfeifen angeht, nicht bemerkt hat! *Dabei kann ich es wirklich nicht,* beteuere ich und zeige ihr auch, dass ich es nicht kann. *Du musst die Lippen so spitzen, drücke die Zunge an die Zähne, fester, der Spalt muss enger sein, die Luft muss durchpfeifen,* Polli will es mir beibringen, ich bemühe mich redlich, alles genau so zu machen, wie sie sagt, mein Mund und mein Unterkiefer sind schon ganz verkrampft, aber das Ergebnis ist nur ein albernes Zischen, ich bin ein hoffnungsloser Fall, Polli gibt auf, sie pfeift für mich nach Elsi.

In Zukunft besorgen und erledigen Papa und Tante Frida alles. Nicht nur ich, auch Polli ist zur Gefangenschaft verurteilt. Fürchterliche Nachrichten. Es wird Jagd auf die Deutschen gemacht. Männer, Frauen, Alte und Kinder in den Kellern der Kaserne, in den unterirdischen Gängen der Burg, sie werden ausgeraubt, geschlagen, von der Straße, vom Bahnhof oder geradewegs aus ihren Häusern verschleppt. Herr Rudolf, der Gastwirt, der schwachsinnige Herentin, der Naturkundelehrer aus dem Gymnasium, ein Eisenbahner, ein pensionierter Wachtmeister; erschlagen, an die Wand gestellt, erschossen, zu Tode gefoltert, Angehörige von Wehrmachtsoldaten wie Christus ans Tor genagelt, Magenresektion ohne Betäubung, ab einem bestimmten Punkt ist es leichter, zu sterben als zu leben, *nicht vor dem Kind!* Sie brechen die Sätze ab, verschlucken die Worte, wollen nicht, dass ich es höre, doch ich höre das Geflüster selbst bei Wind, eine lebendige Funkkette, Papa, Tante Frida, Frau Heller, Frau Askar, Bewohner aus der Straße, Nachbarn und evakuierte Bekannte geben die Nachrichten von Mund zu Mund weiter, Hodolein, Todesbunker, Galgen, tschechischer Unteroffizier, spöttisches Gelächter: erhängen oder erschießen, je nach Belieben, der Mann tritt mit zerschlagenem, schwarz verquollenem Kopf apathisch vor den Galgen, einige Minuten und der Wind lässt den Körper im Gleichtakt von rechts nach links baumeln, vor ihm knien die anderen im Halbkreis, *wir danken dir, unserem Führer!,* rufen sie auf Befehl immer wieder, weil sie nicht laut genug rufen, Smetana ist der brutalste Mörder, eigentlich heißt er gar nicht so, Schmitzer ist sein richtiger Name, Tante Frida kennt alle seine Vorfahren, *nicht vor dem Kind!,* sie halten mich immer noch dafür.

Ich war nie in Hodolein, habe keine Ahnung, was für ein Lager das ist, spüre aber einen feuchten, modrigen Kellergeruch, höre zackige Kommandos, das Wimmern von Säuglingen, sehe Mama und mich selbst am Stacheldrahtzaun, wie wir uns über ein zwischen zwei Ziegelsteinen flackerndes Feuer beugen, Papa, Großmutter und Polli sehe ich nicht, was spürt jemand, der schizophren ist? Ich frage Tante Frida, immerhin ist sie Krankenschwester, *was fragst du da für verrückte Sachen,* sie schüttelt mich ab, ist auf dem Weg ins Krankenhaus, doch am Tor dreht sie sich um, *die Miliz ist da!,* sie suchen nach Männern, wir erwähnen Papa nicht, der gerade bei der Arbeit ist, sie wollen nicht glauben, dass sich kein Mann bei uns aufhält, doch Tante Frida kann sie überzeugen, wenn auch mit Mühe und Not, und sie gehen, ohne uns als Faschisten zu beschimpfen.

Wir haben Glück, Elsis älteren Bruder jedoch nehmen sie mit und niemand weiß, wohin. Nach einer Woche taucht er in fürchterlich schlechter Verfassung wieder auf, er hat Schüttelfrost, sein Körper ist voller Wunden, das Gesicht angeschwollen, der Mund aufgeplatzt. Nach der Festnahme wurde er mit etwa hundert anderen Deutschen in der größten Hitze ohne einen Tropfen Wasser im Laufschritt durch drei Dörfer getrieben, schließlich landeten sie in einer Art Lager, wo man ihnen Uhren, Geld, Schmuck und alles andere wegnahm, danach begann das Verhör. Manche wurden sofort vor den Augen der anderen hingerichtet, die Übrigen folterte man mit den unterschiedlichsten Methoden: Sie mussten sich an die Wand stellen, die Nase daran drücken, stundenlang, sie wurden nichts gefragt, nur geschlagen, wenn man der Ansicht war, sie stünden nicht stramm genug, Tag und Nacht, mit der bloßen Hand, mit Gummikabeln, Bleistöcken, sie wurden einfach nur geschlagen und verprügelt oder man veranstaltete ein regelrechtes Spektakel, dann mussten sie Hose und Unterhose ausziehen, mit dem Kopf voran in eine Hundehütte kriechen, halb nackt Gras sammeln, auf dem Bauch robben, in der Mitte des Kreises ein Wächter, mit der Peitsche in der Hand drehte er sich, als würde er tanzen, und schlug auf sie ein, Schuhe ausziehen, Füße heben, Hiebe auf die Sohlen, *warst du Mitglied der SS?, warst du Mitglied der SA?,* eine Antwort erwarteten sie nicht, sie schlugen nur zu, Elsis Bruder fiel zu Boden, sie traten ihn, trampelten auf ihm herum, er rappelte sich auf, wieder gingen sie auf ihn los, schütteten ihm Salzwasser in die Augen, brannten ihm die Wimpern und den Schnurrbart ab, er verlor das Bewusstsein, kam zu sich, sie schlugen ihn weiter, als ihnen das schon langweilig wurde, zerrten sie ihn auf einen Stuhl, hielten ihn fest und stopften ihm ein dreckiges Taschentuch in den Mund, das Ende des Knüppels war mit Eisen beschlagen, jemand drückte seinen Kopf nach hinten, der Stock holte aus, mit dem eisernen Ende ging er auf seinen Mund nieder, einmal, zweimal, unzählige Male, *Herrenvolk, Übermensch, und da kreischt der hier wie ein Schwein!*, so spotteten sie laut lachend, das Taschentuch dämpfte die Wucht des Schlages etwas ab, die Zähne blieben verschont, aber sein ganzer Mund ist ein blutiger, feuerroter Fleischbrei, er kann ihn nur einen Spaltbreit öffnen, das Essen muss man ihm Schluck für Schluck einflößen, seine Mutter weint und flucht, Elsi weint nicht, lacht auch nicht mehr, lächelt nicht einmal, sie zittert innerlich – so sagt sie; und ich zittere mit ihr.

7.

Das Heimreisefieber ist ausgebrochen. Die Leute aus Dobschau, Käsmark und Mühlenbach gehen einzeln und in Gruppen ins Rathaus, sie wedeln mit ihren Reisepässen, den Evakuierungsausweisen, versuchen, einen Waggon zu ergattern. Auf der Straße herrscht trotz der Räuberbanden, die auf die Deutschen Jagd machen, und der auf und ab patrouillierenden Miliz ein ständiges Kommen und Gehen, die Menschen zerbrechen sich in einem fort den Kopf: Sollen wir gehen oder doch bleiben? Wir sprechen slowakisch, haben slowakische Papiere, unser Haus, unser Vermögen sind dort, bei der Evakuierung wurde uns versprochen, wir könnten nach Kriegsende zurückkehren; hier geschehen Gräueltaten, die Slowaken aber sind keine Tschechen, sie hassen die Deutschen nicht so hemmungslos. Wehe, wehe, wehe, dreimal wehe den Deutschen; Beneš hat klar gesagt, was seine Absicht mit uns ist, die Slowakei existiert nicht, mit der slowakischen Staatsbürgerschaft können wir uns den Arsch abwischen, im Rathaus hat uns ein wohlwollender tschechischer Beamter gesagt, wenn uns auf dem Heimweg etwas passieren sollte, wäre niemand für uns verantwortlich: Für einen sofortigen Aufbruch sprechen nicht weniger triftige Gründe als dafür abzuwarten, bis sich die Verhältnisse normalisieren.

Es gibt immer mehr, die nicht warten und nicht debattieren: Sie lassen alles zurück und fliehen nach Bayern. Papa hält es auch für das Beste, wenn wir es so machen würden, doch Mama will ihr Haus und ihren Blumengarten mit den Dahlien, Großmutter die Holzkirche und die Gräber von Großvater und den anderen Verwandten nicht verlassen, Polli braucht eine sichere Adresse, unter der Gerd sie findet, und falls dies nicht Olmütz sein sollte, dann kann es einzig und allein Käsmark sein, ich wiederum will Kinga, Jarinka, mein Klavier und Fifi nicht aufgeben, für den Jarinka und ihre Familie sicherlich gut sorgen, worüber ich mich natürlich freue, aber ich befürchte auch, dass er mich, gerade weil sie so gut für ihn sorgen, schon vergessen hat.

Der erste Transport wird zusammengestellt, den Dobschauern ist es endlich gelungen, Waggons zu beschaffen. Elsi und ihre Familie haben sich gemeldet, wir allerdings haben ihn verpasst, bis Papa sich entschlossen hatte, war die Liste schon voll. Elsi kommt vorbei, um sich zu verabschieden, sie spricht über Dobschau und die Eishöhle, davon, dass wir, wenn ich sie besuchen käme, dort unten, tief unter der Erde, Schlittschuh laufen könnten, und wenn sich das Licht der Fackeln auf dem Eis spiegle, dann wäre das, als leuchtete eine weiße Sonne, unsere Körper wären federleicht und wir würden schwebend dahingleiten, unsere Schlittschuhe berührten kaum das Eis, ein unvergleichliches Erlebnis, an dem ich nirgendwo anders auf der Welt teilhaben könnte. Ich verspreche ihr, noch vor Anfang des Schuljahres unbedingt nach Dobschau zu kommen, und bestehe darauf, dass auch sie mir verspricht, mich zu besuchen, dann ginge ich mit ihr zum Grünen See, der auch ein unvergleichliches Wunder sei, solch einen See gebe es nirgendwo sonst auf der Welt, auch im Sommer stünden die Berge samt ihren weißen

Kuppen im Spiegel seines Wassers auf dem Kopf, und er sei tatsächlich grün und sein Wasser so kristallklar, dass man die Blütenblätter des kleinsten Edelweiß darin zählen könne, und wenn wir dann schon einmal dort wären, dann müssten wir unbedingt den Karfunkelturm besteigen, auf dessen Spitze vor langer, langer Zeit ein wundervoller Edelstein thronte, ein Stein, der tags die Sonnenstrahlen sammelte und nachts den See und das ganze Tal beleuchtete. Elfen hatten den wundervollen Edelstein auf die Spitze des Felsens gesetzt, gertenschlanke Elfen mit goldenem Haar, die auf dem Grund des Grünen Sees in einem unterirdischen Palast wohnten und des Nachts, wenn sich die Irdischen zur Ruhe begaben, aus den Wellen stiegen und sich im zauberhaften Licht des Karfunkels zum Elfentanz trafen, sie tanzten und tanzten, tanzten so lange, bis der erste Sonnenstrahl über der Käsmarker Spitze aufleuchtete.

Wir beschließen, uns zum Abschied zu verbrüdern, nur wissen wir nicht, wie man das anstellen muss. Elsi fällt ein, dass die Kelten, die Hunnen oder vielleicht die Indianer Blutsbrüderschaften geschlossen haben; sie schnitten sich, ließen das Blut in den Wein tropfen und tranken davon. Blutiger Wein, das würde mir gefallen, nur haben wir keinen Wein, und wenn wir welchen hätten, brächte uns das auch nicht viel, man würde seinen Geruch an uns spüren und wir bekämen mindestens ein paar Ohrfeigen, es bleibt also das Blut ohne Wein, doch womit sollen wir uns schneiden, mit dem Messer, mit der Rasierklinge oder etwa mit der Schere? Nichts davon ist gut, alle drei scheinen zu gefährlich! Eine Nadel, das ist die Lösung! Wenn wir tief genug stechen, kommt genügend Blut. Linke Hand, Mittelfinger, das ist nah am Herzen, nur Mut, ordentlich tief! Ich beiße die Zähne zusammen, steche zu, stöhne auf, Elsi ebenso, wir saugen kräftig an unseren Fingerkuppen, Elsi an meiner, ich an ihrer, einen Schwur braucht es natürlich auch, Elsi hat sich das mit der Nadel ausgedacht, ich den Text des Schwurs: *Teilen wollen wir unsre Freude, uns bei Kummer trösten, in schweren Zeiten zur Seite stehen, in der Not zu essen geben, die eine und die andere, im Diesseits und im Jenseits, für alle Ewigkeit.* Wir verknüpfen unsere Namen und nennen einander ab jetzt Lisi, dann tauschen wir die Adressen, es ist Frieden, die Post funktioniert zwar, doch zur Sicherheit geben wir uns auch eine Ersatzadresse: ich die von Jarinka und Elsi die vom slowakischen Pfarrer in Dobschau, der nach ihrer Meinung diesen Unterschied zwischen Deutsch, Ungarisch oder Slowakisch gar nicht kennt, für den es nur Brüder und Schwestern gibt, Gläubige.

Elsi fährt nach Hause, nach Dobschau, ich bleibe, es ist das erste Mal, dass ich mich über Papa ärgere, weil er gezögert hat, ich verstehe gar nicht, worauf er da warten wollte, es hatte sich doch endgültig entschieden, dass wir ebenfalls gehen würden, die Koffer und sogar die Rucksäcke waren gepackt, wir hätten nur das Waschzeug obendrauf legen müssen. Vier gleiche graue Rucksäcke – abgesehen von ihrer Farbe sehen sie genauso aus wie meiner –, als hätte Papa im Voraus gewusst, dass sie die bald brauchen würden, hatte er im Laden von Herrn Mandel vor der Evakuierung auch für sich und die anderen einen gekauft.

Ein paar Tage nach Elsis Abfahrt gibt es einen neuen Transport in die Slowakei, jetzt zögert Papa nicht mehr.

Wir möchten gerne, dass Tante Frida auch mitkommt, aber alle Argumente sind vergebens, da möge kommen, was wolle, sie bewege sich nicht aus Olmütz weg, denn dies sei der einzige Ort auf der Welt, wo Onkel Paul sie nach der Gefangenschaft finden könne. Mama füllt Erbsen und Bohnen in Tüten, packt ein Stück Speck und eine kleine Dose Schmalz in Butterbrotpapier und versteckt sie wie einen gehüteten Schatz in einer Holztruhe unter den Kleidungsstücken. Papa besorgt eine Schubkarre, auf die packen wir die Koffer, die Rucksäcke und die Truhe.

Am Niederring, dem Sammelpunkt, lauter bekannte Gesichter: Frau Roth mit ihrem blau gepunkteten Kopftuch, Herr Meier mit seiner dunkelblauen Schürze und dem ewigen Hut, ein Junge, dessen Namen ich nicht weiß, den ich aber schon gesehen habe und der jetzt hinter seiner Mutter einen riesigen Koffer herschleppt, er kann ihn kaum vom Boden heben, muss dazu seinen Oberkörper so zur Seite beugen, dass er dabei wie ein Fragezeichen aussieht. Zum Bahnhof gehen wir vorschriftsgemäß auf der Straße, meine Armbinde halte ich fest in der Hand, niemand ermahnt mich. Der Reihe nach öffnen sich die Fenster, die Menschenmenge rottet sich auf dem Gehweg zusammen und brüllt im Chor, *Faschisten, Nazischweine,* manche ballen ihre Fäuste, andere spucken. Es werden immer mehr und sie schreien zunehmend lauter, *Heil Hitler!* und *Sieg Heil!,* in ihren Händen Ziegel und Pflastersteine, gleich werden sie werfen, doch zum Glück halten sie die tschechischen Polizisten davon ab. Ich bedauere unsagbar, dass wir nicht mit Elsi und ihrer Familie weggegangen sind, und bei dem Gedanken, dass sie vielleicht sogar schon zu Hause angekommen sein könnten, werde ich ganz neidisch.

Die Optimisten gehen davon aus, dass die Reise zwei Tage dauert, aber auch zweimal zwei Tage werden zu wenig sein, denn auf Nebengleise abgestellt stehen wir mehr, als dass wir fahren. Die Tschechen dürfen nicht merken, dass wir Deutsche sind, deshalb verlassen wir die Waggons nicht, auch wenn es uns guttäte, etwas frische Luft zu schnappen und uns zu bewegen. Tag und Nacht, Dämmerlicht und tiefe Dunkelheit fließen ineinander, der Zug steht still, die Zeit steht still, wir fahren und stecken dann wieder fest, es fährt ein Zug voller Kriegsgefangener an uns vorbei, an den Waggons kleine Fensteröffnungen mit Stacheldraht, in der einen blitzt ein konturloses, unscharfes Gesicht auf, jemand ruft, *Liese, Liese, ich bin es ...*, den Rest verstehen wir nicht, aber es ist, als sagte er es auf Bulenerisch, vielleicht kommt er aus Dobschau, Polli hebt sofort den Kopf und steht sogar auf, doch dann sackt sie wieder enttäuscht neben Mama zusammen, ich wäre so glücklich, wenn ich darauf hoffen könnte, dass Erwin in jenem Zug sitzt, aber die Chance ist noch geringer als bei Gerd, denn warum sollte man jemanden, der in Berlin in Gefangenschaft geraten ist, hierher bringen?

Wir kommen nur im Schneckentempo voran, Prerau liegt sehr nah bei Olmütz, sodass wir bald da sind, danach Sillein, dann Deutschendorf, von wo Käsmark eigentlich nur einen Katzensprung weit entfernt ist. Es gibt allerdings ein erneutes Hindernis: Über den Fluss führt eine Behelfsbrücke, die den Zug nicht trägt. Nach Ansicht des Lokomotivführers ist die einzige Möglichkeit, die Waggons abzukoppeln und einzeln auf die andere Seite hinüberzuschieben. Alte und Junge, Frauen und Männer, alle wollen helfen, sogar Polli und Großmutter, doch ihnen befiehlt Papa zurückzubleiben, mir jedoch erlaubt er, ihn zu begleiten. Ich keuche vor Anstrengung, ein tiefes Pfeifen, so klingt vermutlich ein Nilpferd mit Bronchitis, *ein Nilpferd, ein Nilpferd, ein Nilpferd mit Bronchitis,* singe ich in Gedanken, strahlender Sonnenschein, es tut sogar gut, sich anzustrengen und zu schwitzen, ein lautes Jubeln, als wir mit dem ersten Waggon hinübergelangen. Plötzlich taucht ein tschechischer Eisenbahner auf, er fragt, wer wir seien und wohin wir wollten, Zipser Deutsche und aus der Evakuierung nach Hause, in die Slowakei – antwortet Papa, wir sollten verschwinden, so schnell wie möglich, rät uns der Eisenbahner, denn in Prerau würde man mit den Deutschen fürchterliche Sachen anstellen. Wer und was für fürchterliche Sachen? Mehr will der Eisenbahner jedoch nicht sagen, dann beugt er sich trotzdem näher: Kurz vor unserem Eintreffen habe es eine schreckliche, bis zum Morgengrauen andauernde Schießerei gegeben, tschechische Soldaten hatten mehrere Hundert Deutsche aus einem Zug geholt, an den Stadtrand getrieben und alle erschossen. Eisenbahner, Zivilisten, Tschechen oder nicht Tschechen, in Prerau seien alle nervös und hätten Angst, er könne nicht mehr tun, als uns zu warnen.

Es muss nicht jeder alles wissen, Panik können wir jetzt nicht gebrauchen! Den anderen sagen wir, man würde die Deutschen ausrauben, deshalb müssten wir kehrtmachen. Alle stimmen Papas Vorschlag zu, sie nicken und versprechen, sich daran zu halten. Eine gute Stunde vergeht, und wir kehren mit dem tschechischen Eisenbahner um, nach einer weiteren Stunde gelangen wir über einen Umweg, der um Prerau herumführt, schon nach Zlin, wir rattern an der Schuhfabrik Baťa vorbei, meine Augen sind geschlossen, ich werde ganz still, *was hast du?,* fragen Mama, Polli und auch Großmutter, *nichts, ich ruhe mich nur aus,* allen dreien antworte ich dasselbe.

In Richtung Slowakei fährt jeder Zug über Prerau! Nein, auch dann waren es sicher nicht Elsi und die anderen, die man erschossen hat, denn sie waren schon Tage vor uns hier! Aber wenn sie so langsam wie wir vorangekommen sind? *Deine Freundin und ihre Familie trägt der liebe Gott auf Händen!,* Papa liest meine Gedanken. So ist es, anders kann es nicht sein, ich will glauben, was er sagt, aber wenn es nicht Elsis Transport war, wer waren die dann?

Bis Sillein kommen wir ohne Probleme voran, dort aber befehlen uns Milizionäre in Ledermänteln und mit Maschinenpistolen bewaffnet auszusteigen. Sie brüllen, fuchteln mit ihren Waffen, zuerst verstehen wir gar nicht, was sie wollen, dann aber erfahren wir, dass es statt nach Deutschendorf nach Nováky geht. Papa flüstert, das heiße nichts Gutes, in Nováky befinde sich ein berüchtigtes Lager, vor der Deportation habe man die Juden dort gefangen gehalten, es wäre besser, wir würden fliehen. Wir stehen am Ende des Zuges, rings um uns herum Berge von Koffern, lautes Stimmengewirr und Gedrängel, niemand bemerkt, dass wir uns schön langsam einzeln auf die andere Seite des Zuges schleichen. Unsere Koffer sowie die Holztruhe mit dem Schmalz, dem Speck und allen anderen Sachen bleiben auf dem Bahnsteig, nur unsere Rucksäcke nehmen wir mit. Die Gleise überquerend brechen wir in Richtung Rosina auf, dort wohnt Ján Pavlík, ein alter Bekannter von Papa, ein Slowake, der uns sicher hilft. Allein schon deshalb, weil seine Frau eine alteingesessene Zipserin aus Leutschau ist, man könnte sagen, fast eine Käsmarkerin. Um die Landstraße zu vermeiden, schleichen wir uns durch den Wald unterhalb von Sillein, nachdem wir aus dem Dickicht hinausgelangt sind, gehen wir in der Deckung der Bäume entlang des Weges weiter, zwei Bauern fahren mit einem Pferdewagen an uns vorbei, sie mustern uns, wir grüßen, *dobrý,* sie nicken uns zu und fahren weiter, nach einer guten Stunde erreichen wir das Dorf.

Ján Pávlík und seine Frau wohnen im dritten Haus und sie bitten uns so freundlich herein, als wären wir zu Besuch gekommen. Sie stellen keine Fragen, geben uns sofort zu essen und zu trinken, nachdem wir etwas verschnauft haben, gesteht Papa ohne Umschweife, dass wir vom Silleiner Bahnhof geflohen und auf dem Weg nach Käsmark sind. Es sei keine kluge Sache gewesen, zurückzukehren, Auge um Auge, Zahn um Zahn, für einen Deutschen fünf Slowaken, für einen Slowaken fünf Deutsche – unser Gastgeber schüttelt den Kopf, und er spricht von St. Martin, von Kremnička und Nemecká, wo die deutsche Rache nach der Niederschlagung des Partisanenaufstands völlig hemmungslos gewesen sei, und jetzt sei es die slowakische, mir fällt der Brief des Pfarrers über das Massaker in Glaserhau ein, und mir fällt ein, was der Eisenbahner über Prerau gesagt hat, ich will nichts davon wissen, will es einfach nicht hören; Tschechen oder Slowaken, ich bin ganz verwirrt, wer hasst mich mehr, an so viel Hass kann man buchstäblich sterben, aber nein, auch unter den Slowaken und Tschechen gibt es gute Menschen, wie den Eisenbahner aus Prerau oder das Ehepaar Pavlík, die uns einen zuverlässigen Kutscher besorgen. Den slowakischen Bauern mit dem großen Schnurrbart interessiert es nicht, woher wir kommen und wohin wir gehen, und da wir keine slowakischen Kronen besitzen, nimmt er

Papas Armbanduhr und Füllfederhalter für eine Fuhre bis nach Rutteck.

Wir atmen auf, denn von hier gibt es schon einen Zug nach Deutschendorf, wo uns jedoch bereits ein „Empfangskomitee“ in Gestalt von zwei bewaffneten Partisanen erwartet. *Woher haben die denn gewusst, dass wir jetzt ankommen?* – murmelt Papa, Mama ist ganz bleich, verzweifelt sagt sie, jetzt seien wir verloren und sie sei schuld, *ach was, mein Herz!,* Papa beruhigt sie, mehr können wir aber nicht reden, ein Blick in unsere Papiere, und schon nehmen sie uns mit.

Vor dem Bahnhof ein Lastwagen mit Plane, auf dem bereits recht viele sitzen, die Partisanen sind ständig auf dem Bahnhof und holen den Feind, das heißt uns Deutsche, aus jedem ankommenden Zug: Das ist die Antwort auf Papas Frage. Hinter dem Lastwagen steht ein bewaffneter Milizionär Wache, er öffnet die Heckklappe der Ladefläche, Großmutter wird hochgezogen, wir schieben von unten, als wir alle oben sind, steigen der Milizionär und zwei Partisanen ein, mit gespreizten Beinen sitzen sie hinten im Wagen, die Waffen auf den Knien, sie trommeln mit den Fingern darauf, ein kaum bemerkbares Zunicken, denn es ist verboten, zu reden, wir sind eng aneinandergepfercht, unter unseren Beinen die Rucksäcke, Mama hält meine Hand, ich halte Großmutters Hand, und es ist, als halte auch Papa Mama und Großmutter Polli, der Lastwagen klappert und knattert, er holpert durch die Schlaglöcher, und wir hüpfen wie schlaffe Gummibälle auf der Bank, die Wächter starren gelangweilt vor sich hin, wir scheinen sie nicht sonderlich zu interessieren, stumm, mit gesenktem Blick legen wir den Weg bis nach Käsmark zurück.

8.

In Käsmark angekommen bringen sie uns umgehend in die Thököly-Burg. Draußen brütende Hitze, doch drinnen verströmen die dicken Mauern Kälte. Ich heiße Lili Hartmann, bin am 1. November 1927 geboren, meine Mutter ist Hilda Wolf, mein Vater Daniel Hartmann, Rechtsanwalt, wir wohnen in der Basteigasse 32, außer dass ich Deutsche bin, habe ich nichts verbrochen, dennoch schaudert es mich, und mein Herz klopft so laut, dass ich es hören kann. *Da schau her, der Herr Hartmann, was doch aus den früheren Herren wird!*, statt zu grüßen, empfängt uns der Burgkommandant mit diesen Worten, woraufhin Papa gleichmütig antwortet, das Leben sei eben unberechenbar. Mama hält noch immer meine Hand, Großmutter legt ihren Arm um Polli, doch den Kommandanten interessiert nur Papa; nachdem er seine Personalien in ein abgegriffenes, dickes Heft mit blauem Umschlag notiert hat, fragt er ihn über die Deutsche Partei und das Deutsche Haus aus, er fragt lauter solche Sachen, die selbst die Kinder in Käsmark wissen, dann bohrt er nach, wo sich jetzt der Parteivorsitzende und sein Stellvertreter befänden, dazu macht Papa keine Angaben. Der Kopf des Kommandanten wird immer röter, aber er beherrscht sich und wendet sich am Ende des Verhörs mit gespielter Freundlichkeit an ihn: *Und jetzt zeigen wir Ihnen, wo Menschen von Ihrer Sorte hingehören!*, er befiehlt den Milizionären, ihn abzuführen, uns aber fertigt er hochnäsig ab, wir könnten verschwinden.

Papa wird so schnell abgeführt, dass wir uns nicht einmal von ihm verabschieden können, Großmutter weint, Polli seufzt tief, und Mama steht einige Augenblicke etwas unschlüssig da, dann sagt sie entschlossen und absichtlich auf Deutsch: *Auf geht's!*

Wir überqueren den Burghof, würdigen die Wächter keines Blickes, tun so, als stünden sie gar nicht am Tor, auf der Brücke beschleunigen wir unsere Schritte, Mama zieht Großmutter hinter sich her, ich Polli, am Fuß der Burg sagt Mama, sie fühle sich schwach, alle Kraft habe sie verlassen, also gehen wir ans Ufer des Poprad hinunter, setzen uns ans Wasser und schauen den Wildenten zu, vier, sechs, acht, Pause, eine neue Gruppe, sie schwimmen kreuz und quer im Zickzack, hin und wieder tauchen sie unter, nirgends eine Menschenseele, Mama bricht in Tränen aus, sie gibt sich selbst die Schuld, scheint untröstlich, *genug jetzt!*, Großmutter verliert die Geduld und ermahnt sie, aber vermutlich hält sie sich selbst für zu streng, denn im nächsten Moment streicht sie ihr übers Haar und fügt mit viel sanfterer Stimme hinzu, dass sie am Tag vor der Evakuierung auf dem Dachboden unter einer Planke tausend Kronen und eine Brosche versteckt hätte, und jetzt sei es an der Zeit, nach Hause zu gehen. *Sie konnten die Leiter hochklettern?*, Mama reißt die Augen auf, vor lauter Überraschung hört sie auf zu weinen, Polli und ich fragen uns erstaunt dasselbe, Großmutter kann doch kaum gehen, sie aber zuckt nur mit den Schultern und antwortet keck: *Warum denn nicht?*

Burggasse, Kirchplatz, Altmarkt; es gibt keine zerbombten Häuser, verrußten Trümmer, der Krieg hat Käsmark verschont. Vorne Mama und Großmutter, hinter ihnen ich mit Polli, als wir uns unserer Straße nähern, bekomme ich Herzklopfen. Unser Haus kommt nach dem von Jarinka, schon von Weitem recke ich den Hals; das schwere Eichentor mit den beiden Flügeln, die haselnussfarbenen Wände, die Fensterläden sind geschlossen, vom Sockel bröckelt der Putz, alles ist so, wie es war, als wären wir gar nicht fortgegangen oder würden nur nach einem kurzen Sommerurlaub zurückkehren. Zuerst gehen wir zu Jarinkas Eltern, um die Schlüssel zu holen. Ihr Tor knarrt ebenso wie unseres – in dieser Straße sind alle Tore gleich, und es scheint, auch ihre Scharniere rosten genauso –, für einen Moment vergesse ich Papa und die Thököly-Burg, weil mir Fifi wedelnd entgegenläuft, und auch Jarinka kommt angelaufen und umarmt mich mit einem Lächeln, Frau Liptakova will jedoch anscheinend nicht, dass uns jemand sieht, hastig und verstört bittet sie uns ins Haus. Drinnen redet sie sich wegen Herrn Liptak heraus, er sei eben Eisenbahner und ständig im Dienst, furchtbar verlegen sagt sie dann, sie könne uns die Schlüssel nicht geben, da unser Haus nicht mehr unser Haus sei, gleich nachdem die Front Käsmark erreicht hätte, habe ein Partisan es besetzt, und nach dem Partisanen seien Kolonisten, die von irgendwo aus dem Norden hier angesiedelt wurden, eingezogen, leider habe sie nichts retten und uns auch nicht benachrichtigen können, sie wusste nicht einmal, ob wir zurückkämen, es sei kein Brief von uns eingetroffen. *Aber wir haben doch geschrieben,* stammelt Mama, das Gesicht von Frau Liptakova wird mal rot, mal weiß, und sie rechtfertigt sich in einem fort, als sei sie allein verantwortlich für alles. Sie spricht von den slowakischen Wendehälsen, von denen, die unter Tiso den Deutschen gedient haben und sich jetzt wieder um den neuen Fleischtopf drängen; da sei beispielsweise dieser Jozef Dostal, der auf eine deutsche Schule gegangen ist, eine deutsche Frau geheiratet hat, eine gut bezahlte Stelle beim Baumeister Schneider hatte, und dieser Dostal sei jetzt ein großer Herr, Kommissar für Wohnungswesen im *národní výbor,* und gehöre, um seine befleckte, deutsche Vergangenheit wiedergutzumachen, zu den größten Kommunisten und wildesten Deutschenhassern, er habe uns und viele andere Deutsche in Käsmark ausgeraubt – *mit breitem Nacken, Glupschaugen, untersetzt?,* fragt Großmutter, *nein, ach was, so ein knochiger, mit zusammengekniffenen Augen und Hakennase aus der Friedhofgasse,* wir wissen nicht, wer dieser Dostal sein könnte, aber eigentlich ist das auch völlig egal. Jarinkas Mutter fällt plötzlich ein, dass wir sicher Hunger und Durst hätten, *ja!,* antworte ich prompt, *lassen Sie nur!,* Mama wehrt ab und wirft mir einen scharfen Blick zu, doch Frau Liptakova gibt uns zu essen und zu trinken, Gulaschsuppe und Piroggen mit Brimsen: Nie habe ich etwas Besseres gegessen, hätte ich keine Angst vor Mama, würde ich um Nachschlag bitten.

Aus der Burg ist ein Gefängnis geworden, ein Gefängnis für Deutsche und Ungarn: in die Hitlerjugend und die Waffen-SS zwangseingezogene siebzehn-, achtzehnjährige Jungen, Mitglieder der Ungarischen und der Deutschen Partei, Handwerker, Beamte, Ärzte, Rechtsanwälte und nicht nur aus Käsmark, die Menschen wurden von überall aus der Gegend hierher gebracht, ohne Unterschied, Männer und Frauen, wir könnten froh sein, dass sie uns hätten gehen lassen, sagt Jarinkas Mutter und bekreuzigt sich dabei. In Deutschendorf die Kasernen, am Weg nach Nehrer die verlassene Spinnerei, Leibitz, Matzdorf, Blumenthal: Die Umgebung ist voll mit Lagern, auf die zurückkehrenden Deutschen machen sie besonders Jagd, holen sie aus den Zügen, den Bürgermeister, den Vater von Gerlinde, haben sie ebenfalls in Deutschendorf auf dem Bahnhof festgenommen, aber auch Kingas Vater wurde eingesperrt, worüber wir uns gar nicht mehr wundern, denn Herr Engelhart war ein angesehener Mann, bekannt von Leutschau bis Käsmark. Der Burgkommandant sei jener Drzeviczi, der früher in der Webereifabrik Wein Arbeiter war, Jarinkas Mutter ist in der Fabrik Buchhalterin und kennt ihn natürlich, im Übrigen heiße die Fabrik jetzt Roter Oktober, Gerlinde wohne mit ihrer Mutter irgendwo in der Bahnhofsgegend, auch ihnen hat man das Haus natürlich weggenommen, damit sie irgendwie über die Runden kommen, putzt Gerlindes Mutter bei den neuen Herrschaften, ist deren Dienstmädchen; Frau Liptakova erzählt das alles, ohne Luft zu holen, Großmutter fragt, Mama fragt auch, Polli runzelt die Stirn, Jarinka und ich ziehen uns zurück, Fifi liegt auf der Seite und sonnt sich im Garten, ich kraule ihm den Bauch, dabei erzähle ich Jarinka alles, von Reichenhall, von Erwin und wie ich in Olmütz verprügelt wurde, es sei sehr gut, dass ich zurückgekommen sei, *hier tut dir keiner was,* sagt sie, *und mein Papa? Den haben sie schon eingesperrt!* Mit den Männern sei das eine andere Sache und *die Burg ist gar kein richtiges Gefängnis,* antwortet sie, dann kommt sie auf Kinga zu sprechen, die alle zwei Tage mit dem Fahrrad aus Waldwinkel kommt und ihrem Vater etwas zu essen in die Burg bringt, wir drei könnten uns ab jetzt alle zwei Tage treffen, dann wären wir die drei Musketiere, ohne Nationalität, wir würden slowakisch, deutsch und ungarisch reden, wie es uns gerade in den Sinn käme, und auch Gerlinde besuchen, sie zu den Musketieren aufnehmen, die echten seien ja auch zu viert gewesen.

Mama ruft mich, wir müssen gehen. Frau Liptakova entschuldigt sich noch einmal, dass sie uns nicht aufnehmen könne, aber ihr Bruder in der Toportzer Straße verlange nicht viel für ein Zimmer und würde es sicher an uns vermieten, Jarinka begleite uns, ich solle nur ruhig kommen, wenn ich Lust hätte, sie lädt mich lächelnd ein.

Das also ist unser Haus gewesen, aus und vorbei, ab jetzt kann ich es mir nur von außen ansehen, aber wozu soll ich es mir ansehen, ich kenne jeden seiner Winkel in- und auswendig, ich starre absichtlich auf die andere Seite der Straße, nach dem blauen Haus das gelbe, nach dem gelben das weiße, die Tore sind alle gleich, höher den Fuß, sonst stolpere ich über einen Pflasterstein, Fifi hüpft um uns herum, die untergehende Sonne wärmt uns den Rücken, eine schwache Brise lässt das Laub der Platanen erzittern, die Blätter rauschen im Takt, im Gewölbe der Unterführung steigt mir der typische Kellergeruch in die Nase, der Geruch von uraltem Moos und feuchtem Gestein, das unzählige Winter und Sommer erlebt hat, der Korso, die Konditorei, die Apotheke mit der Schlange, das Rathaus, die Redoute: Alles ist genauso und alles ist anders, am Rathaus eine rot-weiß-blaue Fahne, von den Geschäften wurden die deutschen und ungarischen Aufschriften entfernt, die Straßen hat man umbenannt, Jani, der verrückte Bettler, ist von einem Tag auf den anderen spurlos verschwunden, und auch die Familien Bretz, Schwartz, Tatter, Zwicker, Scholtz, Stenczel und Ludmann sind nicht mehr da, auch über sie weiß Jarinka nichts, nur dass sie nicht mehr da sind, aus Vorsicht sprechen wir slowakisch und grüßen jeden, der uns entgegenkommt, mit einem lauten *Dobrý,* manche grüßen zurück, andere wenden sich ab.

Das Haus von Jarinkas Onkel ist ein altes Handwerkerhaus mit wasserspeienden Drachen, einem schweren, zweiflügeligen Tor und einem kleineren knarrenden, die Haustür ist so niedrig, dass wir die Köpfe einziehen müssen, wenn wir sie uns nicht am Türrahmen anschlagen wollen. Herr Mikula scheint auf den ersten Blick grimmig, er murrt, weil er uns jetzt am Hals hat, er murrt auch wegen des Hundes, zudem verlangt er unverschämt viel für das Zimmer, doch schließlich einigt er sich mit Mama, auch Fifi darf bleiben, *er hat ein weiches Herz, nur ist er durch das viele Alleinsein so ein Brummbär,* Jarinka muntert uns auf, als sie sich verabschiedet.

Schrank, Tisch, Stuhl, Holzbank, ein Vorhang am Fenster, ein Bild mit der Jungfrau Maria und dem Jesuskind an der Wand, eine gewebte Decke auf dem Bett, wir sitzen nebeneinander im Zimmer, als sich plötzlich die Tür öffnet. Frau Rusnák kommt mit einem großen Topf Kohlsuppe, sie stellt ihn auf den Tisch, sagt lächelnd, wir seien sicher hungrig, und geht auch schon wieder. Wir schauen einander überrascht an, dann fällt bei Mama der Groschen und sie rennt Frau Rusnák hinterher, um sich zu bedanken.

Die Slowaken sind keine Tschechen, und Käsmark ist nicht Olmütz, morgen wird es besser als heute und übermorgen noch besser als morgen, wir sind nicht verloren, nur Papa fehlt uns! Er hat immer alles erledigt und geregelt, ab jetzt ist Mama das Familienoberhaupt, doch sie fühlt sich schwach, hat oft Kopfschmerzen und auch der Rücken tut ihr weh, zum Glück ist Pollis Brechreiz aber vorbei, man sieht ihr gar nicht an, dass sie schwanger ist, aber wegen Gerd ist sie verzweifelt und sagt immer, das

Kind sei ein Waisenkind, obwohl es noch nicht einmal geboren ist. *Was redest du da, halt doch den Mund! Bald kommt ein Brief von ihm oder er steht vor der Tür!*, Mama macht ihr Mut, Großmutter betet, doch Polli schüttelt nur den Kopf und seufzt. Sie sehnt sich nach Gerd, und ich träume in einem fort von Erwin.

Aber ich will nicht träumen! Ich will ihn, will ein Wort, eine Zeile von ihm, damit ich weiß, dass er lebt! Jarinka habe ich mein Geheimnis anvertraut, sie sagt, das sei sehr schön, am schönsten sei die schmerzvolle Liebe, ihr habe ein Junge aus der Achten gefallen, Matei, der sie jedoch gar nicht zur Kenntnis genommen hätte, und jetzt, wo er sein Abitur gemacht habe, gäbe es gar keine Chance mehr, dass sich zwischen ihnen etwas entwickeln könnte.

„Ach was! Schreib ihm einen Brief, frag ihn etwas Unschuldiges, Alltägliches!“

„Über alltägliche Nichtigkeiten schreibt man keine Briefe!“

„Dann denken wir uns etwas anderes aus!“

Eine wie zufällig wirkende Begegnung auf dem Korso oder bei der Konditorei, ein Fallenlassen des Taschentuchs, ein Zusammenstoß: Eine Idee ist alberner als die andere, *mit dem Flanieren auf dem Korso ist es vorbei, und die Konditorei hat auch geschlossen,* Jarinka winkt ab und bittet mich, ihr erneut den Abschied von Erwin zu erzählen, sie will die Szene zeichnen.

Jarinka zeichnet nicht, was sie sieht, sondern, was sie sich dabei denkt. In der Zeichenstunde hat sie Herr Weiser immer daran erinnert, dass ein Apfel ein Apfel sei und ein Rechteck ein Rechteck, und wenn er später einmal sage, jetzt sei das Freihandzeichnen dran, dann könne sie ihrer Fantasie freien Lauf lassen, und Jarinka ließ ihr immer freien Lauf, die ganze Klasse staunte, auch der Lehrer, der sie für besonders begabt hielt, er sprach sogar mit ihren Eltern, dass es gut wäre, sie in dieser Richtung zu fördern. Frau und Herr Liptak konnten und wollten sie aber nicht an eine berühmte Kunsthochschule schicken, schon allein deswegen nicht, weil sie meinten, vom Malen und Zeichnen könne man nicht leben, also blieb die Schulsammlung, für die Jarinkas Bilder regelmäßig ausgesucht wurden.

Wenn ein Kunststudium für ihre Eltern auch nicht infrage kommt, so kaufen sie ihr doch immer Zeichenblöcke, Bleistifte, Kohle und Farbe, und Jarinka zeichnet, malt aus Freude und aus Kummer, sie werde mir den Abschied von Erwin zeigen, verspricht sie, doch vorerst gebe sie mir das Bild, auf dem Fifi mit einem Hahn kämpft, das sei so lustig gewesen, hätte ich das sehen können, wäre ich geplatzt vor Lachen. Jarinka verspricht, jeden Tag vorbeizukommen, aber wenn sie nicht könne, solle ich zu ihr gehen und natürlich auch Fifi mitbringen, denn er sei ihr erster Hund gewesen, natürlich sei ich sein richtiges Frauchen und sie nur ein Ersatzfrauchen, aber egal, wie viele Zeichnungen sie von ihm auch habe, Fifi könne keine davon ersetzen.

9.

Ebenso wie in Olmütz gibt es auch hier Lebensmittelmarken und Rationierung. Wir bekommen die Marken nur nicht vorher, sondern erst im Nachhinein, Papa stehen keine zu, weil er im Gefängnis sitzt. Zwei Wochen müssen wir bis zur ersten Zuteilung durchhalten. Jarinkas Onkel schenkt uns einen kleinen Sack Kartoffeln und bringt uns regelmäßig Fische. Herr Mikula ist Angler aus Leidenschaft, fast jeden Tag geht er zum Poprad hinunter und behauptet, er könne, was er fängt, nicht alleine aufessen. Kartoffeln, Fisch und Schwindlinge vom anderen Ufer des Flusses, am Ende kommt immer etwas auf den Tisch und in Papas Paket. Ich bin es, die in die Burg geht. Zuerst hat Mama darauf bestanden, mitzukommen, dann hat sie jedoch eingesehen, dass es überflüssig ist, weil man uns ohnehin nur bis ans Tor lässt, dort müssen wir der Wache übergeben, was wir mitgebracht haben. Papa selbst dürfen wir nicht sehen, wir können nicht mit ihm reden, was wir über ihn wissen, das wissen wir vom slowakischen Pfarrer. Er hat freien Zugang zu den Gefangenen, und er macht keine Unterschiede, ob der Betreffende evangelisch oder katholisch, Deutscher oder Ungar ist, er überbringt die Nachrichten, hin und zurück. Vor allem schlechte Nachrichten. Siebzig Personen in einem kalten, feuchten Kellerraum auf Strohlagern, trockenes schwarzes Brot, dünne Plörre mit Satz, Flöhe, Läuse – da heißt es noch, die Burg sei kein richtiges Gefängnis! Über sie urteilen wird diese neue Form des Gerichts, das aus dem Volk gebildet wird, allerdings werden die prominenten Häftlinge nach Pressburg vor das Kriegsgericht gebracht.

Vielleicht gilt Papa nicht als prominent, denn er wurde auch nicht wie ein Pferd vor den Müllwagen gespannt und durch die Stadt getrieben wie die Väter von Gerlinde und Kinga. Durch die Toportzer Straße fährt kein Müllwagen, auch das wissen wir vom Pfarrer. Die Milizionäre versuchten, die Passanten zwar mit Ratschen und Glocken auf diese Zirkusattraktion aufmerksam zu machen, scheiterten aber: Niemand spottete oder spuckte, die Leute gafften nicht einmal, sie verschwanden in der nächsten Toreinfahrt und die Straße leerte sich. Allein Doktor Teichner wartete, und als sie an ihm vorbeigingen, hob er den Hut und verbeugte sich vor ihnen. Der Doktor ist ein guter Mann, der liebe Gott hat Sorge für ihn getragen und ihn aus Auschwitz zurückgebracht. Nur ihn, seine ganze Familie ist umgekommen. Doktor Teichner hätte einen Grund, dennoch hasst er uns Deutsche nicht. Aber warum sollte er uns auch hassen? Gerlinde, Kinga, ich selbst und halb Käsmark sind bei ihm auf die Welt gekommen, und Papa hat zusammen mit Gerlindes Vater versucht, ihn zu retten, sie können nichts dafür, dass ihn in dem kleinen Grenzdorf feige Menschen an die Gestapo verraten haben.

Die Stadt ist voller Plakate, und ständig geben die Ausrufer mit ihren Trommeln bekannt: *Nemci, maďari, kolaboranti!* So beginnt jedes Dekret, und es gibt so viele davon, dass es ganz unmöglich ist, sich alle zu merken. Die Deutschen und die Ungarn sind die Feinde des tschechischen und slowakischen Volkes, sie sind die Verräter, sie sind schuld daran, dass die Republik zerschlagen wurde, das besagt das 33. Dekret, Christus wurde mit 33 Jahren gekreuzigt, die Zahl kann ich mir deshalb merken.

Unser früheres Leben ist wie ein zerbrochener Krug, ein Scherbenhaufen. Unser Haus, mein Klavier, Mamas mit grünem Filz bezogener Kartentisch und ihre Nähmaschine mit der Mohnblume, Papas Ohrensessel, Großmutters Sekretär aus Rosenholz mit den Unmengen an Fotografien: All das ist irgendwo, bei irgendjemandem, ich müsste die Sachen suchen, darum bitten, dass man sie uns zurückgibt, darum betteln, aber ich bin ja nur ein Mädchen, ein junges Ding, das von der Ecke der Heilig-Kreuz-Kirche oder von Jarinkas Tor aus zu unserem Haus hinüberspäht. Die Gasse ist menschenleer, ich tue so, als spazierte ich zufällig dort entlang, andere Male gehe ich entschlossen und zielbewusst, ich könnte den Schlüssel selbst mit geschlossenen Augen ins Schloss stecken, die Treppe hinaufgehen, über die Schwelle treten, ohne zu stolpern, aber es ist nicht möglich, ich darf mich nicht ans Klavier setzen, mich nicht in mein Bett legen, darf mir das kleine Kissen nicht auf die Ohren drücken, mich nicht unter den Aufgang zum Dachboden setzen, um mein Tagebuch zu schreiben oder einen Roman zu lesen, ich habe die slowakische Republik nicht verraten und nicht zerschlagen, meine Sünde ist höchstens, dass ich Mama manchmal anflunkere, weil sie mich ständig ausfragt und ich nicht will, dass sie über jede Minute Bescheid weiß, sogar meine Gedanken kennt, und meine Sünde ist, dass ich mich unglaublich nach Spanischer Windtorte und Zipser Würstchen sehne und dass ich gierig esse, aber das sind keine richtigen Verbrechen, höchstens kleine Sünden. Mein Klavier steht im slowakischen Gymnasium, das weiß ich von Jarinka, sie hat gesehen, wie sie es weggebracht haben, und sie hat es wiedererkannt, als sie sich dort eingeschrieben hat, die achte Klasse wird sie dort besuchen, das Lyzeum wurde geschlossen, in der ganzen Slowakei gibt es keine deutsche und auch keine ungarische Schule mehr. Kinga, Gerlinde und ich werden kein Gymnasium besuchen, ins slowakische nimmt man uns nicht auf, wir sind keine Staatsbürger, sind zu nichts berechtigt.

Keine Arbeit, keine Rente oder ärztliche Versorgung, auf der Straße und auf den Ämtern darf man nicht deutsch reden, auch der deutsche Gottesdienst ist verboten. Was den Deutschen verboten ist, das ist auch den Ungarn verboten, Kingas Vater sitzt im Gefängnis, Papa sitzt im Gefängnis, Kinga ist Ungarin, ich bin Deutsche, beide sind wir schuldig, und schuldig sind auch Polli, Großmutter, Mama und die ganze 7A mit Ausnahme der acht slowakischen Schüler. Jarinka ist natürlich nicht schuldig, *ihr spinnt doch, niemand ist schuldig,* sie protestiert und bittet um Entschuldigung für alle von Slowaken und Tschechen begangene Taten. *Du spinnst, du bist doch nicht Jesus Christus, dass du die Schuld der anderen auf dich nimmst! Wir sind, wer wir waren!,* ich fahre sie an, weil ich es nicht mehr aushalte, dass sie mit uns spricht und uns behandelt, als wären wir schwer krank.

Die Lebensmittelration ist zum Sterben zu viel, zum Sattwerden zu wenig, im Wald oder auf der Wiese könnte man etwas organisieren, aber Mama verbietet mir, die Stadt zu verlassen. Es bleiben allein die ewigen Kartoffeln. Dazu irgend so eine grüne Soße, die Mama aus allem möglichen Unkraut kocht. Das sei gesund, sie versucht, mich zu überzeugen, doch das Ganze erinnert an grünen Rotz, und ich sehne mich nach Kaffee mit Schlagsahne und Hefekuchen und nach Himbeeren und Blaubeeren, so wie früher an den Sommernachmittagen, aber wir haben alle unsere Vorräte aufgebraucht, wir haben nichts außer der Brosche und den tausend Kronen, die Großmutter auf dem Dachboden versteckt hat und die wir uns aus dem Kopf schlagen müssen, zumindest nach ihrer Meinung. Sie ist alt, Mama schwächelt wieder, Polli ist schwanger, ich jedoch bin stark und mutig, und diesen Schatz werde ich uns, komme, was wolle, beschaffen! Wir können uns davon dann Mehl, Schmalz und vielleicht ein Huhn kaufen, ein großes Festmahl zubereiten, Herrn Mikula einladen, ihm die Miete bezahlen und Papa brächte ich einen Braten und Knödel ins Gefängnis.

In unserem Haus wohnt derzeit ein Ehepaar, der Mann ist Hauptmann bei der Gendarmeriekommandantur, die Frau eine Art Beamtin, so hat es Jarinkas Mutter erzählt. Wir müssen beobachten, wann sie gehen und wann sie wiederkommen, Jarinka hilft mir. Frühmorgens stellen wir uns bei ihr vor das Tor – lockere Haltung, Lächeln, harmlose Plauderei –, kein Grund zur Aufregung, es ist die natürlichste Sache der Welt, dass sich zwei Mädchen am Tor unterhalten, selbst am frühen Morgen ist es natürlich, unser Tor öffnet sich, unser ehemaliges Tor, der Mann verlässt das Haus, unser ehemaliges Haus, allein, ich erschrecke fürchterlich, weil ich Großmutters Schatz, wenn die Frau zu Hause bleibt, vergessen kann, aber zum Glück taucht auch sie bald auf. Eine freundlich wirkende, hübsche Frau in einem schönen Kleid und schönen Schuhen, am Arm eine wundervolle Lacktasche, sehnsuchtsvoll sehe ich ihr hinterher, Jarinka und ich folgen ihr, am ersten Tag ihr, am nächsten Tag ihrem Mann, und alles ist so, wie Frau Liptakova erzählt hat: Er geht zur Gendarmerie, sie ins Rathaus. Sie verlassen das Haus morgens etwa zur gleichen Zeit, die Frau kommt nachmittags um fünf wieder, der Mann etwas später, am dritten Tag folgen wir ihnen nicht mehr, sondern beobachten sie nur vom Tor der Liptaks aus. Die Aktion ist für den vierten Tag geplant.

Gerlinde finden wir nicht, vergebens durchstreifen wir wiederholt die Bahnhofsgegend, Kinga jedoch ist aufgetaucht. Am Tag nach unserer Ankunft in Käsmark habe ich mich mit Jarinka an die Kreuzung nach Leibitz gestellt, dort hielten wir Wache und warteten darauf, dass sie aus Richtung Waldwinkel käme. Und sie kam. Es war nämlich gerade ein Tag, an dem sie ihrem Vater etwas zu essen in die Burg brachte. Man hatte Herrn Engelhart vierzig Tage zuvor festgenommen, und sie radelte gerade das zwanzigste Mal von Waldwinkel nach Käsmark, zehn Kilometer hin und zehn zurück, zwölf Anstiege und drei Hügel hin und ebenso viele zurück, insgesamt vierhundert Kilometer mit vierhundertachtzig Anstiegen und hundertzwanzig Hügeln. Was das Skifahren und auch das Klettern anging, gehörte Kinga zu den Besten in der Klasse, sodass ihr das Radfahren mit größeren und häufigeren Steigungen nicht so schwer fällt, sie zählt einfach nur alles. Das ist ihre Manie.

Wir richten die Aktion zeitlich nach ihr, da sie unbedingt mitkommen will, um Großmutters Schatz zu holen. Die Turmuhr schlägt zur ganzen Stunde, als sie, so wie wir besprochen haben, bei Jarinka erscheint und ihr Fahrrad abstellt, dann treten wir zu dritt auf die Straße hinaus. Nirgends eine Menschenseele, elf Uhr ist der perfekte Zeitpunkt: Diejenigen, die von zu Hause weggegangen sind, bleiben noch fort, und diejenigen, die zu

Hause geblieben sind, haben mit der Hausarbeit zu tun. Untergehakt schlendern wir schön langsam zu unserem Haus, vor dem Tor beugt sich Kinga und tut so, als wollte sie ihren Schuh zubinden, ich drücke die Klinke hinunter, ein ohrenbetäubendes Quietschen, vor Schreck falle ich geradewegs zum Tor hinein, Kinga und Jarinka folgen mir, das Tor schlagen wir schnell hinter uns zu, ausgeschlossen, dass uns jemand von gegenüber oder aus der Nachbarschaft bemerkt hat, wir haben nichts zu befürchten.

Die kinderkopfgroßen Dahlien, die farbenfrohen Springkräuter und die lodernden Phlox sind verschwunden, die Rosen und Hortensien sind dahin, überall wuchert Unkraut, selbst in den Rissen der Treppe, gut, dass Mama nicht sieht, was aus ihrem Märchengarten geworden ist! Die Fensterläden sind zugeklappt, ich versuche, durch den Spalt zwischen den beiden Flügeln hineinzulugen, auf den ersten Blick sehe ich nichts, auf den zweiten, dass die Bilder an der Wand fehlen und auch mein Klavier nicht an seinem Platz steht, *komm schon!*, Jarinka drängt mich, der Aufgang zum Dachboden befindet sich im Holzschuppen, wir gehen hinter das Haus, Jarinka steht am Fuß der Leiter Schmiere, Kinga vorne, ich kann nicht pfeifen, die beiden aber schon, bei Gefahr wäre das Signal drei kurze Pfiffe.

Durch den Glasziegel dringt kaum Licht, ich taste blind umher. Plötzlich fällt mir ein, dass der Dachboden ein prima Wohnort für Fledermäuse ist, instinktiv reiße ich die Hände vor das Gesicht, so ein Blödsinn, flüstere ich vor mich hin, nehme sie aber erst herunter, als sich meine Augen an die Dunkelheit gewöhnt haben. Nach Großmutters Anweisung die zehnte Planke hinter dem Schornstein in Richtung Straßenfront, ich muss mich nicht einmal anstrengen, das Brett löst sich leicht, ich greife in die mit Spinnweben verhangene Öffnung, ziehe den Beutel heraus, spüre, dass er nicht leer ist, beeile mich aber nach unten, ohne ihn zu öffnen und hineinzuschauen, ob sich tatsächlich die tausend Kronen und die Brosche darin befinden. Ein voller Erfolg! Jarinka, Kinga und ich führen einen Freudentanz auf, dann treten wir durch das Tor, als wären wir gar nicht unbefugte Eindringlinge, was wir ja wirklich nicht sind, auch keine Diebe, wir sind einfach drei Freundinnen, die nichts anderes getan haben, als auf ihre Weise für ein wenig Gerechtigkeit zu sorgen.

Mama entschließt sich, zu Herrn Juščiak zu gehen, einem slowakischen Rechtsanwalt, den sie kennt, kommt aber furchtbar deprimiert nach Hause. Papa wird doch vor das Kriegsgericht gestellt, man wird ihn in Kürze nach Pressburg bringen, aber es wäre besser, wenn auch wir die Rucksäcke bereitstellten, Herr Juščiak hat so eine Andeutung gemacht, dass bald alle Deutschen interniert würden.

Am Sonntag taucht Punkt Mittag ein Polizist mit drei zivil gekleideten Männern bei uns auf. Sie zu viert, wir auch zu viert, so stehen wir einander gegenüber. Hilda Hartmann, geborene Wolf, Apollonia Hartmann, Lili Hartmann, Theodora Hartmann, geborene Littner, einer der Zivilisten verliest die Namensliste, wir müssen das Haus innerhalb von einer halben Stunde verlassen, sollen uns um Lebensmittel für zwei Tage kümmern, etwas anderes bräuchten wir nicht, in zwei Tagen kämen wir zurück, wir würden nur verhört, auf dem Knopf an der Uniform des Polizisten das apostolische Doppelkreuz, darauf starre ich, während ich mir das Verdikt anhöre. *Eine halbe Stunde,* wiederholt der Mann in Zivil, mit diesen Worten lassen sie uns zurück.

Wir sehen einander verstört an, Großmutter fragt, warum sie das mit uns machen. Damit uns erst gar nicht in den Sinn käme, uns zurückzubeschaffen, was uns gehöre, antwortet Mama, der Polizist macht einen Schritt zurück und flüstert uns zu, wir sollten auch Geschirr und Bettzeug einpacken. Hastig sammeln wir zusammen, was wir haben – ein Unterbett, etwas Kleidung, Besteck, einen Topf, eine Pfanne, ein wenig Mehl, noch weniger Zucker, ein Stück Brot –, Herr Mikula gibt uns einen kleinen Topf Schmalz und ein Stück Speck, er verspricht uns, Fifi zu Jarinka zu bringen, und verabschiedet sich mit den Worten, wir sollten ihn in guter Erinnerung behalten und nicht böse auf ihn sein.

Sie bringen uns vor das Rathaus. Lauter bekannte Gesichter, alle sind hier, zumindest diejenigen, die von der Evakuierung zurückgekehrt sind. Stundenlanges Herumstehen, Warten, wer müde ist, setzt sich auf den Boden oder das Gepäck, was macht die Gesundheit, was ist mit X. passiert und was mit Y., *sind die Lastwagen da drüben etwa gekommen, um uns zu holen?,* kein Weinen, kein Jammern, nur höfliches Interesse, stilles Beratschlagen, unter dem Schleier der Disziplin lauert die Angst. Ich verziehe mich an den Rand der Gruppe, strecke den Hals nach rechts und links, weil ich insgeheim hoffe, dass Herr Mikula Jarinka schon benachrichtigt hat und ich sie irgendwo an der Ecke des Platzes erblicke und wir uns, wenn auch nicht richtig, so wenigstens aus der Ferne, mit Zeichensprache voneinander verabschieden können, doch Mama kommt mir hinterher, legt ihre Hand auf meine Schulter und sagt, sie sei Slowakin und ich Deutsche, ich solle zurück zu unserem Gepäck gehen.

Soldaten nehmen uns in die Mitte und befehlen uns, auf die andere Seite des Platzes zu den Lastwagen zu gehen, *das ist das letzte Mal, dass ich bei so was mitmache,* brummt der eine, *halt die Klappe, sonst bekommst du Ärger!,* zischelt ihm der andere zu, am Himmel funkelt die Sonne, und die Glocke der Heilig-Kreuz-Kirche läutet, als wir Käsmark verlassen.

10.

Milizionäre, Partisanen, braunes Hemd, Hitlerjugend-Hose, Tropenhelm, rotes Halstuch, eine zusammengewürfelte Uniform, doch jeder hat eine Kalaschnikow, *Ausweise, Reisepässe abgeben!,* Name, geboren, Wohnort; unsere Angaben schreiben sie in ein großes Buch und drücken uns den *výmer* in die Hand, darauf steht, dass wir als Deutsche unerwünscht sind und die Kaserne in Deutschendorf für uns als Zwangswohnort bestimmt ist.

Leibesvisitation, Ausziehen bis auf die Unterwäsche, sie tasten unsere Körper ab, durchwühlen unsere Kleider, eine riesige Halle, ich weiß nicht, wie viele wir genau sein mögen, aber bestimmt mehrere Hundert, Männer, Frauen, Kinder gemischt, auf den Boden gestreutes Stroh, die Fenster zerbrochen, am Fuße der Tatra sind die Nächte schon Anfang September sehr kalt, ein unerwartetes Glück: Ich finde zwei Holzladen, richtig große, umgedreht dienen sie ausgezeichnet als Schlafstätte, die eine ist für Großmutter, die andere für mich. Wie aber kann das sein, dass ich, das Kind, oben auf der Lade liege und Mama unten auf dem Stroh? Ich kauere mich neben Polli. Es gibt kein Stroh ohne Wanzen, am Morgen sind wir ganz zerstochen, so, dass es blutet, unsere Strohnachbarn sind eine Familie aus Lublau: Rosi, ihre Eltern und ihre kleinere Schwester, ich beneide Rosi dafür, dass ihr Vater da ist, ich beneide sie selbst dann, wenn sie ihn gerade mit anderen Männern mitgenommen haben, um die Viehherde anzutreiben, vielleicht treiben sie die von den Deutschen beschlagnahmten Tiere nach Preschau, sicher ist aber, dass sie zurückkommen, sie waren auch schon andere Male beim Viehtreiben und kamen bislang immer zurück.

Ein ganzes Dorf könnten wir füllen, so viele sind wir! Ein einziger Waschraum, der Abfluss ist verstopft, nur ein Brunnen, stundenlang muss man für ein bisschen Wasser anstehen, eine lange Kloreihe, nichts trennt die Löcher voneinander. Die Toilette nennen sie Latrine, ich habe dieses Wort noch nie gehört, aber es erinnert mich an das Lateranische Konzil, es ist schon lang her, dass wir etwas darüber gelernt haben, ich habe keine Ahnung, was bei diesem Konzil passiert ist, aber das Wort selbst klingt schön, auch Latrine klingt schön, nur ist das, was es bedeutet, so widerlich, so ekelhaft und stinkt so sehr, dass sich mir der Magen umdreht. Ich hasse es, aufs Klo zu gehen! Ich zögere es hinaus, wenn viele da sind, drehe ich eine Runde, aber es kommt vor, dass ich keine Zeit dazu habe, dann rede ich mir gut zu, dass jeder sein Geschäft verrichtet und keiner mir zusieht, schon habe ich mich fast beruhigt, als mir dann aber einfällt, auch wenn sie jetzt nicht zusehen, so hören sie doch das Plätschern und Plumpsen, und dann beginnt das Dilemma von vorn. *Anpassen,* hieß Mamas Parole, als wir angekommen sind, ich passe mich so an, dass ich mich nach Polli richte, wenn sie geht, gehe ich auch, wenn ich früher muss, dann bettele ich, dass sie mich begleitet.

Krummhorn, Warze, Kastenberg, Roter Turm, Karfunkelturm, Schwalbenturm, Gerlsdorfer, Schlagendorfer, Eistaler und Lomnitzer Spitze; wohin ich auch schaue, ich sehe überall die Tatra. Auf den Tag genau vor zwei Jahren waren wir mit unserem Lehrer, Herrn Grosz, am Grünen See, um das Retten im Gebirge zu lernen,

Kinga war die Verletzte, Jarinka und ich schienten ihr das Bein, die Jungen schleppten sie vom Berghang auf einer Trage hinunter, am Abend erzählte Herr Grosz am Lagerfeuer die Sage vom Karfunkel, jedes Jahr erzählte er sie bei der Tatra-Wanderung auf allgemeinen Wunsch, er trug die Sage vor, als spielte er allein ein ganzes Theaterstück, er war der habgierige Vater, der junge Held, die verliebte Erika: Er schlüpfte von einer Rolle in die andere, sogar den pfeifenden Wind, die tosenden Wellen und den hinabstürzenden Felsen spielte er, ich will diese verdammten Gipfel nicht sehen, doch sie drängen sich mir in den Blick, ich will nicht hier sein, will keine Deutsche sein, will nicht Lili Hartmann sein, will niemand sein!

Die Deutschen müssen arbeiten, das diesbezügliche Dekret Nummer soundsoviel wurde auf dem Appellplatz verkündet. Alte Leute und Kinder, alle werden auf die Wiese hinausgetrieben, unsere Aufgabe ist, Disteln zu pflücken. Die Distel ist heimtückisch, es ist unmöglich, sie so anzufassen, dass sie nicht sticht. Abertausende unsichtbare Stacheln stecken in unseren Fingern, die ganze Hand ist taub, Großmutter murrt in einem fort, warum sie nicht vorher Bescheid gesagt hätten, Mama ist es leid und winkt ab, *unsere Handschuhe haben wir ja leider bei Frida in Olmütz gelassen,* doch Großmutter murrt beleidigt weiter, *sei nicht so frech!,* sie bleibt zurück, ich mache kehrt und ziehe die blöden Disteln auch für sie heraus.

Von der Wiese werden wir in die Stadt abkommandiert. Die Älteren müssen doch nicht arbeiten, Großmutter kann mit Mama in der Kaserne bleiben. Zuerst räumen wir die Trümmer des halb eingestürzten Hotels Payer weg: Wir schleppen Ziegel und Steine, packen sie auf einen Haufen, dann schleppen wir sie genau dorthin zurück, von wo wir sie geholt haben, wir verstehen nicht, warum, aber das geht uns nichts an, wir machen, was uns befohlen wird. Nach dem Hotel Gartenarbeit im Park: Das ist wenigstens eine sinnvolle Arbeit und wesentlich leichter als das Wegräumen der Trümmer und das Distelpflücken. Die Sonne scheint lauwarm, Brigaden von fünf bis sechs Personen, je Brigade ist ein Gebiet markiert, das an dem Tag in Ordnung gebracht werden muss: graben, Unkraut jäten, den Boden ebnen, Beete anlegen. Uns begleitet Feldwebel Bocian, den wir Bocian getauft haben, weil er wirklich so dünne Beine hat wie ein Storch und so geht, als würde er auf Eierschalen laufen. Wir kennen weder seinen Namen noch den der übrigen Wächter, sie stellen sich uns nicht vor, es wäre auch sonderbar, wenn sich ein slowakischer Partisan oder Milizionär vorstellen würde, bevor er uns als Faschisten oder deutsche Huren beschimpft.

Bocian ist sanft wie ein Lamm, er ist der Einzige, der uns nicht Faschisten nennt und ständig wie Vieh antreibt, bei Feldwebel Wüterich jedoch gibt es kein Verschnaufen. Vor allem nicht für den Pfarrer, Wüterich lässt ihn seine Stiefel putzen. Er macht sich auf dem Stuhl breit und der Pfarrer kniet vor ihm, so bürstet und poliert er seine Stiefel, von Montag bis Sonntag, kein Tag darf ausbleiben. Der Feldwebel hat ein rotes, blutgeädertes Gesicht, aus irgendeinem Grund ist er ständig wütend, es kommt vor, dass sein ganzer Kopf rot anläuft, dann schlägt er mit dem Gummiknüppel auf den Pfarrer ein, der für einen Augenblick zusammenzuckt, aufstöhnt und dann wortlos weiter die Stiefel putzt.

Bocian sehen wir im Park gar nicht, es gibt keinen Wächter, keine gestreifte Kleidung, wir tragen unsere eigenen Sachen, eine Gruppe junger Frauen – unsere nächtlichen Strohnachbarn, Rosi mit ihrer Schwester, ein Geschwisterpaar aus Roks, Polli und ich –, es ist so, als wären wir gar keine Gefangenen, sondern Gartenarbeiterinnen. Ganz in unserer Nähe sitzt auf der Bank vor der Kastanie eine ältere Dame mit Hut und Handschuhen, ihre Hände ruhen auf einer großen Einkaufstasche. *Sie schaut uns an! Sie lächelt!,* flüstere ich den anderen zu, doch sie winken ab, als würde ich fantasieren. Ich grabe die Erde um, dabei beobachte ich die Dame aus dem Augenwinkel, und ich fantasiere nicht, sie lächelt sehr wohl, zieht sogar ein Paket, in ein weißes Tuch gewickelt, aus der Tasche, legt es neben sich auf die Bank und winkt uns auffordernd zu. *Na, seht ihr!,* sage ich triumphierend, doch die Mädchen zweifeln noch immer, die Dame aber winkt erneut, sie zeigt auf das Paket, dann auf uns, *seht ihr denn nicht, versteht ihr nicht, es ist eindeutig, dass sie uns meint!,* ich bin so aufgeregt, dass mir die Stimme versagt. Die Dame steht auf und geht los, das Paket strahlt weiß auf der Bank, kein Zweifel mehr, wir setzen uns alle sechs auf einmal in Bewegung. Die dick mit Zucker bestreute Buchtel ist mürbe, die Marmelade darin duftet nach Zimt und ist süß, wir stöhnen laut vor Glück. Bocian ist nirgends zu sehen, wir futtern weiter, Polli sagt, wir sollten denen drin auch etwas übriglassen, ja, sicher, wir nicken, aber was, wenn sie uns am Tor durchsuchen und alles wegnehmen? Plötzlich taucht Bocian auf, geht aber ohne ein Wort an uns vorbei, wir kommen nicht einmal dazu, uns zu erschrecken. Wenn er draußen ist, dann ist Feldwebel Wüterich drinnen, wir haben ihre Diensteinteilung beobachtet. Schließlich verschlingen wir alles bis auf den letzten Krümel, denn wozu sollten wir ein Risiko eingehen.

Es heißt, wir würden bald weggebracht, doch wohin, darüber rätseln wir nur, niemand weiß Genaueres. Ärztliche Pflichtuntersuchung. Eine hagere Ärztin mit dem Gesicht einer Larve, *tief einatmen, Luft anhalten, ausatmen, umdrehen, bücken, Mund aufmachen,* es wäre Routine, müssten wir uns nicht nackt vor die Ärztin stellen und würden nicht noch drei Partisanen im Raum sitzen, die sich zum Schein in die Papiere vergraben, doch in Wirklichkeit uns beäugen. Die Ärztin lässt sie gewähren, schickt sie nicht hinaus. Mama schämt sich, sie versteckt sich hinter dem Türrahmen, Großmutter stellt sich hinter Mama, ich kann mich nicht verstecken, ich bin die Erste. Nach mir ist Polli dran, ihr Bauch ist noch kaum rund, wer nicht weiß, dass sie schwanger ist, könnte meinen, sie wäre etwas mollig. *Tief einatmen, Luft anhalten, ausatmen, die Nächste,* die Stimme der Ärztin klingt gelangweilt, sie untersucht uns, als wären wir leblose Gegenstände.

Außer einer ganzen Reihe aufgekratzter Wanzenstiche und meinem ständigen Hunger fehlt mir nichts, und auch der Gesundheitszustand von Polli, Mama und Großmutter ist „entsprechend". Das steht in dem Ausweis, den sie uns in die Hand drücken und aus dem hervorgeht, dass wir in jenem Nováky interniert werden, dem es uns, dank Vater, schon einmal gelungen ist, zu entkommen.

Die Slowakei ist voll mit Lagern, wir haben keine Ahnung, warum uns gerade das berüchtigtste zugeteilt wurde. Vielleicht, damit wir weiter weg von unseren slowakischen Bekannten sind, denn dort, wo ein Satz auf Deutsch begonnen, auf Slowakisch fortgesetzt und auf Ungarisch beendet wird, kann man mit Dekreten nicht erreichen, dass man jemanden einzig und allein für seine Herkunft hasst.

Wir passen uns an, halten uns aneinander fest, zusammen ist es leichter, sagt Mama immer wieder, *der Herr wird uns helfen,* predigt Großmutter, von Papa gibt es keine Nachrichten, Mama versucht, bei der Kommandantur etwas in Erfahrung zu bringen, doch sie wird in hohem Bogen rausgeschmissen. Bocian ist wirklich ein gutmütiger Partisan: Er trägt Großmutters Rucksack und Mantel von der Kaserne ganz bis zum Bahnhof.

11.

Bahnhof, ein langer Zug, Viehwaggons, zuerst wurden die Juden abtransportiert, jetzt die Deutschen und die Ungarn, wir sind viel mehr, als die Juden es waren – woher haben die überhaupt so viele Waggons? Milizionäre, Partisanen, sie schießen, wenn wir zu fliehen versuchen. Das lahme Vorangezuckel dauert einen halben Tag, *Nováky!*, der Zug bewegt sich noch, als die Türen des Waggons schon aufgerissen werden, *deutsche Schweine, raus mit euch!*, sie schießen tatsächlich, wenn auch nur in die Luft.

Wir steigen zitternd aus, sanfte Hügel im Halbkreis, vom Bahnhofsgebäude bröckelt der Putz, an der Ecke des Heizhauses eine himmelhohe Tanne, eine lange Rampe, pfeilgerade Schienen, vor den Schienen der riesige Appellplatz, *in Dreierreihen antreten!*, vor mir Mama, rechts Polli, links Großmutter, die Hitze ist unerträglich, wir laufen auf der Straße, vor den Häusern Gruppen von Menschen, sie starren uns an, als wären wir eine Zirkusattraktion, eine Frau schreit, *ins Lager mit ihnen*, wir haben keine Ahnung, wie lange wir gehen müssen, die Kinder weinen, die Alten bleiben zurück, wer das Tempo nicht halten kann, auf den schlagen die Milizionäre mit dem Gewehrkolben ein.

Hinter Nováky biegen wir links ab, wir gehen mit gesenkten Köpfen und gekrümmten Rücken auf der endlos scheinenden Landstraße voller Schlaglöcher, von beiden Seiten begleiten uns Milizionäre, Partisanen. Die Landschaft ist öde, der Himmel dreckig grau, ein Wind kommt auf, unsere Augen und Münder sind voller Staub, außer dem Schlurfen ist nichts zu hören.

Wir gehen, sie treiben uns voran, Baracken tauchen auf, hinter dem Stacheldrahtzaun furchtbar viele Menschen, wir sehen sie an, sie sehen uns an, die Wächter weichen uns nicht von der Seite, wir dürfen nicht mit den Gefangenen reden, bis zum zweiten Lager legen wir gut einen Kilometer zurück, Wachtürme, Baracken, Stacheldraht: Das Bild ist ganz genau dasselbe wie zuvor, wir erkennen ein paar Leute aus Käsmark, aber auch mit ihnen dürfen wir nicht sprechen, die Tore sind weit geöffnet, es ist, als marschierten wir geradewegs in den Magen des biblischen Walfisches.

An der Uniform des Lagerkommandanten Orden mit Bändern, in seiner Hand eine Hundepeitsche mit Lederschnüren, sie sieht aus wie die, mit der mich die Gassenjungen in Olmütz geschlagen haben, *faschistische Nazi-Schurken, ihr habt den Krieg verloren!*, brüllt der Kommandant, dabei schlägt er mit dem Peitschengriff an den Stiefelschaft, wir sind die Verräter und Feinde der tschechischen und slowakischen Nation, Kriegsverbrecher, haben die Republik gemeinsam mit den Ungarn zerschlagen, das tschechoslowakische Volk unterjocht, in die Knechtschaft gestürzt. Wir werden registriert, Mama bekommt die Nummer 4665, Polli 4666, Großmutter 4667, und ich bin die Gefangene mit der Nummer 4668.

Sie treiben uns in ein großes Holzgebäude, zwei slowakische Partisaninnen – ich habe noch nie weibliche Partisanen gesehen – durchsuchen unser Gepäck. Die Kleidungsstücke, das Geschirr und die Bettwäsche fliegen in die Mitte der Baracke, auf der Spitze des Haufens thront ein schwarzes Mieder, seine elfenbeinfarbenen, verzierten Spangen leuchten auf der schwarzen Seide, verblüffend und lächerlich, ein Mieder trägt heutzutage niemand mehr, nicht einmal Großmutter, wir betrachten es staunend, auch den beiden Slowakinnen gefällt es, eine von ihnen greift danach, die andere schneidet mit ihrem Taschenmesser die Spangen ab, Großmutter und ich sehen uns an, unsere Blicke begegnen sich für einen Moment, sie schnappt sich ihre Bibel aus dem Haufen und versteckt sie unter dem Rock, ich hocke mich hin, als wollte ich meinen Schuh zubinden und fische mein Tagebuch heraus. Die Bibel, das Tagebuch, die Kleider, die wir am Leib tragen: Das ist alles, was wir besitzen.

Das Lager befindet sich gar nicht in Nováky, sondern dahinter, am Rand des Dorfes Koš, und es ist so riesig, das man es zuerst gar nicht überschauen kann. Unteres, mittleres, oberes Lager, dazwischen jeweils hohe Stacheldrahtzäune, an den Toren bewaffnete Wachposten, mittleres Lager, Baracke acht, die Fenster sind zerschlagen, wir haben weder einen Tisch noch Stühle, unsere Schlafstätte ist der nackte Boden, darauf einige Handvoll Stroh, Männer, Frauen und Kinder, Alte und Junge, achtzig Personen dicht nebeneinander. Wir wurden von den Käsmarkern getrennt, sind jetzt mit Hauerländern zusammen. Das Gras um die Baracken ist hoch, wir reißen es mit bloßen Händen ab, machen uns daraus eine Unterlage, die Kinder weinen vor Hunger, aber es gibt nichts, was man ihnen geben könnte, eine schreckliche Nacht, vergeblich bemühe ich mich, die Augen zu schließen, ich drücke sie fest zu, doch sie springen immer wieder wie von selbst auf, es wäre gut, mit jemandem zu reden, aber Mama, Polli und Großmutter schlafen, und an meinem Kopf und zu meinen Füßen schlafen wie erlegtes Wild nach der Jagd, in Reihen angeordnet all die mir bekannten und fremden Deutschen, Zähneknirschen, Schnarchen, Gemurmel im Schlaf, feuchte Dunkelheit; mein Körper ist gebrochen, meine Seele schwer, ich weine nicht, es rinnen nur dicke Tränen über mein Gesicht.

Von der Acht in die Zehn, von der Zehn in die Zwölf, sie werfen uns von Baracke zu Baracke, über die Zwölf heißt es, sie sei die endgültige, zwei lange Pritschen einander gegenüber, dazwischen ein schmaler Gang, in der Bretterwand Nägel, vollgehängt mit Geschirr und Kleidungsstücken, ein eingebeulter Blecheimer, ein schütterer Reisigbesen in der Ecke, Baracke bleibt Baracke, aber in der Zwölf sind wir nur halb so viele, und statt des Strohlagers auf dem Boden haben wir Strohsäcke. Uns schräg gegenüber Rosi und ihre Familie, rechter Hand ein gleichaltriges Mädchen namens Anni Berger mit ihren Eltern und ihrem kleinen Bruder, linker Hand ist Frau Bittner unsere direkte Strohsacknachbarin. Anni und ihre Familie kommen aus Drexlerhau und waren, so wie wir, schon vor Nováky im Lager, nur im Unterschied zu uns statt zwei Wochen zwei Monate, da sie auf der Rückkehr aus der Evakuierung in Sillein Partisanen in die Arme liefen. Und den slowakischen Frauen, die am Bahnhof auf Streifzug waren und sie den Partisanen zuvorkommend allesamt ausraubten. Die Frauen gaben vor, gerne auf ihre Sachen aufzupassen, denn in der Kaserne, wohin man sie brächte, nähme man ihnen ohnehin alles weg, außerdem versprachen sie, ihnen Lebensmittel zu bringen, nur brachten sie während der zwei Monate nichts, und als die Bergers einem ortsansässigen deutschen Häftling das Schreiben zeigten, lachte der sie aus, solch eine Straße, wie dort stehe, gäbe es in Sillein gar nicht.

Anni und ihre Familie zählen zu den alten Gefangenen, doch Frau Bittner ist noch länger da, ihre Nummer beginnt mit eintausend. Nach unten gezogene Mundwinkel, dumpfe, ausdruckslose Augen, lange, kummervolle Falten im Gesicht, Frau Bittner ist in großer Trauer: Ihr einziger Sohn ist im Krankenhaus von Topoltschan an Typhus gestorben. Man ließ sie nicht aus dem Lager, sie weiß nicht einmal, wo er begraben liegt, sechzehn Jahre war er alt, noch ein Kind, allein ist er gestorben, Typhus ist ansteckend, deshalb hat man ihr nicht erlaubt, bei ihm zu sein. Mama wird ganz bleich, sie reibt sich nervös die Hände, Polli ist schwanger, Großmutter hat es am Herzen, sie selbst an der Lunge, einen Arzt gibt es nicht, Medikamente gibt es nicht, was wird nur, wenn eine von uns erkrankt? Vielleicht war es ja gar kein Typhus, Frau Bittner beruhigt Mama, und jetzt sei ja niemand krank und eine Epidemie gebe es auch nicht, aber die Zustände, Mama seufzt, die Zustände sind fürchterlich.

Ein einziger Brunnen für so viele Menschen, noch dazu ist die Pumpe kaputt, es kommt kaum Wasser, da bleibt nur das Rinnsal am Stacheldrahtzaun, in das aber das Abwasser aus der Küche, der Kommandantur und dem Quartier der Wache hineingelassen wird, es ist so dreckig, so trüb, dass es sich zum Trinken überhaupt nicht eignet, doch auch zum Waschen kaum. Die Latrine ist noch scheußlicher als die in Deutschendorf: ein paar Gruben, über die quer einige Bretter gelegt sind, auf die man sich hinhocken muss. Vorsichtig, denn es gibt nichts zum Festhalten, die Bretter kleben und sind rutschig, der Gestank ist unerträglich, wenn die Sonne brennt, dampft die Grube regelrecht, aber auch der Regen ist nicht besser, weil wir bis auf die Haut nass werden, wir sehnen uns nach der Zeit zurück, als wir auf der Toilette noch ein Dach über dem Kopf hatten.

Seit ein kleines Mädchen in die Grube gefallen ist, müssen wir Großmutter begleiten, weil sie sich in den Kopf gesetzt hat, dass ihr schmerzendes Bein sie nicht halten wird und auch sie hineinrutscht. Sie mag es am liebsten, wenn ich sie begleite, weil ich ihrer Meinung nach jetzt die Stärkste in der Familie bin und man sich am ehesten auf mich stützen kann. In Gedanken strecke ich die Brust raus und gehe ohne Widerworte mit, Großmutter zieht ihren Schlüpfer vorher, noch in der Baracke aus, sucht sich möglichst am Anfang des Bretts einen Platz, mit der einen Hand stützt sie sich ab, mit der anderen klammert sie sich an mir fest, ich drehe den Kopf weg, damit sie ungestört ist, als sie Gottseidank stöhnt, drehe ich mich zurück, helfe ihr, sich aufzurichten und vom Brett auf den sicheren Grubenrand zu treten. Auf dem Rückweg sind wir schon fröhlich, *es wird sich alles richten,* sagt Großmutter zufrieden, ich nicke, *das wird es,* wir werden ein Klosett mit Wasserspülung haben, mit Tür und Wand separiert, und wir werden ein Badezimmer haben und so viel Wasser, dass wir eine riesige Badewanne randvoll füllen und bis zum Hals eintauchen können. Das Mädchen ist zum Glück nicht ertrunken, der einzige Nutzen der gemeinsamen Latrinenbenutzung ist, dass auch andere zugegen waren und sie rechtzeitig herausziehen konnten. Aber wie sie das Mädchen wohl gebadet haben, wo man sich nur ganz sparsam und in Gruppen eingeteilt waschen kann?

Abends macht die Blechschüssel von Frau Bittner die Runde, sie ist nur zur Hälfte mit Wasser gefüllt, zwei oder drei von uns waschen sich darin nacheinander, Mama und Großmutter überlassen meist Polli und mir den Vortritt, ich beuge mich tief über die Waschschüssel, Gesicht, Hals, Arme, Oberkörper, blitzschnelle Bewegungen, schon trockne ich mich ab, ziehe hektisch die Kleider wieder an, ich weiß, dass sich niemand um mich schert, dennoch ist mein Gesicht knallrot, *Sauberkeit Gesundheit, Schmutzigkeit Krankheit,* sagt Mama immer und hält mit Großmutter eine Decke vor uns, *schön gründlich, überall!,* ruft sie von der anderen Seite der Decke, meint aber nur mich, denn ich bin die Kleine, Polli gilt als doppelt erwachsen, weil sie ja schwanger ist. Sie schämt sich nicht, sondern bittet mich, ihr zu helfen, ich wasche ihr den Rücken, die Füße, dabei mustere ich aus den Augenwinkeln ihren Bauch, da ist jemand drin, ein Junge, ein Mädchen, wer mag es wohl sein und wie werden wir das Kind nennen? *Martin oder Melitta.* Polli wird bald Mutter und ich werde Tante, Melitta, Melitta, ich probiere den Namen aus, *woher hast du den?,* frage ich Polli, *aus einem Film, den ich mit Gerd in Olmütz gesehen habe, als er auf Urlaub zu Hause war,* antwortet sie und bricht in Tränen aus. Zuerst schnieft sie nur, dann schüttelt sie ihren Kopf und die Schultern, weint schon gar nicht mehr, sondern schluchzt laut, Mama kommt herbeigelaufen, *es tut mir leid, es tut mir so leid, ich wollte sie nicht zum Weinen bringen,* Millionen befinden sich in Gefangenschaft, jede Gefangenschaft ist einmal zu Ende, seine, unsere, *er findet dich, du wirst sehen, alles wird gut, alles wird wieder gut,* Mama tröstet Polli, ich schaue zu, wie sie sich umarmen, ich habe Polli lieb, es käme mir gar nicht in den Sinn, sie zu verletzen, aber für Gerds Schicksal kann ich nichts, verlegen trete ich von einem Bein aufs andere und senke meinen Blick, als hätte ich etwas ausgefressen, für Mama ist Polli ihr Ein und Alles, und natürlich verstehe ich, dass sie jetzt wegen der Schwangerschaft und der Umstände und Gerds Fehlen doppelt auf sie aufpassen muss, aber trotzdem, außer Polli gibt es auch noch Papa, mit dem sie wer weiß was im Gefängnis anstellen, und auch mich gibt es noch und ich bin ebenso Mamas Kind, mich muss sie auch liebhaben, die Liebe ist nicht so wie eine Torte, von der man Stück für Stück abschneidet und die dann immer weniger wird, sie ist viel eher wie der Wein und der Fisch bei der Hochzeit zu Kana, wir können sie beliebig oft teilen, sie wird nie weniger, und jeder bekommt gleich viel davon ab, so stelle ich mir das vor.

12.

Die Tagesordnung ist streng. Fünf Uhr, der erste Gongschlag: Wecken. Halb sechs, Frühstück – eine Schöpfkelle dünner Malzkaffee, er ist bitter und ätzt, eine schmale Scheibe speckiges, schlecht durchgebackenes Brot –, sechs Uhr, zweiter Gongschlag: Appell auf dem Platz, ausgenommen die Mütter mit kleinen Kindern und die Alten. Erste Selektion: junge Männer getrennt, ältere, aber noch arbeitstaugliche Männer getrennt, junge Frauen, Mädchen ebenfalls getrennt. Zweite Selektion: Es kommen die „Kunden", Bauern aus der Umgebung, Winzer und allerlei andere Leute, sie mustern uns, nehmen uns unter die Lupe, zeigen auf jemanden, zählen das Geld ab und nehmen die Person mit. Als landwirtschaftlicher Arbeiter oder als Haushaltsangestellte, wie die Dienstmagd offiziell genannt wird. Hundert Kronen im Monat für die Jungen und Mädchen, zweihundert für die Frauen, dreihundert für die Männer, das ist der Preis, nach den Männern ist die Nachfrage am größten, aber Männer gibt es kaum, sie wurden in die Bergwerke oder zu großen Baustellen gebracht.

Frau Bittner, die uns gleich bei der Ankunft unter ihre Fittiche nimmt, rät uns, die Brust rauszustrecken, wir sollen versuchen, zu lächeln und stark zu wirken, denn so ein Arbeitsdienst sei besser, viel besser, als im Lager zu bleiben, bei den slowakischen Bauern müsse man zwar arbeiten, aber sie seien nicht böswillig, gäben einem reichlich Essen, noch dazu kein schlechteres als ihr eigenes. Doch Polli und ich lächeln morgens vergeblich um die Wette, auf dem Sklavenmarkt geht keine von uns beiden weg, dabei habe ich Hunger, großen Hunger, und Polli ist noch hungriger, der Säugling in ihr wächst, zehrt an ihren Kräften. Auf einem kleinen Schienenwagen ein riesiger Kessel, darin ein langstieliger Blechlöffel, das Mittagessen ist eine Kelle voll Suppe, eine dünne Brühe ohne Geschmack, ein wenig Erbsen, Bohnen, Kartoffeln, ein paar Streifen Kohl und Kornkäfer, Raupen, knirschender Sand, aber das größte Problem ist dennoch, dass es viel zu wenig ist. Entlang der ganzen Landstraße Felder und Gärten, das habe ich beobachtet, als wir angekommen sind, man muss nur aus dem Lager hinausgelangen, *kein Problem,* sagen die beiden Leitmanns grinsend: zwei schlaksige Burschen, sie gleichen sich wie ein Ei dem anderen, weil es Zwillinge sind, ihre Vornamen kenne ich nicht, jeder, auch ihre Mutter, nennt sie nur Jungs, und zwar so, in der Mehrzahl, sie schimpft mit beiden auf einmal, weil sie gleichermaßen Nichtsnutze seien, nach Ansicht ihres Vaters sind sie ganz im Gegenteil sehr lebenstüchtig, und der Ansicht bin ich auch; sie haben eine Drahtschere besorgt, genauer gesagt geklaut, mit der man ein Loch in den Zaun scheiden kann.

In Reichenhall habe ich die Erfahrung gemacht, dass es leichter ist, etwas als Gruppe zu organisieren, die beiden Leitmanns, Rosi, Anni und ich nehmen Rosis kleine Schwester, Annis Bruder und Rudi, Berti, Elli, Mathilda und schließlich alle Kinder aus unserer Baracke in die Truppe auf, kleine Mädchen, große Mädchen und hochgeschossene Burschen, wir sehen aus wie Orgelpfeifen, Polli ist resigniert, sie fühlt sich nutzlos, aber auf sie muss man jetzt wirklich aufpassen, denn sie ist bereits im siebten Monat. Nicht als ob es allzu riskant wäre, etwas zu organisieren, denn wenn sie uns schnappen, erschießen sie uns vielleicht nicht gleich, sondern sperren uns höchstens in den Karzer, aber das ist völlig egal, gefangener als wir ohnehin sind, können wir sowieso nicht sein.

Durch den Stacheldrahtzaun fließt kein Strom. Jemand hat zwar das Gegenteil behauptet, da man hier schließlich vor uns Juden bewacht habe, aber Frau Bittner und die anderen älteren Gefangenen wissen ganz sicher, dass er nicht elektrisch ist. Die Löcher schneiden wir im Schutz der Baracken in den Abschnitt des Zaunes, der sich am weitesten vom Turm entfernt befindet, gerade nur so groß, damit man auf dem Bauch robbend hindurch passt. Sicher ist sicher, wir probieren es aus: Der eine Leitmann kippt eine Eisenstange gegen den Stacheldraht, es passiert nicht das Geringste. Hansi, Rudi und Mathilda müssen als die Kleinsten Schmiere stehen, wenn sie dreimal den Arm heben, ist die Luft rein. Wir schlüpfen durch das Loch, kriechen eine Weile, dann springen wir auf und rennen los, so lange, bis uns die Wächter ganz sicher nicht sehen, dann pflücken wir das Gemüse, reißen und graben es aus, Kartoffeln, Kohl, Kürbis, was uns eben in die Hände kommt. *Stoj, vidim ta!,* schallt es durch das Maisfeld, wir erstarren. Ein Milizionär, ein Bauer, ein Flurhüter, wer mag das sein? Ganz egal, er kann uns nicht sehen, denn wir sehen ihn auch nicht, die Maishalme rascheln, irgendwo von rechts sind Schritte zu vernehmen, mit Handzeichen signalisieren wir einander, dass wir langsam und vorsichtig in die entgegengesetzte Richtung krabbeln müssen, am Rand des Feldes springen wir auf und nehmen die Beine in die Hand, im Sichtkreis der Türme werfen wir uns wieder auf den Boden und robben bis zum sicheren Loch, das die

Patrouille manchmal entdeckt und flickt, es ist ein Katz-und-Maus-Spiel; am nächsten Tag schneiden wir woanders ein neues, nie kehren wir mit leeren Händen zurück.

Der Herbst ist die beste Jahreszeit, es ist Ernte, so gesehen wurden wir eigentlich zu einer guten Zeit eingesperrt. Lebensmittel zu klauen gilt nicht als Verbrechen, außerdem klauen wir ja nicht, sondern organisieren nur. Der Mais ist gebraten ein süßer Leckerbissen, die Kartoffeln sind gesalzen wirklich nahrhaft, aus dem Sauerampfer, den wir hinter den Ginsterbüschen in einer Vertiefung gefunden haben, kochen wir eine Suppe; zwei Ziegel, dünnes Reisig zum Anzünden, einige Stücke Holz, wenn sie Feuer fangen, stellen wir den Topf auf die Ziegel, darunter ist für die Luftzufuhr gesorgt, sie hält das Feuer wach, Wasser, drei Kartoffeln, eine Prise Salz, wenn sie fast gar sind, geben wir den Sauerampfer hinzu, die Suppe schmeckt dadurch leicht säuerlich. Der wilde Sauerampfer ist ebenso eisenhaltig wie der Gartenampfer, und das Eisen macht uns stark. Ich überrede Polli, weil es gesund ist, zusammen mit mir auch roh ein paar Blätter zu zerkauen. Polli schneidet Grimassen und mümmelt wie ein Häschen, ich Wasserfloh, sie Häschen, darüber muss ich lachen, Polli lacht mit mir, es gibt keine bessere Schwester auf der Welt, auch wenn sie jetzt ein bisschen wunderlich ist, sie klappert die Baracken ab und fragt alle, ob sie einen Verwandten hätten, der Soldat war, ob vielleicht an der Ostfront und ob sie nicht von einem Gerhard Bock aus Käsmark gehört hätten. Es ist Pollis fixe Idee, dass sie spätestens bis zur Geburt des Kindes eine Nachricht von Gerd bekommen muss, ganz gleich, was für eine, Hauptsache eine Nachricht, und sei es eine indirekte Information, denn wenn nicht, dann bedeute das, dass Gerd tot sei, und sie werde nicht als

Witwe ein Waisenkind zur Welt bringen. Mama winkt ab, das Baby werde so oder so zur Welt kommen und sie solle keinen Unsinn reden, Großmutter betet für Gerd, das Gebet helfe, der liebe Gott würde ihn zu Polli zurückführen, aber man könne nicht mit ihm aushandeln, wann er das tue, also solle sie keine Bedingungen stellen, sondern beten und unverdrossen auf ihn vertrauen, ich lüge ihr vor, von Gerd geträumt zu haben, ich hätte ihn in einem großen Haus mit vielen anderen zusammen gesehen und auch den Ehering an seinem Finger hätte ich gesehen, er hat mit ihm gespielt und an ihm gedreht, dabei hat er fröhlich gelächelt, *wie sah er aus?,* fragt Polli glücklich, und ich muss ihn ausführlich beschreiben: Sein Schnurrbart war länger und die Uniform ein bisschen ausgeblichen, aber sonst alles genauso, nichts hat sich verändert, Polli wird ernst, es macht ihr zu schaffen, dass sie nie träumt, plötzlich umarmt sie mich und fragt, ob ich ihr auch erzählt hätte, wenn etwas Schlimmes passiert wäre. *Natürlich,* erwidere ich prompt, Gerd kann keiner ersetzen, aber ich bemühe mich sehr, Polli eine gute Schwester zu sein.

Eine baumlange Gestalt, leuchtend grüne Augen – grüner als meine –, graue Haare, ein glattes, faltenloses Gesicht, Doktor Grün, von dem ich noch nicht weiß, dass er so heißt und dass er ein Doktor ist, mag auf den ersten Blick dreißig, vielleicht aber auch sechzig Jahre alt sein. Wir warten gerade, wie jeden Sonntag, auf diejenigen, die vom Arbeitsdienst kommen, am Zaun, als er auftaucht, er tritt zu uns, holt aus seiner Tasche eine Tüte Milchpulver hervor und sagt, irgendein Pfarrer von draußen schicke sie und Anni solle die Tüte ihrer Mutter bringen. *Lili und ihre Familie kommen aus Käsmark, ihr Vater ist im Gefängnis, ihre Schwester ist schwanger, sie wohnen in der Zwölf und sie ist meine Freundin* – Anni rattert in einem Atemzug alles über uns hinunter. Der Doktor nickt und sagt, er kenne Mama, sie hätten sich am Brunnen kennengelernt und jetzt freue er sich, auch meine Bekanntschaft zu machen, vom Milchpulver könne natürlich auch meine Schwester etwas haben und alle Kinder aus der Baracke, er lächelt uns an und eilt weiter.

Ein sehr guter Mensch, er ist hier der Nikolaus!, Anni seufzt fast andächtig. Doktor Grün geht zu den Bauern, um ihre Tiere zu heilen, denn er ist Tierarzt, und was er bekommt – Brot, Butter oder was es gerade gibt –, das verteilt er im Lager, deshalb also Nikolaus, weil immer etwas in seiner Tasche steckt. Wenn er die Sachen nicht von den Bauern bekommt, dann vom Pater, der ihm ebenfalls regelmäßig Lebensmittel mitgibt. Früher kam der Pater selbst, aber er wurde aus dem Lager verwiesen, da war es egal, dass er ein slowakischer Pfarrer war und das Sakrament auf Slowakisch spendete, angeblich wurde er verwiesen, weil er bei der Kommandantur die verhungerten Säuglinge zur Sprache gebracht hatte, die von ihren Müttern nicht gestillt werden konnten, und an die christliche Barmherzigkeit appellierend Milch für die Kleinsten forderte.

Doktor Grün ist Witwer, seine Frau ist zusammen mit dem Baby bei der Geburt gestorben. Anni kennt ihn sehr gut, er habe im Nachbardorf gewohnt und sei der allerbeste Tierarzt in der ganzen Slowakei, er heile nicht nur Schweine, Pferde oder Kühe, sondern auch Hunde und Katzen und, wenn es sein müsse, sogar Papageien, Annis Hund habe er zum Beispiel einmal eine Beinprothese gemacht. Das glaube ich einfach nicht, ein Hund mit einem künstlichen Bein, so etwas gibt es nicht, na gut, ein künstliches Bein sei es tatsächlich nicht gewesen, sie berichtigt sich, aber die Wahrheit sei, dass der Doktor Kara, den Hund, so perfekt operiert hatte, als ihm sein rechtes Hinterbein abgerissen war, dass er auch auf drei Beinen ein vollwertiges Hundeleben leben konnte. Anni erdichtet immer etwas, sie denkt sich Geschichten aus und lacht über alles. Über mich, dass ich für einen Augenblick die Hundebeinprothese geglaubt habe, und über sich selbst, wenn sie durch den Zaun schlüpft und bis zu den Ellbogen matschig wird.

Nachdem Feldwebel Sommersprosse uns erwischt hatte und drohte, uns zu erschlagen, wenn wir es noch einmal wagen würden, auszubüchsen, haben wir beschlossen, das Loch unmittelbar hinter der Latrine in den Zaun zu schneiden, wir haben nämlich beobachtet, dass sogar die Patrouille diesen Abschnitt mied. Alles hat seinen Preis, der Preis für die größere Sicherheit ist, dass wir trotz aller Umsicht immer wieder durch einen Haufen Scheiße kriechen. Dann schimpfen wir und lassen kein gutes Haar an dem Betreffenden – warum konnte er seinen Arsch auch nicht bis zur Latrine schleppen? –, danach holen wir die unter einem flachen Stein versteckte Seife hervor, die die beiden Leitmanns geklaut haben, und waschen uns und das, was eben ausgewaschen werden muss. Zum Beispiel den Ärmel von Annis Pullover, nur den Ärmel, denn einen anderen Pullover hat sie nicht, sie muss ihn wieder anziehen. Damit er nicht so nass ist, wringen wir ihn zu zweit aus, mit beiden Händen drehen wir ihn jeweils in die entgegengesetzte Richtung, wringen ihn so sehr aus, dass er am Ende über ihre Hand hinabhängt. Anni stutzt einen Augenblick, dann krempelt sie ihn bis zum Handgelenk wieder hoch, ihre

Mutter, Frau Berger, stutzt auch, als sie den baumelnden Pulloverärmel erblickt, doch fällt ihr gleich ein, dass sie ihn einfach auftrennen und neu stricken muss, Stricknadeln kann uns Doktor Grün, wenn wir ihn darum bitten, sicherlich besorgen.

Der Doktor schaut mindestens alle zwei Tage, manchmal aber auch jeden Tag bei uns vorbei. Er wechselt mit allen ein paar Worte, mit Frau Berger, Frau Bittner und den Leitmanns, aber mit uns, besonders mit Mama, wechselt er nicht nur ein paar Worte, mit ihr unterhält er sich lange. Seltsam ist das, sehr seltsam, ich weiß gar nicht, was ich davon halten soll, ich müsste Polli fragen, weiß aber nicht recht, was ich fragen soll. Und überhaupt, Polli ist eine bedingungslose Anhängerin des Doktors, denn selbst wenn er Tierarzt ist, versteht er auch etwas von der Heilung der Menschen, und das ist wirklich beruhigend, so jemanden vor der Geburt in unserer Nähe zu haben. Das denkt nicht nur Polli, sondern auch Mama. Wenn ich überhaupt etwas denke, dann daran, dass seine Frau und sein Kind bei der Geburt gestorben sind, was meiner Meinung nach jedoch ein schlechtes Omen ist. Nicht als ob ich besonders abergläubisch wäre, was passieren muss, wird sowieso passieren.

Seit der Pater nicht mehr ins Lager darf, registriert der Doktor die Toten. Er schreibt sie in ein liniertes Heft mit bordeauxrotem Umschlag, Nummer, Name, Herkunftsort, geboren und gestorben: Ein Mensch passt in eine Zeile. Am häufigsten sterben die ganz kleinen Kinder und die Alten. Hinter dem oberen Lager jenseits der Allee liegt der Gefangenenfriedhof, ein vom Acker abgetrenntes Stück. Meist werden zwei Leichen in einer

Grube begraben, einen Sarg gibt es nicht, eine Zeremonie gibt es auch nicht, Häftlinge heben das Grab aus, nur die engsten Angehörigen dürfen zugegen sein, ausschließlich sie dürfen auf die andere Seite des Zaunes gehen.

Ich habe Großmutter gehört, wie sie am Abend, in der Dunkelheit dafür gebetet hat, dass sie der Tod nicht hier ereilt, wenn sie schon nicht auf dem Friedhof in Käsmark, unter der Platane neben Großvater begraben werden könne, dann irgendwo anders, nur nicht auf dem Acker, wo, um Himmels willen, später vielleicht Kühe auf ihr weiden werden; Großmutter hat regelrecht mit dem Herrgott verhandelt.

Furunkel, aufgekratzte Wunden, Nissen, Läuse, Wanzen; Mama sagt allen Parasiten den Kampf an. Der Strohsack ist schuld, in ihm hausen sie, das Stroh muss nur aussortiert werden, die Säcke sollen wir gründlich ausschütteln und lüften, damit wären sie erledigt; Mama ist ungemein stolz auf ihre sensationelle Idee. *Das Stroh pflegt man auszuwechseln,* knurrt Großmutter, *Sie vergessen, dass wir uns nicht in einem Sanatorium befinden,* antwortet Mama und zieht ihren eigenen Sack auch schon nach draußen. Ob es Quatsch ist oder nicht, Zeit haben wir schließlich, um sie ruhig mit Quatsch zu verbringen, ich packe den Sack am anderen Ende an und helfe Mama, ihn hinter die Baracke zu tragen. Auf den einen Haufen die heilen Halme, auf den anderen die gebrochenen – ein von Motten gewebter Belag, stecknadelkopfgroße, schwarze Käfer, zu Staub zerfallenes Stroh –, auf dem ersten Haufen liegt kaum etwas, vielleicht hat doch Großmutter recht gehabt, aber Mama verzagt nicht, mit beiden Händen zerrt sie die Füllung aus dem Sack. Wundervolles Wetter, der Sonnenschein vibriert, plötzlich jedoch kommt ein Wind auf, verfängt sich im Stroh, trägt es fort, wirbelt es hoch, bläst es in alle Himmelsrichtungen, *um Gotteswillen!,* Mama kreischt und schnappt mit beiden Händen in die Luft, ich setze mich schnell auf einen der Haufen, rufe Mama zu, sie solle sich auf den anderen setzen, um zu retten, was zu retten ist! Der Wind bläst noch stärker, als hätte er Lust bekommen, sich mit uns anzulegen, ich drehe mich auf den Bauch und fege mit beiden Händen fuchtelnd die Halme zurück, Mama feuert mich laut an, auch sie versucht, sich auf den Bauch zu drehen, purzelt jedoch vom Haufen. Da taucht Großmutter auf und schaut zuerst verblüfft drein, dann aber bricht sie in schallendes Gelächter aus, sie lacht so sehr, dass die Falten in ihrem Gesicht einen Reigen tanzen, dabei wackelt ihr Kopf hin und her, ich lache mit ihr und auch Mama lacht, worauf Großmutter und ich noch mehr lachen müssen, jetzt kommt Polli, und auch sie beginnt zu lachen, das Lachen schwillt immer mehr an, drückt uns auf das Zwerchfell, will nicht durch den Mund passen, wir bekommen Schluckauf, alle vier nacheinander, wir sitzen hinter der Baracke, Mama, Großmutter, Polli und ich, haben Schluckauf und lachen und warten, dass der Wind sich legt. Wir lachen auch noch, als wir die auf die Hälfte abgemagerten Strohsäcke zurück in die Baracke tragen, Mama sagt, es sei egal, sie habe schon immer gern hart gelegen und eine harte Schlafstätte würde ihrem Rücken ausgesprochen gut tun, vielleicht sei das Strohsortieren Quatsch, aber wir hätten ausgiebig gelacht und vor dem Lachen würde sich die Angst davonmachen.

Wir haben keine Angst vor den Partisanen, vor Feldwebel Sommersprosse, dem Kommandanten mit der Peitsche, dem Typhus, dem Hunger, der Kälte, wir haben keine Angst vor nichts und niemandem, *liberté, égalité, fraternité* haben wir im Geschichtsunterricht gelernt, hier sind alle gleich, unsere Lebensmittelration ist dieselbe, wir wohnen in denselben wurmzerfressenen, zugigen Baracken, die Wanzen stechen uns ohne Unterschied, wir gehen auf dieselbe Latrine und sind auf gleiche Weise aller Freiheit beraubt. In der Brüderlichkeit zeigen sich gewisse Mängel, denn auch wenn wir mit Frau Bittner, den Leitmanns, Rosi und Anni und ihren Familien in Brüderlichkeit leben, gibt es unter uns auch Heuchler! Zum Beispiel die Essenausteiler, die ihren Bekannten von unten, von der dickflüssigen Suppe und mir von oben, von der wässrigen Brühe geben. Ob wach oder im Schlaf, jeder meiner Gedanken kreist ums Essen. Kaum habe ich es hinuntergeschluckt, bin ich hungrig wie ein Wolf, und ich versuche vergeblich, langsam zu essen, ich kann einfach nicht widerstehen, alles auf der Stelle zu verschlingen.

Seit Wochen gibt es kein Brot. Wir wären für ein bisschen Brot zu allem fähig. Annis Vater tauscht draußen im Wald seine Baťa-Schuhe mit einem slowakischen Holzfäller gegen einen Brotlaib. Den ganzen Tag versteckt er ihn unter seinem Hemd, doch am Abend bei der Leibesvisitation am Tor finden sie ihn natürlich. Der Wächter schmeißt das Brot fluchend auf den Boden und trampelt darauf herum, er trampelt und trampelt, bis es zu Brei wird, aber das reicht ihm noch nicht, es hagelt Schläge und Ohrfeigen, dass es nur so knallt, und Herr Berger schluckt sein eigenes Blut. Seine Augen sind geschwollen, die Lippen aufgeplatzt, doch am Abend weint er in der Baracke nicht etwa deswegen, sondern weil er kein Brot hat und auch keine Schuhe mehr, denn die einzigen, die er hat, sind löchrig und lassen sich nicht mehr flicken. Ich habe noch nie einen Mann weinen gesehen.

13.

Wer auf dem Sklavenmarkt nicht gekauft wird, muss auch arbeiten. Wir, die großen Mädchen, haben die Baracken der Wächter im oberen Lager zu putzen. Jeden Tag von sieben bis zehn. Dafür bekommen wir die doppelte Portion Mittagessen. Zwar keinen Schweinebraten, keine Klöße oder Speckknödel, sondern die übliche Lagerkost, doch immerhin eine doppelte Portion. Anni und ich werden in die Sechs eingeteilt. Wasser, Scheuerpulver, Eimer, Bürste, Besen, *schrubben, fegen, aufwaschen,* dabei unterhalten wir uns und, wenn wir alles besprochen haben, fantasieren wir. In einem Jahr, in zwei Jahren, in zehn Jahren: Wir spielen unser zukünftiges Leben. Anni wird Lehrerin, vielleicht Bankdirektorin, ich werde Konzertpianistin, ein Kind, zwei Kinder, viele Kinder, glühende Liebe, Anni hat irgendeinen Andor, ich habe Erwin, ein Bösendorfer Klavier, so wie das von Fräulein Luise in Käsmark, und einen Hund, Fifis Doppelgänger, er wird genauso aussehen, die Flecken an denselben Stellen, sogar sein Bellen wird so sein wie Fifis, Anni bereist die Welt mit dem Flugzeug, dem Schiff und auf dem Rücken eines Kamels, und ich gebe überall Konzerte. Das Waschbecken ist sauber geschrubbt, jetzt ist der Spiegel dran, die gute Laune friert mir aufs Gesicht: Die Ringe unter meinen Augen reichen bis zur Nase, meine Haut ist wie Pergament, meine Lippen sind schmal, ein blutloser Streifen, mein Gesicht ist eingefallen, meine Gesichtszüge sind lang gezogen, als wäre ich eine Ziege. Seit Käsmark habe ich nicht mehr in einen Spiegel geschaut, weil ich keinen besitze, *das ist ja furchtbar!,* ich schrecke zurück, *du bist auch so schön!,* Anni tröstet mich, *das ist nicht wahr, wer mich schön findet, der ist krank, ich habe keine Lust zu solchen blöden Spielen!* Anni ist beleidigt, stumm schrubben wir den Boden, vom Ende des Flurs ist Musik zu hören, dann plötzlich ein markerschütterndes Schreien, wir erstarren, Flüche, dumpfe, schwere Schläge, ein Wimmern und wieder Flüche, nach einer kurzen Pause erneut Schläge, Stöhnen, und das Wimmern geht wieder in ein Schreien über. Wasser in den Eimer, wir können ja nicht bis zum Ende aller Zeiten starr wie eine Skulptur dastehen, den Wischlappen ins Wasser eintauchen, auswringen, wir schrubben den Boden, waschen ihn auf, sorgfältig, gründlich, damit er glänzt, das ist unsere Aufgabe, deshalb wurden wir hierher bestellt, wir sind nicht freiwillig gekommen, wir können nichts dafür, dass wir sehen und hören, was nicht für uns bestimmt ist. Die Tür steht offen, der Wächter sitzt am Tisch, das Grammophon spielt, *Trink, trink, Brüderlein trink!,* vor dem Tisch tanzt ein Mann, sein Gesicht ist voller Blut, plötzlich öffnet sich die Tür gegenüber, ein Milizionär schubst einen grün und blau geprügelten Mann mit einem Knüppel vor sich her, das Gesicht ist geschwollen, Anni und ich tun so, als würden wir nichts sehen und nichts hören, den Kopf gesenkt schrubben wir weiter, auf allen vieren, ein Paar glänzend geputzte Stiefel, ein Paar ausgetretene Schnürstiefel, die Schnürsenkel schlängeln sich auf dem Boden, schlängeln sich in das Zimmer mit dem Grammophon, die Schallplatte ist zu Ende, wird aber neu aufgelegt, *an den Händen fassen! Was ist das für ein Herumgetorkel? Das ist doch kein Tanzen! Dreht euch, ihr Schweine!,* hören wir von drinnen, auf einmal tritt einer der Milizionäre zur Tür, er hat ein Glasauge, sein Gesicht glänzt vor Schweiß, im Mundwinkel ein Grinsen, mir läuft es kalt über den Rücken, ich bin mir sicher, jetzt sind wir dran, er wird uns in das Zimmer zerren und uns neben die beiden gefolterten Männer stellen, doch bevor er uns befehlen würde zu tanzen, würde er uns verprügeln, ein zusammengeschlagener Mann, ein zusammengeschlagenes Mädchen und noch ein zusammengeschlagener Mann und noch ein zusammengeschlagenes Mädchen, die beiden zusammengeschlagenen Paare, so wäre das Gleichgewicht hergestellt. Als man mich in Olmütz verprügelt hat, habe ich die Zähne zusammengebissen und nicht geweint, aber die Olmützer Gassenjungen könnten hier nicht einmal als Lehrlinge anfangen, ich werde kreischen, aber vielleicht wird es so grausam sein, dass ich in Ohnmacht falle, wer ohnmächtig ist, spürt keinen Schmerz, in Ohnmacht zu fallen wird gut sein, aber wenn sie wollen, dass ich tanze, werden sie mich mit Wasser überschütten, auf allen vieren putzen wir den Boden, wir richten uns auf, knien, unsere Hände berühren sich, ich spüre, dass Annis Hand zittert, Anni hat Angst, auch ich habe Angst, meine Angst schnürt mir die Kehle zu, ich verschlucke mich an meinem Speichel, bekomme Schluckauf, zittere am ganzen Körper, kann nicht aufhören, das Glasauge bricht in Gelächter aus, laut lachend sagt der Mann, wir sollten verschwinden, wir springen auf, machen uns davon, ich habe immer noch Schluckauf, *o Gott, o Gott,* sagt Anni immer wieder erleichtert, es heißt, die beiden Männer hätten draußen im Kohlebergwerk gearbeitet und sich krank gemeldet, das allein hatten sie verbrochen, es gibt Menschen, für die ist die Folter eine Lust, für den mit dem Glasauge ganz bestimmt, es machte ihm sichtlich Spaß.

Den vier Kerlen draußen in Nováky, macht es auch Spaß, als ich mir kniend vor Angst in die Hose mache. Es gibt nichts mehr zu organisieren, die Ernte ist eingefahren, Anni und ich schleichen uns trotzdem davon, vielleicht gelingt es uns, etwas in der Stadt zu besorgen. Sie kommen uns entgegen, die Zigarette im Mundwinkel, schallendes Gelächter, genau wie die Gassenjungen in Olmütz, aber die hier haben keine Peitsche dabei, vielleicht haben sie es nicht auf uns abgesehen, wir treten vom Gehweg, gehen schön langsam auf die andere Straßenseite, Anni zittert vor Angst, *es wird schon nichts passieren!,* ich ermutige sie, *in der Slowakei auf Slowakisch!,* donnert es hinter uns, ich habe gar nicht gemerkt, dass ich deutsch gesprochen habe. *Was sagen sie?,* fragt Anni, vor Schreck auf Deutsch, *halt den Mund!,* antworte ich, auf Deutsch, *Nazi-Huren, habt ihr nicht verstanden?,* brüllen sie, *lauf!,* befehle ich Anni, sie aber steht wie gelähmt da, *ich habe gesagt, lauf!,* schreie ich jetzt bereits, woraufhin sie sich endlich in Bewegung setzt. Ich drehe mich zu den vier Kerlen um, versuche ihnen zu erklären, dass meine Freundin kein Slowakisch verstehe und nur erschrocken sei, deshalb sei sie weggerannt, aber sie lassen mich nicht ausreden, die Ohrfeige knallt, der mit der roten Nase ist es, seine Hände sind knotig, groß wie Schaufeln, im ersten Augenblick spüre ich keinen Schmerz, doch im zweiten zieht eine betäubende Hitze von meinem Ohr bis zur Nase, es ist, als hätte man mir tausend Nadeln ins Gesicht gebohrt, große Sacknadeln, sie dringen mir bis zum Gaumen, ich presse die Zähne zusammen, die Lippen, werde erst recht nicht weinen, ich spüre nur eine fürchterliche Wut, die treibt mir die Tränen in die Augen.

Sie drücken mich zu Boden, ich muss mich hinknien, zwei von ihnen packen mich an den Armen, einer hält meinen Kopf fest, die Sonne blitzt auf dem Rasiermesser, der mit der roten Nase drückt es an meine Stirn, an den Haaransatz, *sag es auf Slowakisch! Sprich slowakisch!,* ich presse die Lippen zusammen, *ich kann kein Slowakisch!,* jetzt erst recht nicht, *deutsche Hure, vorhin konntest du es noch!,* sie ziehen und zerren an meinen Haaren, *mach das Kreuz größer!,* sie rasieren mir ein Kreuz auf den Kopf, dabei lachen sie, ich will sie nicht sehen, schaue auf die Erdklumpen auf dem Boden, sie reißen mir das Kinn hoch, grinsen mir ins Gesicht, der mit der roten Nase, der mir die Haare abrasiert, hat behaarte Arme, seine Hände sind voller Ölflecken und stinken, er verbreitet abgestandenen Zwiebelgeruch, vor Angst mache ich mir in die Hose, als sie es bemerken, klatschen sie vor Freude.

Sie solle mir die Haare ganz abschneiden, bitte ich Mama zu Hause in der Baracke, aber sie will es nicht, sie sagt, sie würde sie mir schön richten, dann schneidet sie nur und schneidet, aber es sieht nicht gut aus, noch immer nicht, noch kürzer, das Kreuz leuchtet, die Schurken haben den Schaft zu breit rasiert! *Macht dir nichts draus, mein kleiner Wasserfloh, die wachsen schnell nach!,* Polli lächelt, doch ihr Lächeln ist gequält. Die Schere ist stumpf, seit Ewigkeiten sitze ich nun schon vor Mamas Füßen, jede Strähne schmerzt, es schmerzt anders, als wenn ich mich schneide, der dumpfe, stechende Schmerz bohrt sich mir in die Stirn, in die Augenhöhlen, ins Gehirn, ich zische auf, seufze, *Geduld, nur Geduld,* Mama streicht mir beruhigend über den Kopf, ich presse die Lippen zusammen, bin nicht hier, ich bin am Grünen See, Herr Grosz erzählt die Karfunkel-Legende, mal mit dem jungen Jäger, mal mit dem Sohn des Grafen Thököly, ob Jäger oder Grafensohn, völlig egal, der Grüne See ist so oder so grün, egal, wer hineinstürzt, meine abgeschnittenen Haare werfen wir ins Feuer, sie riechen wie die versengten Borsten eines Schweins, mein Hals, meine Stirn, meine Ohren sind nackt, sie haben mich kahl geschoren, es gibt keinen Spiegel und gäbe es einen, würde ich mich auch nicht anschauen, *deine wunderschönen grünen Augen sind so noch schöner,* sagt Mama, aber ich sehe ihr an, dass sie das Endergebnis schauerlich findet, ich binde mir ein Kopftuch um, wie ein Pirat, damit ich nicht wie eine alte Frau aussehe. In dem Geschenkpaket, das der Pater Doktor Grün das letzte Mal mitgegeben hat, war auch buntes Garn, Großmutter stickt mir einen kleinen Garten voller winziger Blumen auf den Rand des Tuches, ich bin es, die die Mode diktiert, wir besticken ein Tuch für Anni und je eins für Rosi und Polli, *ruck, zuck wachsen dir die Haare wieder nach, und das Kreuz ist im Nu verschwunden,* Großmutter will mich unbedingt trösten, von mir aus können sie wachsen, wie sie wollen, ich schneide sie sowieso wieder ab!

14.

Ich bin dünn, meine Kleider sind dreckig, in meine Haare ist ein Kreuz rasiert, mein Gesicht kneife ich mir, bis es rot wird, meine Augenbrauen schminke ich mir mit dem Ruß des Zündholzes schwarz, am Morgen der zweite Gongschlag, Sklavenmarkt, der kleine, untersetzte Mann spaziert auf und ab, mustert jeden gründlich und entscheidet sich schließlich für mich. Zuerst kann ich es kaum glauben, mindestens hundert Leute haben mich bisher beäugt und noch nie wollte mich jemand haben, *ich habe auch Freundinnen, könnten die nicht vielleicht auch?,* frage ich den Untersetzten vorsichtig, doch er fertigt mich damit ab, dass er nur Geld für eine habe.

Der Mann heißt Priskin, er will eine Haushaltshilfe für seine Frau. Mama hält ihn für einen guten Menschen, ich solle ruhig gehen, sie ermutigt mich, und ich gehe mit Freude. Es tut mir leid, dass Anni und Rosi auch jetzt keiner haben wollte und ich Polli, Mama und Großmutter zurücklassen muss, aber am Sonntag werde ich meinen freien Tag haben und ich sehe schon vor mir, wie ich mit meinem Rucksack ankomme, die Kinder sich hinter dem Zaun aufreihen und Ausschau nach denen halten, die vom Arbeitsdienst kommen, da wird dann auch Mama stehen, die ich zwar nicht höre, weil ich noch zu weit weg bin, doch kann ich ihr vom Mund ablesen, dass sie fragt, ob ich Brot mitgebracht habe.

Herr Priskin ist ein wortkarger Mann, abgesehen von der Begrüßung legen wir den Fußweg bis Lelovce schweigend zurück. *Was soll ich mit diesem dürren Mädel, die ist keine fünfzig Kronen wert, geschweige denn hundert!*, seine Frau schimpft mit ihm, als sie mich zu Hause erblickt, aber auch wenn sie murrt, ist Frau Priskin wohlwollend: Sie bringt einen Waschkessel, befiehlt mir, mich zu baden, gibt mir einen ihrer Röcke, Strümpfe und eine Bluse, zündet das Feuer unter dem Kessel an, um meine Kleider auszukochen, meine Haut ist übersät mit aufgekratzten Wunden, die Seife brennt, das Wasser ist noch kalt, aber das Feuer knistert, der Boden glänzt, am Fenster hängen Gardinen, der Tisch ist weiß gestrichen, weiß ist die Farbe der Reinheit, ich blicke dem Arbeitsdienst leichten Herzens entgegen.

Kinderhüten, Waschen, Putzen, Schnapsbrennen: Das sind meine Aufgaben. Die Kinder sind zu dritt: ein Mädchen und zwei Jungen, vier, fünf und sechs Jahre alt, es scheint, Frau Priskin hat sie dicht nacheinander bekommen. Märchen, Reime, Lieder, das Kinderhüten ist gar keine Arbeit, das Waschen erledigen meine Hausherrin und ich gemeinsam, auch das Putzen macht mich nicht kaputt. Den Schnaps brennen Herr Priskin und ich am späten Abend, wenn die Kinder mit ihrer Mutter zu Bett gegangen sind. Zuckerrüben, Waschkessel, Maische, ein Dreibein aus Eisen, eine kleinere Schüssel, eine größere Schüssel, roher Teig, kaltes Wasser, wärmen, kühlen: Es ist eine langwierige, doch unglaublich einfache Methode, und unter dem Gesichtspunkt ganz ausgezeichnet, dass die Gendarmen, wenn sie kommen, nichts, aber auch rein gar nichts vorfinden. Ich bin eine hervorragende Schülerin, Herr Priskin ist zufrieden mit mir.

Frau Priskin kocht sehr gut und tut mir so viel auf den Teller, dass ich es kaum aufessen kann. Die Familie sitzt am weißen Tisch, ich am Wandbrunnen auf einem Hocker, was vollkommen in Ordnung ist, denn ich bin für sie eine Fremde, und auch sie sind Fremde für mich. Am ersten Tag schlug Frau Priskin, als sie mich gewaschen und in sauberen Kleidern erblickte, die Hände zusammen und sagte, ich sähe aus wie Andelka, und auch der Nachbarin stellte sie mich so vor, *to je naše Andelka,* und dabei lachte sie. Ich habe keine Ahnung, wer diese Andelka ist, und es interessiert mich auch nicht besonders, wenn es ihnen derart gefällt, sollen sie mich ruhig so nennen, die Kinder haben mich sowieso schon Jiji getauft. Mit ihnen habe ich es leicht, mit einem Märchen kann man sie verzaubern. Eigentlich habe ich es mit den Priskins auch leicht, sie hassen die Deutschen nicht, haben nur genug von den herumstreunenden Lagerbewohnern, die klauen und alles, was ihnen in die Hände gerät, von den Feldern und aus den Gärten mitnehmen. Wenn das zur Sprache kommt, ziehe ich den Kopf ein, aber schließlich winken sie nur ab und sagen, auch das hätten sie ihrem lieben Beneš zu verdanken.

Herr Priskin macht überhaupt kein Geheimnis daraus, dass er während des Krieges Hlinka-Anhänger war und von der neuen Tschechoslowakei ganz und gar nicht begeistert ist. Er hofft sogar, dass die Amerikaner es sich noch einmal anders überlegen und einmarschieren und die Slowakei wieder eigenständig wird. Herr Priskin hat auch eine blaue Armbinde mit dem slowakischen Wappen darauf, er bewahrt sie in der Bibel auf, hin und wieder holt er sie hervor, betrachtet sie und legt sie dann seufzend zurück.

Meinen Lohn zahlen sie an die Lagerkommandantur, aber sonntags packt mir Frau Priskin den Rucksack voll – Brot, Butter, Salz, ein Stückchen Speck und Seife –, ich gehe frühmorgens los, Mama und Polli warten am Zaun,

Großmutter vor der Baracke, sie winken schon von Weitem, ich winke zurück, die Priskins sind gute Leute, ich habe wirklich Glück, zu ihnen gekommen zu sein.

Am vierten Sonntag wartet nur Mama am Zaun, weil Polli ihr Kind bekommen hat. Mithilfe von Doktor Grün und Frau Bittner relativ leicht und ohne Komplikationen. Dabei sah es sehr danach aus, als würde sich das Kind in der Steißlage befinden und dass es im Krankenhaus sicherer wäre, doch der Doktor versuchte vergeblich, von der Kommandantur eine Genehmigung zum Verlassen des Lagers zu bekommen, Polli erhielt keine. Pausbäckchen, ein winziges Näschen, ein kleiner rosafarbener Mund mit gespitzten Lippen, samtene Haut, seidenes Haar: Das Baby ist wunderschön, ein gesunder kleiner Junge, er hat den Namen Martin bekommen, wie Polli und Gerd es geplant hatten.

Wie war es eigentlich?, frage ich Polli, als wir zu zweit sind. Sie antwortet, es hätte fürchterlich wehgetan, sie hätte geglaubt, sie müsse sterben, aber die Qualen hatten sich schließlich wie in nichts aufgelöst, als sie das Baby an sich drücken und berühren konnte, seinen Duft einatmete und in seine Äuglein schaute. Eine Geburt, ein Tod: Pollis Junge ist geboren, ein anderer kleiner Junge ist gestorben. Die Babykleidung eines toten Jungen, Kleider von Bekannten aus dem Lager und von draußen, vom Pater, der Doktor Grün ebenfalls welche mitgibt, von Frau Priskin bekommen wir ein Steckkissen und ein weißes Taufkleid mit Spitzen, *alles wird sich richten,* Martin hat Kleider, jetzt ist nur noch wichtig, dass Polli ihn stillen kann, doch bei der Lagerkost wird sie sicher nicht genügend Milch haben, pro Kopf ist uns ein Gramm Fett zugeteilt, eine der Frauen aus dem Hauerland arbeitet in der Küche, von ihr wissen wir das. Mein Arbeitsdienst bei den Priskins ist lebenswichtig. Ihr sonntägliches Geschenkpaket hält, wenn sie es einteilen, eine Woche, ich ernähre die Familie, *Papa wäre stolz auf dich,* sagt Mama und selbstverständlich ist sie es auch.

Einmal unten, einmal oben, Typhusgefahr: Sie lassen mich nicht ins Lager. Ich darf Polli, das Baby, Großmutter, Anni und Rosi nicht sehen, die Lebensmittel kann ich Mama nur durch den Zaun reichen. Aber es gibt auch Grund zur Freude: Wir haben Nachrichten von Papa über das Postfräulein von Käsmark erhalten, sie hat uns die Briefe, die Papa einmal im Monat genehmigt wurden und die er natürlich an unsere alte Adresse in der Basteigasse geschickt hatte und die daher nicht zugestellt werden konnten und im Postamt blieben, einfach nachgeschickt. Papa sitzt in Pressburg, im Krajzák, *von draußen ist es leichter,* ich soll ihm von der Adresse der Priskins schreiben, sie würden es sicher erlauben, vielleicht könnte ich ihn besuchen und ihn wissen lassen, dass wir hier sind, bittet mich Mama.

Es kann sein, dass Herr Priskin befürchtet, sich mit einem ans Gefängnis adressierten Brief zu kompromittieren, und deshalb sagt, er gebe mir Geld für eine Zugfahrkarte, ich solle lieber persönlich zu Papa fahren, und zwar am Mittwoch, der Mittwoch sei der Tag, an dem man offizielle Angelegenheiten, Arzt, Markt und so weiter, erledigen könne, sie müssten mich also auch ins Gefängnis lassen. Ich bin unsagbar glücklich, dass ich Papa sehen kann, wäre es nicht seltsam, würde ich Herrn Priskin vor Freude am liebsten um den Hals fallen.

Am Mittwoch packt mir Frau Priskin den Rucksack voll und wiederholt wie eine besorgte Mutter mehrmals, was für ein Glück es sei, dass ich so gut slowakisch spräche und dass ich bloß nichts auf Deutsch sagen soll. Ein Personenzug aus Friedenszeiten, statt mit Viehwaggons mit Eisenbahnwagen, ich steige in den letzten, ziehe mich ganz im hinteren Teil zurück, weiter vorne eine Familie mit drei kleinen Kindern, ihnen schräg gegenüber zwei Frauen mit großen Bündeln – vermutlich Marktfrauen –, neben ihnen ein alter, vollkommen ergrauter Mann in einer ausgemusterten Eisenbahneruniform, niemand nimmt Kenntnis von mir. Den Rucksack an die Beine gelehnt kreisen all meine Gedanken um seinen Inhalt. Ich spüre den Geschmack des Bratens im Mund, in der Nase seinen leckeren, würzigen Geruch, in Wirklichkeit ist gar nichts zu spüren, höchstens der rußige, bittere Rauch der Dampflokomotive, und am Ende des Zuges auch der nur schwach. Das Packpapier raschelt, ich fingere an den Knoten in der Kordel herum, nein, nein, ich darf das nicht aufmachen, das Fleisch ist das Pfand, das Pfand für Papas Freiheit, wenn ich es esse, bleibt Papa für immer ein Häftling, aber bestimmt bietet er mir etwas davon an, wenn ich es ihm gebe, mit dieser Hoffnung gelingt es mir, meine Gier zu zügeln.

Michaelertor, Michaelerturm, auf der einen Seite der Brücke Sankt Johannes von Nepomuk, auf der anderen Erzengel Michael, an ihrem Fuß eine Bäckerei. Früher, als ich Ferien bei meiner Oma Wolf machte, kauften wir hier immer Brötchen und Butterhörnchen in der Form eines Hufeisens, der Teig war so mürbe und süß wie bei einem Hefekuchen, ich futterte gleich zwei nacheinander, aber Großmutter sagte nie, *nicht so gierig* und *ein wohlerzogenes Mädchen isst nicht auf der Straße,* weil sie auch ein

Hörnchen mitaß. An Oma Wolf erinnere ich mich gar nicht mehr richtig, nur an das Hörnchenessen und den Lavendelduft. Nach Lavendel dufteten die Bettwäsche, die Kleider im großen Schrank und die ganze Großmutter, den Lavendelduft kann ich mir, wenn ich mich sehr konzentriere, jederzeit, sogar in der Baracke, in Erinnerung rufen. Vor der Bäckerei zwei hohe, geflochtene Körbe, aber sie sind leer, zum Glück, denn ich könnte nicht widerstehen, wenigstens einen Laib herauszunehmen; verrückt, aber wegen meines Schwurs, den ich für Papa geleistet habe, muss ich anständig bleiben.

Ein großes Eichentor, im Wachhäuschen ein Wächter, ich grüße, er grüßt nicht, fährt mich nur an, was ich wolle, ich sage ihm, zu wem ich gekommen bin, ein graues Heft mit festem Einband, die Blattränder sind fettig und haben Eselsohren, *welcher Hartmann?,* fragt er, *Daniel, aus Kežmarok,* antworte ich, es sei keine Besuchszeit, ich solle abgeben, was ich mitgebracht hätte, *ich habe einen langen Weg zurückgelegt,* ich versuche es noch einmal, kann den Satz aber nicht beenden, denn der Wachposten schnauzt mich an, es sei keine Besuchszeit, ob ich nicht verstanden hätte. Unsicher reiche ich ihm das Paket mit dem Braten, er nimmt es, ohne mich eines Blickes zu würdigen, entgegen, ich räuspere mich, er schaut auf, seine Augen versprühen Blitze, ich drehe mich schnell um und bin mit einem lauten *dovidenia* auch schon aus dem Gebäude draußen. Einem Pförtner im Gefängnis mit Auf-Wiedersehen zu grüßen, ist vollkommen lächerlich, ich hätte ihm besser einen guten Tag gewünscht, murre ich auf der anderen Straßenseite vor mich hin, während ich meinen Blick über die Fenster im zweiten und dritten Stock streifen lasse, dann fällt mir ein, dass Papa vielleicht irgendwo im Keller eingesperrt sein könnte, ich habe ihn nicht gesehen, nicht mit ihm gesprochen, und das Paket ist auch dahin und mit ihm der Brief, den ich schließlich doch geschrieben und ins Paket gesteckt habe, ein totales Fiasko, aber vor dem Krajzák ist es nicht ratsam, herumzustehen, enttäuscht und unverrichteter Dinge mache ich mich auf den Rückweg.

Wir erwarten einen Gast, Frau Priskins Cousine aus Pressburg. Sie ist jene Andelka, der ich angeblich ähnlich sehe. Ich sehe ihr überhaupt nicht ähnlich, sie ist wunderschön, wie eine Porzellanpuppe, ich aber habe Ränder unter den Augen, mein Gesicht ist blass und eingefallen, ich sehe aus wie eine Ziege, die Farbe unserer Augen ist das Einzige, was sich wirklich gleicht, grün wie der Grüne See. Zu Ehren des Gastes decken wir in der Stube, auch ich darf mit am Tisch sitzen. Andelka besteht darauf, dass ich sie mit ihrem Vornamen anrede, und ich muss sie duzen, woher ich gekommen, wo ich zur Schule gegangen sei, sie fragt mich über meine Familie aus, ob sie vielleicht die Wolfs gekannt habe, die Familie meines Großvaters, frage ich sie, aber woher sollte sie sie kennen, sie sei Slowakin und mein Großvater sei Deutscher gewesen, und außerdem sei Pressburg eine Großstadt.

Bevor Andelka abreist, drückt sie mir dreihundert Kronen in die Hand. Vor Verlegenheit stammele ich etwas wie ein Dankeschön, *bedanke dich nicht, es muss keiner davon wissen!*, sie winkt lächelnd ab. Dreihundert Kronen sind der Lohn für den Arbeitsdienst von drei Monaten, und die bekomme jetzt ich, nicht die Kommandantur, einmal oben, einmal unten. Frau Priskin sucht Ausflüchte: Ab dem kommenden Monat brauche sie mich nicht mehr, leider könne sie nicht weiter für mich zahlen. Ich glaube, in Wirklichkeit fürchtet sie sich vor dem Typhus, nur sagt sie es nicht. Hier, in Lelovce, und angeblich auch im Nachbardorf gab es schon Erkrankungen, und man gibt uns die Schuld dafür, wir brächten den Typhus aus dem Lager mit. Andelka wusste, dass sie mich fortschicken würden, deshalb hat sie mir das Geld gegeben, sie hätte es auch für sich selbst ausgeben können, dreihundert Kronen sind kein Vermögen, aber auch kein Kleingeld, Andelka hat mir das Geld im besten Moment gegeben, für uns ist es lebensrettend.

Großmutter hat Kopfschmerzen, ihre Stirn ist heiß und sie quält Brechreiz. Doktor Grün meint, es sei eine doppelseitige Lungenentzündung, selbst wenn es Medikamente gäbe, würden auch die nicht helfen, zudem sei ihr Herz sehr schwach. Der Doktor nimmt Mama beiseite und flüstert ihr das alles zu, aber ich höre es, höre alles. Wir haben ein paar Kartoffeln, und es ist noch etwas von der Butter da, die ich von Frau Priskin bekommen habe, Pellkartoffeln gut gesalzen, dick mit Butter beschmiert, die Butter schmilzt, das Salz schmilzt, die Kartoffeln zergehen im Mund, Großmutter ist immer ganz wild darauf, sie könnte bis an ihr Lebensende von Kartoffeln mit Butter leben, hat sie einmal gesagt, aber jetzt will sie keine, hat keinen Appetit darauf, sie ist nur durstig. Wir, Mama, Polli und ich, sind die ganze Zeit über an ihrer Seite, ihre Augen sind geschlossen, sie atmet mit immer größeren Aussetzern, wenn es so scheint, als hebe sich ihr Brustkorb nicht mehr, legt Mama die Hand an ihre Halsschlagader, doch dann blickt Großmutter uns plötzlich wieder an, *gleich wird alles gut, gleich ist es leichter,* sagt Mama, woraufhin sie die Augen erneut schließt.

Wir können nicht zulassen, dass man sie ohne jede Ehrerbietung auf der Wiese verscharrt! Ohne jede Ehrerbietung – so sagt es Mama und nimmt die dreihundert Kronen, die ich von Andelka bekommen habe, und besorgt davon einen Sarg und ein Kreuz. Frau Bittner und Frau Berger waschen Großmutter und kämmen ihr das Haar, zwei Männer heben sie in den Sarg, und Mama legt ihr die bei der Ankunft gerettete Bibel auf die Brust, *Der Herr ist mein Fels* und *Vater unser im Himmel:* Beten und die Totenwache halten kann man überall, selbst in einer Baracke. Mama leiht sich den Schienenwagen, auf dem bei der Essensausteilung der Kessel steht, wir stellen den Sarg darauf, Frau Bittner, Anni und Rosi mit Eltern und Geschwistern, die Leitmanns, Doktor Grün, Bekannte und Unbekannte, ein wahrhaftiger Trauermarsch bis zum Tor. Von da an ziehen nur noch Mama und ich den Wagen, Polli geht mit dem Kind auf dem Arm hinter uns her, wir geben acht, dass der Sarg nicht hinunterrutscht, schön langsam, vorsichtig, es ist der letzte Weg, kein Grund zur Eile, unteres, mittleres, oberes Lager, hinter der Allee der Gefangenenfriedhof, Mama gibt den beiden Männern, die das Grab ausgehoben haben, ein paar Kronen, sie kommen aus dem Dorf, Doktor Grün hat sie angeheuert, einen Pfarrer konnten wir von den dreihundert Kronen nicht mehr bezahlen, hätten wir aber auch von drei- oder dreißigtausend nicht bezahlen können, denn seit der Pfarrer ermordet worden ist, gibt es keinen slowakischen Pfarrer mehr, der sich trauen würde, Deutsche zu beerdigen.

Der Pfarrer hatte uns auch, nachdem ihm verboten worden war, das Lager zu betreten, nicht vergessen, er predigte und betete für die Menschen, die in Lagern und Gefängnissen litten, und für alle Verschleppten und Vertriebenen, Doktor Grün meint zu wissen, dass er sich darüber hinaus beim Roten Kreuz stark gemacht hatte, Deutschenfreundschaft, Hilfe von Deutschen: Damit hatte er das Unheil über sich gebracht, in der Nacht wurde er überfallen, am Morgen fand man ihn in seinem Blut liegend, er starb nicht sofort, machte noch sein Testament, er hinterließ Geld für die im Lager hungernden Kinder, der Pater ist ein echter Märtyrer, dank seines Martyriums wird es eine Zeitlang Milch für die Säuglinge geben.

Die beiden Totengräber lassen den Sarg so vorsichtig hinunter, als wäre er aus Porzellan, die Erdklumpen stürzen hinab, dröhnen, die Grube füllt sich, Großmutter auf dem Ackerfeld, doch ihr Grabhügel ist gerade so, wie ein Grabhügel sein muss, und sie liegt nicht als nackter Körper unten in der Erde, sondern ruht im Sarg, wenn auch auf dem Gefangenenfriedhof, so doch wenigstens auf einem Friedhof, hier ist sie nicht allein, sie ist von unzähligen Mitgefangenen umgeben, die beiden Totengräber stechen das Kreuz am Kopfende in den Boden, wir beten, beten zusammen, sie sprechen das Vaterunser auf Slowakisch, wir auf Deutsch.

15.

Polli ist sehr krank. Sie hat Durchfall, das Gesicht voller Fieberflecken, gleichzeitig plagt sie Schüttelfrost, aber nein, es ist kein Milchstau, nicht ihre Brust ist entzündet, Doktor Grün schüttelt den Kopf, seiner Meinung nach ist es eine Lungenentzündung, vielleicht könnte es sich aber auch um Typhus handeln. Einen Arzt und Medikamente gibt es weiterhin nicht, Pollis Zustand verschlechtert sich von Tag zu Tag, von Stunde zu Stunde, wir müssen sie unbedingt hier rausbringen, Mama geht mit dem Doktor zur Kommandantur und sie sind auf wundersame Weise erfolgreich, sie bekommen eine Genehmigung zum Verlassen des Lagers und eine Einweisung in das Krankenhaus nach Topoltschan. Jemand muss Polli begleiten, Mama kann sich kaum auf den Beinen halten, der Tod von Großmutter hat sie ganz krank gemacht, ich werde sie begleiten, *was sollen wir mit dem kleinen Martin machen?*, den nehmen wir natürlich mit.

Vor dem Lagerbüro ein Pferdewagen, auf dem Wagen Stroh, darauf legen wir Polli, ein Pferd gibt es nicht, zwei Männer ziehen den Wagen, zwei schieben ihn, mit dem Kind auf dem Arm stapfe ich hinter ihnen her. Der Weg bis ins Dorf dauert eine gute Stunde, die Männer setzen uns in den Zug nach Topoltschan, sie murmeln etwas über den Herrn und die Vorsehung, dann machen sie kehrt. Ich sitze im Abteil, das Baby schläft auf meinem Schoß, mir gegenüber weint Polli vor sich hin, nur so für sich, wir haben uns nichts zu sagen, ich sehe sie wortlos an, lausche dem Rattern des Zuges, eine Stunde Weinen und Rattern, in Topoltschan hilft uns ein Mitreisender, ohne dass wir ihn bitten müssen, beim Aussteigen, Polli kann keinen Schritt tun, wir müssen uns im Wartesaal hinsetzen, nach einer Weile versucht sie, sich zusammenzureißen, mühevoll steht sie auf, in der einen Hand halte ich das Kind, mit der anderen stütze ich sie. Topoltschan ist eine Kleinstadt, doch wir wissen nicht, wo das Krankenhaus ist, ich frage die Passanten, aber sie verstehen mich nicht oder wollen mich nicht verstehen, Polli stöhnt und jammert, sie sackt auf der Bordsteinkante zusammen, ich dränge sie, es liegt dichter Nebel über der Stadt, jetzt wird es dunkel, wir müssen weitergehen, ein mit Rüben beladener Wagen kommt uns entgegen, ein Mann mit Pelzmütze sitzt auf dem Bock, er bleibt von selbst stehen, ich spreche slowakisch zu ihm, doch er antwortet deutsch, er hilft Polli aufzusteigen, für mich gibt es keinen Platz, mit dem Kind im Arm gehe ich hinter ihnen her.

Ein schmiedeeisernes Tor, eine lange Tannenallee, am Ende ein graues, einstöckiges Gebäude, Patientenaufnahme, die Schwester mustert mich mit stechendem Blick, die Einweisung gilt für eine Person, das Kind und ich dürften nicht bleiben, ihre Stimme hämmert eintönig wie das Klopfen eines Spechtes, draußen ist es finster und ich weiß nicht, wohin, der Dienst habende Arzt trifft ein, er untersucht Polli, in dem Zimmer, in das sie gebracht wird, liegen schon drei an Typhus erkrankte, deutsche Frauen – auch sie kommen aus dem Lager –, es wird ein Bettchen für das Baby hinzugestellt, mir wird nicht gesagt, ob ich gehen soll oder bleiben darf, ich nehme all meinen Mut zusammen und lege mich draußen im Flur auf die Bank.

Am nächsten Morgen strahlender Sonnenschein, der Pfarrer kommt früh, er gibt Polli die Letzte Ölung, ich erschrecke, dass es schon so weit ist, aber nein, noch nicht, *das ist nur eine Vorsichtsmaßnahme, der Herr ist mit uns und wird helfen,* ich weiß noch immer nicht, ob ich bleiben darf, aber das Baby und ich bekommen zu essen, was will ich mehr?

Visite, eine Gruppe mit weißen Kitteln bekleideter Ärzte umringt das Bettchen, wie eine Verbrecherin ziehe ich den Kopf ein, der uns schon bekannte Arzt sagt, ich dürfe mit dem Kind bleiben, erleichtert atme ich auf, gehe summend ins Bad, wasche Windeln, das Wasser ist warm, das Waschpulver schäumt, Tausende von farbigen Seifenblasen zerplatzen, plötzlich ein wahnsinniges Kreischen, Polli tobt im Nachthemd und barfüßig auf dem Flur, Schwestern und Ärzte laufen herbei, sie geben ihr eine Spritze, legen sie in ein Bett mit Gittern, ihr Fieber sinkt auch am Nachmittag nicht, sie wirft sich ständig hin und her und schreit, unter das Deutsche mischen sich auch ein paar slowakische Worte, doch außer Kind und Hungertod ist nichts zu verstehen, eine weitere Spritze, Zwangsjacke, tiefer Schlaf, am nächsten Tag lächelt Polli, sie erinnert sich an nichts, im Zimmer haben alle Typhus und hohes Fieber, ich lerne, fachgerecht kalte Wickel zu machen, die Schwestern freuen sich, dass sie der Seuche so weniger Zeit ausgesetzt sind.

Krankensaal, Gitterbett, darin Polli, im Bettchen der kleine Martin, Umschläge, Windelnwechseln, die Bank draußen auf dem Flur ist mein Bett, am Ende des Flures eine Marienskulptur in Menschengröße, fromm bete ich vor ihr den Rosenkranz, ich bete auf Slowakisch, habe das Gefühl, hier und jetzt sei es so richtig – warum sollte eine Deutsche evangelischen Glaubens den Rosenkranz nicht auf Slowakisch beten können? –, als ich fertig bin, beginne ich von vorn, spreche ihn, mich auf die Bank kauernd, vor mir her, spreche ihn so lange vor mir her, bis ich einschlafe, die Decke ist dünn, ich friere, ich schlüpfe zu Polli ins Bett, habe keine Angst vor der tödlichen Krankheit, mein Vertrauen auf Gott ist unendlich groß.

Tagsüber versuche ich, mich nützlich zu machen, nachts schlafe ich auf der Bank oder neben Polli, weder Ärzte noch Schwestern oder Putzfrauen stören mich, nach zwei Wochen verwachse ich vollkommen mit dem Krankenhaus, Allerheiligen: nach oben verdrehte, glasige Augen, der auf die Knochen abgemagerte Körper verliert sich im Bett, zum Morgen stirbt Polli, zwei Männer kommen, stellen die Trage auf den Boden, packen Polli unter den Achseln und den beiden Beinen und nehmen sie mit, ich bete unentwegt, bete auf Deutsch, das Kind in seinem Bettchen lächelt im Schlaf.

Auf den Tag genau sind es zwei Wochen; wir sind an einem Donnerstag gekommen, an einem Donnerstag beerdigen wir sie, ich und das Baby, der Friedhof liegt außerhalb der Stadt, rechte Seite, Armenparzelle, letzte Reihe, hinter dem Zaun drei Birken, eine ungehobelte Bretterkiste, sechs graue Kreise, die Köpfe von sechs Nägeln, das Holz ist zersplittert, als es festgenagelt wurde, Splitter ragen heraus, in der Kiste Polli, befreit von den Leiden, ich bete für sie auf Deutsch.

Ich könne mit dem Kind im Krankenhaus bleiben, in der Küche oder auf der Station arbeiten, das Angebot des Arztes, der sich für uns einsetzt, ist wirklich großherzig, doch ich lehne ab, denn Mama ist dort im Lager, am nächsten Morgen packe ich mein Bündel zusammen, gehe noch einmal auf den Friedhof hinaus, nirgends eine Menschenseele, ein Weinen bricht aus mir hervor, Martin schreckt auf, wimmert, *dann ich allein, mein Gott, wenn du mich verlassen hast!,* ich zucke mit den Schultern und verlasse den Friedhof, gehe zum Bahnhof, setze mich in den zurückfahrenden Zug, das Rattern wiegt Martin in den Schlaf, doch in Koš angelangt wacht er auf und weint, er hat Hunger, ich habe nichts, was ich ihm geben könnte, ich nutze die letzten Augenblicke der Freiheit und strecke meine Hand den Passanten entgegen, bettele auf Slowakisch, drei Stück Brot, eine Flasche Milch, das Tor des Lagers schließt sich hinter mir.

16.

Der Mensch ist nur ein Wasserfloh, nichts anderes, ob erwachsen oder als Kind. Mama ist am Boden zerstört, ich bitte den Doktor, Polli ins Totenbüchlein einzutragen. Apollonia Hartmann, Herkunftsort Käsmark, Basteigasse 32, geboren: 29. August 1920, gestorben: 1. November 1945, Nováky, Todesursache: Typhus, eine Zeile für ein Leben. Polli ist die Nummer 212, über ihr ein hauerländisches Mädchen aus unserer Baracke, sie ist gestorben, während wir in Topoltschan waren, sie ist im wahrsten Sinne des Wortes verhungert, Anni erzählt, dass sie nackt so aussah wie ein gehäuteter Hase, man konnte ihre Rippen zählen und die Haut hing ihr am Körper. Die Säuglinge sind zum Tode verurteilt, aber dieses arme kleine Ding wird nicht verhungern, ich habe Polli geschworen, dass ich das nicht zulasse! *Nenn' ihn nicht armes Ding, er heißt Martin!,* als würde Polli es hören und mich ermahnen, na gut, nicht armes Ding, ich bitte bei der Kommandantur um einen Ausgangsschein, ich werde betteln gehen, Nováky, Koš, Priwitz, innerhalb eines halben Tages könnte ich jeden dieser Orte hin und zurück schaffen, nach Lelovce will ich nicht, dort kennt man mich, im Übrigen gehen viele raus, warum sollte ich nicht auch eine Genehmigung erhalten? Ich will nicht fliehen, nur betteln, als Pfand bleiben Mama und das Kind da, einmal haben sie mich schon rausgelassen, als ich Polli begleitet habe, auch da bin ich zurückgekommen, ich möchte nur für ein paar Stunden raus und käme auch gleich wieder.

Vor dem Kommandanturbüro treffe ich auf einen Offizier oder so etwas in der Art, er hat drei Sterne auf der Schulterklappe, ich weiß nicht, was das für ein Rang ist, sicher höher als der eines Feldwebels, die Wache wurde ausgewechselt, der mit den drei Sternen ist neu, ich habe ihn noch nie gesehen, er hat funkelnde schwarze Augen und eine samtene Stimme, er sieht Erwin ähnlich, nur trägt er eben eine slowakische Uniform und fragt auf Slowakisch, was mich herführe. Ausgangsschein, Lebensmittelbesorgung, kleines Baby, raus und gleich wieder zurück, ich sage meinen eingeübten Text auf, er sei nicht zuständig, begleite mich aber gerne zum Büro.

Der Zuständige – ein Mann mit zerfurchtem Gesicht und kalten, grauen Augen – würdigt mich keines Blickes, während ich spreche, vergräbt er sich die ganze Zeit in einer Art Akte, die vor ihm liegt, dann fertigt er mich, als ich zum Ende komme, mit einem knappen Nein ab. Ich stehe wie gelähmt da, wie erstarrt, der mit den drei Sternen ist nirgendwo zu sehen, ich habe keine Ahnung, wann und wohin er verschwunden ist. *Entschuldigung, aber,* stammele ich, kann den Satz jedoch nicht beenden, denn der mit dem zerfurchten Gesicht fährt mich an, ob ich nicht gehört hätte, ob ich das Nein nicht verstehe.

Wenn nicht, dann nicht! Dann schleiche ich mich eben davon! Ich kann etwas organisieren und betteln, zum Organisieren gibt es kaum mehr etwas, aber betteln kann man zu jeder Jahreszeit! Ich bemerke den mit den drei Sternen gar nicht, erst als er mich einholt und zu mir sagt, wie gut ich slowakisch spreche, ich murmele etwas wie ein Dankeschön und gehe weiter, er bleibt an meiner Seite, woher ich stamme, woher ich käme, und wieder, wie gut mein Slowakisch wäre, keiner würde merken, dass es nicht meine Muttersprache sei, wo ich das gelernt hätte. Der Mann war eigentlich nett zu mir und ist es auch jetzt, er siezt mich respektvoll, duzt mich nicht, ich kann ihn nicht beleidigen, indem ich antworte: „Ich bin nicht gekommen, man hat mich gebracht, ich bin unter slowakischen Kindern groß geworden."

„Mit wem sind Sie hier?"

„Mit meiner Mutter und dem Sohn meiner Schwester. Meine Schwester und meine Großmutter sind gestorben, sind hier gestorben, mein Schwager ist irgendwo in Gefangenschaft, und mein Vater ist in Pressburg, im Gefängnis."

Ich verheimliche nichts, wozu sollte ich auch, wo doch sie, die Slowaken, schuld an all diesen Tragödien und dem ganzen Elend sind! Der mit den drei Sternen schweigt, dann schüttelt er den Kopf und sagt: ja wirklich, zuerst hätten sie die Tschechen vertrieben, dann die Juden, jetzt die Deutschen, nicht dass jemand am Ende noch sie, die Slowaken, vertreibe. Jetzt schweige ich, was kann man darauf antworten? Der Mann wechselt das Thema: Er komme aus Altsohl, ob ich schon einmal in Altsohl gewesen sei? Nein, noch nicht. Er aber in Käsmark, Familie, Schule, Zipser Küche, slowakische Küche, Wort auf Wort folgen einander: ob ich nicht Lust hätte, im Büro zu arbeiten, mit meinen Sprachkenntnissen ginge das, er könnte sich für mich einsetzen, ich bekäme mehr und besseres Essen, auch für meine Familie wäre es genug, und die Arbeit sei wirklich leicht.

„Danke, aber nein."

„Warum nicht?"

Was hätte es gekostet, dieses Blatt Papier abzustempeln – ich bin noch immer wütend auf den aufgeblasenen Zuständigen –, in deren Dienst soll ich mich stellen? Draußen, im Dorf, Arbeitsdienst leisten, das ist ganz etwas anderes, die Slowaken dort sind normale Leute, aber die hier tragen Uniform, ob sie mich als deutsche Hure beschimpfen oder freundlich sind, es ist dieselbe Uniform, höchstens die Zahl der Sterne unterscheidet sich, und Lebensmittel sind nicht alles.

„Ich mache mich nicht zur Komplizin, dann lieber Erbsen voller Käfer!", nach langem Schweigen ist das alles, was ich antworte, den Rest denke ich mir. Der mit den drei Sternen wird kreideweiß, auch er schweigt eine Weile, dann fragt er mich ernsthaft, was ich, wenn ich es mir aussuchen könnte, am liebsten essen würde. Ohne nachzudenken erwidere ich, Nockerln, Knödel, *aber das sind ja slowakische Nationalspeisen!,* der Mann lacht schallend, dann sagt er, er müsse sich jetzt beeilen, ich solle ihn ein Stück begleiten, dann könnten wir noch etwas über diese Arbeit reden! Ich zögere, denn er ist freundlich, sehr freundlich, doch in seinem Blick steckt etwas Beunruhigendes, als würde er in meinen Gedanken lesen, fügt er hinzu, mir würde nichts geschehen, und wirklich, was sollte mir schon passieren?

Wir gehen nebeneinander her, der Mann erzählt von Altsohl, dort sei der Himmel blauer und der Wald grüner, jetzt hat man ihn hierher abkommandiert, so sei eben das Soldatenleben, auch er sehne sich nach Hause zurück, so wie ich nach Käsmark, er redet, und ich träume vom Essen, davon, dass Martin, würde ich als Büroangestellte arbeiten, sicher jeden Tag seine Milch bekäme und Mama und ich auch keinen Hunger leiden müssten, aber vielleicht könnte ich sogar Anni und den anderen ein wenig helfen, ich merke gar nicht, dass wir schon im oberen Lager sind, es dämmert stark, alles ist menschenleer, wir gehen in der Deckung der Baracken, der mit den drei Sternen so dicht neben mir, dass sein Arm meinen berührt, er sagt, ich sei schön, sehr schön, und ich solle nett zu ihm sein, stehenden Fußes mache ich kehrt und renne zurück, laufe so schnell ich kann, laufe an den Vorratslagern und an der Küche vorbei, auf dem Appellplatz ist niemand, ich renne noch schneller, hier ist der Boden eben und hart, tausend, zehntausend, hunderttausend Füße, jüdische Füße, deutsche Füße haben ihn glatt und steinhart getreten, nirgends ein Loch oder Löchlein, nichts, worüber man stolpern könnte, dennoch stolpere ich, meine Knie und Ellbogen pflügen den Boden auf, meine Kleidung zerreißt, meine Haut platzt, meine Nase bricht, in der Baracke fragt Mama in einem fort, was denn passiert sei.

Meine Nase ist zum Glück doch nicht gebrochen, blutet nur stark, meine Ellbogen und Knie habe ich mir aufgeschürft, die Wunden sind voller Erde, sie müssen gesäubert werden, Mama nimmt eine Windel und zerreißt sie, damit wäscht sie die Wunden aus, die größte an meinem linken Knie muss verbunden werden, wozu ich denn so gerannt sei und wie ich so habe hinfallen können, das fragt sie, *ich erinnere mich nicht, keine Ahnung, und überhaupt, das ist doch egal!,* niemand darf etwas erfahren, auch wenn ja gar nichts passiert ist, diese Frau, die noch im Deutschendorfer Lager von einem slowakischen Soldaten schwanger geworden ist, wird von allen missachtet, auch über mich würden sie denken, dass ich schuld bin, weil ich mit dem Soldaten mit den drei Sternen geredet, ihn noch dazu begleitet habe, und letztendlich war es ja auch so, ich habe mit ihm gesprochen, bin mitgegangen, und mit dem Essen hat er mich, wenn auch nur für einen Augenblick, geblendet, Mama ist beleidigt, weil ich nicht imstande bin, ihr ordentlich zu antworten.

Das Bluten höre schon auf, die Haut wachse mit der Zeit nach und meine Kleidung könnten wir flicken, ich müsste mich eigentlich über Mamas Nörgelei und ihren Schrecken freuen und auch darüber, dass sie mich gewaschen, verbunden und sich um mich gekümmert hat, denn sonst interessiert sie nichts und niemand, wenn ich etwas zu ihr sage, hört sie meist gar nicht hin, sie sitzt nur vor der Baracke oder drinnen auf dem Strohsack, den Rücken an die Bretterwand gelehnt, und starrt mit glasigen Augen irgendwo in die Ferne, wenn ich lauter zu ihr spreche, zuckt sie zusammen und sagt irgendeinen sinnlosen Quatsch. Manchmal lächelt sie das Baby an, aber ihr Lächeln ist kalt, ein Larvenlächeln, man müsse sie trauern lassen, Frau Bittner versteht sie und sagt zu mir, ich solle doch Geduld haben, sie und Frau Berger stünden mir zur Seite. Martin kann nicht einmal richtig weinen, seine Stimme klingt wie das Maunzen eines Kätzchens, ich nehme ihn auf den Schoß, es gelingt, ihn in den Schlaf zu wiegen, ich lege ihn neben mich auf den Strohsack, am liebsten würde ich den Verband abreißen, so sehr brennt die Wunde, auch im Schlaf brennt sie, ich bekomme keine Luft, ein quälender Husten schreckt mich auf, je stärker ich versuche, ihn zu unterdrücken, desto mehr quält er mich, ich huste so laut, dass ich die halbe Baracke wecke, ich schnappe nach Luft, es ist, als hätte man mir einen Schrank auf den Brustkorb gestellt, gleich ersticke ich oder mein Herz zerspringt, *so schnell geht das nicht!,* Mama, Frau Bittner und Frau Berger sind bei mir, eine von ihnen sagt, es sei ein asthmatischer Anfall, Blödsinn, ich habe doch gar kein Asthma, sie bringen nasse Tücher, streicheln mir den Rücken, reiben meine Hände und Beine, ich bräuchte Medizin, frische Luft, Ruhe, warme Milch, was denken die sich, wir sind hier doch nicht im Sanatorium! *Dieses Kind ist so abweisend, es rebelliert gegen mich, gegen die Welt!,* Mama beklagt sich bei den anderen beiden Müttern, sie glaubt, ich höre es nicht, aber ich höre alles, auch das, was sie nicht aussprechen, ich bin kein Kind, ich bin nicht erwachsen, ein elendiges Ding bin ich, verlassen und erbärmlich, ich möchte mich an jemandem festhalten und glauben, dass es einmal besser wird und auch Nováky einmal vorbei ist, aber Papa ist nicht hier, Großmutter ist gestorben, Polli ist gestorben, ich habe Angst, die Tränen drücken mir die Kehle zu, ich keuche, bekomme keine Luft, *tief atmen! denk an etwas Schönes! entspann dich!,* Mamas Stimme klingt wie das Echo aus einer Höhle – die Tatra, der Grüne See, der Karfunkelturm, wir lernen das Retten in den Bergen, Kinga ist verletzt, Jarinka und ich schienen ihr das Bein, die Jungen schleppen sie auf der Trage den Berg hinunter, am Lagerfeuer erzählt unser Lehrer, Herr Grosz, die Legende, beim Weihnachtskonzert spiele ich die *Träumerei* in der Holzkirche, Fräulein Luise sitzt in der ersten Bank und bewegt stumm ihre Lippen, ich sitze mit dem Rücken zu ihr, trotzdem sehe ich, wie sie stumm Anweisungen gibt, Rhythmus und Fingersatz, Péter schnallt mir die Schlittschuhe an, seine Hand berührt meine, Erwin beugt sich lächelnd über mich, *ich werde immer auf dich warten,* das sagt er zum Abschied, nur ich selbst kann mir helfen. Ich verscheuche alle Geister.

Doktor Grün ist da, Mama hat ihn gerufen, wozu hat sie ihn gerufen, er ist Tierarzt, ich bin kein Hund und auch kein Pferd, aber das ist ja gar nicht Doktor Grün, nicht die geringste Ähnlichkeit, das ist Doktor Teichner, er ist es, der sich da über mich beugt, mich abhört, abklopft und brummt, es sei alles in Ordnung, es sei nichts passiert, alles wird sich richten, alles wird gut, Papa ist hier, sie haben ihn aus dem Gefängnis entlassen, ich bin schön, ich bin gut, ich bin mutig, ich bin sein Vögelchen,

Martin hat schon wieder Hunger, er wimmert, doch Polli ist nirgendwo, ich rufe sie vergeblich, sie kommt nicht, sie stillt ihn nicht, sie hat ihn geboren, nicht ich, ich huste, bekomme keine Luft, bin hilflos, Mama ist von Kopf bis Fuß in schwarz gekleidet, ihr Kleid ist schwarz, ihre Augen sind schwarz, ihre Haut ist schwarz, Mama ist ein riesiger schwarzer Fleck, man muss sie trauern lassen, außer ihr habe ich noch zwei Mütter, Frau Bittner und Frau Berger, die regeln alles: verdünnte Milch, Nuckelflasche, Martin schmatzt zufrieden, ich kann ihn nicht stillen, aber alles andere kann ich, bin statt seiner Mutter die Mutter, Doktor Grün meint, es sei eine Art Nervenzusammenbruch und sie sollten auf mich aufpassen, wieder so ein Blödsinn wie das Asthma, ich bin nicht nervös, ich hasse nur den mit den drei Sternen, den aufgeblasenen Zuständigen, die Partisanen, die Milizionäre, den Lagerkommandanten, ich hasse die Slowakei und die Tschechoslowakei, ich hasse Beneš und alle Tschechen und alle Slowaken, Jarinka und ihre Familie, die Priskins und Andelka ausgenommen, und auch Käsmark hasse ich nicht, nur setze ich keinen Fuß mehr in diese Stadt, auch dann, wenn es einmal wieder möglich sein wird.

17.

Das Lager gleicht einem Glas, das bis zum Überlaufen voll ist, gäbe es keinen Typhus und würden nicht so viele sterben, hätten die Neuankömmlinge gar keinen Platz. Strohhut, blondes Haar zu Zöpfen geflochten, ein Strohhut im Herbst? Es ist Elsi, sie ist es, die das ganze Jahr hindurch einen Strohhut trägt, ich sehe nur ihren Rücken, aber sie muss es sein, *Elsi, Elsi!,* rufe ich, doch sie hört mich nicht, geht einfach weiter. Ich renne ihr hinterher, *Lisi, Lisi!,* rufe ich unseren Geheimnamen, ich hole sie ein, berühre sie, sie dreht sich um, und sie ist es wirklich! Ich falle ihr um den Hals, doch ihre Umarmung ist sehr zurückhaltend, sie ist sonderbar, sehr sonderbar, hat tiefe Ringe unter den Augen, ist blass, ihr Gesicht ist lang, als wäre es gar nicht meine Elsi, die ich in Olmütz kennengelernt habe.

„Wie geht es dir? Was gibt's Neues?", frage ich begeistert, aber es scheint, sie freut sich nicht über mich, mit matter Stimme antwortet sie nur, dass sie lebt und klarkommt.

„Wie kommst du hierher? Mit wem bist du da?"

„Mit Erika", sie sieht mich nicht an, zeichnet mit der Spitze ihres Schuhs Kreise auf den Boden.

„Und deine Mutter?"

„Die nicht."

„Und dein Vater?"

„Der nicht."

„Und dein Bruder."

„Der nicht."

„Aber wo sind die denn alle?"

„Irgendwo in der Nähe von Prerau."

„Im Lager?"

„Nein. Unter der Erde."

„Was redest du da?", ich schreie sie so laut an, dass ich mich selbst erschrecke.

Ich blicke zum Turm, aber der Wachposten hat uns glücklicherweise den Rücken zugekehrt und schert sich nicht um uns, ich packe Elsi am Arm und ziehe sie hinter die Baracke, wo ich sie flüsternd frage, was denn passiert sei. Ihre Stimme ist trocken, ihr Gesicht wie aus Holz, so erzählt sie: der Zug sei langsamer gefahren und sie sprangen nacheinander hinaus, sie liefen durch Wälder und Wiesen bis zu irgendeinem Dorf, an dessen Namen sie sich nicht mehr erinnert, dort seien sie in einen anderen Zug gestiegen, aber nur bis Sillein gelangt, weil die Miliz ihnen befahl auszusteigen, man brachte sie in die Kaserne und eine Woche später in ein anderes Lager und jetzt hierher, nach Nováky.

„Aber was um Gotteswillen ist in Prerau passiert?", es hört sich so an, als sei ich wütend, dabei bin ich eher nur erschrocken, vorab erschrocken davon, was sie sagen wird, ich will es nicht hören, solange es nicht ausgesprochen ist, existiert es nicht, es ist, als würde Elsi in meinen Gedanken lesen, sie fragt, ob ich es wissen will, ob ich es wirklich wissen will, und sie blickt mir tief in die Augen.

Vielleicht sei das Ganze passiert, weil sie in Prerau zu mehreren aus dem Zug gestiegen waren, doch sie steckten schon seit mehr als einem Tag fest und hatten keine Ahnung, wann sie weiterfahren würden, die Hebamme war mit einer Frau losgegangen, um etwas in Erfahrung zu bringen, andere panschten am Brunnen, so wie die Kinder spielten sie mit dem Wasser, und da rollte dieser andere

Zug herein, ein Militärzug, mit Kanonen, Pferden, einem ganzen Regiment, einer der Soldaten kam aus Dobschau, er hieß Ondrej und erkannte die Dobschauer, aber es gab unter den Soldaten auch drei andere aus dem Ort, und der Hauptmann kam ebenfalls von dort, sein offizieller Name lautete Pazúr, doch er hieß eigentlich Kohn, *zurück in die Waggons, Faschisten, Hitleristen!,* auf seinen Befehl hin belagerten die Soldaten den Zug, einen Jungen, Alexy, wählte sich Pazúr unter den Ersten aus: *du warst in der SS!,* er sagte es, wie in Dobschau üblich, auf Bulenerisch, *nein, woher denn, er ist doch erst elf!,* die Mutter des Jungen weinte, *raus aus dem Waggon!,* der Junge machte verlegen einen Schritt nach vorn, dann drehte er sich um, wollte seine Jacke holen, *die brauchst du nicht!,* mit dem Gewehrkolben versetzte Pazúr ihm einen heftigen Stoß.

Sie verlasen eine Namensliste. Die Namen ganzer Familien. Wer aufgerufen wurde, musste aussteigen. Es gab eine schwangere junge Frau, ihr erlaubten sie, zu bleiben, einer anderen ebenfalls, sie aber wollte ihren Mann begleiten. *Wenn sie unbedingt will, soll sie doch gehen!,* sie zuckten mit den Schultern. Und es gingen die Lindners, die Wagners, die Kastners, die Gölners, die Töröks, die Molnárs, die Gáls und die Scholtzens samt Großvätern, Großmüttern und Kindern. Ein Kind, vier Kinder, viele Kinder, das kleinste acht Monate alt. Und es ging auch Elsi mit ihren Eltern, der Schwester, dem Bruder, der Tante, dem Onkel und allerlei Verwandten. Und es gingen aus dem zweiten, dritten und vierten Waggon die Mitschüler, Freunde, Bekannten aus Dobschau, aus Käsmark, aus Göllnitz, aus Heiligenkreuz, aus Mühlenbach und aus Drexlerhau.

Auf dem Fußweg aufstellen in Viererreihen. Bis sich das Ende der Reihe aufgestellt hatte, löste sich der Anfang wieder auf. Die Wächter waren nervös, die Gefangenen hatten Angst. Irgendwie gelang es schließlich doch, eine Reihe zu bilden. Es verging eine halbe Stunde, eine Stunde, sie aber standen nur da, es geschah nichts. Elsi musste mal, jemand sollte sie begleiten. Unbemerkt ging sie mit Erika, ihrer großen Schwester, hinter den Zug, *hier nicht, hier können sie mich noch sehen!,* sie gingen weiter in Richtung Gestrüpp. Als sie zurückkehrten, stand niemand mehr auf dem Fußweg.

Säuglinge, Kinder, Frauen, Männer, Junge und Alte: Woher hatten sie diese Liste, wer hatte sie geschrieben, wohin brachte man sie, was wollte man mit ihnen machen? Ihnen zu folgen war Unsinn, die Hebamme kam mit der Nachricht zurück, dass die Stadt von Milizionären nur so wimmele. Und die, die sie nicht mitgenommen hatten, was würde aus denen? Zu Tode erstarrt kauerten sie im hinteren Teil des Zuges, die Hebamme zitterte, ängstigte sich um ihre Tochter und ihr Enkelkind, die schwangere Frau sorgte sich um ihren Ehemann, Elsi und Erika hatten Angst um ihren Bruder und die Eltern, die alten Frauen beteten laut, indes ging die Sonne unter, es wurde Mitternacht und plötzlich knatterten Gewehre. Irgendwo in der Nähe, denn auch im Zug war es zu hören. Ratatatata in Serie, danach Pause. Vater unser im Himmel! Nein, das kann nicht Dein Wille sein! Nein, das kann nicht sein, dass sie die Unsrigen erschießen! Das kann nicht sein! Erlöse uns von dem Bösen! Sicher üben die Soldaten bloß! Nachts, im Dunkeln?

Erst weit nach Mitternacht verstummten die Waffen. Sie wachten bis zum Morgen. Denn Dein ist das Reich, die Kraft und die Herrlichkeit, in Ewigkeit, die alten Frauen verharrten in ihrem Gebet. Und wieder kamen die Soldaten. *Wir würden ihnen Frühstück bringen, wissen aber nicht, wohin,* in der zaghaften Stimme verbarg sich noch etwas Hoffnung. *Die brauchen nichts mehr!* Gepäck, Truhen, nacheinander zerrte man sie aus dem Zug. Schuhe, Stiefel, Strickjacken, Anzüge: *ich, ich!,* wer stärker war, nahm mit, was er konnte. Eine Lederjacke an die Wand des Waggons gehängt, *dein János braucht die sowieso nicht mehr!,* dieser Soldat kam ebenfalls aus Dobschau und kannte den Besitzer der Jacke. *Nimm sie dir, werde glücklich damit!,* antwortete ihm Anna, in deren Gebärmutter das ungeborene Kind schon eine Waise war.

Niemand wusste, was passiert war, nur, dass die, die sie mitgenommen hatten, nicht mehr am Leben waren. Und dass der Zug nach Engerau an den Standort des Regiments umgeleitet wurde. Engerau war das Lager der jüdischen Zwangsarbeiter gewesen, und die Juden waren alle umgekommen. Kein Zweifel, dass dort auch sie an die Reihe kämen. Den Lokomotivführer kannten einige von ihnen, es hieß, er ließe mit sich reden. Kaffee, Zucker, Margarine, hundert, zweihundert, fünfhundert, tausend Kronen, sie schmissen zusammen, was sie konnten. Der Plan war furchtbar einfach. Der Lokomotivführer stellte die Weiche nach der slowakischen Grenze um, der Zug fuhr statt nach Pressburg in Richtung Tyrnau und blieb dann an einem versteckten Ort auf offener Strecke stehen.

Elsi und Erika kamen davon, doch alle anderen aus ihrer Familie waren umgekommen. Zusammen mit den übrigen. Es waren etwa zweihundert. Oder sogar mehr. Sie haben kein Grab, sind nicht beerdigt worden.

Elsis Blick versenkt sich in meinem, ich bin wie hypnotisiert. Warum mussten sie gerade zu dem Zeitpunkt dort ankommen, warum nicht einen Tag früher oder später? Warum gerade diese Waggons des Zuges? Warum gerade sie, und warum sie selbst nicht? Elsi fragt nur und fragt, aber woher sollte ich, die ich mich bei Polli nicht mit dem Typhus angesteckt habe und nicht daran gestorben bin, die ich den Angriff auf unseren Zug bei der Evakuierung nur deshalb überlebt habe, weil das Flugzeug bloß eine Bombe hatte, die ich unter den Trümmern des Luftschutzkellers in Ernstbrunn, der einen Volltreffer bekommen hatte, nicht umgekommen bin, weil ich auf Anweisung von Frau Eisler weitergegessen habe, die ich deshalb nicht gerade in Prerau war, als die Deutschen in Massen ermordet wurden, weil Papa gezögert hatte – woher sollte ich wissen, was das Leben eigentlich ausmacht. Es ist nicht leicht, am Leben zu bleiben. *Wir haben uns in Olmütz die Blutsbrüderschaft geschworen,* antworte ich Elsi. Und dass ich mich, trotz allem, was passiert ist, sehr freue, wieder mit ihr zusammen sein zu können, und dass es hier sehr gute Menschen gebe, ich zähle sie auf: Frau Bittner, Frau Berger, Doktor Grün, Anni, Rosi und die anderen Jugendlichen, und ich sage ihr auch, *zusammen schuldig zu sein, ist leichter.*

18.

Essensausteilung, ich stehe in der Schlange, vor mir Mama, ich schaue, wie schlank sie ist, wie schön, selbst so gebrochen, so verwahrlost, in fleckigen Kleidern ist sie von hinten schön – Mama war immer schön, und ich glaube, auch in hundert Jahren wird sie das sein –, hinter mir brummt einer vor sich hin, nein, er brummt nicht, sondern summt eine Melodie, fürchterlich falsch, sie erinnert an nichts, ich drehe mich um, aber so plötzlich, dass ich dem jungen Mann fast die Blechschüssel aus der Hand schlage. In seinen nachtschwarzen Augen gelbe Punkte, Grübchen im Gesicht, er lacht mich an und packt mich am Arm, damit ich nicht hinfalle, er sagt seinen Namen, ich verstehe nur, Julius, Lili Hartmann, murmele ich, mein Gesicht wird feuerrot, ich drehe mich schnell wieder um, damit er es nicht sieht, aber er tritt neben mich, seine Stimme ist so wie Papas, nur klingt sie frischer.

„Julius Stein, Medizinstudent, Waldarbeiter und Musikliebhaber", lachend stellt er sich noch einmal vor.

„Großartig, dann nehme ich dich in den Gesangsverein des Grauens auf", ich erwidere sein Lachen.

„Wer macht da mit?"

„Keiner und jeder, wer eben will. Und es macht auch nichts, wenn man keine Stimme hat. Übrigens bin ich die Chorleiterin!"

„Dann bin ich dabei!"

„Ich freue mich, freue mich sehr und gebe bekannt, dass hiermit der bald schon weltberühmte Gesangsverein des Grauens dank Julius Stein und Lili Hartmann gegründet ist, treten Sie ruhig bei!", wir lachen noch lauter, Mama dreht sich um und lächelt uns an, auch ihr stellt sich Julius vor.

Er und seine Familie kommen aus Trentschin, sie wohnen in der oberen Barackenzeile, seine kleine Schwester Janka ist zehn Jahre alt, die Mutter ist verwitwet, der Vater schon vor langer Zeit gestorben, er ist, so könnte man sagen, ein freiwilliger Häftling, der auf sehr verschlungenen Wegen nach Nováky gelangt ist. Als man begann, seine Altersklasse zu mustern, beschloss er, keinen heldenhaften Tod zu sterben, er warf sein Studium hin und versteckte sich bei seinem Onkel in Brünn vor der Einberufung. Sein Onkel war ein sehr gescheiter, vorausblickender Mann, und als hätte er geahnt, was sie erwarten würde, beschaffte er sich, noch bevor die Front Brünn erreichte, einen Reisepass, sein Geld überwies er in die Schweiz und floh mit der Familie nach Österreich. Von dort nach Portugal, und schließlich landeten sie in Amerika, irgendwo in Florida. Julius hätte mit ihnen gehen können, doch er konnte Mutter und Schwester nicht zurücklassen, er wollte möglichst bald zu ihnen nach Trentschin zurückkehren. Das Möglichst-Bald ließ aber recht lange auf sich warten: In den ersten Friedenstagen wurde er nämlich von einer Polizeipatrouille auf der Straße aufgegriffen, und als sich herausstellte, dass er Medizinstudent war, teilte man ihn als Leichenbeschauer zu einem tschechischen Rechtsmediziner ein. Als zur Arbeit verpflichteter Deutscher untersuchte er die deutschen Leichen. Nach einem halben Jahr half ihm schließlich der tschechische Arzt, nach Hause zu gelangen; er besorgte ihm eine Reisegenehmigung nach Trentschin. Zu Hause fand Julius jedoch niemanden mehr vor, seine Mutter und seine Schwester waren damals bereits zusammen mit den übrigen Deutschen interniert worden. Von slowakischen Bekannten erfuhr er, dass sie in Nováky waren, und er zögerte keine Sekunde, um ihnen nachzureisen.

Julius ist tatsächlich Waldarbeiter, Tag für Tag treiben sie ihn mit den anderen Männern in den Wald, zum Holzfällen. Seit Tagen regnet es, die Holzscheite haben sich mit Wasser vollgesogen, er muss etwa sechs Kilometer mit ihnen bis zum Lager zurücklegen. Julius ist dünn, aber stark, er wird nie müde und beklagt sich nicht.

Bei der Essensausteilung stehen wir gemeinsam in der Schlange, und wir gehen gemeinsam zum Brunnen, um Wasser zu holen. *Muss Liebe schön sein,* spottet Anni mit einem gewissen Neid in ihrer Stimme, als ich sie bitte, nicht mitzukommen. Wenn es Liebe ist, dann ist es eben Liebe, der Regen rauscht seiden, der Wind trägt Lavendelduft herbei, unmöglich, hier in der Gegend wächst gar kein Lavendel, außerdem ist er längst verblüht, Weißdorn aber gibt es, feuerrot glühen seine Früchte im Dunkeln, sie funkeln wie Sterne, als hätte ein Zauberer die Welt neu gemalt oder sie neu gestimmt wie ein altes Klavier, die Farben, die Klänge, die Düfte sind anders, von morgens bis abends, von abends bis morgens warte ich darauf, Julius zu sehen, mit ihm zu sprechen! Er hat nur noch zwei Semester an der Uni, irgendwann, irgendwie will und wird er sein Studium beenden, dann wird er Herzchirurg oder Forschungsarzt, er möchte in Südamerika, in den Urwäldern, Schlangen erforschen, denn das Schlangengift ist nicht unbedingt tödlich, in kleinen Mengen kann man Medizin daraus herstellen, Südamerika liegt auf der anderen Seite des Globus, lieber soll er Herzchirurg werden, in Ordnung, dann wird er das, und ich werde Pianistin und für ihn, nur für ihn spielen, und natürlich für ein riesiges Publikum, Julius nimmt meine Hand, zieht mich an sich, hebt mein Kinn, sein Kuss ist seidig, wiegt mich sanft, er streichelt meine Haare, meine stoppeligen Haare, und ich seine, *was war, ist vergangen,* es wäre schön, das zu glauben, *es hat keine Macht mehr über uns.*

Ein paar Kartoffeln, einige Kolben Mais, zwischen Unkraut verborgene Kohlkopfstrünke, aufgesprungene, holzige Kohlrabi, wir durchsuchen, durchforsten die Gärten, die Wiesen und Wälder bis auf den letzten Quadratzentimeter, aber es ist nichts mehr da, es gibt nichts mehr zu organisieren, auch das Betteln hat ein Ende: Wir sind zu viele und sind seit zu langer Zeit hier, bei den Slowaken hat es sich ausgespendet. Wir langweilen uns und hungern, in unserer hungrigen Langeweile gründen wir tatsächlich den Gesangsverein des Grauens. Anni, Rosi, Mathilda, die beiden Leitmanns, Elsi mit ihrer großen Schwester, aus den benachbarten Baracken Jungen und Mädchen gemischt, Julius' kleine Schwester Janka und natürlich Julius selbst, wenn er nicht gerade in den Wald getrieben wird. Die Zipser Hymne auf Deutsch, auf Ungarisch *Tavaszi szél vizet áraszt,* dann *Kukulienka,* wir singen, was uns in den Sinn kommt, über das slowakische Volkslied *Kukulienka* streiten wir:

„Sie haben uns ausgeraubt, eingesperrt, behandeln uns wie Sklaven, und jetzt sollen wir das singen?"

„Ein Lied hat keine Nationalität, *Kukulienka* ist unschuldig, das Lied ist einfach nur schön!"

„Gleich ist Weihnachten, lasst uns lieber *O Tannen-*

baum und *Stille Nacht* einüben, *O Tannenbaum* zweistimmig!", es siegen die Verletzungen, *Kukulienka* lassen wir weg.

Wir haben einen Weihnachtsbaum, besser gesagt ein paar Zweige, Julius hat sie aus dem Wald mitgebracht, er hat welche für seine Mutter und seine Schwester besorgt und zusätzlich welche für uns, ich binde sie zu einem Strauß und hänge sie an die Wand der Baracke, der Strauß sieht aus wie ein Kreuz mit Jesus, ein immergrünes Kreuz, ein nach Tanne duftendes grünes Kreuz, weder Engelshaar noch Weihnachtsbonbons, wir haben nichts, womit wir die Zweige schmücken könnten, aber das macht nichts, auch ohne den Firlefanz zaubere ich aus dem Montag ein Weihnachten. Ich hebe Martin hoch, dicht an die Zweige, damit er ihren Duft einatmet, Babyduft, Tannenduft, der vergoldete Engel mit dem Heiligenschein hatte seinen Platz oben auf dem Weihnachtsbaum, die Hälfte der Schwanzfedern des silbernen Vögelchens fehlte, aber man konnte es so zwischen den Tannennadeln verstecken, dass seine Verstümmelung nicht zu sehen war, die Goldnüsse, die Papa eigenhändig angemalt, durchbohrt und mit einer Schlaufe versehen hatte, mussten an den Rand, an die Spitze der Zweige gehängt werden, sonst kamen sie nicht zur Geltung, ein richtiger Weihnachtsbaum, Weißwürste, Mohnnudeln, Apfelsoße: Alles hatte seinen Platz und seine Ordnung. Ob wohl noch immer das Ehepaar in unserem Haus wohnt, haben sie im Dachbodenaufgang die mit Tannenzweigen gemusterte Schachtel mit dem Glasschmuck gefunden, was mag auf ihrem Tisch stehen, auf unserem Tisch, an dem nun sie sitzen?

Essensausteilung, wir stehen in der Schlange, zwei Schritte vorwärts, stehen bleiben, warten, wieder einen

Schritt vorwärts, kleiner Kessel, großer Kessel, Blechteller, Blechlöffel, alles wie sonst auch, aber es ist Heiligabend, und das ist das Festessen: klein geschnittene Brötchen mit Marmelade, aus dem Dorf ist der Glockenklang zu hören, der Gesangsverein des Grauens zieht durch die Baracken, *Stille Nacht* und *O Tannenbaum* zweistimmig, wie wir es eingeübt haben, Seufzer, Tränen in den Augen, am ersten Weihnachtsfeiertag kommt der neue Pater aus Nováky und zelebriert eine Messe, wir stehen auf dem Platz, im Freien, der Winter ist mild, man muss nicht einmal den Mantel zuknöpfen, der Pater betet auf Slowakisch, wir auf Deutsch, als wären wir gar nicht in einem Gefangenenlager, die Wächter bekommen wir überhaupt nicht zu Gesicht.

Julius stellt mich seiner Mutter jetzt auch offiziell vor, und ich stelle ihr Mama vor, *ein wundervolles Kind!,* Frau Stein lobt Martin und spricht uns wegen Polli ihr Beileid aus. Julius' kleine Schwester ist stumm wie ein Fisch, sie sieht uns nicht einmal an, neben Mama Doktor Grün, *Ihr werter Herr Gemahl?,* Frau Stein glaubt, er sei Papa, Mama und der Doktor kommen ganz in Verlegenheit, *wenn wir recht informiert sind, hat man Papa mit den anderen aus Käsmark nach Jáchymov gebracht,* stelle ich statt Mama richtig. Ich bin ärgerlich, auch, wenn die beiden nur nebeneinander stehen und nichts sagen, was darauf hindeuten würde, dass etwas zwischen ihnen wäre, es scheint, Verliebte stehen anders da und sehen einander auch anders an, aber nein, Mama kann nicht verliebt sein, sie stützt sich nur in ihrer großen Trauer statt auf Papa auf den Doktor.

Mama trauert jeden Tag und jede Minute um Polli. Und natürlich auch um Großmutter, nur war Großmutter eben achtzig Jahre alt und Polli erst sechsundzwanzig, und dass eine Mutter ihr Kind begraben muss, ist gegen die Ordnung der Welt. Aber auch, dass die kleinere Schwester die größere begraben muss! Weder Mama noch Papa standen dort an Pollis Sarg, es gab gar keinen Sarg, nur eine Kiste aus ungehobelten Brettern, auf dem Deckel sechs graue Kreise, die Köpfe von sechs Nägeln, das Holz war, als es festgenagelt wurde, zersplittert, Splitter ragten heraus. Das habe ich Mama nicht verraten und werde es ihr auch nie verraten – wie sie gestorben ist, was sie als Letztes gesagt hat, wie ich sie beerdigt habe –, hunderte, tausende Male musste ich ihr jede winzige Kleinigkeit schildern, selbst wenn ich nicht wollte, denn sie fragte so lange, hakte so lange nach, bis ich antwortete. Ich sagte immer dasselbe, knapp, schnell, emotionslos, als hätte mir dieser Tod nichts ausgemacht! Weder mir noch sich selbst tut sie damit einen Gefallen, wenn sie die Wunde immer wieder neu aufreißt; erst auf Doktor Grüns mahnenden Rat hin hörte sie mit der Fragerei auf. Jetzt erzählt sie Frau Stein alles über Polli, Wort für Wort so, wie sie es von mir gehört hat, und Julius' Mutter versteht sie, zeigt tiefes Mitgefühl, sie wisse nun wirklich, was es bedeute, jemanden zu beerdigen, auf die Schnelle könne sie gar nicht zusammenzählen, wen sie nicht alles schon beerdigen musste; nach den Großeltern, den Eltern, den Tanten und Onkeln ihren Ehemann, aber alles werde schon irgendwie – Frau Stein sagt das fast so wie Großmutter, nur bei ihr richtet es sich nicht, sondern wird schon irgendwie.

Nachdem Frau Stein ihren Mann verloren hatte, unterstützte sie ihr Bruder, er finanzierte Julius das Studium und half ihm auch bei allem anderen. Wäre sie klug gewesen, hätte sie ihn nach Amerika begleitet, nur habe sie sich nicht getraut, das Haus und ihr Leben im Tausch für das Ungewisse aufzugeben, doch jetzt bereue sie das schon wie ein Hund, der neun Welpen geworfen hat, Frau Stein redet und redet, und Mama redet und redet auch, sie merken gar nicht, dass Julius und ich längst hinausgegangen sind.

Schwarze Weihnachten, es gibt keinen Schnee, die Sonne scheint. Hätten die Bäume nicht die Blätter verloren, könnte man glauben, es sei immer noch Herbst. Wir gehen zwischen den Baracken spazieren, auf und ab, rundherum, immer im Kreis, die Wächter sind noch immer nicht zu sehen, Frieden, Lagerfrieden, Julius nimmt meine Hand, sagt, dass er mich liebt, mehr als je eine andere zuvor, er küsst mich, und plötzlich beginnt er ein Gedicht aufzusagen – *Ich denke dein, Ich sehe dich, Ich höre dich* –, Weihnachten, Mittagszeit, im Schutz der achten Baracke rezitiert er zwischen zwei Küssen Goethe, er küsst mich, spricht das Gedicht für mich, für das Mädchen mit den Stoppelhaaren, mit den Ringen unter den Augen und dem eingefallenen Ziegengesicht, Liebe, Lagerliebe, er liebt mich, ich liebe ihn, auf Leben und Tod oder eher auf Tod und Leben, Péter und Erwin: lange ist es her, Kindereien, Julius ist mein Ein und Alles.

Die Hauerländer hat man zum Winter nach Hause in ihre Dörfer gelassen. Ihre Häuser bekommen sie nicht zurück, sie können in herrenlosen Gebäuden unterkriechen, trotzdem sind viele von ihnen weggegangen. Anni und ihre Familie waren unter den Ersten. Dann die Leitmanns, danach Mathildas Familie, die Zahl der Bewohner ist in unserer Baracke auf die Hälfte gesunken.

Auch wenn sie nicht im Lager wohnen, sind sie Häftlinge, man hat sie registriert, sie dürfen das Land nicht verlassen, aber sie wüssten auch gar nicht, wohin, sie haben weder einen Ausweis noch einen Reisepass, nicht einmal fliehen können sie, und dennoch, außerhalb des Stacheldrahts zu sein bedeutet Freiheit, und sie kommen selbst dann nicht zurück, wenn das Ganze eine fürchterliche Enttäuschung ist. Anni hat einen Brief geschickt und geschrieben, wie schrecklich Drexlerhau aussieht; bei den Frontangriffen ist die Hälfte des Dorfes zerstört worden, zwischen den Trümmern und in den Fensteröffnungen wuchern meterhohe Disteln, in die unversehrten Häuser haben sich die Partisanen eingenistet – so viele Partisanen, dass man gar nicht versteht, wozu die sowjetische Armee zur Besetzung der Slowakei benötigt wurde –, Anni und ihre Familie waren gezwungen, in einer Zigeunerhütte unterzukommen, meist sind nur die leer, da die Zigeuner in das Sudetenland abgewandert sind. Deshalb sei sie nicht nach Hause gegangen, an das hier habe sie sich gewöhnt, aber was hätte sie dort ganz allein denn anfangen sollen, sagt Frau Bittner. Geblieben sind Doktor Grün, Elsi und Erika, Julius mit Mutter und Schwester und wir, aber wir sind ja auch keine Hauerländer, obwohl ich, selbst wenn es möglich wäre, nirgendwohin ginge, ich würde Julius nicht zurücklassen, würde ihn auch so nicht zurücklassen, dass wir uns nur sonntags treffen, weil man ihn zum Arbeitsdienst nach Priwitz in eine Autoschlosserei mitgenommen hat. Motoren interessierten ihn schon immer, und das ist eine viel bessere Arbeit als die im Bergwerk oder im Wald, außerdem ist Priwitz nicht allzu weit weg, alles in allem zehn Kilometer, etwa zwei Stunden Fußweg, aber Julius beeilt sich und legt ihn in anderthalb Stunden zurück, und manchmal wartet er gar nicht bis zum Sonntag, sondern kommt außer der Reihe, und er bringt immer etwas zu essen mit, nicht nur seiner Mutter und Janka, sondern auch uns, ich lebe für die Sonntage und die unerwarteten Besuche.

Jede Minute warte ich auf ihn, kaum muss er zurück, warte ich schon wieder, den ganzen Tag laufe ich draußen ziellos umher, denn drinnen in der Baracke zuckelt die Zeit quälend langsam dahin, sie zuckelt nicht einmal, sondern steht still. Frische Luft ist selbst in einem Gefangenenlager gesund, ich wickle Martin in das grün-braune Berliner Tuch von Großmutter, drehe mit ihm meine Runden, wie ein Känguru trage ich ihn vor dem Bauch, statt im Beutel ins Tuch gewickelt, wenn schon Känguru, dann muss ich auch hüpfen, hell klingendes Lachen, ich brumme und summe, Martin reißt die Äuglein weit auf, dann schläft er ein, ich umarme ihn, streichle ihn, im Schlaf lächelt er, lächelt für mich.

Bei diesem ziellosen Herumlaufen habe ich eine Gefährtin: Es ist Elsi, die mit mir brummt und mit mir summt, was war, das war, wir reden kein Wort über ihre Eltern, über ihren Bruder und darüber, was in Prerau geschehen ist, wir schreiben ein Legendenbuch, und zwar im Kopf, und erzählen einander die Geschichten, *tief im Wald des Maron-Bergs liegt unter einem gläsernen Stein ein gläserner Sarg, im gläsernen Sarg eine gläserne Frau, sie liegt dort auf einem verwunschenen Schatz, suche, meine Goldrute, goldene Trollblume, tief am Grund des Grünen Sees ein Kristallpalast, um Mitternacht steigen von dort die Elfen empor, auf der Spitze des Karfunkelturms ein Edelstein, in dessen Glanz tanzen sie bis in den Morgen,* und wenn sie nicht gestorben sind, so tanzen sie noch heute, Elsi erzählt Märchen aus Dobschau, ich aus der Tatra, eifrig erzählen wir ein Märchen nach dem anderen, einmal werden wir sie zu Papier bringen und herausgeben, so wie die Gebrüder Grimm, wir werden ein gemeinsames Märchenbuch haben, und wenn sie nicht gestorben sind, im Märchen kann alles passieren, auch das Böse ist hier nur ein Märchen.

Die Knospen schwellen an, das Unkraut schlüpft aus dem Boden, die Saat sprießt, es ist Frühling, ein wundervoller Frühling, der Frühling bringt uns das Rote Kreuz. Ein Komitee geht in Begleitung des Kommandanten durch das Lager, woher wir kommen, seit wann wir hier sind, womit wir unsere Tage verbringen, ob wir an irgendwelchen Krankheiten leiden, wie wir uns waschen, was wir essen; das sind ihre Fragen. Es sind auch Ausländer unter ihnen; maßgeschneiderte, vornehme Kostüme, Anzüge aus Wollstoff, leichte Ballonmäntel, ihre Kleidung ist anders als die der Slowaken, es ist ihnen von Weitem anzusehen, dass sie aus dem Ausland kommen. Über das Rote Kreuz haben wir in der Schule etwas gelernt, aber in Wirklichkeit habe ich noch nie einen Rotkreuzler gesehen, manche tragen Armbinden, andere haben ein Abzeichen, Rotes Kreuz, Hakenkreuz, Jesus-Kreuz, das Rote Kreuz ist ein schönes Kreuz, es erinnert weder an die Kreuzigung noch an den Hass.

Ich schlendere gerade mit Elsi und dem Kind umher, als wir ihnen begegnen. Sie halten uns an und stellen uns dort gleich vor der Küchenbaracke ihre Fragen. Ich erzähle ihnen von Papa, dass er verurteilt wurde und im Gefängnis sitzt, warum sollte ich es nicht erzählen, er ist ja kein Verbrecher, ich erzähle von Großmutter und Polli, warum sollte ich über sie schweigen, sie sind hier gestorben, sind am Lagerleben gestorben, dem Kommandanten gefallen meine Antworten sichtlich nicht, er zieht die Augenbrauen zusammen, runzelt die Stirn und flüstert dem in der Mitte stehenden Mann mit dem Schnurrbart etwas zu, der nach dem Vater des Kindes fragt, er fragt auf Deutsch, *an der Front verschwunden,* antworte ich, der Schnurrbärtige bedauert das, eine Frau in grauem Kostüm schreibt, was ich sage, in eine Art Notizheft, in dem Heft sind die Seiten mit winzigen, ameisengroßen Buchstaben vollgeschrieben, sie nehmen mich ernst, notieren alles, bis zur letzten Silbe, es mag sein, dass die Welt unser Schicksal nicht interessiert, das Rote Kreuz aber schon, ich nehme mein Kopftuch ab, das Kreuz ist noch zu sehen, sollen sie ruhig aufschreiben, dass Slowaken es mir auf den Kopf rasiert haben.

Elsi ist an der Reihe, doch nachdem sie ihren Namen genannt und gesagt hat, dass sie mit ihrer älteren Schwester hier sei, zeichnet sie nur mit der Schuhspitze Kreise auf den Boden. Ich flüstere ihr zu, sie soll über Prerau reden, *nein!,* sie presst das Wort zwischen den Zähnen hervor. *Was nein?* Nur Mut, ganz in Ruhe, wir könnten alle unsere Sorgen erzählen, sie seien gekommen, um uns zu helfen, der Schnurrbärtige ermuntert Elsi, sie aber sieht ihn nur an und schweigt, dann nimmt sie plötzlich meine Hand. *Sagen Sie es ruhig, Fräulein, sagen Sie es!,* die Stimme des Schnurrbärtigen ist samten, Elsis Stimme dagegen klopft wie ein Fernschreiber: *Sie haben meine Eltern hingerichtet, sie haben meinen Bruder hingerichtet, sie haben meine Tanten, meine Onkel hingerichtet, alle haben sie hingerichtet, do videnia!* Elsi verabschiedet sich auf Slowakisch, ich gar nicht, Hand in Hand gehen wir weg, sie rufen uns nicht hinterher.

19.

Nach einem Jahr Gefangenschaft ist der Tag der Befreiung gekommen! Die Aufregung ist furchtbar groß, das Lager ist wieder voll, die Hauerländer sind alle zurückgekehrt, weil man uns von hier fortbringen wird. Wohin, das weiß niemand. Es sind wilde Gerüchte im Umlauf, manche ängstigen uns mit Russland, und es gibt noch immer Fantasten, die auf eine Heimkehr hoffen. Außer von Deutschland könne von nichts anderem die Rede sein, sagen die Realisten, das Problem sei nur, dass es jetzt schon zwei Deutschland, das heißt Besatzungszonen gebe, und die Sowjets seien Teufel, rote Teufel, sie würden die Deutschen noch mehr hassen als die Tschechen oder die Slowaken, sodass alle in die amerikanische Zone wollen. Die ganze Baracke, alle Bekannten und selbstverständlich auch wir. Mama spricht von Olmütz, dass sie damals eine falsche Entscheidung getroffen habe, hätte sie auf Papa gehört, hätten wir uns statt nach Käsmark nach Bayern auf den Weg gemacht, dann wäre Papa nicht ins Gefängnis gekommen, hätte es kein Nováky gegeben, wäre weder Großmutter noch Polli gestorben, Mama will diesen Fehler kein zweites Mal machen, es ist ihr fester Entschluss, dass wir keinen Schritt tun, solange wir nicht ganz sicher in die amerikanische Zone kommen.

Stacheldraht, Wachtürme, verwahrloste Baracken, wir sind genauso hungrig wie bisher, auch die Wanzen sind nicht weniger geworden, dennoch hat sich Nováky unwiderruflich verändert. Der Lagerkommandant wurde abgelöst, der neue Kommandant ist zwar auch streng und schreit oft, doch trägt er keine Peitsche bei sich, ja, nicht einmal eine Waffe, sein Geschrei ist so ein soldatisches, leeres Geschrei, man muss sich nicht fürchten davor. Mit ein paar Ausnahmen wurden auch die Wachposten ausgetauscht, die neuen Wächter stehen an den Toren und auf den Türmen, lassen uns aber in Frieden. Eine Rampe dient als Altar, darauf ein aus Holz gezimmertes Kreuz: Wir dürfen bereits Gottesdienste halten, und man erlaubt uns auch, sie auf Deutsch zu halten, wir versammeln uns im mittleren Lager, auf dem großen Platz, mehrere Tausend Menschen, Martin auf meinem Arm, neben mir Mama, hinter mir Julius, Janka und Frau Stein, neben Mama Doktor Grün, und auch Elsi ist hier, mit Erika, und sie lächelt endlich, seit Pollis Tod habe ich nicht gebetet, aber jetzt bete ich und singe aus voller Kehle, *gelobt sei Gott!*

Die Bäume stehen in prächtiger Blüte, die Wiese grünt, Julius geht nicht mehr zum Arbeitsdienst, wir warten ab, was passieren wird. Jeden Tag treffen wir uns zweimal am Brunnen und pantschen wie die Kinder. Ich mag den Brunnen sehr, das ist der einzig schöne Ort im Lager, ich drücke den Schwengel, das Wasser spritzt in einem breiten Strahl hervor, ich halte die Kanne darunter, tausend kleine Tropfen prasseln auf das Eisengitter, ein feiner Wasserstaub bedeckt meinen Fuß, Julius greift nach meiner Hand, wir sehen einander an, Zaun, Turm, Baracken, Wächter, alle hören auf zu existieren, Julius nennt mich seine Liebste und sagt die Zukunft voraus: amerikanische Zone, München, in Köln gibt es ein berühmtes Konservatorium, dort möchte ich hin, gut, dann Köln, aus mir wird nie mehr eine Pianistin, *doch sicher!*, er wird Forschungsarzt, ich Konzertpianistin, und ich werde ein Klavier haben, ein Bösendorfer, so eines, wie es zu Hause Fräulein Luise hatte, Julius begleitet mich nach Hause, das Zuhause ist die zwölfte Baracke, wenn wir es bis jetzt ausgehalten haben, dann halten wir es auch noch so lange aus, bis wir frei sind.

Der erste Transport ist abgefahren und der nächste wird vorbereitet. Papa hat uns über Herrn Priskin ausrichten lassen, dass wir nicht auf ihn warten, sondern bei der erstbesten Gelegenheit fortgehen sollen, wenn er freikommt, wird er nach uns suchen, wir sollen uns keine Sorgen machen, er werde uns finden, mich hat er schon einmal in Reichenhall gefunden, sicher findet er uns auch jetzt. Die Familien genießen Vorrang, deshalb gibt sich Doktor Grün für Papa aus, und es gibt keine Probleme, sie wollen keine Heiratsurkunde sehen. Mama versucht, ihre Aufregung zu überspielen, doch ihre Stimme, ihre Gesten, alles an ihr verändert sich, wenn der Doktor auftaucht.

Ärztliche Untersuchung, zu baden ist Pflicht, mangels Dusche in der Sanitätsbaracke. Wir müssen uns nackt ausziehen, Mama schämt sich, sie versteckt sich hinter mir. Sie tragen andere Kleider, trotzdem kommt es mir so vor, als seien die beiden Slowakinnen jene, die mich bei der Ankunft durchsucht haben, eine von ihnen stellt sich auf eine Bank und begießt uns wie welke Blumen mit der Gießkanne: Entlausung mit DDT, Salbe auf unsere durch die Krätze verursachten Wunden, aus dem Vorratslager Schuhe und Kleidung, der Rock reicht fast bis zum Boden, die Ärmel der Strickjacke sind speckig abgewetzt, aber sie ist sauber, ich fühle mich wohl in ihr, die weiße Armbinde bedeutet Westzone, die rote Ostzone, wir bekommen weiße Armbinden und fünfhundert Reichsmark pro Kopf, mit dem vierten Transport in die amerikanische Zone, Genaueres wissen wir immer noch nicht.

Ein unwirklich blauer Himmel, strahlender Sonnenschein, wie wahnsinnig zwitschernde Vögel, eine Tagesration Brot für die Fahrt, an meiner Linken Mama, an meiner Rechten Doktor Grün, irgendwo vor mir Julius mit Mutter und Schwester, hinter mir Anni und Rosi mit ihren Familien, Elsi und Erika: Wir gehen in Dreierreihen auf demselben Weg, auf dem wir vor einem Jahr gekommen sind, nur schlagen uns die Wächter jetzt nicht und brüllen nicht mit uns, es gibt keine Rückkehr, das weiß jeder, in Nováky angekommen beginnt jemand *Nun ade, du mein lieb Heimatland* zu singen, die Slowaken stehen draußen vor ihren Häusern, einige lachen schadenfroh, andere winken, wir hören, wie manche *zbohom* sagen, und sehen Menschen, die sich die Tränen abwischen. Ich singe gern, aber jetzt geht es nicht, nicht einmal stumm, nur für mich, die Slowakei ist nicht meine Heimat, auch Käsmark ist nicht meine Heimat, ich weiß nicht, wohin ich gehe, ich habe keine Heimat und werde vielleicht auch keine mehr haben, aber warum sollte man nicht auch ohne Heimat fröhlich leben können?

Nováky, Bahnhof, ein furchtbar langer Zug, die Lokomotive steht jenseits des Bahnhofsgebäudes, irgendwo in der Kurve, mattrote Viehwaggons, ich zähle vierzig, Anni einundvierzig, vierzig oder einundvierzig, vollkommen egal, es nähert sich uns eine mit Dreschflegeln und Knüppeln bewaffnete Gruppe, die Soldaten vertreiben sie.

Das Verlassen des Transports gilt als Flucht, es ist verboten, während der Reise die Tür des Waggons zu öffnen, Köpfe oder Hände hinauszustrecken, auf das Dach des Waggons zu klettern, auf der Treppe zu stehen, den Waggon zu beschädigen, verboten, verantwortlich, verpflichtet: militärische Maßregeln, militärische Begleitung, unser genaues Reiseziel kennen wir noch immer nicht, wir sind weder Gefangene, noch sind wir frei, die Tür knarrt ohrenbetäubend, als man sie hinter uns schließt, der Zug setzt sich langsam in Bewegung, wir sind dreißig Leute im Waggon, dreißig Seufzer werden laut, die Tschechoslowakei würde, wäre sie eine lebendige Person, ebenfalls vor Glück seufzen, dass sie uns endlich los ist.

Mama lächelt, Doktor Grün macht Witze, Anni lacht glücklich, nur Frau Bittner sitzt in sich zusammengesackt da, sicher denkt sie an ihren Sohn, daran, dass sie nicht einmal weiß, wo er begraben liegt, ich war wenigstens bei Polli, als sie gestorben ist, und kenne ihr Grab, und wir kennen auch das von Großmutter, nicht als ob uns das viel nützte, niemand wird es besuchen, Blumen darauf legen und eine Kerze anzünden, über Polli werden sie einmal jemand anderen begraben, das Lager wird aufgelöst werden, der Gefangenenfriedhof samt Großmutter umgepflügt, wir gehen für immer fort, nicht einmal zu Besuch werden sie uns erlauben zurückzukommen, doch wozu sollten wir auch zu Besuch kommen, für unsere Toten können wir überall eine Kerze anzünden.

Mama lächelt unentwegt, der Doktor macht in einem fort Witze, Anni lacht, ich kann nicht lachen, ein großer Blecheimer mit einem Brett zugedeckt, das ist der Eimer für die Notdurft, weder durch das Dach noch durch die Wände des Waggons sickert Licht herein. Auf den Tag folgt die Nacht, Nacht auf Nacht: Ich sitze auf dem Boden, lehne mich an den Rucksack, wir haben eingeteilt, wer wann die Beine ausstrecken darf, der alten Frau mit dem schwarzen Kopftuch rinnen, seit wir losgefahren sind, Tränen über das Gesicht, sie wischt sie nicht ab, lässt sie fließen, Güterzug, Viehwaggon, zwischen den Dielen

Spalte, unter mir rasen die Schwellen dahin, der Schotter glitzert, eins, zwei, drei, ein grauer, huschender Streifen, tief einatmen: das ist der Rhythmus, Julius sitzt irgendwo hinter mir, es reicht mir, zu wissen, dass er in meiner Nähe ist, ich ziehe die Beine an, umschließe meine Knie mit den Armen, Mama und Martin schlafen neben mir, das Rattern wiegt auch mich in den Schlaf.

Prag, die Goldene Stadt. Ich schrecke auf, wir stecken auf einem Abstellbahnhof fest, es findet gerade irgendeine Demonstration statt, durch den Lautsprecher schmettert eine Männerstimme, doch er knistert so laut, dass wir nichts verstehen. Eine Gruppe junger Burschen taucht auf, sie bekommen heraus, dass wir Deutsche sind, es hagelt Steine auf den Zug, instinktiv heben wir die Hände über den Kopf, Schüsse knallen, das sind die uns begleitenden Soldaten, sie schießen nur in die Luft, doch das reicht aus, um die Angreifer zu verscheuchen, *hassen die uns noch immer?,* es krachen noch ein paar Steine gegen den Waggon, doch dann endlich setzt der Zug sich in Bewegung, wir lassen erleichtert die Arme sinken.

Nacht auf Nacht: Wir wissen noch immer nicht, wohin wir fahren, aber die amerikanische Zone ist sicher, die weiße Armbinde ist der Beweis dafür, in unserer Verzweiflung ist dieses wertlose kleine Stückchen Stoff unser Trost. Irgendwo in der Nähe der tschechisch-deutschen Grenze halten wir plötzlich an, dann stehen wir nur und stehen, eine halbe Stunde, eine Stunde, wir wissen nicht, wie viel Zeit vergeht, die Soldaten lösen überraschend die Verriegelung an den Waggons und verschwinden ohne ein Wort, eine Weile sehen wir einander ratlos an, dann stecken wir die Hände in den Spalt und schieben die Tür auf. Auf der Böschung zwei kleine Mädchen; karierter Rock, Zöpfe, Schleifen, *da seid ihr ja!,* rufen sie lachend, wir alle winken ihnen begeistert zu, schreien und lachen, *wir sind frei!,* die Alten schreien nicht, sie kauern in sich zusammengesackt da, der Zug pfeift und fährt langsam an, diejenigen, die ausgestiegen sind, springen hoch, drei sitzen in der offenen Waggontür, ich stehe hinter ihnen, ziehe mir die weiße Armbinde vom Arm, strecke meine Hand hinaus, strecke sie lange aus, bis sie anfängt zu kribbeln, öffne meine Finger, die Armbinde schwebt wie eine weiche Flaumfeder in der Luft, eine Armbinde, zwei Armbinden, viele Armbinden, auch aus den Waggons vor uns und hinter uns werfen die Menschen sie hinaus, der Zug fährt langsam, die Armbinden schweben und fliegen, auf den Tag folgt die Nacht, auf die Nacht der Tag: Jetzt, jetzt geschieht das Gute, jetzt beginnt unser neues Leben!

II. Buch

1.

Furth im Wald: die erste Station der Freiheit. Aussteigen, vor den Waggons in Reihen aufstellen – in Reihen aufstellen, das können wir sehr gut, die Slowaken haben uns das beigebracht –, durch den Lautsprecher ein paar Worte zur Begrüßung, es werden Flugblätter verteilt, auf denen steht, dass wir Opfer sind, die Opfer der nationalsozialistischen Machtpolitik; wenn man es recht bedenkt, sind wir das wirklich, denn nicht wir haben aus dem Käsmarker Gymnasium eine Reichsschule gemacht, nicht wir haben die Straße, in der Frau Lang wohnte, in Hitler-Straße umbenannt, haben das Rathaus von oben bis unten in Hakenkreuzfahnen gehüllt und angeordnet, dass die wehrpflichtigen deutschen Jungen in die Waffen-SS eingezogen wurden.

Das Lager befindet sich gleich neben dem Bahnhof, es kommen Leute vom Roten Kreuz, wir gehen brav mit – strenge Ordnung, kein Lächeln, kein Lachen, wir sind ernst und diszipliniert –, wir gehen in langen Reihen, weichen den Pfützen aus, ich sehe Mama an, sie spürt es, dreht mir den Kopf zu, Lager bleibt Lager, in ihren Augen liegt eine erschrockene Verwunderung, als würde sie nicht verstehen, wohin sie geht und warum und was mit ihr passiert, ich schaue nicht vor meine Füße, das schlammige Wasser spritzt mir bis zu den Knien, sie registrieren mich, Name, geboren, letzter Wohnsitz, ich bin unsicher, ob Käsmark oder Nováky, schließlich sage ich Nováky.

Ärztliche Untersuchung, Desinfektion, Entlausung, mit DDT-Puder genau wie bei den Slowaken, nur dass die Deutschen es nicht mit einer Kanne verteilen, sondern mit einer Maschine zerstäuben, uns damit einsprühen, von vorne und von hinten, wir schwimmen in einem weißen, milchigen Nebel, das Kind auf meinem Arm niest und lacht glucksend, meine schwarzen Haare werden grau und kleben von dem Puder zusammen, Badebaracke, Waschen, Essensausteilung, nach langer Zeit das erste Mal eine warme Suppe, viel und gehaltvoll, auch Fleisch ist darin, und dazu Brot, ich vergesse die lange, demütigende Prozedur, schlinge das Brot hinunter und löffle die Suppe, Martin bekommt Milch, ich brösele ihm Brot hinein, mein Rucksack liegt auf dem Boden, satt und zufrieden schläft er auf ihm ein.

Furth ist nur ein Durchgangslager an der bayrischen Grenze, unser Transport ist am heutigen Tage der fünfte, mit vierzig Waggons und jeweils dreißig Personen gerechnet bedeutet ein Zug eintausendzweihundert Menschen, fünfmal eintausendzweihundert sind sechstausend, ein Großbetrieb, wie am Fließband, die Schwester vom Roten Kreuz drückt uns den Gesundheitsschein in die Hand, quer darauf gestempelt ist zu lesen: entlaust, in der Kopfzeile Lili Hartmann und Sohn, *die haben das missverstanden, das muss korrigiert werden!*, das habe keine Bedeutung, Mama winkt ab, *sehr wohl hat es das, das ist doch Pollis Sohn!*, aber ich habe keine Lust, mich erneut anzustellen und Erklärungen abzugeben, schließlich hat es wirklich keine Bedeutung, was auf dem Papier geschrieben steht, wichtig ist die Bescheinigung, ohne die man nicht weiterkommt.

Wir werden in drei Gruppen eingeteilt. Frau Bittner, die Leitmanns, Rosi und Mathilda mit ihren Familien kommen in eine andere Gruppe, ich suche mit meinem Blick nach Julius, hurra, da steht er, er tritt neben mich, ein zweites Mal hurra, auf unserer Bescheinigung für den Sammeltransport steht derselbe Ort. Wieder kommen die Rotkreuzler, verteilen kalte Lebensmittel, *zurück in die Waggons!*, gehorsam folgen wir dem Befehl aus dem Lautsprecher. Die Nacht verbringen wir im Zug, am Morgen fahren wir nun bereits mit einer deutschen Lokomotive und deutscher Begleitung weiter.

Von Lager zu Lager, Neu-Ulm: Ankunft, Registrierung, sie verteilen Milchpulver und Ersatzkaffee, wenn auch Pulver und Ersatz, die Milch und der Kaffee sind trotzdem lecker, *das geht mir angenehm unter die Haut,* Mama seufzt, in der Baracke Stockbetten, ich schlafe oben, sie könnte gar nicht hochklettern, Martin liegt neben Mama in einem lädierten Koffer, den wir bei der Registrierbaracke gefunden haben. Tisch, Ofen, Geschirr haben wir nicht, doch haben wir pro Kopf zwei dünne Baumwolldecken bekommen, die eine dient als Laken, die andere als Decke, Bettzeug und Kissen gibt es nicht – ich erinnere mich gar nicht, wie es ist, in einem Bett mit Daunendecke und Kissen unter dem Kopf zu schlafen, wie sich ein gebügelter Bettbezug anfühlt –, doch nach so langer Zeit ist das ein richtiges Bett, ich strecke mich aus, höre noch, wie Mama leise mit Martin tuschelt, dann falle ich in einen tiefen Schlaf, ich schlafe und schlafe, wache auf und schlafe sofort wieder ein, Mama glaubt, ich sei krank, sie ruft Doktor Grün, doch er sagt, sie solle mich ruhig schlafen lassen, ich muss auf die Toilette, spüre den Drang aber nur für einen Augenblick und sinke auch schon wieder in einen Halbschlaf zurück, es ist, als würde ich schweben, ich schwanke an der Grenze zwischen Wachsein und Traum, denke nichts, fühle nichts, will nichts, *das Münster ist ein Wunder, das müssen wir uns ansehen!,* die Stimme von Julius lässt mich erwachen, ich besiege meine Benommenheit und kämpfe mich in den Wachzustand hinüber.

Elsi und Erika, Anni, Hansi, Janka, Julius und ich machen uns auf den Weg, um uns wie Touristen die Sehenswürdigkeiten von Ulm anzuschauen. Über den Fluss führt eine Pontonbrücke, in den Straßen völlig oder halb zerbombte Häuser und Berge von Trümmern, so hoch, dass ihre Schatten die Sonne verdecken – *Hans, bist du am Leben? Mama, wir suchen dich! Elli Hermann unter den Trümmern, Heinrich Hermann lebt!* –, irgendeine Straße, vielleicht die Hausnummer 7: Die Hauswand ist ein einziges Schwarzes Brett, eine Klagemauer, der Krieg ist seit mehr als einem Jahr zu Ende, die Aufschriften sind schon verwischt. Elli Hermann klingt fast wie Lili Hartmann, ich betrachte den Namen und sehe in ihm meinen eigenen, die anderen sind weitergegangen, Julius drängt mich, ich aber stehe nur vor der Mauer und kann keinen Schritt weiter, blondes Haar, blaue Augen, nicht alle Deutschen sind blond, es gibt auch braunhaarige, es war wohl die Tochter, nein, eher die Ehefrau von Heinrich, dem Glücklichen, der davongekommen ist; ich versuche, mir Elli Hermann vorzustellen, es gelingt mir schon fast, als Julius mich am Arm packt und hinter sich her zieht. Der Turm des Münsters ragt wie ein gigantisches Ausrufezeichen in den Himmel, als hätten die Bomber bei jedem Einsatz sorgfältig einen Bogen darum gemacht, egal, wie unglaublich es auch scheinen mag, aber es ist vollkommen unversehrt, *unter Trümmern begraben, was bleibt da von einem Menschen?,* ich kann mir Elli Hermann nicht aus dem Kopf schlagen, *ich studiere Leben zu retten, nicht den Tod,* antwortet Julius und umarmt mich.

Wir stehen über der Trümmerstadt, ich zögere die Zeit hinaus, will nicht hinuntergehen, aber wir müssen los, von Lager zu Lager, ein neuer Transport trifft ein, uns aber bringen sie fort, vergebens habe ich gebetet, eine weitere Gnade gibt es nicht, Doktor Grün, Anni mit ihrer Familie und wir kommen nach Blumenstadt, Julius wird mit seiner Schwester und Mutter irgendwohin in die Nähe von München gebracht, ebenso Elsi und Erika. Das ist nicht gerecht, es hätte umgekehrt sein müssen! Ich beneide Elsi um ihren Familiennamen, dass sie Salzmann heißt, da wir in alphabetischer Reihenfolge aufgeteilt werden.

Kalter Regen, beißender Wind, auch das Wetter betrauert uns, *weder Tod noch Leben, weder Vergangenes noch Zukünftiges können uns voneinander trennen!,* tröstet mich Julius, *sie können uns nicht trennen!,* wiederhole ich seine Worte, ein paar Kilometer, das ist ein Klacks, mit dem Zug oder zu Fuß, bestimmt kommt er, kommt mich besuchen, ich will glauben, dass es so sein wird, wie er sagt, dass es so sein wird, auch wenn ich genau weiß, dass er kein Geld für eine Zugfahrkarte hat, und es ganz unmöglich ist, hin und zurück hundert Kilometer zu laufen.

Ein zerbombter Bahnhof, anstelle des Bahnhofsgebäudes eine Baracke, halb oder völlig zerbombte Häuser, himmelhohe Trümmerhalden, in Kegel aufgeschichtete Ziegel, auf den Trümmern wuchert das Unkraut; auch diese Stadt ist genau wie die anderen. Wir marschieren auf den mit Kopfstein gepflasterten Straßen, die Passanten sehen durch uns hindurch, behandeln uns, als wären wir Luft, hier fehlt die Fassade, ansonsten ist das Haus unversehrt, und auch das Zimmer im oberen Stockwerk ist heil, nur hat es keine Wand mehr zur Straße hin, in der Mitte ein Tisch mit weißem Tischtuch, ein altes Ehepaar, sie essen, ohne von der Außenwelt Kenntnis zu nehmen, ich möchte mit Julius alt werden und dann so eine alte Frau mit Haarnetz sein!

Das Lager befindet sich auf der anderen Seite des Flusses – als würde man sich für die Lager schämen und sie lieber verstecken wollen, sie liegen meistens draußen, am Rande der Ortschaften –, Barackendorf, Barackenstadt, die Barackenzeilen sind wie auf eine Schnur aufgefädelt; es ist ein Wohnlager und so groß, dass ich das Ende nicht sehen kann. Winzig kleine Fenster, schlanke Schornsteine, die Dächer aus Teerplatten, seitlich Holzstapel, an den Holzstapel gelehnt ein Fahrrad; der sichtbare Beweis, dass wir nicht in einem Gefangenenlager sind. Wer ein Fahrrad hat, ist ein freier Mensch, fährt, wann und wohin er will; wenn ich eines hätte, würde ich zu Julius fahren, denn wer sich in der Tatra abgehärtet hat wie ich, der ist auch fähig, diese fünfzig Kilometer mit dem Rad zurückzulegen! Vor der Tür ein Blechtrog, unter der Rinne ein Fass für das Regenwasser, an der Wäscheleine wehen Unterhosen und Höschen im Wind, Baracke 2/4, die Brettertür knarrt gequält am Scharnier, hier wohnt bereits die vierköpfige Familie Daxner, hinzu kommen wir zu dritt und Annis Familie zu viert.

Stockbetten, Strohsäcke, Wolldecken, Blechtrog, Blecheimer, Blechgeschirr, aus dem Regen in die Traufe, aber nein, doch nicht, neben der Tür ein Eisenofen, so klein, dass nur ein Topf auf ihm Platz hat, aber immerhin ein Ofen, man kann auf ihm kochen, und wir haben einen Tisch, einen Topf, eine Waschschüssel, aus einem Hilfspaket Handtücher und Seife, im Wäldchen sammeln wir Reisig, im Topf machen wir Wasser warm, wir hängen die Decke auf: Fertig ist das Badezimmer, die Schüssel auf dem Stuhl, Gesicht, Hände, Ohren, Oberkörper, wenn ich Mama darum bitte, schrubbt sie mir den Rücken, das Handtuch ist rau, aber es tut gut, mich damit abzureiben, ich stelle die Waschschüssel auf den Boden, setze mich hinein, danach zurück auf den Stuhl, meine Füße im Wasser, Sauberkeit ist die halbe Gesundheit, ich bin sauber und gesund, habe sogar eine Bescheinigung.

Die Daxners sind Sudetendeutsche, noch vergangenen Winter sind sie aus Duppau gekommen. Dora ist schwächlich und blass, ihr kleiner Bruder Klaus dagegen hat rote Backen und ein rundes Gesicht, ein richtiger Spitzbube. Ihre Mutter ist eine schreckhafte, nervöse Frau von unbestimmbarem Alter, die sich für alles entschuldigt und sich um jeden sorgt. Auch um ihren Mann, dabei behandelt er sie wie Luft und benimmt sich wie ein schmarotzender Nichtsnutz. Den ganzen Tag liegt er auf dem Bett herum und schimpft auf Hitler, Stalin und Churchill, auf die Tschechen, Bayern und Amerikaner, dann abwechselnd auf die Kinder und seine Frau, auch vor uns Fremden hält er sich nicht zurück. Frau Daxner rechtfertigt sich und beteuert Mama flüsternd, dass ihr Mann eigentlich ein guter Mensch sei, nur komme er eben nicht darüber hinweg, ein heimatloser Niemand geworden zu sein, denn in Duppau hätten sie ein schönes Haus und eine Wirtschaft zurücklassen müssen, die seit dreihundert Jahren in Besitz der Daxners gewesen sei.

Ihr Vater habe schon immer ganz ordentlich getrunken, nur hätte er als Wirt auch etwas zu trinken gehabt, jetzt hingegen gebe es nichts, und er leide, manchmal verschwinde er tagelang, dann sei es gut, dann herrsche Ruhe – Doras Stimme ist voller Hass, wenn sie über ihren Vater spricht. Im Gegensatz zu ihren Eltern sehnt sie sich nicht nach Duppau zurück, wenn sie volljährig ist, dann will sie ein Schiff besteigen und bis Brasilien nicht haltmachen, wenn es sein muss, ergreift sie eben die Flucht, sie weiß sogar, dass eine Schiffskarte von Hamburg bis nach Südamerika viertausend Mark kostet. *Du liebe Güte, viertausend Mark, das ist furchtbar viel Geld!* Die beschaffe sie sich trotzdem, egal wie schwächlich Dora auch wirkt, sie ist absolut entschlossen. Auf die Frage, warum gerade Brasilien, antwortet sie, der Onkel einer Klassenkameradin aus Duppau lebe dort, er sei lange vor Kriegsende emigriert und sie habe sein Haus auf einem Foto gesehen, ihre Klassenkameradin habe es ihr gezeigt, ein einstöckiges Haus mit Pagodendach, schneeweiße Wände, rote Dachziegel, ringsherum der Dschungel, na, deshalb! Nur deswegen müsse man nicht bis Brasilien fahren, das könne man auch in Italien oder Spanien haben, oder aber in Reichenhall, das mit seinen Palmen eher wie eine Stadt am Meer aussehe als eine deutsche Stadt, dorthin habe man uns evakuiert und dorthin würde ich jederzeit zurückgehen, sage ich ihr, gut, sie werde darüber nachdenken, antwortet sie. Anni will nirgendwohin, für sie ist Hauerland von allem weit weg, wenn sie könnte, flöge sie zurück, und ich will nur eines: mit Julius zusammen sein, völlig egal, wo auf der Welt.

Fremde umzingeln uns, die Neuankömmlinge, sie betteln um Lebensmittel. Deutschland ist ein Trümmerland, und es ist das Land der Hungernden, auch ich habe ständig Hunger, bin schon seit so Langem hungrig, dass die Leere in meinem Magen eigentlich natürlich geworden ist, so natürlich wie der Sonnenschein oder der Regen. Im Nachbardorf gibt es Kartoffeln, wer Kartoffeln hat, der hungert nicht. Wir klappern die Bauern von Haus zu Haus ab, doch die schütteln nur mit dem Kopf, Mama schluchzt: *Die behandeln uns wie die Zigeuner!* Mama ist zu empfindlich, das nächste Mal gehe ich alleine los, genauer gesagt mit Anni, Hansi und den Daxner-Kindern. Unsere Kleidung ist geflickt, aber sauber, unsere Haare sind gekämmt, ob wir erfolgreich sind, liegt auch an uns: Wir vergessen die Zipser Mundart und betteln auf Hochdeutsch, klopfen an jedem Haus an, aber nur bei jedem zehnten öffnet man uns die Tür, von zehn Türöffnern ist einer bereit, mit uns zu reden, von zehn Redebereiten gibt uns einer etwas, die Reichsdeutschen sind, auch wenn sie kein Hochdeutsch sprechen, kühl und eingebildet, Mama hat recht, wir sind in ihren Augen dahergelaufene Fremde.

Dann ich allein, mein Gott! Bei unserer Ankunft habe ich unweit vom Lager Felder gesehen, da lässt sich etwas organisieren. Anni, Hansi, Dora, Klaus und ich: Wir bilden jetzt die Truppe. Wir klauen nicht, organisieren nur etwas, alle organisieren etwas, aber in der Gruppe ist es einfacher und erfolgreicher. Wenngleich auch die Erfahrung viel zählt. Nach Reichenhall und Nováky genügt es, wenn ich meinen Blick einmal über den Wald oder die Wiese streifen lasse, um zu wissen, wo sich Kartoffeln unter dem herausgerissenen Kartoffelkraut verstecken, ich finde die Stellen, wo an den Füßen der Bäume oder im Laub die Pilze zuhauf wachsen, nebenbei kann ich, wenn nötig, so schnell rennen, dass mich kein Mensch einholt.

Güterbahnhof, ein Waggon voller Mohrrüben, der Eisenbahner brüllt, soll er doch brüllen, wir packen uns den Rucksack trotzdem bis oben hin voll, und die Marmelade, die wir aus den Mohrrüben kochen, ist auch ohne Zucker süß. Auf die Felder gehen wir in der Nacht, dann ist es am besten, außer uns keine Menschenseele, von der anderen Seite des Baches ist es noch ein guter Kilometer bis zum Acker, herausgerissenes Kartoffelkraut, vertrocknete Stängel, der Mond leuchtet, wir scharren mit den Händen in der Erde, Kartoffelsuppe, Kartoffelfladen, Jeppela, wie man bei Anni zu Hause sagt, eine Pfanne besitzen wir nicht, doch die Kartoffelfladen kann man auch auf der Ofenplatte braten, Fett haben wir ebenfalls keins, aber wir haben Mohrrübenmarmelade, damit bessern wir die Fladen auf.

Die Zuckerrüben werden später eingeholt, und es gibt mehr davon als Kartoffeln, es friert schon, aber man kann noch immer auf die Felder hinaus. Im Mondschein sehen die aus der Erde herausragenden Rübenköpfe aus wie Totenschädel, ich will mich nicht fürchten, fürchte mich aber doch, ich versuche, an den Sirup und an den Schnaps zu denken, die wir daraus kochen werden.

Topf, Maische, ein Dreibein aus Eisen, Schüssel, roher Teig, kaltes Wasser, wärmen, abkühlen; ich mache mir das, was ich von Herrn Priskin gelernt habe, wirklich zunutze, wir tragen die auffindbaren Gefäße zusammen, finden sogar einen rostigen Dreibein, wir schälen die Rüben und schneiden sie in Scheiben, Mama wechselt sich mit Annis Mutter und Frau Daxner beim Kochen ab, Herr Daxner lungert um sie herum, seine Nase zittert wie die eines Jagdhundes. Der Schnaps riecht fürchterlich, doch wir bekommen Mehl dafür, Nudeln und Knödel kommen auf den Tisch und Pilze aus dem Wald, aus der Mühle besorgen wir Kleie, aus der Molkerei Buttermilch. Kleie und Buttermilch: Das gibt man hier den Schweinen, aber egal, die bayrischen Kühe geben so fette Milch, dass die Buttermilch fast noch wie Milch ist, selbst für Martin ist das eine vollwertige Nahrung und endlich werden auch wir satt.

Eine dicke graue Wolkendecke, kalter Nieselregen, der Ofen qualmt, aber das Fenster klemmt, und wenn wir die Tür öffnen, strömt die Kälte herein, es bleiben der Rauch und der starke, muffige Körpergeruch. Martin ist nicht mehr nur blass, sondern regelrecht grau, selbst bei Regen ist es draußen besser, ich gehe mit ihm spazieren. Matsch und Wasser, am Zaun eine so große Pfütze, dass wir uns in ihr spiegeln und sogar den umgekehrten Strommast und die kopfüber auf den Leitungen sitzenden Krähen sehen, mit dem Kind auf den Schultern weiche ich den Pfützen aus, versuche, über sie hinweg zu springen, ich hüpfe und hüpfe, komme aber aus dem Schritt, die kühlen Wasserblasen zerplatzen zwischen meinen Fußzehen, meine Schuhe sind zu Booten zertretene klobige Dinger, aber hier brauche ich auch keine anderen, hätte ich meine Lackschuhe mit der Schnalle und den Knöpfen noch, könnte ich sie gar nicht anziehen.

Martin klettert von meiner Schulter, klammert sich an meinem kleinen Finger fest und trippelt neben mir her, er lernt gerade gehen, das Gehen ist für ihn noch eine ernste, große Aufgabe, wie ein Betrunkener schwankt er hin und her und wird schnell müde, ich hebe ihn hoch, stelle ihn hin, hebe ihn wieder hoch, die Straße der Sudetendeutschen, der Pommern, der Schlesier, der Donauschwaben, je nachdem, wer von wo gekommen ist, das Lager gleicht einem großen Dorf, von Reihe zu Reihe, rundherum im Kreis zwischen den Baracken, himmelblaue Augen, strohblondes Haar, *ein wunderschönes Kind,* eine Frau lobt Martin, *ganz die Mama,* bekräftigt ein grauhaariger, älterer Mann, ich werde bis über beide Ohren rot, habe jedoch keine Lust, meine Verhältnisse zu erklären, aber das muss ich auch gar nicht, denn als sie hören, dass wir aus Käsmark kommen, beginnen sie gleich über Thököly und ihren Rákóczi zu reden und nehmen mich als ihre Landsmännin auf. Heimatlose Landsleute: Darüber müssen wir lachen, der Mann heißt Josef Gottfried, seine Frau Margit und ihre Tochter Zelma, von ihrem Sohn zeigen sie ein Foto, er ist in Gefangenschaft, ebenso wie unser Gerd, ich solle nicht Herr Gottfried sagen, sondern Onkel Jóska, bittet mich der Mann, in dieser Straße wohnen Donauschwaben aus Ungarn, sie sind irgendwo aus der Gegend um Budapest gekommen, nur wurden sie vor der Deportation nicht in ein Lager gesperrt, das ist der Unterschied, und dass sie von den Ungarn, wir dagegen von den Slowaken vertrieben wurden. Sie sind schon seit einem halben Jahr hier und haben sich, so kann man sagen, eingerichtet: Zelma arbeitet in einer Näherei, Onkel Jóska in der Reparaturwerkstatt der Amerikaner, und sie haben sogar ein Huhn! Im Lager ist es verboten, Tiere zu halten, aber sie haben trotzdem eins! Der Hühnerstall ist ein kleiner Bau, der an der hinteren Ecke der Baracke an den Holzstapel angefügt ist, so klein, dass man auf allen vieren hineinkriechen muss, und man kann nur rückwärts wie ein Krebs wieder herauskommen. Es ist, als hätte man Martin dort festgenagelt, staunend schaut er Tante Margit zu, wie sie hineinkriecht und rückwärts herauskommt, Hühnerkacke, faulendes Stroh, feuchte Vogelfedern: Der Geruch dreht einem den Magen um, dennoch betrachte ich das Huhn andächtig, Huhn = Ei, ein Omelett kommt einem Stück Fleisch gleich, wir sollten ruhig auch ein anderes Mal vorbeikommen, sie laden uns ein, *sehr gerne,* antworte ich, und ich werde Anni und die anderen mitbringen, auch Julius, wenn er mich besuchen kommt, jeden werde ich mitbringen, den ich mitbringen kann, in dieser großen Fremde braucht man Freunde.

2.

Nichts deprimiert einen mehr als ein kalter, grauer Montag, zumindest denke ich das am Morgen noch, am Nachmittag jedoch erstrahlt der kalte, graue Montag in hellem Glanz, denn es ist ein Brief von Julius eingetroffen. Sie sind in Dachau bei München gelandet, auch Elsi mit ihrer Schwester und noch eine ganze Reihe von Bekannten aus Nováky sind dort. Manche wollte man zuerst bei Bauern unterbringen, doch gelang das nicht einmal mit militärischer Gewalt, denn es war kein einziger Hühnerstall mehr frei, so kamen schließlich alle nach Dachau. Das ist ein großes Flüchtlingslager, auch unseres ist ein Außenlager von Dachau und es gehören noch etwa hundert andere dazu. Deutschland ist voll mit Lagern, für die unzähligen Juden, die von überall her verschleppt worden waren, brauchte man viel Platz. Auch von uns gibt es Millionen, doch es gibt nicht so viele Bauern, denen man uns aufhalsen könnte, also pferchen sie uns anstelle der Juden in die Lager. Ich weiß übrigens gar nicht, was besser ist, in einem solchen Lager zu sein oder jemandem mit Gewalt durch amerikanische Soldaten aufgezwungen zu werden, jedenfalls kommen diese ehemaligen Lager für die Juden den Deutschen jetzt gerade recht. Obwohl man unser Schicksal mit dem der Juden keineswegs vergleichen kann, wir müssen uns nicht zu Tode arbeiten und wir werden nicht verbrannt, doch Lager bleibt Lager, und Baracken bleiben Baracken, auch wenn sie etwas aufgebessert wurden.

Julius schreibt, sie hätten sich einigermaßen eingerichtet, Janka habe Freundinnen gefunden und im Vergleich zu Nováky fühle sie sich in Dachau ausgesprochen wohl, die Mutter jedoch weine ständig und wolle ihrem Bruder sobald wie möglich hinterher reisen. Er selbst hat zum Glück sofort Arbeit gefunden, in einem Holzlager, außerdem hat er sich an der Universität immatrikuliert. Julius wird, da komme, was wolle, Arzt, noch in Nováky hat er sich das geschworen, und er ist so wie Papa, er ist fest entschlossen und handelt sofort. Mit seinem Studienbuch ist er am Tag nach der Ankunft in die medizinische Fakultät in München spaziert und war erfolgreich: In den Fächern Innere Medizin und Chirurgie muss er eine Nachprüfung ablegen, die übrigen Prüfungen wurden ihm anerkannt.

Außer der Arbeit im Holzlager gibt es da noch das Wegräumen von Trümmern, das Einladen von Waggons: Er nimmt alles Mögliche an, damit er Geld für die Studiengebühren und überhaupt zum Leben hat, er lernt, arbeitet, arbeitet, lernt, alle zwei Tage schreibt er mir einen Brief und bald besucht er mich, am Sonntag kommt er mit dem ersten Zug an und fährt erst mit dem letzten zurück, aber an welchem Sonntag, das soll eine Überraschung sein. Dabei wäre Gewissheit besser, das Warten würde anders vergehen, wenn ich wüsste, ab wann ich die Zeit rückwärts zählen kann.

Ich beneide Mama unsagbar, dass sie Doktor Grün hier ganz in ihrer Nähe hat, der sie jeden Tag besuchen kommt. Mama ist dann immer wie ausgewechselt, sie hat rote Wangen, ihre Stimme verändert sich, sie vibriert regelrecht, man könnte lachen darüber, sie ist in den Doktor verliebt, aber es ist nicht zum Lachen, sondern eher traurig, wie sie zu vergessen scheint, dass sie Papas Ehefrau ist, und jetzt, da wir frei sind und Papa noch immer ein

Gefangener ist, müsste sie doppelt und dreifach zu ihm halten und vor allem daran glauben, dass er einmal freigelassen wird und hier bei uns ankommt, denn so wird es sein, das weiß ich ganz sicher, und wohin steckt sie dann ihren Doktor Grün, und wie wird sie Papa in die Augen schauen können?

Damit wir uns nicht gegenseitig die Luft zum Atmen nehmen, hängen wir Decken auf und markieren mit Ziegelsteinen unseren Bereich und wo jener des anderen beginnt. Frau Daxner hat damit angefangen, Frau Berger hat weitergemacht und schließlich haben auch wir unsere Ziegel aufgestellt, außerdem über das Bett eine Wäscheleine für die trocknenden Kleider gespannt, in die Bretterwand Nägel gehauen, auf das Brett gegen die Splitter Papier geklebt: Fertig war der Schrank. Wir versuchen, das Elend komfortabler zu machen; eine Glühbirne von fünfzehn Watt, bis ihr Licht in die Ecke der Baracke vordringt, ist es müde und schwach, wir besorgen uns eine Petroleumlampe und Petroleum dazu, der Docht ist schlecht, das Glas verrußt oben am Hals, ich säubere es mit einem kleinen Lappen, die Lampe steht auf dem Tisch, ich kann schreiben, *ruinierst dir die Augen, es ist schon spät!,* Mama ermahnt mich, doch dann lässt sie mich in Frieden, ich schreibe einen Brief an Julius und mein Tagebuch, ich muss alles aufschreiben, was wichtig ist, die Briefe können verloren gehen, und in einem Brief kann man sowieso nicht alles schreiben, wenn Julius zu mir kommt, werden wir lesen, was ich ins Tagebuch notiert habe, das lässt uns die Zeit, die wir getrennt sind, zusammen erleben. Aus München treffen die Züge alle zwei Stunden ein, ich habe mir den Fahrplan am Bahnhof angeschaut, ein Sonntag, zwei Sonntage, ich weiß nicht, wie viele Sonntage es sein werden, aber nichts kann ihn aufhalten, ich weiß, er wird kommen!

Mama und Martin schlafen, es schläft die ganze Baracke, ich bin endlich allein, der kleine und der große Zeiger liegen genau übereinander, das ist meine Stunde, die Stunde Null, die das Gestern und das Morgen trennt, Blumenstadt: ein wundervoller Name, und diese Stadt ist gar nicht so grimmig, wie mein erster Eindruck in meiner Verbitterung wegen Julius gewesen ist. Auf der gegenüberliegenden Seite des Flusses ein kleiner See, ein großer See, der kleine ist das Brüderchen des großen, einen Katzensprung entfernt die Berge, hinter den niedrigeren in den Himmel ragende hohe Gebirge, schlafender Ritter, Kamel und Schwalbe; ich könnte eigentlich sagen, mit ihnen grüßen uns die Tatra-Gipfel, das Kind schreckt auf, ich hebe es schnell aus dem zerschlissenen Koffer, summe ihm etwas vor, es schlingt seine Arme um meinen Hals, seine Beine um meine Taille und lacht glucksend, sein Körper wird zu einem Teil meines Körpers, ich summe und schaukele mit ihm nach links und rechts, es lacht immerzu, Lager bleibt Lager und Baracke bleibt Baracke, aber ich wasche, was schmutzig ist, nähe, was zerrissen ist, Vorhänge am Fenster, Blumen auf dem Tisch, einmal werden wir uns von hier freikämpfen und wieder ein normales Leben haben!

3.

Es ist so kalt, dass das Wasser zum Morgen in der Kanne gefriert. Der Flüchtlingskommissar hat uns Feuerholz zugewiesen, nur müssen wir die markierten Bäume im Wald auf der anderen Seite des Flusses selbst fällen, klein hacken und herschleppen. Wir bekommen Schubkarren, Sägen, Äxte und Seile und machen uns auf den Weg. Männer und Frauen, Alte und Kinder, das ganze Lager, auch aus unserer Baracke alle, mit Ausnahme von Herrn Daxner, der, Gott sei Dank, gerade irgendwo umherirrt, und auch Doktor Grün kommt nicht mit, weil er in der Nähe der Stadt auf einem Gutshof in Rotstein eine Arbeit als Tierarzt gefunden hat. Jeden Morgen fährt er schon mit dem ersten Bus los und kommt erst am Abend mit dem letzten zurück. Martin wickeln wir so ein, dass nur seine Nasenspitze zu sehen ist, Annis Vater hat aus einem ausrangierten Kinderwagen eine Art Handkarren gebastelt, in den setzen wir ihn, Anni und ich ziehen abwechselnd, Martin lacht, Frau Berger und Frau Daxner, alle sind fröhlich, Ausflug in den Wald, so heißt unser Spiel.

Das Holzfällen ist eine Arbeit, die große Umsicht erfordert, die Bäume sind hoch, es ist nicht egal, in welche Richtung sie kippen. Zum Glück verstehen die Männer etwas davon, die gefällten Bäume sägen sie sofort in kleinere Stücke, packen sie in die Schubkarren, befestigen sie mit dem Seil, jede Hand wird gebraucht, zwei schieben die Schubkarre, zwei halten das Seil, dann wird getauscht, das Holzfällen erfordert aber nicht nur große Umsicht, sondern ist auch eine schwere Arbeit, ich habe nur ein wenig gesägt und gepackt, aber schon davon zittern mir die Beine und brennen meine Handflächen. Auf dem Heimweg versuche ich, an die wohltuende Wärme zu denken, doch leider ist das Holz noch nass und brennt nicht, Mama hustet vom Rauch, auch Martin hustet, schließlich husten wir alle im Chor, doch wir verzagen nicht, überraschend bekommen wir Kohle. Eierförmige Briketts, einen ganzen Rucksack und acht Taschen voll, die beiden Jungs, Hansi und Klaus, haben sie organisiert. Nicht geklaut, sondern organisiert, am Bahnhof, besser gesagt am Rangiergleis, vom offenen Waggon eines Güterzuges, der voller Kohlen war. Der Zug bremste plötzlich und die Briketts purzelten hinunter, zum Glück waren Hansi und Klaus gerade dort unterwegs. Sie sind wirklich geschickt und mutig – hier ist jeder geschickt und mutig, wer die Tricks des Überlebens noch nicht kennt, der lernt sie im Handumdrehen –, doch dazu, dass einem ein Waggon mit Eierbriketts entgegenkommt und die Kohlestücke auch noch hinunterpurzeln, braucht man solch ein Glück wie zu einem Lottogewinn! Hansi und Klaus zögerten nicht, blitzschnell begannen sie, ihren Rucksack vollzupacken, doch innerhalb von Augenblicken waren auch hundert andere Menschen da und drängten sie zur Seite, die Jungs wehrten sich aber und packten auch während des Gedrängels, nach ihrem Rucksack waren die Taschen dran, zweimal zwei Jackentaschen, zweimal zwei Hosentaschen, insgesamt acht Taschen, so viele haben sie an ihrer Kleidung, zwei halbe Rucksäcke und acht Taschen voller Briketts, das ist schon was, es gibt kein besseres Heizmaterial auf der Welt als Briketts, sie speichern die Wärme viel länger und brennen auch besser als Holz, vor allem als unser nasses Holz, obwohl das mittlerweile schon mehr oder weniger getrocknet ist, am Abend legen wir zuletzt Briketts auf das Feuer, wenn wir sie gut einteilen, dann könnten sie bis Weihnachten reichen.

Martin versteht schon immer mehr, er soll wissen, was Weihnachten ist, Mama will in der Baracke ein Weihnachtsfest feiern. Zwangsschlachtung in der Stadt, am Schlachthof, die Nachricht verbreitet sich wie ein Lauffeuer, Mama geht schon im Morgengrauen los, um unter den Ersten zu sein und sicher etwas abzubekommen. Ein selten schönes Stück Fleisch, Pferdefleisch, ein bisschen süßlich, aber lecker, sie zeigt stolz ihre Beute und ist so glücklich, als hätte sie ein Geschenk mitgebracht, das ein Vermögen wert ist.

Fleisch ist Fleisch, ob Schwein, Rind oder Pferd, egal, Tannenzweige aus dem Wald, ich binde sie zu einem Strauß, schneide aus einer Zeitung bunte Bilder aus, wickele kleine Kiesel darin ein und binde sie mit Zwirn fest, bei Tageslicht sind sie hässlich, doch am Abend macht sie das Licht der Lampe schön, aus Lumpen bastelt Mama einen Kasper – Mama kann nicht nur nähen, auch Puppen kann sie basteln –, Martin drückt ihn an sich, er freut sich von ganzem Herzen, so wie ich mich einst über das Puppenhaus gefreut habe. Zitronenwurst, Apfelsoße und Mohnpielen, Mama hatte gekocht und gebacken, ich hatte um sie herumgelungert, Papa schnitzte heimlich die Puppenmöbel, eine mit Tulpen bemalte Truhe und eine Wiege, so groß, dass auch ein echtes Baby darin Platz gehabt hätte, ich bekam Puppenmöbel, Polli einen Ring mit Stein und eine Kette, und es gab goldene Nüsse, silberne Glöckchen, zu den Geschenken in einem geflochtenen Körbchen Weihnachtsbonbons und Schaumkringel, damit wir sie nicht gleich vom Baum wegaßen.

Das Pferdefleisch schmeckt wirklich süßlich und ist auch ein wenig zäh, man muss es lange kauen, aber es gibt dazu Kartoffelpüree und Fladen mit Marmelade. Anni, Hansi, Dora, Klaus, Frau Berger, Frau Daxner und Mama: Das Weihnachtsessen haben wir zusammen zubereitet, und wir essen auch zusammen. Ohne Herrn Daxner, der schon fast seit einer Woche weg ist. Man könnte sagen, verschwunden, denn so lange streunt er gewöhnlich nicht durch die Gegend, zudem ist er mit den Lebensmittelmarken für den Monat verschwunden, sodass er einiges vertrinken kann. Frau Daxner hat das Lager öfter abgesucht und nachgefragt, ob man ihren Mann gesehen hätte, sie hat in allen Wirtschaften der Stadt vorbeigeschaut, auch im Kaffeehaus, aber es ist, als wäre Herr Daxner wie vom Erdboden verschluckt. Sie hat auch mich gebeten, die Augen offen zu halten, *aber sicher, selbstverständlich,* habe ich ihr versprochen, aber ich glaube, wenn ich Herrn Daxner zufällig irgendwo erblicken würde, nähme ich ihn lieber nicht wahr, ich wünschte mir, dass er bis zum Ende aller Zeiten herumirrt, er wäre der Fliegende Duppauer Wirt, der nie wieder nach Blumenstadt zurückfindet.

Herr Daxner ist nicht da, aber Doktor Grün feiert natürlich mit uns. *Stille Nacht* und *O Tannenbaum*, nur gesummt, gemurmelt, *jetzt denkt Papa sicher an uns!,* ich muss es einfach aussprechen, ich kann es nicht ertragen, wie Mama und der Doktor sich ansehen. Mamas Augen versprühen zornige Blitze, Doktor Grün nimmt Martin auf den Schoß und erzählt ihm ein Märchen, das Märchen vom Karfunkel, wie kommt er dazu, gerade das zu erzählen, wo er doch nichts mit der Tatra zu schaffen hat, mit dem Karfunkelturm, mit dem Grünen See, mit Martin, Mama und mir! Martin ist von der Weihnachtsfeier müde, er schläft auf Doktor Grüns Schoß ein, der Doktor reicht ihn mir mit den Worten, dass er jetzt gehen müsse, ich seufze unfreiwillig auf, Mama nimmt ihren Mantel und begleitet ihn hinaus, zu meiner Überraschung bleibt sie jedoch nur kurz, sie kommt zurück und setzt sich neben mich. Anni und Dora ziehen sich mit ihren Familien an ihre Plätze zurück, Martin schläft mit dem Gesicht zur Wand, Mama schweigt, ich schweige mit ihr, sie muss nichts sagen, ich kenne ihre Gedanken. Sie sehnt sich nach Doktor Grün. Ich sehne mich nach Papa und Julius, doch der eine sitzt im Gefängnis und der andere kann nicht kommen, denn jede Woche reicht das Geld nicht für den Zug, und überhaupt ist Julius' Platz an Weihnachten bei seiner Mutter und Schwester, Mama hat es gut, der Doktor spaziert einfach aus der anderen Barackenreihe zu ihr herüber.

„Was hältst du davon, wenn er hier einziehen würde?", Mama holt tief Luft und durchbricht die Stille.

„Wer?", ich tue so, als würde ich sie nicht verstehen.

„Der Doktor."

„Hier, wohin?"

„Na, einen Platz gibt es schon noch."

„Und Papa?"

Es täte ihr leid, dass er im Gefängnis leiden müsse, doch Mitleid unter Eheleuten, das sei etwas ganz anderes als Liebe, Mama wendet den Blick ab, dann sagt sie mit hochrotem Gesicht, sie habe daran gedacht, sich von ihm scheiden zu lassen. In seiner Abwesenheit. Sie hat schon mit jemandem aus dem Sudetenland gesprochen, der zu Hause Rechtsanwalt war, von ihm weiß sie, dass so etwas möglich ist. Wenn sie das tue, würde ich mit Martin weggehen, sodass sie mich niemals fände, drohe ich ihr. *Du bist jung und grausam,* in Mamas Stimme liegt Resignation und Traurigkeit. Ich soll grausam sein? Weil ich

Papa lieb habe und Verrat hasse? Denn sie hat Papa sehr wohl verraten, noch in Nováky hat sie ihn verraten, als sie sich auf Doktor Grün eingelassen hat! Mama liebt Papa nicht, schon in Käsmark hat sie ihn nicht geliebt, ständig hat sie mit ihm gezankt, hätte es die Evakuierung nicht gegeben, dann hätte sie sich meiner Meinung nach noch zu Hause von ihm getrennt. Natürlich hätte sie sich wegen Großmutter nicht getraut und auch wegen des Geredes der Leute nicht, damals war Doktor Grün noch nicht auf der Bildfläche erschienen, ohne Pollis Tod wäre er das vielleicht auch gar nicht.

Mama wird nie verkraften, dass Polli gestorben ist, einen größeren Schmerz, als ein Kind zu begraben, gebe es nicht auf der Welt, so hat es Frau Bittner in Nováky gesagt. Und eine Schwester? Allein mit einem wimmernden Säugling, den die Schwester hinterlassen hat, an ihrem Grab zu stehen? Mama hat sie geboren, ich habe sie begraben, und ich kümmere mich um ihren Sohn, ich, ich, immer ich, Mama könnte sich wirklich zusammenreißen und ihrem Enkel eine liebevolle Großmutter sein und mir eine liebende Mutter, Tannenzweige, Pferdefleisch, Stoffpuppe, die abgelegten Lumpen anderer aus dem Hilfspaket, Polli gibt es nicht, Großmutter gibt es nicht, Papa gibt es nicht, und auch Julius ist nicht gekommen, das ist doch kein Weihnachten, das Jesuskind ist gar nicht geboren.

Es regnet, regnet in einem fort, zwischen meterhohen Schneewänden ausgetretene Wege, hart gefroren und mit Asche bestreut, am Ende des Lagers, jenseits des Zauns ist auch der kleine Hügel in einen dicken, weißen Pelz gehüllt. Die Kinderschar geht zum Schlittenfahren dorthin, wir haben keinen Schlitten, lernen aber zwei sudetendeutsche

Mädchen und ihren kleinen Bruder kennen, die uns ihren borgen. Ich setze Martin vor mich hin, flüstere ihm ins Ohr, *husssch, sonst schnappt dich der Winterkönig!,* mit den Füßen stoße ich den Schlitten fest ab, und schon sind wir unten. *Noch einmal!,* fordert er laut lachend, ich ziehe den Schlitten auf den Hügel hoch, *noch einmal, noch einmal!,* durch die Kälte ist sein Gesichtchen ganz rot, und wir müssen den Schlitten zurückgeben, er bricht in Tränen aus, *Januar, Februar, wann ist der Sommer da?, die Mütze aus Schnee, der Bart aus Eis, der Winterkönig naht geschwind und mit ihm die Prinzessin, das Elfenkind,* ich erzähle ihm ein Märchen, das tröstet ihn.

Ein brauner Hanfsack, ich nähe die Mitte fest, das wird der Sitz, die vier Seiten fülle ich mit Sägespänen, fertig ist der Schlitten, winzig klein, aber für ein Kleinkind reicht er gerade, der Sack ist kräftig und rutscht auf dem Schnee, *er wird nass, unterkühlt sich, erkältet sich!,* Mama schimpft mit mir, mit dünner Stimme, haspelnd, ganz so, wie sie es mit Papa gemacht hat, auch mit ihm hat sie sich immer gezankt, nur dass Papa keine Kenntnis davon genommen oder sie mit einer Umarmung beschwichtigt hat, aber Papa hatte es leicht, er hatte ständig etwas zu erledigen, war kaum zu Hause, wir hingegen sind Tag und Nacht zusammen eingesperrt, da kann man verrückt werden!

Am liebsten würde ich manchmal schreien oder ausbrechen, wie ein wild gewordenes Tier aus einem Gehege, raus aus der Baracke, aus dem Lager, aus Blumenstadt, raus aus der Welt, Herr Daxner hat es getan, er hat sich hinter dem Hügel an einem Baum im Wäldchen erhängt. Man fand einen Zettel in seiner Tasche, darauf die Nummer der Baracke und der Name seiner Frau, die einzigen Worte: zu benachrichtigen. Zum Abschied hat er nichts geschrieben, keine Nachricht hinterlassen. Frau Daxner weint und gibt sich selbst die Schuld, warum sie ihn nicht habe finden und davon abhalten können, Mama und Frau Berger weinen mit ihr, Dora kauert mit Klaus am Bettende, Anni setzt sich zu ihnen und tröstet sie.

Ich bin mir fast sicher, dass ich Herrn Daxner vor einigen Tagen hinter dem Bürogebäude gesehen habe. Es war noch nicht Abend und schon nicht mehr Nachmittag, die Stunde des Übergangs zwischen Dämmerung und Dunkelheit, wenn die Schatten ineinander fließen und sich die Konturen verwischen, ich war aus der Stadt gekommen, das Büro war schon leer, doch von hinten aus Richtung des Holzstapels hörte ich sonderbare Geräusche, ich musste hingehen, nachschauen: heruntergelassene Hose, weiß leuchtender Hintern, das Sakko, als wäre es das von Herrn Daxner gewesen und auch der Glatzkopf sah so aus, er hielt die Frau an der Hüfte fest, stöhnte und stieß sie im Rhythmus, ich musste mich übergeben, rannte, so schnell ich nur konnte, *was hast du?*, fragte Mama, als ich zur Tür hineinstürzte, aber wie hätte ich denn behaupten können, dass ich Herrn Daxners nackten Hintern gesehen hätte, wenn ich doch noch nie einen Hintern gesehen habe, und wie hätte ich das erzählen können, woran man nicht einmal denken darf? Die ganze Baracke weint und trauert, ich verspüre nur Erleichterung.

4.

Stahlgraue Augen, wehendes, rotes Haar, ein bis zum Knöchel reichender Umhang, quer über die Schulter gehängt eine bodenlos scheinende blaue Häkeltasche mit faustgroßen, in Regenbogenfarben schillernden Knöpfen auf dem Taschendeckel: Frau Pryzbilla sieht aus wie eine Hexe aus einem Märchen. Sie ist eine der bekanntesten Personen im Lager, ihren Ruf hat sie sich als Wahrsagerin gemacht, eigentlich ist sie Lehrerin, zumindest war sie das zu Hause, vor ihrer Vertreibung. Hier im Lager unterrichtet sie auch, sonntagnachmittags Hochdeutsch für die Kleinsten, außerdem sagt sie die Zukunft vorher, aus Karten, jedem, jederzeit, wenn man ihr etwas dafür gibt, nimmt sie es an, wenn nicht, macht ihr das auch nichts.

Ich begegne ihr in der Straße der Donauschwaben, grüße sie, und sie sagt, ohne meinen Gruß zu erwidern, dass ich bald einen Brief bekäme. Julius schreibt zweimal, manchmal auch dreimal die Woche, doch sie schüttelt den Kopf, nicht von ihm, mein Herz pocht laut, vielleicht von Papa, aber auch jetzt schüttelt sie nur den Kopf, dann von Gerd, sie zuckt mit den Schultern und geht, ohne zu antworten, weiter. Ich habe gehört, sie hätte Tante Margit vorhergesagt, dass ihr Sohn am Leben sei, sie sehe ihn am Ufer eines breiten Flusses, wie er zusammen mit vielen anderen eine Brücke baue, es wäre gut, wenn auch wir sie nach Papa und Gerd fragen würden, aber Mama glaubt an so etwas nicht, und im Tausch für das Wahrsagen könne sie ihr ohnehin nichts geben.

Frau Pryzbilla ist tatsächlich eine Hexe, als hätte sie uns gehört, taucht sie auf einmal unaufgefordert auf, setzt sich an unseren Tisch, holt die Karten aus ihrer bodenlosen Tasche und fragt, Mamas Ausflüchte vollkommen außer Acht lassend, über wen wir etwas hören wollen. Speckige Karten mit Eselsohren, doch dreht man sie um, ist es, als würden auf ihnen die Helden aus Tausendundeiner Nacht lebendig: Könige, Königinnen, Ritter und Knappen in Purpur, in Umhängen, in Rüstung, mit Kronen, Schwertern und Hörnern, ein Hund heult den Mond an, eine Gehenkter stiert uns in die Augen, Glaube hin oder her, Mama hört errötet und gespannt zu, mir wird die Kehle vor Aufregung ganz trocken; Züge, Schienen, Waggons, Berg, Wald, ein Bach und wieder ein Zug, Gefangenenkleidung, neue Kleidung und ein grauer Hut, mal verstehen wir, was Frau Pryzbilla da herunterrattert, mal nicht, aber was wir verstehen, das bedeutet etwas Gutes, denn wer im Zug sitzt, der lebt, selbst wenn sie ihn nach Sibirien bringen, Papa lebt, jetzt ist Gerd dran, in seinem Fall sieht Frau Pryzbilla nichts, Nebel und Dunkelheit, *ist er tot?*, ich hauche die Frage eher, als dass ich sie flüstere, er sei nicht tot, lebe aber auch nicht, aber was ist dann mit ihm? Frau Pryzbilla bedauert, zweimal hintereinander könne man die Karten nicht legen.

Sie und das Rote Kreuz: An sie klammern wir uns, von ihnen erwarten wir, erhoffen wir uns eine gute Nachricht über unsere Angehörigen. Frau Pryzbilla kommt zu uns nach Hause, um uns die Sendung des Suchdienstes anzuhören, gehen wir in die Baracke der Gottfrieds hinüber. Die haben nämlich ein Radio. Onkel Jóska, der zu Hause, in Ungarn, Mechaniker war, hat es zusammengebastelt, aber keiner würde sagen, dass es nicht aus der Fabrik stammt, so perfekt ist sein Klang. Bei gutem Wetter stehen Tür und Fenster offen, wer drinnen keinen Platz hat, hört draußen vor der Baracke zu, aber es kommt auch vor, dass wir die Angaben der gesuchten Person aufschreiben und jemanden damit beauftragen, sich die Sendung für uns anzuhören. Ich habe Papas und Gerds Daten auf einem Zettel notiert und ihn Zelma gegeben, aber ich habe sogar an den Sender geschrieben und bin persönlich in das Rotkreuz-Büro in der Gillitzer Straße gegangen, wo ich Formulare zu ihrer Person ausgefüllt habe, außerdem gehe ich wöchentlich zum Rathaus, ins Flüchtlingsamt und sogar in die Kirchen, um dort die ausgehängten Listen zu durchforsten. Geboren, Wohnsitz, letzter bekannter Aufenthaltsort, von Zeile zu Zeile, von Seite zu Seite; furchtbar viele suchen ihre Angehörigen, doch es ist, als würde nie jemand gefunden oder zurückkehren, die Listen werden nicht kürzer.

Trotzdem gehe ich fleißig hin und studiere alles gründlich vom Anfang bis zum Ende, denn ich möchte nicht, dass mir irgendetwas entgeht. Von Gerd gibt es jedoch kein Lebenszeichen, er weiß nicht einmal, dass er einen Sohn hat und seine Frau gestorben ist, die letzte Lagerpostkarte ist von ihm vor drei Jahren irgendwo aus Russland gekommen. Von Papa wissen wir bloß, dass man ihn nach Jáchymov ins Uranbergwerk gebracht hat, zumindest war das noch der Stand der Dinge, bevor wir deportiert wurden. Am einfachsten wäre es, ihm zu schreiben, das Problem ist nur, dass ich außer dem Ortsnamen keine genauere Adresse kenne. Obwohl ein Bergwerk wahrscheinlich gar keine Postadresse hat, es kann aber auch sein, dass es in Jáchymov mehrere Bergwerke gibt, außerdem wäre ein Brief aus dem Ausland ohnehin verdächtig, wenn Papa ihn überhaupt bekäme, könnte er deshalb sogar in Schwierigkeiten geraten. Aber ich könnte eine Postkarte schreiben, natürlich auf Slowakisch, eine Postkarte ist nicht verdächtig, weil sie jeder lesen kann, und ich würde nur schreiben, dass wir in Blumenstadt in Bayern gelandet sind und auf ihn warten. Die Adresse wäre: Jáchymov, Daniel Hartmann, verurteilter Bergmann. Mama meint, dass sei unmöglich, so könne ich sie nicht abschicken und es lohne sich sowieso nicht, denn sie würde bestimmt nicht weitergeleitet. Frau Pryzbilla hat vorhergesagt, dass der Brief nicht von Papa käme, aber das hat sie nur so dahingesagt, ohne die Karten zu lesen, und überhaupt kann sich auch die beste Wahrsagerin manchmal irren, also versuche ich mein Glück und schreibe die Postkarte trotzdem. Ich klebe eine Briefmarke darauf, auf der Post nehmen sie sie anstandslos entgegen und drücken den Stempel auf die Karte, Mama verrate ich nicht, dass ich sie aufgegeben habe, ich werde ihr auch von den anderen nichts sagen, laut dem Urteil kommt Papa 1955 frei, mit monatlich einer Karte gerechnet sind das insgesamt hundert, meine Chance ist hundertfach, dass mindestens eine davon von einem Briefträger, einem Gefängniswärter oder einfach von einem wohlwollenden Menschen ans Ziel gebracht wird.

Wieder wurden die Lebensmittelrationen reduziert. Die in der Kategorie fünf dürfen 1250 Kalorien am Tag essen. Die Flüchtlinge gehören in die Kategorie fünf. Sie sind die Letzten in der Reihe. 50 Gramm Zucker, 200 Gramm Schmalz, 400 Gramm Fleisch, 3 Liter fettarme, entrahmte Milch: für einen ganzen Monat. Auf das Brot streiche ich einen Hauch Schmalz, streue Zwiebelringe darauf und lege es auf die Ofenplatte, scharfe Zwiebeln, rußiges Brot, *nur nicht so gierig!,* Mama warnt mich, ich glaube, für mich wären sogar zehnmal 1250 Kalorien zu wenig, um nicht hungrig zu bleiben.

Der Hunger ist der größte Herr, größer noch als die Amerikaner. Es gibt kein Fest, keinen Sonntag, ständig sind wir auf der Jagd nach Lebensmitteln, nur wird es eben immer schwerer, etwas zu essen zu besorgen, die Entfernungen werden immer größer. Zu Fuß, mit dem Fahrrad, mit dem Zug, die ganze Welt ist unterwegs. Ich habe kein Fahrrad und setze mich nicht in den Zug, denn wir haben nichts, womit ich mich auf den Weg machen könnte, nichts, was sich in irgendeinem Dorf zum Beispiel gegen eine Gans oder Speck eintauschen ließe, also gehe ich zu Fuß und organisiere so etwas. Meist mit Anni und den anderen, manchmal auch allein. Unser Jagdrevier ist jetzt eben der Wald. Es hat viel geregnet, daher gibt es Unmengen von Pilzen; Reizker, von orangerot bis purpurfarben, gelbe Pfifferlinge mit gekräuseltem Rand, aufgeblasene weiße Boviste, das ist jetzt das große Pilzjahr, Tag für Tag, Woche für Woche nichts anderes, immer nur Pilze – Pilzsuppe, gebratene Pilze, mit Pilzen gefüllte Kartoffeln –, wir essen sie linksherum und rechtsherum, manchmal nur so, ohne alles, sie ersetzen das Fleisch, die Nudeln, das Brot, Mama kann sie wirklich gut zubereiten, das Problem ist nur, dass mir schon bei ihrem Anblick übel wird, sie kommen mir zu den Ohren heraus. Für ein Stück Schinken oder einen Laib Brot mit knusprig brauner Kruste und weicher Krume würde ich sämtliche Pilze aller Wälder Blumenstadts hergeben, selbst die, die im nächsten Jahr und in aller Zukunft wachsen werden! Das Brot fehlt mir mehr als alles andere. Später einmal werde ich zu allem Brot essen, auch zur Fleischbrühe und zu den Mohnnudeln! Und sonntags Spanische Windtorte, so eine, wie sie in Käsmark in der Konditorei Prandl gebacken wurde. Wenn sie die Spanische Windtorte hier nicht kennen sollten, dann backen Mama und ich eine, Zucker, Eier, Esskastanien, Mama kennt das Rezept bestimmt auswendig. Aber woher sollten wir Zucker, Eier und Esskastanien nehmen, leben wir doch in einer Leprakolonie, in einem Schweinestall von riesigem Ausmaß zwischen lauter Müllbergen. Niemand schert sich um sie, sie wachsen nur und gammeln vor sich hin, Millionen von winzigen Fliegen und in Regenbogenfarben schillernde Schmeißfliegenscharen summen um sie herum, der Gestank durchdringt selbst den entlegensten Winkel des Lagers, nicht einmal der starke Wirbelwind vermag ihn hinauszufegen.

Es wurde ein Gesetz verabschiedet, dass wir ebenso Deutsche sind wie die Einheimischen, aber ein Gesetz ist nicht mehr als Papier, mit der Niederschrift und Verkündung hat sich nichts geändert. Vom Lager aus gehen wir los, um etwas zu organisieren, um zu tauschen, auf Sammeltour, und hierher kommen wir nach Hause zurück. Das Lager ist das Zuhause. Barackingen, Bretterhausen, wie die Hiesigen spotten. Es gibt keine Wachtürme, keine bewaffneten Patrouillen, aber es ist, als lebten wir in einem Ghetto! Das Lager trennt. Sie und wir, die Alt- und die Neubürger. Wir interessieren sie nicht, sie fragen nicht, woher wir gekommen sind, warum wir fortgehen mussten. Wir sind für sie eine Strafe für den verlorenen Krieg, eine furchterregende Gefahr, Wildschweine, Kartoffelkäfer, Flüchtlinge: drei Heimsuchungen, wir stehen mit den Wildschweinen und den Kartoffelkäfern auf einer Stufe!

Bayern war ein blühendes Land, bis wir gekommen sind, das sagt die Lehrerin in der Schule, und Hansi kommt blutig zerkratzt nach Hause. Flüchtling und Lagerkind, die Kinder singen Spottlieder, Hansi beschimpft die Schreihälse als Nazis, Faustschläge, Tritte, Ohrfeigen hin und zurück, seine Mutter verbietet ihm, die Kinder Nazis zu nennen, und droht Hansi Prügel an, *soll er sich doch ruhig verteidigen,* Herr und Frau Berger geraten darüber heftig in Streit.

Mama betet, ich höre, wie sie abends im Dunkeln murmelt, und sie geht neuerdings auch in die Kirche, in die Sankt-Nikolaus-Kirche, *aber das ist doch eine katholische Kirche!,* sage ich zu ihr, *auch dann ist es das Haus des Herrn,* antwortet sie und fordert mich auf mitzugehen. Ich bringe das Kind nicht in diese Kälte, es wird sich noch eine Grippe holen, außerdem gehe ich nicht unter Leute, die gegen uns beten! *Herrgott schick das Gesindel heim!,* so flehen sie. Ich habe es auf einem Flugblatt gesehen. Plakate und Flugblätter, so wie in Olmütz und zu Hause, in Käsmark, als die Tschechen und Slowaken gegen uns hetzten.

Wir sprechen, denken und träumen deutsch, aber es reicht, wenn wir den Mund aufmachen, und es reicht, wenn sie uns ansehen, schon wissen sie, wir gehören nicht zu ihnen. *Ein Volk, ein Reich, ein Führer:* Das war die Losung '38, jetzt sind wir Hitlers Gäste, Rucksackdeutsche, dahergelaufene Zigeuner, nur schnell die Türen und Tore zu, die Zigeuner klauen doch alle! *Bayern gehört den Bayern!* Sie demonstrieren sogar schon, am Ostermontag demonstrieren sie gegen uns. *Christus ist auferstanden!,* so grüßte Großmutter an Ostern, *ja, er ist wahrhaft auferstanden,* antworteten wir, Großmutter ist zu Staub geworden, die Auferstehung verspätet sich, aber es kann auch sein, dass sie ganz ausfällt.

5.

Mama hustet, sie bekommt kaum Luft, Martin hustet auch, bellt schon fast und hat tiefe Ringe unter seinen eingefallenen Augen, im Lager sind alle Kinder bleich und mager, sie sind krank oder werden es gleich, das Rote Kreuz verteilt Lebertran, Onkel Jóska war mit Herrn Krebs und Dr. Glatz, den Vertretern der Sudetendeutschen und der Schlesier, beim Flüchtlingskommissar, sie haben dafür gesorgt.

Den Flüchtlingen ist es verboten, eine Vereinigung oder Partei zu gründen, aber miteinander zu reden ist nicht verboten, und man kann ihnen auch nicht untersagen, Wortführer zu haben. Die Wortführer müssen auch nicht gewählt werden, sie wählen sich von selbst, wie bei uns Onkel Jóska, Herr Krebs und Dr. Glatz, sie sind kein Ausschuss und kein Führungsgremium, sie sind einfach drei Männer, die in unserem Interesse bei der amerikanischen Kommandantur, dem Flüchtlingsamt, beim Rathaus und wo immer sie nur können vorsprechen. Auch wenn sie bislang nicht viel erreicht haben, man könnte sagen, eigentlich gar nichts. In die Baracken regnet es nach wie vor herein, und die Müllberge wachsen weiter an, doch der Lebertran ist trotz allem ein Erfolg!

Wir stehen am Rotkreuz-Büro in der Gillitzer Straße in der Schlange, uniformierte Schwestern kommen und gehen, aber es gibt auch Frauen mit Armbinden wie die junge, mandeläugige in den lilafarbenen Strümpfen, die über das ganze Gesicht lächelt. *Martin Bock, geboren am*

10. September 1945, Nováky, derzeit Tschechoslowakei, wir sind zu ihr eingeteilt, ihr diktiere ich unsere Personalien.

„Der Vater des Kindes?"

„Ist an der Ostfront verschwunden."

„Wann ist er verschwunden?"

„Vor drei Jahren."

„Das ist eine lange Zeit, wenn jemand für tot erklärt wird, bekommen die Hinterbliebenen eine Beihilfe."

„Das wusste ich nicht, ich überlege mir das. Danke, Schwester", antworte ich der lilastrümpfigen jungen Frau mit den Mandelaugen. *Schwester, Schwester!,* sie spöttelt lachend, ich solle sie doch einfach Ingrid nennen, von dem Lebertran täglich einen Löffel, davon käme das Kind schon zu Kräften, ich aber könne sie ruhig aufsuchen, sie helfe mir jederzeit gerne.

Lebertran ist widerlich, als ich klein war, konnte Mama ihn mir einfach nicht einflößen, doch Martin rümpft nicht einmal die Nase, der Vorteil des Elends ist, dass er nicht weiß, was lecker schmeckt und was nicht, er nimmt den Lebertran einfach ein. Die Beihilfe würde ein regelmäßiges, sicheres Einkommen bedeuten, es gäbe jeden Tag Milch und Brot, sogar Fleisch käme auf den Tisch, die Baracke ist eine regenfeuchte Höhle, vielleicht könnte sie sogar für ein bescheidenes Zimmer zur Untermiete reichen, mein Name ist Lili Hartmann, aber ich lebe das Leben meiner Schwester, offiziell ist ihr Ehemann mein Ehemann, ihr Sohn mein Sohn, ich kann nichts dafür, bei der Ankunft haben die Bayern uns falsch registriert, aber abgesehen davon, warum sollte Martin nicht mein Sohn sein. In Nováky habe ich für ihn um Milch gebettelt, ich habe ihn in den Schlaf gewiegt, an mich hat er sich geklammert, nach mir hat er geweint, bei mir brabbelt er, sagt Mama, mich lacht er an, der Friedhof von Topoltschan, hintere Parzelle, von rechts die letzte Reihe: Außer mir und Mama weiß niemand, dass Polli in dem Grab liegt, auch ich könnte da liegen, und wie ich tot sein könnte, so hätte ich auch ein Kind bekommen können, ich habe geträumt, dass sie mich enttarnen, ich stand in einer langen, sich schlängelnden Reihe, es wurde etwas verteilt, von dem man nicht wissen konnte, was es war, aber ich stand da und hoffte, es bliebe noch etwas übrig, bis ich an die Reihe käme, plötzlich rief jemand *Betrügerin!*, ich drehte mich um, tausend gesichtslose Augenpaare starrten mich an, *Betrügerin, Betrügerin, sie hat den Sohn ihrer toten Schwester gestohlen!*, lauter körperlose Stimmen, gesichtslose Augen, sie schauen nur und tuscheln, ich renne los, die Stimmen und Blicke sind mir auf den Fersen, Blitze schlagen in meinem Rücken ein, meine Kleider glühen, meine Haare sind angesengt, ich renne, so schnell ich kann, wenn ich den Fluss erreiche, komme ich davon, doch ich habe Seitenstechen, meine Lunge will nicht mehr, ich kann nicht schneller, es wird mir nicht gelingen, mit einem Mal sehe ich die Weiden, gleich hinter ihnen ist das Wasser, ich renne mir die Lunge aus dem Hals, Rauch, beißender Brandgeruch, es sind meine Haare, meine Haare brennen, plötzlich fällt mir mein Lehrer ein, Herr Grosz, wie er in der Sportstunde die Kommandos für den Weitsprung gab; rechts, links, rechts, ich strecke die Schritte, schwinge die Armen, stoße mich vom Boden ab, meine lodernden Haare schweben wie eine Schleppe hinter mir her, die Todeserklärung ist nur ein Stück Papier, Gerd kann trotzdem noch auftauchen, und wenn dem so wäre, dann übernähme jeder wieder seine Rolle: Er wäre der Vater des Kindes, ich seine Tante, nur ein Stück Papier, nur ein Papier, aber auch dann, soll ich diejenige sein, die Gerd gegen ein paar Mark für tot erklärt?

6.

Ich weiß nicht, wie man in den Karten die Zukunft lesen kann, aber anscheinend ist es möglich; Frau Pryzbilla hat einen Brief vorhergesagt, und er ist tatsächlich angekommen! Von jemandem, an den wir überhaupt nicht gedacht haben: Von Onkel Paul aus Übersee. *Wie zum Teufel sind die dahin geraten?,* Mama ist so nervös, dass das Blatt in ihrer Hand zittert, die Buchstaben verschwimmen vor ihren Augen, ich muss den Brief vorlesen.

Ganz abgesehen von Übersee, die Geschichte, wie mein Onkel mit seiner Frau aus der Tschechoslowakei hinausgelangt ist, könnte allein schon aus einem Roman stammen! Nachdem Onkel Paul aus der Gefangenschaft entlassen worden war, kehrte er nach Olmütz zurück, wo er sich allerdings verstecken musste. Wochenlang hauste er in der hintersten Ecke des Dachbodens, mit schäbigen Möbeln verbarrikadiert, in einer muffigen, dunklen Höhle, die schlimmer war als eine Einzelzelle, er schrumpfte nicht nur körperlich, auch seelisch. Tante Frida dagegen versteckte sich nicht, weil es an Schwestern fehlte, ließ man sie, obwohl sie Deutsche war, arbeiten, während des Terrors ging sie also ins Krankenhaus, und diesem Umstand haben sie zu verdanken, dass sie davongekommen sind. Jener Partisan nämlich, dem Tante Frida bei der Niederschlagung des Aufstandes einen falschen Namen in das Krankenblatt eingetragen und dem sie damit das Leben gerettet hatte, kam mit einem Nierenleiden erneut ins Krankenhaus und war ihr nach wie vor dankbar: Nach seiner Genesung schmuggelte er sie beide in die amerikanische Zone hinüber, dann machten sie bis Hamburg nicht halt, bestiegen ein Schiff, um sich schließlich nach einigen Umwegen in Amerika, in Pittsburgh, Pennsylvania niederzulassen. Was war, sei vergangen, Olmütz existiere für sie nicht mehr, Onkel Paul hat eine wirklich gute Stelle in einer Eisenfabrik, sie leben in Frieden und Ruhe, haben alles, was sie brauchen, nur um uns sorgen sie sich, hoffen aber, dass ihr Brief sein Ziel erreicht, beim Deutschen Roten Kreuz hat man ihnen diese Adresse als sicher angegeben. Wir sollen sofort schreiben, sollen ihnen schreiben, wie es uns ergangen ist, sie können sich vorstellen, welche Not wir leiden, und wir sollen auch schreiben, was wir benötigen, sie schicken uns ein Päckchen, nur sollen wir uns unbedingt melden!

Wir antworten auf der Stelle, und dann warten wir und warten, hoffend, resigniert, zuversichtlich, entmutigt, mal so, mal so, die Wochen vergehen, aber es kommt nichts. Wir beruhigen uns damit, dass Amerika fürchterlich weit weg ist und es mindestens einen Monat dauert, bis ein Schiff den Ozean hin und zurück überquert hat. In der vierten Woche verliere ich die Geduld und gehe ins Postamt, um mich zu erkundigen, doch das hinter dem Schalter thronende Postfräulein zieht nur die Augenbrauen hoch und belehrt mich in forschem Ton: Wenn eine Postsendung nicht poste restante aufgegeben werde, dann bringe sie der Zusteller. Wie ein begossener Pudel trete ich vom Schalter weg und denke an jene Briefe, die kreuz und quer durch die Welt irren und die ich nie mehr bekommen werde. Einer, zwei, fünf, sechs, sieben, über zehn, über zwanzig, wie viele mögen es wohl sein? Erwin zum Beispiel, wenn er nicht gefallen ist, hat er ganz sicher geschrieben, und auch Jarinka und Kinga haben mir vermutlich Briefe geschickt, es kann durchaus sein, dass auch Papa geschrieben hat, wer weiß, wie lange diese Briefe in den Fächern verschiedener Postämter herumgelegen haben, bis sie dann zerrissen, verbrannt oder weggeworfen wurden, vielleicht verstauben sie bis zum heutigen Tage irgendwo mit dem Stempel, der Adressat sei unbekannt.

Schließlich kommt der Postbote doch, aber er bringt keinen Brief, sondern eine Benachrichtigung, dass ein Paket für uns eingetroffen ist, wir können es im Lager des Roten Kreuzes in der Gillitzer Straße zwischen 8 und 17 Uhr entgegennehmen. Mama und ich machen uns auf den Weg, wir nehmen Martin mit, auch Anni, Dora, Klaus und Hansi begleiten uns, eine ganze Delegation, allerdings kommen wir zu früh, die Jalousien sind noch heruntergelassen, nirgends eine Menschenseele. Neben dem Lager ist jedoch das Büro, wo der Lebertran verteilt wurde, geöffnet, die mandeläugige Schwester Ingrid hat Dienst und erkennt uns. Sie sehe, dem Kind gehe es besser, sagt sie lächelnd, und nachdem sie sich die Benachrichtigung angeschaut hat, fügt sie hinzu, dass die Person, die etwas spenden wolle, dort in Amerika fünfzehn Dollar für die Hilfsorganisation einzahle, davon stellen sie dann das Paket zusammen und lassen es dem jeweiligen Adressaten zukommen, das heißt, ein Bekannter oder Verwandter widme uns gewissermaßen ein Paket – so wie ein Buch. Schwester Ingrid gebraucht dieses Wort, widmet. Indes taucht ein Lagerarbeiter auf, ein Mann mit Schirmmütze und blauer Arbeiterjacke, wir gehen mit ihm hinüber, bestimmt war es Onkel Paul, der die fünfzehn Dollar bezahlt hat, es kann niemand anderes gewesen sein, ich juble vor Freude, *ein gewidmetes Paket, ein gewidmetes Paket,* ein riesiger Karton, in dickes Packpapier eingepackt, mit einer Kordel umschnürt, CARE und UNITED STATES OF AMERICA: mit lauter Großbuchstaben auf die Seite geschrieben, Schwester Ingrid ruft mir zum Abschied auch jetzt hinterher, dass ich sie wann auch immer in jeglicher Angelegenheit ruhig aufsuchen könne.

Das Paket ist so groß, dass der Mann mit der Schirmmütze es kaum mit den Armen umfassen kann, als er es vom Regel hebt. Zum Glück waren wir vorausschauend und haben einen Handwagen mitgebracht, auf den stellen wir den Karton, ans Ende setzen wir Martin, Anni, Dora und ich ziehen abwechselnd, Mama hält den Karton fest, *was mag wohl darin sein? Na, was zu essen! Aber was zu essen?,* wir grübeln, Hansi springt wie ein Fohlen hin und her und träumt von Schokolade, CARE: Er liest die Aufschrift so, wie sie da steht, ich verbessere ihn und füge hinzu, USA; allein der Klang der Worte ist wundervoll, einen so großen Karton haben sie sicher nicht nur mit Schokolade gefüllt, aber wenn damit, dann ist es eben so und wir essen uns mit Schokolade satt!

Zu Hause stehen wir so andächtig um das Paket herum, als wäre es ein Heiligtum, Mama knotet die Kordel schön langsam auf, schält das Packpapier ab, streicht es glatt, faltet es sorgfältig zusammen, *mach es schon auf, wozu dieses Herumgefummel? was drin ist, fliegt doch nicht weg!,* sie wickelt die Kordel akkurat auf, ich halte es nicht länger aus, mit einer einzigen Bewegung reiße ich den Deckel des Kartons auf.

Bunte Tüten, ein ganzer Haufen von kleineren und größeren Schachteln, Kaffee, Tee, Schokolade, Zucker, Reis, allerlei Konserven, bei einigen Sachen haben wir keinen Schimmer, was es sein könnte, wir versuchen, die englischen Aufschriften zu entziffern, aber wir verstehen sie nicht, wie sollten wir auch, wir können kein Englisch, schließlich kommen wir durch die Bilder auf der Verpackung darauf, was Erdnussbutter, Puddingpulver und Eierpulver sind, aber es gibt im Paket auch Honig, Marmelade, Käse und farbige Bonbons mit einem M, Kaugummi und Zigaretten, und auf der größten, eckigen Metalldose steht Corned beef. Ich kenne diese amerikanischen Fleischkonserven noch aus Reichenhall, sie duften wundervoll und schmecken himmlisch, konkurrieren mit Mamas leckerstem Pfefferbraten mit Rosmarin und Speck gespickt. Das Corned beef schmeckt sogar noch besser als in meiner Erinnerung, das Pferdefleisch zu Weihnachten kann sich im Vergleich dazu in einem Mauseloch verstecken! Abendessen in der Baracke, die drei Mütter bereiten es gemeinsam zu, Zwiebeln unter die Fleischkonserve, organisierter Sauerampfer, Kartoffelpüree mit Milchpulver: ein Festmahl, wir schmatzen glücklich um die Wette.

Unten im Karton ein Brief, von Onkel Paul, das sei ein Einheitspaket, als er eingezahlt habe, hieß es, es beinhalte genügend Lebensmittel für einen Monat, er schicke uns auch Kleidung und egal was, wir sollten ihm nur schreiben, was wir bräuchten, und auch überlegen, ob wir ihnen nicht nachreisen wollten. Er würde uns ein Einladungsschreiben und Geld für eine Schiffsfahrkarte schicken, Amerika ist das Land der unbegrenzten Möglichkeiten – ein neues Leben, eine neue Heimat, wir überlegen, überlegen nicht, sollen wir gehen oder bleiben, Gerd, Julius, sollen wir abwarten, noch warten, wie lange und auf wen –, ich bin mir sicher, dass Mama an Doktor Grün denkt, von den vielen ausgesprochenen und unausgesprochenen

Gedanken schmerzt uns der Kopf, schließlich setzt Mama diesen ganzen Überlegungen ein Ende, sie sagt, wir sollten später darüber nachdenken.

Ein Paket aus Amerika ist die Glückseligkeit auf Erden und kommt einem Hauptgewinn gleich! Wir sortieren den Inhalt in zwei Gruppen: Zigaretten, Kaffee, Tee, Kakao, Kaugummi, Schokolade und Konserven für den Schwarzmarkt, das ist das Startkapital, um es so auszudrücken. Auf dem Schwarzmarkt bekommt man alles, was man will, nur eben zum hundertfachen Preis, Geld hingegen ist nichts wert, Tauschware oder Zigaretten: Das sind die beiden Zahlungsmittel. Camel und Lucky Strike, am besten sind die amerikanischen Zigaretten: eine Zigarette sechs Mark, die französischen sind halb so viel wert, ein Pfund Kaffee zweihundert Mark, Zucker hundertachtzig, ein Kilo Fleisch achtzig Mark, Schuhe fangen bei fünfhundert an. Ich kenne den Kurs sowohl in Zigaretten als auch in Mark, jeder kennt ihn, der Schwarzmarkt gehört ebenso zum Alltag wie das Anstehen oder das Organisieren. Ich glaube, ich bin eine ganz gute Organisiererin und eine ausdauernde, geduldige Ansteherin, sodass aus mir im Handumdrehen auch eine gute Händlerin auf dem Schwarzmarkt wird.

Am Bahnhof und auf dem Rosenplatz sind die beiden größten Märkte, aber auch in den Straßen findet man Gelegenheitshändler. Kaffee, Zigaretten, Zucker, Strümpfe: Es gibt Typen, die den Passanten das Angebot laut ins Gesicht sagen, und es gibt andere, die scheinbar nur vor sich hin reden und es leise murmeln. Der Rosenplatz gefällt mir besser als der Bahnhof, der Markt ist dort etwas übersichtlicher. Ich suche mir einen Baum und lehne mich an, wer so an den Baum gelehnt dasteht, ist sicher ein Verkäufer, nach einer Weile gehe ich auf und ab, spaziere zwischen der Litfaßsäule und dem verkrüppelten Baum hin und her, der Frau mit dem Dutt nicke ich bei jeder Kehrtwendung zu, sie betrachte ich als eine Art Maskottchen.

Eilende Hausfrauen in abgetragenen Kleidern, sich gemütlich umschauende Damen mit Hüten, Männer in Anzügen, eingebildete Burschen – im Mund die Zigarette, nicht angezündet, so bieten sie sie an –, die Frau, das Haar eng im Nacken geflochten, viele Röcke übereinander, mit Schürze, der Mann trägt eine glänzend abgewetzte, speckige Jacke, es ist ihnen von Weitem anzusehen, dass sie Flüchtlinge sind, ein altes Ehepaar, der Mann hat selbst in der Maiwärme einen Mantel an, den Hut trägt er tief in die Stirn gezogen, in der Hand ein Stock, an den anderen Arm klammert sich eine dünne, alte Frau, auch sie hat einen Mantel an, um den Hals ein ausgeblichenes Seidentuch, in der Hand eine Einkaufstasche, die ganze Stadt ist hier, angefangen von Lebensmitteln über Kleidung bis hin zu Fotoapparaten, Radios oder Medikamenten gibt es alles. Rucksäcke, Koffer, Kinderwagen, Aktentaschen, Jackentaschen: Dort verbergen sich die Waren, die verboten sind, die noch geheimer gesucht und angeboten werden, *was ist das, Pervitin? Ein Aufputschmittel, damit hat man die Soldaten gefüttert, damit sie Tag und Nacht kämpfen konnten,* Mitzi, die Händlerin mit dem Dutt, weiß alles und hat beschlossen, mich unter ihre Fittiche zu nehmen und mir alles beizubringen. Erste Lektion: Ich soll mich vor denen hüten, die sich Pomade ins Haar schmieren, das sind Strizzis, Gangster, die mich übers Ohr hauen, ausrauben, verprügeln und als Hure ausbeuten wollen. Mitzi beurteilt die Leute nach ihrem Kopf, genauer gesagt nach ihrer Frisur, denn die Glücklicheren, die nicht ausgebombt wurden, haben vielleicht noch schöne Kleider, gute Kleider, aber wer hat heutzutage schon Geld für einen Frisör oder für Pomade?

Am Fuße des verkrüppelten Baums liegen zweimal vier Ziegel aufeinander, quer darüber ein Brett, Mitzi ist keine gewöhnliche Schwarzhändlerin, sie hat einen Stammplatz und einen Tisch, ihren Schutz habe ich unter anderem dem Tisch, genauer gesagt der Tischplatte, und noch genauer gesagt einer Razzia zu verdanken. Brotmarken für Kaffee: Der Kaffee befindet sich schon in der Hand der Frau, als der Pfeifton erklingt und die Menschen um mich herum auseinanderhasten. Die Frau rennt, ich renne, sie nimmt den Kaffee mit, aber gibt mir nicht die Brotmarken, in meiner ohnmächtigen Wut breche ich in Tränen aus, *du lässt die Sachen nicht los, solange du den Preis dafür nicht in der Hand hast, merk dir das, mein Kind!,* ruft die Frau mit dem Dutt, deren Namen ich da noch nicht kenne, doch der ich ständig zunicke. Die Frau lässt das Brett, auf dem ihre Ware gewöhnlich liegt, aus der Hand fallen, ich hebe es schnell auf, trage es für sie, wir rennen zusammen, das heißt, ich vor ihr, weil sie ständig zurückbleibt, immer wieder drehe ich mich um, warte auf sie, dann zerre ich sie hinter mir her in die erste Toreinfahrt. Der Lastwagen fährt an uns vorbei, Männer mit trotzenden Blicken, Frauen mit gesenkten Köpfen, grinsende Burschen sitzen darauf, es sind etwa dreißig, *na, lass uns gehen, mein Kind!,* sagt die Frau mit dem Dutt, als der Wagen mit ihnen an der Ecke einbiegt, stapfen wir gemütlich zurück auf den Platz, jetzt geht sie vor mir, ich trage ihr das Brett hinterher, lege es auf die zweimal vier Ziegel, *danke dir, mein Kind!,* sie nennt mich beharrlich *mein Kind,* ich soll sie duzen, ihr Name sei Mitzi.

Ich kaufe und verkaufe, verkaufe und kaufe, Kinderschnürstiefel, auf den ersten Blick scheinen sie sorgfältig gepflegt, ein bisschen groß vielleicht, aber das macht nichts, in die Spitze werden wir einen Lumpen stopfen, die Fingernägel des Mannes sind schwarz, an seinen Händen überall Hornhaut, ich darf nur einen Schuh anfassen, ich drehe und wende ihn, dabei betrachte ich aus den Augenwinkeln die schwarzen Nägel und die Hornhaut an den Händen, wer weiß, wem die Schuhe gehört haben und woher der Mann sie beschafft hat, es kann sogar sein, dass er sie gestohlen hat, vierhundert Mark: Er verlangt unverschämt viel dafür, aber Martin kann nicht barfuß gehen, ich handle ihn auf die Hälfte herunter. Schwarzhandel zu betreiben ist verboten und wird bestraft, folglich werden ständig Razzien durchgeführt: die deutschen Polizisten und die Amerikaner mit vereinten Kräften, zuerst treffen die mit den Tellermützen ein, danach die mit den Helmen, von der Litfaßsäule aus sieht man prima die in den Platz mündende Straße, mit einem Auge halte ich immer Ausschau, einmal haben sie mich erwischt, aber das gilt nicht als echtes Auffliegen, weil ich mit einer Beschlagnahmung und einer Verwarnung davongekommen bin. Das Problem war, dass ich mich beim Spazierengehen gerade von der Litfaßsäule entfernt hatte, und da ich ihnen dabei den Rücken zuwandte, bemerkte ich nicht, dass sie sich näherten, sie waren nur zu zweit, zwei Deutsche mit Tellermützen, aber es kann auch sein, dass sie auf eigene Tasche arbeiteten, denn sie nahmen niemanden mit, beschlagnahmten nur alles, von mir zwei Päckchen Zigaretten, ein Pfund Kaffee, Mitzi spuckte ihnen hinterher und sagte, ich solle mit diesem Rumgelaufe aufhören und meine Sachen ab jetzt nur noch neben ihr verkaufen.

Zweimal vier Ziegel aufeinander, das sind die beiden Beine des Tisches, ein schmales Brett daraufgelegt: Auch ich baue meinen Tisch auf, ich trage mein pflaumenblaues Kleid, das ist mein spezielles Kleid für den Schwarzmarkt, außen, innen, unten, oben Taschen, kleine, große und mittelgroße, Mama und ich haben es extra für den Verkauf entworfen, über dem Kleid ein Kittel aus dünnem Baumwollstoff, ebenfalls mit Taschen, ich verkaufe und kaufe, verkaufe und kaufe, wenn ich merke, dass die Tellermützen kommen, sage ich Mitzi Bescheid, schnappe mir auch ihr Brett und wir verschwinden gemeinsam, wenn die Luft wieder rein ist, kehren wir zurück, ich kaufe und verkaufe, verkaufe und kaufe, so lange, bis ich mir das besorgen kann, was wir benötigen, oder einen gewissen Gewinn mache. Manchmal bin ich schon fast glücklich, der Schwarzmarkt wird zu einer richtigen Leidenschaft, wie das Kartenspiel, man kann nicht aussteigen.

Schwarzhandel, Organisieren, Tausch, Zuteilung, nach CARE lernen wir, was UNRRA bedeutet. Schuhhilfe, Kleiderhilfe, mit Silberfäden durchzogene, glänzende, schwarze Seide, hätten wir eine Nähmaschine, könnte Mama ein wundervolles Abendkleid daraus nähen und ich würde es auf dem Schwarzmarkt verkaufen, Theater, Konzerte, Bälle, die Menschen wollen wieder feiern, den Krieg vergessen, auch in einem Trümmerland, in einer Trümmerstadt gibt es Leute, die Geld für ein Abendkleid haben.

Mama näht wunderschön, ein wenig verstehe auch ich etwas davon, wenn wir eine Nähmaschine besäßen, könnte ich ein bisschen Geld verdienen, und wenn auch kein Geld, dann wären wir zumindest besser mit Lebensmitteln versorgt, denn viele würden bestimmt in

Naturalien bezahlen, und Martin wäre nicht so mickrig, vielleicht würde Mama dann auch nicht mehr so viel husten. Eine Nähmaschine könnte ein Ausweg aus dem Elend sein, auf dem Schwarzmarkt bekommt man sicher eine, Mitzi würde, wenn ich sie bäte, der Sache nachgehen und eine beschaffen, nicht einmal sie hat eine Ahnung, wie viel so eine Nähmaschine wohl kostet, aber sie schätzt, mindestens tausend Mark, ach du liebe Güte, was wir haben, essen wir auf, so viel Geld werden wir niemals besitzen!

Eigentlich brauchen wir nur Zwirn, wenn die Seide schon einmal da ist, soll sie nicht unnütz herumliegen, wir nähen das Kleid mit der Hand! Ein einfacher Schnitt, Schmetterlingsärmel, Glockenrock, an der Taille Plissees und aus demselben Stoff eine Rose, tausend und abertausend Stiche, wir schneiden den Stoff, heften ihn, ich probiere das Kleid an, wir trennen es auf, ich probiere es wieder an, ich bin die Schneiderpuppe, Plissees und Rose: so ein Quatsch, aber das Kleid muss etwas Besonderes sein, eine Woche, zwei Wochen, der Rücken tut uns weh, wir haben Krämpfe in den Fingern, aber das Kleid beginnt, Form anzunehmen, und aus der Schachtel unter dem Bett, die ich extra dafür besorgt habe, gelangt es an den Nagel in der Wand. Wir könnten es ruhig zusammenfalten, es bekommt keine Falten, knittert nicht, doch so schmückt es die Wand und schimmert abends geheimnisvoll im Lampenlicht, auch wenn es an dem Nagel eher so wirkt, als sei es irrtümlicherweise aus einem Pariser Modehaus hier gelandet. Ich probiere es zum letzten Mal an, drehe mich im Kreis, Martin schaut fasziniert zu und klatscht in die Hände, ich drehe mich im Kreis, das Kleid streichelt meine Haut, wenn Julius mich darin sehen könnte, wäre er noch verliebter in mich, aber es ist unmöglich, dass ich damit auf ihn warte, er arbeitet auch am Wochenende, kommt nicht, und wir haben keine einzige Lebensmittelmarke mehr.

Auf dem Markt zeige ich Mitzi das Kleid etwas ängstlich, doch sie bestaunt es, *leg' es über den Arm, damit es alle sehen! gut, abgemacht!,* so sehe auch ich es wenigstens und kann, so oft ich will, mit der Hand darüber streichen. Ich habe keine Ahnung, wie hoch ich den Preis ansetzen soll, Mitzi meint, es sei mindestens vierhundert Mark wert, Martins Schuhe habe ich von vierhundert auf die Hälfte runtergehandelt, man muss einen hohen Anfangspreis sagen, damit man, wenn es so weit ist, etwas vom Preis nachlassen kann.

Zuerst biete ich das Abendkleid nur vorsichtig an, dann werde ich mutiger, verleihe meinen Worten Nachdruck, manche zucken mit den Achseln, andere gehen lachend weiter und wieder andere schauen es sich an, fragen aber nicht nach dem Preis, ich bin schon der Verzweiflung nah, als ein junger Mann vor mir stehen bleibt. Ein feiner Anzug mit Fischgrätmuster, Hut, im Mund eine Zigarette, am Finger ein Siegelring, die Haare sehe ich nicht, aber sie glänzen sicher und sind mit Pomade nach hinten gestrichen, dann ist das ein Gangster, *zeig her!,* ohne zu grüßen sagt er es von oben herab und mustert mich von Kopf bis Fuß. *Zeig her!,* ich wage kaum, mich zu rühren, wieder murrt er. Ich halte das Kleid mit beiden Händen hoch, es sei für seine Freundin und ob es mir passe, *ja,* antworte ich, dann passe es ihr auch und wie viel es koste. Ohne mit der Wimper zu zucken erwidere ich rasch, achthundert Mark oder vier Pfund Kaffee, vielleicht zwei Pfund Kaffee und vier Stangen Zigaretten. Er sagt nichts, schaut nur forschend, ich füge schnell hinzu, ein Einzelstück, ganz besonders, mit der

Hand genäht, doch er schaut nur, ich strecke ihm das Kleid entgegen, er nimmt es nicht, o Gott, gleich überlegt er es sich, vor Aufregung springt mir das Herz fast aus der Brust, ich wiederhole schnell, dass es bis zum letzten Stich mit der Hand genäht sei, aber noch immer schaut er nur, ich bin schon fast drauf und dran, es ihm auch für die Hälfte oder für ein Drittel zu geben, nur soll er es nehmen, und da bewegt er sich plötzlich, wirft die Zigarette auf den Boden, zertritt sie mit dem Absatz, nimmt seine Geldbörse hervor, feilscht nicht, zählt acht Hundertmarkscheine ab, greift nach dem Kleid und hält meine Hand, hält sie fest, lässt sie nicht los, tritt sogar noch näher und beugt sich zu mir, verlegen trete ich von einem Fuß auf den anderen und versuche, meine Hand wegzuziehen, doch er drückt sie und dabei sieht er mich grinsend an, *danke, meine Schöne!,* die Art, wie er schaut, wie er spricht, ist schmierig, zerzaustes Haar, rissige Lippen, abgebrochene Fingernägel, Sackkleid, Sackkittel, ausgetretene Schuhe: ich und schön?, mir steigt das Blut ins Gesicht, der macht sich einen Spaß mit mir! Wütend reiße ich die Hand weg, er lacht auf, dreht sich um und nimmt das Kleid mit, *du hast es verkauft, er hat es gekauft, du hast gutes Geld verdient, und wenn er schmierig ist, dann ist er eben schmierig, Komplimente muss man nehmen, wie sie eben kommen, und übrigens bist du wirklich schön!,* Mitzi beruhigt mich und lacht hölzern.

7.

Wir brauchen Arbeit, wenn wir uns auf den Schwarzmarkt, auf willkürliche Zuteilungen, Beihilfen und Lebensmittelrationen verlassen müssen, bleiben wir für immer Barackenbewohner! Flüchtlinge braucht man jedoch nirgendwo, höchstens einen Tierarzt wie Doktor Grün oder einen Facharbeiter wie Annis Vater, der sofort nach unserer Ankunft in der Reparaturwerkstatt der Amerikaner eine Anstellung fand. Die jungen, starken Männer sind ebenfalls gefragt, man lockt sie in entfernt gelegene Bergwerke, die Hauerländer aus der benachbarten Baracke sind alle fortgegangen. Mama aber ist weder jung noch ein Mann, vergeblich versucht sie es in der Gärtnerei, in der Keksfabrik, in der Molkerei, nirgendwo nimmt man sie, doch ohne Beruf und Abitur könnte auch ich höchstens auf einem Bauernhof eine Arbeit gegen Kost und Quartier annehmen: Eine andere Möglichkeit habe ich nicht. Wenn ich auf dem Feld arbeiten würde, dann hätte ich wenigstens nie mehr Hunger, bloß dass die Bauern niemanden anstellen wollen, nur, wenn man sie dazu zwingt, und Geld haben auch sie keins, sie zahlen ausschließlich in Naturalien, wir aber brauchen Geld, für Feuerholz, Schuhe, Kleider, Essen; Martin ist am wichtigsten, ihm darf es an nichts mangeln, bei Pollis Beerdigung habe ich geschworen, dass er nie Hunger leiden wird, nie betteln oder stehlen muss und nicht wissen wird, was es heißt, etwas zu organisieren. Martin plappert und brabbelt, weint, lacht oder kriegt zuweilen einen hysterischen Anfall, er ist wie jedes andere Kleinkind, wie die übrigen Lagerkinder, er ist im Lager geboren, lebt im Lager, für ihn ist es natürlich, dass eine Baracke sein Zuhause ist, aber ich habe auch geschworen, dass er kein Lagerkind bleibt, wir werden auf Biegen und Brechen wegkommen von hier!

Das Glück ist ein launisches Wesen, wenn wir uns nach ihm sehnen, macht es einen großen Bogen um uns, und wenn wir gar nicht damit rechnen, klopft es an unsere Tür. In der Näherei, in der Zelma arbeitet, werden Leute gesucht, und Zelma hat dem Schichtführer von mir erzählt, der mir ausrichten ließ, ich solle, wenn ich Lust hätte, zu einem Vorstellungsgespräch kommen. Die Hälfte des Häuserblocks liegt in Trümmern, die Fassade fehlt, die andere Hälfte aber ist vollkommen unversehrt – bei unserer Ankunft in Blumenstadt hatte ich dieses Haus bestaunt, genauer gesagt das Zimmer mit den drei Wänden im oberen Stockwerk und das alte Ehepaar, das sich nicht um die Außenwelt scherte und ganz selbstverständlich zu Mittag aß –, die Näherei war auch vor und während dem Krieg in Betrieb, nur ist sie, nachdem die Hälfte des Gebäudes zerbombt worden war, in den hinteren Trakt umgezogen.

In der Mitte der Halle stehen in zwei Reihen Nähmaschinen, an den Fenstern riesige Schneidertische, am Ende der Halle der Käfig des Schichtführers. Herr Anton – ein kleiner, schmächtiger Mann mit rundem Kopf – führt mich dort hinein, damit wir uns in Ruhe unterhalten können, denn wegen des Ratterns der Nähmaschinen kann man nur schreien oder gestikulieren. In dem winzigen Raum ein riesiger Tisch und ein wuchtiger Schrank, auf dem Schrank ein Radio, der Tisch voller Akten, Stoffmuster und allerlei Papier, auf dem einzigen Stuhl ein Stapel Schnittmuster. Herr Anton räumt sie herunter, bietet mir den Stuhl an und packt sie mir hilflos auf den Schoß zurück, dabei brummt er etwas über Unordnung vor sich hin. Seine Stimme ist überraschend tief und voll, zu so einem kleinen Mann passt sie irgendwie gar nicht. Die Schnittmuster rutschen auf meinem Schoß hin und her, ich halte sie mit beiden Händen fest, Herr Anton stützt sich mir gegenüber auf den Tisch und fragt mich aus. Ja, ich könne nähen. Mit der Hand und auch mit der Maschine. Zu Hause in Käsmark hätten wir eine Nähmaschine gehabt, Mama hat es mir beigebracht. Ich habe auch schon geschneidert, einfachere Sachen, zum Beispiel einen gerade geschnittenen Rock. Herr Anton nickt und wiederholt mit seiner vollen Stimme immer wieder, *das ist gut, sehr gut,* dann sagt er plötzlich, er habe jetzt keine Zeit mehr, habe tausend Sachen zu erledigen, es gäbe zwei Schichten, von morgens um sechs bis um zwei und von nachmittags um zwei bis abends um zehn, anfangs endeln, Knopflöcher nähen, nach zwei Wochen sähen wir dann weiter, am Montag könne ich anfangen. *Heißt das, dass Sie mich nehmen? Ja, das heißt es!,* antwortet er und geht auch schon hinaus. Ich stehe auf, lege die Schnittmuster zurück auf den Stuhl, gehe durch die Halle, grüße nach rechts und nach links, lauter junge Frauen, Zelma sehe ich nirgends, sicher arbeitet sie in der anderen Schicht, nach der Bezahlung habe ich gar nicht gefragt, fällt mir draußen auf der Straße ein, aber egal, das werde ich schon noch erfahren, Hauptsache, es hat geklappt, ich habe eine Arbeit und etwas Lohn, endlich eine fixe Summe, mit der wir ab jetzt fest rechnen können!

Wir organisieren unser Leben neu, zukünftig wird Mama auf Martin aufpassen und ihn erziehen, sie wird kochen und waschen, ich aber gehe arbeiten und meine

Aufgabe ist weiterhin der Schwarzmarkt. Mama meint, ich sei ein zu erwachsenes Kind, sie sagt, es laste viel auf mir, aber ich würde sehen, die Zukunft wird schon alles richten.

München ist nur fünfzig Kilometer weit weg, aber es ist, als läge es hinter den sieben Bergen! Alle zwei Wochen ein knapper Tag: Das ist alles, was uns mit Julius bleibt, dazu kommen die Briefe, aber Briefe sind nur Wörter, nur Buchstaben, egal wie und was er schreibt, selbst wenn es noch so poetisch ist, ich höre trotzdem nicht seine Stimme, sehe nicht in seine Augen, kann ihn nicht berühren, mir ihn höchstens vorstellen, ich aber will einen Julius aus Fleisch und Blut und nicht bloß die Erinnerung, uns kann weder Tod noch Leben voneinander trennen, das haben wir uns geschworen, das verbindet uns, seine Mutter erledigt bereits die Papiere, sie und Janka wandern nach Amerika aus, Julius hat nicht geschrieben, ob er geht, auch nicht, ob er bleibt, nur, dass wir, wenn wir uns sehen, alles besprechen werden.

Seine Mutter und seine Schwester: In ihren Augen bin ich nur ein Mädchen aus irgendeinem Lager, wenn Julius mitgeht, ertrinkt unsere Liebe im Ozean, denn aus Amerika kann man nicht einmal so zuverlässig schreiben wie aus München, ein Brief von Onkel Paul braucht einen Monat, um hier anzukommen, ich spüre Mamas Blick, weiß, dass sie fragen wird, aber ich will ihr nicht antworten, ich lese Julius' Brief, lese kreuz und quer darin, lese ihn wieder, Mama hält es nicht länger aus. *Was schreibt er? Sie wollen nach Amerika. Gehen sie alle zusammen?,* ich zucke mit den Schultern. *Julius auch?,* Mama gibt keine Ruhe, ich zucke wieder mit den Schultern, Mama ist verärgert und beleidigt, weil ich meinen Freundinnen alles erzähle, ihr aber nicht einmal ordentlich antworten will. Aber was sollte ich ihr schon antworten, wenn ich es doch einfach nicht weiß, ich weiß es nicht, nichts weiß ich, und überhaupt will ich mit ihr nicht über Julius sprechen, ich knalle den Brief auf den Tisch, bitte, dann soll sie ihn doch lesen, und schmeiße hinter mir die Tür zu.

Vor langer Zeit einmal, als sie mit mir gestritten hatte, weil ich ihrer Meinung nach frech gewesen war, warf sie mir an den Kopf, was ich mir eigentlich denken würde, sie sei nicht meine Freundin. Eigentlich war ich gar nicht frech gewesen, ich wollte nur später putzen, weil ich eben in ein Buch vertieft war; die Indianer hatten Wildtöter gerade an den Marterpfahl gefesselt, als Mama kam und ich ihr, ohne aus dem Buch aufzublicken, antwortete, später, woraufhin sie wütend wurde und mich ausschimpfte, schreiend schimpfte sie mit mir, und ich sah sie nur an und verstand nicht, was mit diesem Später das Problem war, ich fragte sogar, ***was macht es der Kommode schon aus, wenn sie eine Stunde länger staubig ist?*** Darauf riss mir Mama das Buch aus der Hand und verbat sich ein für alle Mal diesen Ton, und da sagte sie, ich solle zur Kenntnis nehmen, sie sei nicht meine Freundin, und ich nahm es zur Kenntnis und weiß seitdem nicht, was mit Wildtöter passiert ist, weil Mama das Buch so weggepackt hatte, dass ich es vergeblich suchte, sie wagte ich nicht zu fragen. Polli tröstete mich damals, ihr konnte ich alles erzählen, auch wenn ich mich mit Kinga oder Jarinka gestritten hatte, ich konnte ihr sogar von Péter erzählen, und sie hatte immer so gute Ideen, wie ich mich verhalten sollte, aber Polli ist nicht mehr, und Mama weint, ich weiß, dass sie weint, ich weine nicht, streife wütend durch die Straßen der Sudetendeutschen, der Pommern und der

Schlesier, bin schon in der Straße der Donauschwaben und lande schließlich bei Zelma, die sagt, das sei doch nicht so schlimm, Kinderkram, ich solle mich nicht darüber aufregen, und sie sagt auch, dass es keine Liebe gibt, die Männer seien alle Schweine und bräuchten die Frauen nur für das Eine. *Für was? Um sie zu ficken!* Mir schießt das Blut in den Kopf, *du, unschuldiges Lamm* – Zelma staunt –, *du weißt kein bisschen Bescheid! Doch, ich weiß Bescheid!,* und ich erzähle ihr von Herrn Daxner mit seiner runtergelassenen Hose, aber dieses Wort hat wirklich noch nie jemand vor mir ausgesprochen. Zelma entschuldigt sich für ihre Grobheit und erzählt, dass sie niemanden habe, und der, den sie hatte, noch zu Hause in Ungarn, habe sie verlassen, nachdem das mit ihr passiert sei. *Was ist passiert?* Die russischen Soldaten hätten sie vergewaltigt, viele hätten sie vergewaltigt, sie seien ihre Straße entlanggegangen und hätten alle, die sie vorfanden, von den jungen Mädchen bis zu den alten Frauen, vergewaltigt, ich will es nicht wissen, will es nicht hören, aber sie erzählt und erzählt, in ihrer Stimme keine Traurigkeit, keine Wut, trocken, abgehackt, in knappen Sätzen, eintönig wie ein Telegraf, so sagt sie es, *das tut mir leid, das tut mir wirklich leid, aber ich muss gehen, Martin wartet,* ich unterbreche sie, am Abend schreibe ich Julius einen Antwortbrief, ich schreibe, dass ich ihn nicht an die Kette lege, wenn er nach Amerika gehen will, dann soll er gehen!

Ich warte nicht auf ihn, er hat nicht geschrieben, dass er kommt, doch auf einmal steht Julius in der Tür. Ich renne zu ihm hin, er nimmt mich in die Arme, umarmt und küsst mich und flüstert, *wir treten auf die Kette, dass die*

Kette klingt, wir haben einen Vogel, der so lieblich singt, von was für einer Kette ich so ein dummes Zeug geschrieben hätte, fragt er. Auch ich küsse ihn, die ganze Baracke gafft, ich höre Anni und Dora kichern, aber es ist mir gleich, Julius hat mit Mama und mir etwas Ernstes zu besprechen, er hört sich genauso an wie Papa, wenn er uns hingesetzt und erklärt hat, was wie sein sollte. Es wird so sein, dass Julius nicht nach Amerika geht! Er hätte dort kaum eine Chance, sein Studium zu beenden, zumindest eine ganze Weile, er müsste warten, bis er die Sprache perfekt beherrsche und das Geld für die Studiengebühren beisammen hätte, aber selbst dann, wer weiß schon, wann er sein Studium fortsetzen könnte, ob man ihm seine bisherigen Prüfungen überhaupt anrechnen würde oder er vielleicht das Ganze von vorne beginnen müsste. Janka ist noch jung, sie kann dort mit dem Gymnasium anfangen und ihr Abitur machen, sie hat das Leben vor sich, ihr Onkel hilft ihnen in allem, er hat ein Einladungsschreiben geschickt und Geld für die Schiffsfahrkarten, was Julius selbst angeht, er hat gute Noten und ist von der Studiengebühr befreit, aber natürlich arbeitet er, derzeit in der Prosektur, er freut sich sehr, dass es ihm gelungen ist, dort unterzukommen, er bekommt gutes Geld, mehr als je zuvor, an Ärzten mangelt es, wenn er fertig ist, findet er sicher eine Anstellung, und dann kann er eine Familie gründen, er will sein Leben mit mir teilen und selbstverständlich würde er sich um Martin und auch um Mama kümmern, Lager bleibt Lager und Baracke bleibt Baracke, Papa ist nicht da und einen Verlobungsring gibt es nicht, aber Julius hält trotzdem um meine Hand an, hält bei mir um meine Hand an.

Der Inn ist trüb und dreckig, die Mangfall ist durchsichtig klar, am Ufer eine riesige Trauerweide, wir liegen unter ihr, sind nur zu zweit, feiern unsere Verlobung. Julius küsst mich, meine Augen, meine Nase, meinen Mund, wieder die Augen, wieder den Mund, er küsst mich und fährt mir durchs Haar, nimmt mein Gesicht in die Hände und sagt, ich müsse lernen. Ich nicke, Mama sagt das auch, die anderen beiden Mütter und Doktor Grün ebenfalls, alle sagen das, und sie haben recht, auch ich denke so, nur scheint es eben als Mutter mit einem Kleinkind, die ich offiziell bin, ganz unmöglich. Soll ich mich außerdem mit über zwanzig zu den Jugendlichen in die Schulbank setzen und, als sei nichts geschehen, einfach dort weitermachen, wo ich in Käsmark aufgehört habe?

Julius wird Arzt, komme, was wolle. Er studiert fest entschlossen und arbeitet hart, er sagt, mit der Prosektur sei er wirklich gut gefahren, nicht bloß wegen des Verdienstes, sondern auch, weil er wahnsinnig viel lerne, beim Arbeiten lerne, er sei Bernhard, seinem Kommilitonen, unendlich dankbar, dass er ihn dort untergebracht hat. Bernhard kommt übrigens aus Blumenstadt und wenn er mit dem Studium fertig ist, will er im hiesigen Krankenhaus arbeiten. Vergeblich hake ich bei Julius nach, er weicht mir aus, will nicht mehr über seine Arbeit erzählen. Ich weiß nicht genau, was die Aufgabe eines Assistenten in der Prosektur ist, aber offensichtlich muss er etwas mit Leichen machen, unter ihnen sein, sie berühren, hin und her schleppen, schon der Gedanke daran ist grauenhaft! Das sei nur eine Arbeit wie jede andere auch, man brauche keine Angst vor dem Tod zu haben, ebenso plötzlich, wie man ist, hört man auf zu sein, so einfach sei das, sagt Julius, ich habe keine Angst, aber mir schaudert.

Ein junges Paar mit bläulichen, friedlichen Gesichtern, als würden sie schlafen: Gas. Eine Mutter, ein großes Mädchen, ein kleiner Junge, nebeneinander auf dem Boden zugedeckt, auf der Decke zusammengerollt ein Dackel, auf der Brust des Mädchens ein Foto mit einem lächelnden jungen Mann: Gas. Vater, Mutter, zwei Kinder, die Kinder in schwarz gekleidet, in ihren Betten aufgebahrt, auf der Brust liegen Kreuz und Blumen, der Vater gekrümmt, die Mutter neben ihm, auf dem Rücken liegend: an ihren Schläfen ein Einschussloch. Die Adern eines Mannes aufgeschnitten, der Wirt sitzt in seinem Wirtshaus über den Tisch gebeugt: Der tschechische Terror wütet, und im Kreis der Deutschen breitet sich in Brünn der Selbstmord wie eine Epidemie aus. Eckhaus, erster Stock, drei Fenster nebeneinander, im mittleren ein älterer Herr, in den beiden äußeren zwei ältere Damen, der Herr im Anzug, die Damen in schwarzer Seide, ihre Körper schaukeln im Wind. Das Gas wurde abgestellt, die Waffen mussten abgegeben werden, so bleibt nur, sich selbst zu erhängen. An Ästen, Dachbalken, Haken, Fensterkreuzen, Türrahmen, überall hängen Leichen, manche berühren mit den Zehenspitzen den Boden, andere knien. Geht das so auch? Selbst wenn der Lebensinstinkt erwache, verhindere der sofortige Bewusstseinsverlust, dass man den Kopf aus der Schlinge zieht, erklärte Julius, als ich ihn damals in Nováky mit Mühe und Not zum Sprechen brachte, nachdem ich ihm von Polli und Großmutter erzählt hatte und davon, wie ich verprügelt worden war, und von dem Kreuz, das sie mir ins Haar geschnitten hatten.

Als zur Arbeit verpflichteter Deutscher räumte er nicht Trümmer weg, sondern Tote. Zehn, sechzehn, einundzwanzig Selbstmörder nebeneinander, in eine Reihe gelegt, nach dem Hundertsten hörte Julius auf zu zählen, er nahm nur die Leichenschau vor: Identität, Tathergang, er schrieb das Protokoll, enge kleine Wohnungen, geräumige Villen, Scheunen in der Vorstadt, Einsame und ganze Familien, Totenkleidung, Blumen, Kerzen, Fotos: Am erschütterndsten war die Feierlichkeit, mit der sie ihre Tat ausführten, wer so etwas gesehen hat, wird es für immer sehen, wer von so etwas gehört hat, kann es nie vergessen, es war, als würde man mir mit Nadeln in die Kehle stechen, in meinen Ohren pochte das Blut, aber ich wollte wissen, will wissen, was er weiß, wollte sehen, will sehen, was er gesehen hat, wenn er, dann auch ich, ein Totentanz, denke ich, denkt er, der Inn ist trüb und dreckig, die Mangfall durchsichtig klar, wir liegen unter der großen Trauerweide, ihm werde nichts passieren, ich bräuchte mich nicht um ihn zu sorgen, sagt Julius nach langem Schweigen, beim Abschied hat Erwin wortwörtlich dasselbe gesagt, Julius' Worte sind Erwins Worte, ich erinnere mich überhaupt nicht mehr an Erwin, an seine Stimme, seine Züge, an die Farbe seiner Augen: Vergebens versuche ich, sie mir in Erinnerung zu rufen, sie fallen mir nicht ein, Julius zieht mich an sich heran, er küsst mich, lächelt aber nicht, in seinen Augen liegt eine versteinerte Traurigkeit, er kann gar nicht lächeln, er helfe mir, schicke mir Geld, aber jetzt gäbe es keinen Aufschub mehr, ab September müsse ich lernen! Es fehlt an Lehrern, Leute aus der Schulbehörde waren im Lager und baten Frau Pryzbilla, auf der anderen Seite des Flusses in einem auf -bach endenden Dorf zu unterrichten, der Lehrerberuf ist eine gute Wahl, auch ich wäre gerne Lehrerin, zum Beispiel Musiklehrerin, wenn ich schon nicht Pianistin sein kann, der Arzt heilt den Körper, die Musik die Seele, heute ist es besser, als es gestern war, übermorgen wird es besser sein als morgen, Julius lächelt, er kann also doch lächeln!

Wie könnte ich aber ohne Abitur eine Hochschule besuchen? Das Lehrerseminar befindet sich in derselben Straße wie die Näherei, fragen kostet ja nichts. Aber was ist, wenn sie mich vor die Tür setzen? Frau Daxner hat Dora sofort nach ihrer Ankunft am Gymnasium angemeldet, denn auch wenn sie Flüchtlinge sind, hält sie das Lernen für ebenso wichtig wie die einheimischen Eltern. Als sich jedoch herausstellte, dass sie kein Geld für die Schulgebühr hatte, wurde sie auf kürzestem Weg hinauskomplimentiert. Aber das ist lange her, seitdem lernt Dora, zwar nicht an einem Gymnasium, aber doch an einer Handelsschule. Mich könnten sie bestimmt nicht so leicht abfertigen wie Frau Daxner, ich würde mir das nicht bieten lassen! Obwohl das Lehrerseminar ja auch kein Gymnasium ist, denn das besuchen Erwachsene, und wenn jemand die Studiengebühr bezahlt, dann ist es sicherlich egal, ob er aus dem Ort kommt oder ein Fremder ist, ich habe einen monatlichen Verdienst, außerdem schickt Onkel Paul regelmäßig Pakete, und auf dem Schwarzmarkt geben sie für alles, was aus Übersee kommt, viel, und mich haut keiner, nicht mal ein Gangster, übers Ohr, auch das Abendkleid konnte ich für achthundert verkaufen. Ein Medizinstudium kostet viel mehr als das Lehrerseminar, ich bin mindestens ebenso stark und mutig wie Julius, wenn er das Geld für sein Studium auftreiben kann, dann kann ich das allemal!

Der Termin für die Aufnahmeprüfung stand in der Zeitung, doch ich habe die Benachrichtigung auch auf dem Weg zur Arbeit am Tor des Lehrerseminars gesehen.

Persönliche Dokumente, Schulzeugnisse wollen sie haben, außer dem Flüchtlingsausweis habe ich keine Papiere, im Ausschuss sitzen eine vogelköpfige, alterslose Frau und zwei ältere Männer – der eine hat so einen Mongolenbart wie der alte Herr Huber, der Seilbahnbetreiber in Reichenhall –, sie sind weder nett noch streng, sie stellen mir abwechselnd Fragen: Meine Zeugnisse wurden bei der Internierung vernichtet, ich habe am deutschen evangelischen Gymnasium in Käsmark Abitur gemacht, in Mathematik, Naturkunde, deutscher Sprache und Literatur mit sehr gut, ich singe ein deutsches und ein ungarisches Volkslied, das Notenlesen geht gut, Musiklehre und Musiktheorie holpern jedoch etwas. *Was für ein Instrument spielen Sie?* Rot über beide Ohren stammele ich, Klavier, einigermaßen, ich hätte schon lange nicht mehr geübt, im Lager gebe es kein Klavier, *könnten wir etwas hören?*, mein Mut ist dahin, mehr als ein Nicken bringe ich nicht zustande. Ich gehe ans Ende des Saals zum Klavier, der glänzend abgewetzte Stuhl knarrt laut, als ich mich vorsichtig setze, mein Rücken ist dem Ausschuss zugekehrt, sie sehen nicht, dass ich die Augen schließe, *Körperhaltung!*, als würde ich hören, wie Fräulein Luise schreit und mit ihrem Stock klopft, ich richte mich auf, winzige Bewegungen, wiege mich mit den Schultern, mit dem Kopf nach rechts und links, ich finde den Rhythmus, Chopin oder Schumann, h-moll Sonate oder *Träumerei?* Meine Finger bewegen sich wie von selbst, ich spiele die *Träumerei* – Nováky, mittleres Lager, die Brunnenpumpe, der schönste Ort im Lager, ich drücke den Schwengel, das Wasser spritzt in einem breiten Strahl, tausend winzige Tropfen prasseln auf den Rand der Kanne und das Eisengitter, Julius hält meine Hand und erzählt mir von der Zukunft, weder Tod noch Leben, weder Vergangenes noch

Zukünftiges können uns trennen –, ich schlage daneben, komme aus dem Takt, mache einen Fehler, mache noch einen Fehler, für den Betrug, für die Lüge, das Abitur gemacht zu haben, werde ich bezahlen, *du wirst bezahlen, wirst bezahlen!,* knarrt auch der Stuhl, als ich mit dem Stück fertig bin, stehe ich langsam auf und gehe zurück zum Ausschuss, es ist, als würden hinter dem Tisch Holzpuppen sitzen, ihre Gesichter sind leer, ich sehe sie an, sie sehen mich an, schließlich verzieht sich das Gesicht des Mannes mit dem Mongolenbart zu einem Lächeln, und er sagt, *danke,* und dass das Ergebnis in der Aula am Schwarzen Brett ausgehängt werde.

Hat mir das wirklich gefehlt? Ausgeschlossen, dass sie mich nehmen! Ich mache einen großen Bogen um das Lehrerseminar, auch in die Näherei gehe ich auf einem anderen Weg, tagelang endle ich nur und nähe Knopflöcher, dabei mache ich Inventur darüber, was ich habe und was nicht: Ich habe einen Namen, einen Flüchtlingsausweis, einen Quadratmeter in einer Baracke, ich habe ein Paar Schuhe, eine Garnitur Kleider und ein Kind, das meine Schwester geboren hat, ich habe eine Mutter, irgendwo in Gefangenschaft einen Vater und fünfzig Kilometer weit weg einen Liebsten; ich habe keine Großmutter, keinen Großvater und keine Schwester, habe kein Zuhause, kein Klavier, kein Fotoalbum, kein Zeugnis, keinen Taufschein, habe keine Vergangenheit, nur eine Gegenwart; auf dem Schwarzmarkt komme ich ganz gut zurecht, ich kann Sachen organisieren, wenn es nötig ist, klauen, einigermaßen nähen, aus Kartoffeln und Rüben Schnaps brennen, ich konnte irgendwann einmal Klavier spielen, war ein viel versprechendes Talent, eine Woche lang meide ich das Lehrerseminar, dann gehe ich doch hin, mein Name steht nicht angeschrieben, kein Name steht angeschrieben, das Ergebnis ist noch nicht da, ich gehe jeden Tag hin, gehe den Flur entlang, schaue nichts und niemanden an, gehe nur vorwärts, bleibe vor dem Schwarzen Brett stehen, richte meinen Blick auf den unteren Rand des Gitters, hebe ihn langsam, ganz langsam starr nach oben, nichts, noch immer nichts, und auf einmal hängt die lange Liste da und etwa in der Mitte, da steht er, mein Name.

8.

Das Färberviertel, ein gelblich grünes Haus mit schmalen Fenstern am Mühlbach, winzig klein, aber vollkommen unversehrt, nicht einmal Einschüsse sind zu sehen. An den Fenstern Gardinen, auf dem Fensterbrett Blumen, ein Holztor mit Eisenbeschlägen – als wäre es ein Zwilling der Käsmarker Tore –, beim Weg zur Arbeit bleibe ich immer für einen Augenblick vor diesem Haus stehen und schließe die Augen, das ist mein tägliches kleines Ritual, oder eher mein Spiel, ich spiele, dass ich morgens hier aus dem Tor trete und abends hierher nach Hause komme.

Eine halbe Schicht in der Näherei, damit ich lernen und wenigstens die Seminare besuchen kann, wenn ich schon die Vorlesungen verpasse. Zum Musikseminar von Herrn Ludwig gehe ich auf jeden Fall. Ich habe so sehr die Daumen gedrückt, dass es nicht während der Arbeitszeit stattfindet, weil Herr Anton schon kaum in die halbe Schicht einwilligen wollte, und ich mich nicht traue, ihn auch noch darum zu bitten, fortgehen zu dürfen, doch es ist, als hätte Herr Ludwig seine Stunden ganz nach meiner Schicht gerichtet: Das Seminar wurde für zwölf bis halb zwei angesetzt.

Kahle Schläfen, herabhängender Mongolenbart: Herr Ludwig ähnelt dem alten Herrn Huber wirklich und auch Fräulein Luise, wenn er in der Klavierstunde den Takt klopft. Nur klopft er statt mit dem Stock mit seinem Fuß und im Sitzen, weil er eine Behinderung hat. An seinen riesigen Füßen riesige Schuhe, hoch geschnürt, der linke mit erhöhter Sohle, Herr Ludwig sieht darin aus, als wäre ihm der Knöchel hochgerutscht. *Ausgezeichnet!,* er lobt mich nach dem Vorspielen, doch sagt er auch, dass ich üben müsse, viel üben, mit dem freien Spiel solle ich noch warten, bis ich das Stück sicher in den Fingern hätte.

Ihn mag ich unter den Lehrern am liebsten, schon bei der Aufnahmeprüfung mochte ich ihn, man könnte sagen, ich habe ihn mir dort ausgeguckt; ihm habe ich geantwortet und ihm habe ich die *Träumerei* vorgespielt; aber da sind Arbeit, Studium, Kinderbetreuung und wieder Arbeit, wann und wo soll ich nur üben, diese Frage stelle ich mir aber bloß in Gedanken, *ich werde achtgeben, nicht zu frei spielen,* antworte ich laut.

Auf ein Wort noch!, am Ende der Anhörung winkt er mich aus der Tür zurück. Ich werde rot, meine Ohren glühen, ich kann mir nichts anderes vorstellen, als dass ich aufgeflogen bin, sicher will er wegen des bei der Aufnahmeprüfung vorgetäuschten Abiturs mit mir reden, aber nein, das Abitur interessiert Herrn Ludwig nicht, er fragt, wann ich mit dem Klavierspielen begonnen habe, wer meine Lehrer gewesen seien, er erkundigt sich nur nach meiner musikalischen Ausbildung und fragt schließlich, woher ich käme und wo, wie und mit wem ich hier in Blumenstadt leben würde. Nie wieder will ich jemanden anlügen, zumindest ihn nicht – ich wohne in Holzhof, im Lager mit meiner Mutter und dem kleinen Sohn meiner Schwester, meine Schwester ist in einem slowakischen Lager an Typhus gestorben, das heißt in einem Krankenhaus, gleich nach der Geburt ihres Kindes, nach der Deportation wurde ich aufgrund eines Missverständnisses offiziell zur Mutter erklärt, in einer halben Schicht arbeite ich in einer Näherei, wir bekommen etwas Kindergeld, aber ich muss arbeiten, damit wir überleben –, der Lehrer macht mir ein Angebot: Seine Mutter sei über neunzig, sie sehe kaum und könne auch nur schwer gehen, daher verlasse sie das Haus gar nicht mehr, wenn ich sie hier und da besuchen könnte, wäre er mir sehr dankbar. Dort gebe es auch ein Klavier, seit langer Zeit habe niemand mehr darauf gespielt, ich könnte gelegentlich üben, seine Mutter möge die Musik sehr, sicher würde sie sich darüber freuen, und wenn ich das Kind mitnähme, dann bestimmt noch mehr.

„Das geht nicht, das kann ich nicht annehmen."

„Warum? Haben Sie keine Zeit?"

„Ich habe kein Geld."

„Wieso? Was für Geld?"

„Für das Klavierspielen."

Ich soll ihn nicht beleidigen, aber wenn ich möchte, kann ich dies und das im Haushalt helfen, und er fragt, ob es mir morgen passe. Ich soll den Jungen unbedingt mitbringen und ich würde sehen, seine Mutter wird uns gar nicht mehr gehen lassen wollen; Herr Ludwig lässt mir keine Möglichkeit für Ausflüchte, und warum eigentlich nicht, statt am Flussufer oder im Wäldchen kann ich mit Martin ja auch woanders spazierengehen, ich frage ihn nach der Adresse. *Färberstraße 3, gleich am Ufer des Mühlbachs.* Mein Herz klopft laut, denn das ist das Haus, vor dem ich jeden Tag mein Spiel spiele, *ja, nachmittags um vier ist recht,* und *ja, ich bringe auch Martin mit,* antworte ich überglücklich.

Sie ist von kleiner, sehniger Statur, das Gesicht voller Falten, veilchenblaue Augen, ich treffe Frau Ludwig alleine an, ihrem Sohn ist etwas dazwischengekommen. Ich erröte, plappere durcheinander, vom Lehrerseminar und Klavierspielen, versuche, mich herauszureden, und stammele dann etwas davon, dass ich gern im Haushalt helfen würde. Das sei überhaupt nicht notwendig, sie habe uns schon erwartet, vor allem den kleinen Jungen, in den Augen der alten Frau unendliche Traurigkeit, doch auch so verströmt sie eine derartige Ruhe und bittet uns so nett herein, dass all meine Verlegenheit verfliegt.

Eine alte Kommode mit Intarsien, an den Schubladen Ringgriffe mit Messingbeschlägen, auf ihr Porzellanschalen und eingerahmte Fotografien, am Fenster der Flügel, es liegen Zeitungen und Noten darauf, auch hier stehen Fotos, ein Sessel mit grünem Samt bezogen, ein Tischchen, die Beine zieren Löwenköpfe, auf dem Teppich ein Muster aus Ranken und Blumen, ein bis zur Decke reichendes Bücherregal, es bricht unter den vielen Büchern fast zusammen: Die Möbel sind anders und auch die Bilder, doch der Geruch des gebohnerten Bodens und der frisch gewaschenen, duftenden Gardinen ist genau so, wie er bei uns zu Hause war, ich atme tief ein, Martin entdeckt den Schaukelstuhl, er stößt sich ab, wiegt sich vor und zurück, lacht, *das reicht jetzt, komm da herunter!,* ich ermahne ihn, er aber tut so, als wäre er taub, ich solle ihn nur lassen, *soll er doch seinen Spaß haben,* Frau Ludwig winkt ab, auch ihr Enkel hätte gern geschaukelt.

Als ein Bombenangriff das Färberviertel getroffen habe, hätten sie sich gerade von hier auf den Weg nach Hause gemacht, zu zweit, ihr Enkel und ihre Schwiegertochter, der Angriff hat sie auf offener Straße erwischt, einen Alarm gab es gar nicht, die Flugzeuge waren plötzlich da und warfen die Bomben ab, nirgendwo in der Nähe ein Luftschutzraum, beide kamen ums Leben, die Splitter töteten sie, seitdem habe sie keinen Enkel, keine Schwiegertochter, niemanden außer ihren Sohn – Martin hat noch nie einen Schaukelstuhl gesehen, er kann gar nicht genug bekommen davon, stößt sich immer wieder ab und lacht –, jeder habe seine eigenen Toten, Frau Ludwig spricht trocken, ohne sentimental zu werden, dann erklärt sie, *genug, jetzt ist Schluss, jetzt stellen wir die Regeln auf.* Die erste Regel ist, dass wir über solche Sachen nicht mehr reden, die zweite, dass ich jedes Mal Klavier spiele und das Kind mitbringe, aber es sei nicht schlimm, wenn ich vielleicht einmal keine Lust zum Klavierspielen hätte, dann wäre diese Regel einfach nicht gültig. Frau Ludwig ist bezaubernd, ich bin meinem Lehrer dankbar, dass er mich als Gesellschafterin angeworben hat, und auch Herr Ludwig ist dankbar, denn nach dem nächsten Seminar spricht er mich an und sagt, dass seine Mutter ganz begeistert sei, als wäre ihre Irgendwas wie weggeblasen, ich aber traue mich nicht zu fragen, was dieses Fremdwort bedeutet, was das für eine Krankheit ist, an der seine Mutter leidet, *das freut mich,* antworte ich und werde wie immer vor Verlegenheit ganz rot.

Dreimal die Woche gehe ich in die Färberstraße 3. Etwas Obst, Honig, Tee: Frau Ludwig zaubert bei jeder Gelegenheit feine Sachen auf den Tisch, nach dem Essen springt Martin in den Schaukelstuhl, dann ist das Spielzeugauto dran, das aus einer Truhe zum Vorschein gekommen ist und das man prima über die Fliesen der Veranda rollen lassen kann, nach der Veranda dann in den winzigen Hof, wo er Jagd auf Ameisen und Frösche macht, drinnen im Haus zieht Frau Ludwig das Grammophon auf, wir hören von Schumann bis Mozart, von Tschaikowsky bis Beethoven alles Mögliche kreuz und quer durcheinander, zuweilen setze ich mich ans Klavier, ich finde, ich spiele schlecht, meine Finger sind steif, die Näherei tut ihnen nicht gut, dennoch ist Frau Ludwig begeistert, im Bücherregal wunderschöne Bildbände und Ausstellungskataloge, Frau Ludwig ist unglaublich gebildet, ist im Cinquecento ebenso bewandert wie im Impressionismus, früher einmal war sie in Paris, in Rom und Florenz, die Kataloge stammen von dort. Über den Krieg reden wir nicht und auch nicht über Käsmark, Nováky, unsere Vertreibung, die Flüchtlinge und das Lager, in der Färberstraße 3 gibt es donnerstags zwischen vier und sechs nichts anderes, nur die Kunst. Diese zwei Stunden, die ich dort verbringe, kommen einem Seminar oder einer Vorlesung gleich, zumindest was die Kultur- oder Musikgeschichte angeht. In diesen Fächern muss ich gar nicht in die Seminarunterlagen schauen, um die Prüfungen abzulegen. Aber ich habe auch gar keine Unterlagen, dafür war mir das Geld zu schade, und Gerda, die in der Namensliste vor mir steht und mit der ich mich beim ersten Seminar angefreundet habe, hat mir ihre von selbst angeboten, damit ich sie abschreiben kann.

Gerda ist meine erste einheimische Freundin. Die anderen in meiner Seminargruppe kenne ich nur flüchtig. Außer ihre Namen weiß ich kaum etwas über sie, ich unterhalte mich nie mit ihnen, ich wüsste nicht wann, denn ich bin immer auf dem Sprung, eile vom Lehrerseminar in die Näherei oder umgekehrt, und dann sind da noch das Kind, das Anstehen und der Schwarzmarkt, damit Mama waschen, putzen und kochen kann. Die Donnerstage bei Frau Ludwig würde ich aber nie ausfallen lassen, wenn ich Spätschicht habe, gehe ich statt um vier Uhr um sechs zu ihr, dann ohne Martin, gleich aus der Näherei. Unterwegs rätsle ich, ob ihr Sohn wohl dort sein wird oder nicht, seit Monaten schon gehe ich in die Färberstraße, aber getroffen habe ich ihn dort noch nie. Ich würde ihm gern einmal da begegnen, gleichzeitig fürchte ich mich auch davor, er erinnert mich an meine Lüge, dass ich mit einem Betrug ins Lehrerseminar aufgenommen worden bin und dort eigentlich nichts zu suchen hätte. Bei einer Gelegenheit nehme ich dann all meinen Mut zusammen und frage Frau Ludwig, warum ihr Sohn, wenn wir kommen, nie da ist. Sie erzählt etwas davon, wie beschäftigt er am Lehrstuhl sei, doch zu meiner Überraschung öffnet am nächsten Donnerstag Herr Ludwig persönlich die Tür, was mich so verlegen macht, dass ich ganz rot werde.

Herr Ludwig hat ein Geschenk mitgebracht. Einen Modellbaukasten. Er hat seinem Sohn gehört, der ihn zu seinem zehnten Geburtstag bekommen hatte, dass Martin erst drei Jahre alt ist, macht aber nichts, er wächst schon noch hinein, Martin strahlt übers ganze Gesicht, er räumt die einzelnen Teile aus, packt sie wieder ein, die kleinen, gezielten Bewegungen fördern seine Geschicklichkeit. Was für lange Finger dieses Kind doch habe! Wie für das Klavierspielen geschaffen! Einen Hocker unter seine Füße, ein kleines Kissen unter den Po, er setzt sich neben Herrn Ludwig und sie klimpern zu zweit, es würde sich lohnen, ihm Unterricht geben zu lassen! Wie denn, wovon? Darauf kämen wir noch zurück! Herr Ludwig brummelt etwas wie einen Gruß und stürzt aufgewühlt hinaus, ich schaue ihm verständnislos hinterher.

Er denkt an seinen eigenen Jungen, er macht sich Vorwürfe, dass er nicht mitgekommen ist, und ich mache mir auch Vorwürfe, Frau Ludwig spricht, womit sie die bei unserem ersten Treffen aufgestellten Regeln bricht, über ihren Enkel und ihre Schwiegertochter. Eigentlich wollten sie schon gehen, wenn sie die beiden hätte gehen lassen und nicht noch ein bisschen zum Bleiben aufgefordert hätte, wären sie an einem sicheren Ort und nicht auf offener Straße gewesen, als der Luftangriff begann, Frau Ludwig war ihr Verhängnis, jene Minuten, die sie sich erbettelt hatte, daran hing ihr Leben, und das könne sie nie vergessen und sich auch nicht verzeihen.

„Darf ich Klavierspielen?", frage ich.

„Natürlich, eine großartige Idee!", antwortet sie.

„Was soll ich spielen?"

„Wozu Sie Lust haben!" Es wäre schön, wenn sie mich duzen würde, aber wo denke ich hin, den Jungen schon, aber mich, eine junge Dame, niemals.

„Dann die *Träumerei.*"

Dann die. Die *Träumerei* habe ich bei der Aufnahmeprüfung gespielt, in meiner Freude und Trauer, in meiner Fantasie und in der Wirklichkeit, immer spiele ich dieses Stück, mindestens tausendmal habe ich es schon gespielt, jetzt klingt es wie eine Trauermesse.

Herr Ludwig ist mehr als ein Lehrer, er ist unser Meister und meint, die Musik sei, ob wir musizieren oder aber Musik hören würden, in jedem Fall dazu da, uns selbst durch sie zu verstehen und zu erkennen, mit welchem Ziel wir hier auf Erden seien. Die nächsten Generationen zum Guten erziehen, ihnen das Gute beibringen, ein ausgezeichneter Pädagoge sein: Solche Ziele haben meine Kommilitonen, ich selbst wiege nur mit dem Kopf, als er mich danach fragt. Alle Augenpaare sind auf mich gerichtet, schließlich murmele ich, ich wisse nicht, was mein Ziel sei. *Es muss doch etwas geben, weswegen Sie hier sitzen!,* Herr Ludwig lässt nicht locker, er hält mich mit seinem Blick regelrecht gefangen, ich schwitze, mein Gesicht glüht, schließlich bringe ich mit Mühe und Not heraus, die Vergangenheit aus der Erinnerung zu löschen. Herr Ludwig nickt und sagt, ich solle die *Träumerei* dann besser nicht mehr spielen.

9.

Im Traum besaß ich dreieinhalb Doppelzentner Butter. Ich strich sie fingerdick auf das Brot, backte Fladen darin und Fleisch, goss sie über Knödel und schmierte sie mir auf die trockene Haut – Kleopatra hat in Milch gebadet, warum könnte ich dann nicht in Butter baden? –, ich bohrte einen Tunnel in die Butter, mannshoch, die ausgegrabenen Stücke schleppte ich zum Eingang, es kamen Mama, Frau Berger, Frau Daxner, Zelma mit ihren Eltern und schließlich alle Einwohner von Blumenstadt und trugen überglücklich die Butterklötze fort, ich aber grub sie eifrig aus, dabei aß ich, in meinem Mund spürte ich den aromatischen, süßen Geschmack, eine samtene Wärme streichelte meine Kehle und breitete sich in meinem Magen aus, mehr, mehr, ich bohrte meine Finger in die Butterwand, plötzlich aber überkam mich eine Übelkeit, ich hatte das Gefühl, auf der Stelle zu ersticken, taumelte an die frische Luft, draußen wartete noch immer ein ganzes Heer von Menschen auf die Butter, also ging ich zurück, um sie weiter auszugraben, inzwischen war die Butter jedoch ranzig geworden und verströmte einen stechenden Geruch wie den von faulen Eiern, dennoch grub ich unerschütterlich weiter, ich grub und würgte, bittere Galle brannte mir in der Kehle, füllte meinen Mund, ich würgte sie hinunter, wieder kam sie hoch und wieder versuchte ich, sie hinunterzuwürgen, doch es gelang mir nicht, ich presste die Lippen und meine Zähne fest zusammen und übergab mich nur deshalb nicht, weil ich in diesem Moment aufwachte.

Dreieinhalb Doppelzentner Butter im Wert von 50.000 Mark wurden aus dem Lager einer Molkerei gestohlen, schrieb das *Volksblatt.* Diebstahl, Raub, Betrug, grandioser Schwindel: Die Zeitungen sind voll mit solchen Dingen, auch mit Streiks und Demonstrationen. Arbeiter, Straßenbahnfahrer, Eisenbahner, in jeder bedeutenderen Großstadt wird gestreikt, irgendwelche Leute demonstrieren für oder gegen etwas. In München nach den Arbeitern der Autofabriken die Studenten, sämtliche Studenten aller Hochschulen und Universitäten, Julius erzählt mir, als er am Sonntag kommt, zuallererst die neuesten Nachrichten. Auch er war bei der Demonstration, natürlich mit seinen Freunden, mit Megaphonen und Transparenten zogen sie vor das Ministerium, pfiffen und forderten größere Rationen, mehr Lebensmittel und die Auflösung des Hungerrats – ich wusste gar nicht, dass es nicht nur für die Flüchtlinge und die Zuteilung ein Amt gibt, sondern auch der Hunger eine eigene Behörde hat –, die Straßenbahn versuchte, sich einen Weg durch die Menschenmenge zu bahnen, doch vergeblich bimmelte sie unentwegt, *was können die schon gegen zehntausend Menschen machen? Sie werden nicht in die Menge schießen!,* Julius beruhigt uns, aber Mama und ich sind so nervös, dass wir beide voller Sorge mit den Fingern knacken.

In Wirklichkeit bin ich stolz auf ihn, wäre ich bei ihm gewesen, hätten wir gemeinsam rufen können: *Wir wollen leben, nicht verrecken!* und *Wir sind Deutsche und kein Kolonialvolk!,* als ich in der Zeitung von den Demonstrationen gelesen habe, sah ich auf den Fotos Transparente mit solchen Parolen. Wenn es hier, in Blumenstadt, eine Demonstration gäbe, würde ich ganz sicher an ihr teilnehmen, ich würde zum Beispiel dafür demonstrieren, dass man zuerst menschenwürdige Wohnungen für uns baut und die Kirchen erst danach an der Reihe sind. Auch das hat die Zeitung geschrieben, und ich stimme dem voll und ganz zu, wenn man die Pommern, die Schlesier, die Donauschwaben und die Sudetendeutschen und alle anderen im Lager fragen würde, dann dächten die ganz genauso, das Problem ist nur, dass wir so viele sind. In ganz Deutschland gibt es vermutlich nicht so viele zerstörte Kirchen, dass deren Renovierungskosten für unsere Wohnungen ausreichen würden, außerdem fragt uns keiner, die Flüchtlinge haben keine Partei, keine Gewerkschaft, wir haben nur Onkel Jóska, Herrn Krebs und Dr. Glatz und das Lager und die Baracke, das Lager ist die Heimat, die Baracke das Zuhause. Wir sollten die Realitäten zur Kenntnis nehmen, es dürfe sich keiner in der falschen Illusion einer Heimkehr wiegen, hieß es bei der Versammlung, die hier auf dem Platz vor dem Lagerbüro abgehalten wurde. Dennoch gibt es noch immer Leute, die darauf hoffen, dass sich das Blatt wendet, die Großmächte die himmelschreiende Ungerechtigkeit uns gegenüber einsehen und beschließen, dass wir endlich doch nach Hause fahren können.

Ein Geheimnis ist bis zum letzten Augenblick ein Geheimnis. Das Lärmen der Nähmaschinen, Scherengeklapper, über den Schneidertisch gebeugte Köpfe, an diesem Freitag läuft die Arbeit in der Näherei ebenso wie an allen anderen Tagen, doch plötzlich taucht Herr Anton auf, das ist unmittelbar nach Beginn der Schicht ganz ungewöhnlich, denn solange er nicht verbucht hat, was zu verbuchen ist, und solange er nicht bestellt hat, was zu bestellen ist, kommt er für gewöhnlich nicht aus seinem Käfig hervor. Jetzt aber ruft er laut, jedoch übertönt ihn das Rattern der Nähmaschinen. *Sie haben es bekannt gegeben!,* jemand gibt seine Worte nach hinten weiter. *Wer und was?,* wir hören auf zu arbeiten und umringen Herrn Anton, der über irgendwelches Geld stammelt, dann in seinen Käfig zurückgeht und das Radio auf volle Lautstärke stellt. *Achtung, Achtung, eine wichtige Durchsage der Militärregierung!,* das alte Radio beginnt in regelmäßigen Abständen zu knistern, die Stimme kehrt nur zurück, wenn Herr Anton auf den Apparat haut. Doch wir verpassen nichts, denn die Bekanntmachung wird mehrmals wiederholt und auch der Hausbesitzer kommt mit einer Zeitung in der Hand vorbei, auf der ebenfalls mit fetten Buchstaben bekanntgegeben wird, dass es ab Sonntag keine Reichsmark mehr gibt, das neue Geld ist da, vierzig neue Deutsche Mark pro Kopf!

Auf dem Heimweg bleibe ich vor dem Schaufenster der Redaktion des *Volksblattes* stehen – ich lese dort gern die neueste Zeitung, denn ausgedruckt und niedergeschrieben scheint jede Nachricht wirklicher –, neues Geld, neue Epoche, von einem Tag auf den anderen, es ist noch immer unglaublich, hätte man es nicht als Mitteilung der Militärregierung im Radio durchgesagt, würde man denken, es sei ein Scherz. Vor der Redaktion ein regelrechter Menschenauflauf, vor mir ein Mann mit Baskenmütze und Schnurrbart, WÄHRUNGSREFORM: Die Schlagzeile kann ich sogar von dort hinten lesen, eine stämmige Frau bahnt sich mit den Ellbogen einen Weg durch die Menge, mich schiebt sie noch weiter zurück, 20. Juni, ein

Kopfbetrag von vierzig Mark und in einem Monat weitere zwanzig Mark, eine lebendige Funkkette, die Nachricht wird von vorne nach hinten weitergegeben.

Zuerst beeile ich mich nur, dann renne ich schon, zu Hause empfängt mich Mama damit, dass sie es auch gehört habe und wir nichts mehr für das alte Geld bekommen würden, die Geschäfte seien leer, zudem hätten wir nur einen Tag, den Rest auszugeben. Was kommt, das kommt, und wie es kommt, so kommt es eben, aber Lebensmittel sind am wichtigsten, es wäre gut, wenn wir etwas zu essen besorgen könnten.

Am Morgen breche ich zusammen mit Mama und Martin schon sehr früh auf, Martin nörgelt, er ist unausgeschlafen, die Luft ist kühl, aber es kann auch sein, dass mich eine innere Aufregung erschaudern lässt, ich habe Gänsehaut. Vor uns und hinter uns, überall Menschen, sie haben es eilig, jeder will der Erste sein. Am Mittertor teilen Mama und ich das Geld und die Stadt unter uns auf: Martin bleibt bei mir, ein Dreijähriger wiegt schon einiges, Mama könnte ihn nicht tragen. Vor den Geschäften endlose Schlangen, ich versuche mein Glück und stelle mich irgendwo an, es ist noch kaum Zeit vergangen, als es Martin schon langweilig wird, zuerst entfernt er sich nur zwei bis drei Personen weit, dann geht er immer weiter weg. Ich aber kann die Schlange nicht verlassen, ich befehle ihm, an meiner Seite zu bleiben, ich weiß, dass es unmöglich ist, ein Kleinkind festzuketten, aber auch dann macht mich seine Quengelei fürchterlich nervös, es war einmal vor langer, langer Zeit, ich beginne, ihm ein Märchen zu erzählen, von der Hexenhütte im Hexental, wir folgen den Einhörnern auf der immergrünen Wiese, dann fischen wir den Mond aus dem Poprad und gelangen endlich ins Geschäft, es überrascht mich ganz und gar nicht, dass es weder Mehl noch Zucker oder Schmalz gibt, also gehen wir zum nächsten Laden, auch dort stellen wir uns in die Schlange, Katzenhöhle, Krötensee, Karfunkelturm: Wir zählen all die Orte in der Tatra auf, an denen Schätze verborgen liegen, und die Dinge, die wir unbedingt mitnehmen müssen, wenn wir uns auf die Schatzsuche begeben, wie die Goldblume vom Krötensee, die uns vor dem Vogel Greif schützt, der aus dem Hinterhalt zuschlägt und mit dem arglosen Schatzsucher davonfliegt. Die Goldblume ist in Wirklichkeit die Trollblume, wir wollen bis zum Mai warten, bis sie blüht, und uns dann auf den Weg machen, *ist jetzt Mai? nein, da musst du noch ein bisschen warten!*, und damit wir mutig genug sind, um die hohen Felsen zu erklimmen, vergessen wir auch nicht, die Lieblingsspeise der Gämse, die Gämswurz, einzustecken, *sie schmeckt lecker, ist süß, du wirst sie mögen,* ich rede Martin gut zu, die Gämse würden die Wurz unter dem Schnee hervorscharren, wo sie ihren süßen Geschmack entwickle, ein Mann eilt mit einem dreiarmigen Leuchter an uns vorbei, in der Hand einer jungen Frau ein Aluminiumeimer, vollkommen leer, manche Geschäfte haben nicht einmal aufgemacht, die Jalousien sind hinuntergelassen, aber es gibt auch welche, die bereits zugemacht haben, an der Tür ein Schild, dass alle Waren ausverkauft sind.

Von Laden zu Laden, nichts, es gibt einfach nichts, ich nehme, was ich kriegen kann, der Picknickkorb stand sicherlich schon vor dem Krieg einsam in dem Regal herum, der Verkäufer in dem blauen Kittel stellt ihn vor mich hin, dabei würdigt er mich keines Blickes, eine mit Kornblumen gemusterte Stoffauskleidung, Messer, Gabeln, Löffel in getrennten Fächern, ein Einmachglas mit braunen Lederriemen fixiert, ein wunderschönes Stück noch aus Friedenszeiten, *den hätte ich gern!,* und den Schlitten können wir im nächsten Winter gut gebrauchen, *den hätte ich auch gern!,* keiner von uns hat Stiefel, dennoch denke ich über einen Stiefelauszieher nach und, damit ihn mir ja niemand vor der Nase wegschnappt, nehme ich auch den mit.

Schwarzwurzeln und grobkörniges, graues Salz, farbiger Zwirn, Knöpfe und ein roter Gummiball: Das ist Mamas Ausbeute. Salz ist Salz, das braucht man für jedes Gericht, die Schwarzwurzeln kochen und essen wir, den Zwirn und die Knöpfe vernähen wir, und mit dem roten Ball machen wir Martin glücklich, nur haben wir nichts, was wir in den Picknickkorb tun könnten, der Schlitten hat in der Baracke keinen Platz und der Stiefelauszieher ist vollkommen unnütz, aber egal, unser Geld wäre am Montag ohnehin ein wertloser Fetzen Papier.

Die Feier am Abend organisieren die Ungarn im Lager. Es gebe nichts zu feiern, sagt Mama, aber ich ziehe trotzdem mein Sonntagskleid an und gehe mit Zelma, Anni und Dora Arm in Arm hin. Vierzig Mark für Einheimische und Flüchtlinge, für Alt- und Neubürger, für Männer, Frauen und Kinder, für Fabrikanten, Lehrer, Ärzte, Beamte, Bauern und Feldarbeiter, für alle gleich. Freiheit, Gleichheit, Brüderlichkeit! Bravo! Gleichheit? Wie denn? Selbst in einem Trümmerland, unter zerlumpten Menschen gibt es die nicht und wird es sie auch nie geben! Sie haben außer den vierzig Mark ihr Haus, ihren Boden, ihre Wohnung und Möbel! Und die Neureichen, die Könige der Schwarzmärkte, die Schieber und die Gauner, die Währungswucher betreiben? Für die ist es aus und vorbei, jetzt brechen neue Zeiten an!

Eine paar Jungen reißen uns Mädchen lachend aus den Gesprächen und nehmen uns mit in den Kreis, Ziehharmonika, Saxofon, Schlagzeug, Trompete, Kontrabass, die Kapelle der sudetendeutschen Jungs spielt, brummende bayrische Melodien, fröhliche, schmissige Polkas; sie spielen allerlei, *Es geht alles vorüber, es geht alles vorbei* gleich zweimal nacheinander, dann kurz darauf noch zweimal, von irgendwoher kommt Schnaps zum Vorschein, ein säuerlicher Maischegeruch breitet sich aus, es gibt keine festen Paare, jeder tanzt mit jedem, keine Pause, wem die Puste ausgeht, der wiegt sich zur Musik, rote, verschwitzte Gesichter, funkelnde Augen, das ist kein Tanzen, eher ein ungezügeltes, wildes Toben, die Nacht ist zu warm, der Schweiß fließt mir über den Rücken, unter der Brust, tropft mir aus den Haaren, ich kann nicht mehr, muss auf die Toilette, Rock und Höschen kleben an mir, ich zerre sie mit Mühe und Not herunter, beglückende Erleichterung, es ist halb dunkel, ich muss mich näher beugen, um mich davon zu überzeugen, ob ich wirklich richtig sehe; ein Bündel alter Markscheine als Klopapier an einen Nagel gehängt, ich muss lachen, ziehe mein Höschen hoch und stecke die paar Reichsmark, die in meiner Tasche geblieben sind, schmunzelnd dazu.

Am großen Tag wird das Kopfgeld schon ab morgens um sieben ausgeteilt. Mama schreibt mir eine Ermächtigung, ich gehe alleine los, besser gesagt zusammen mit Anni, Dora, Zelma und deren Familien sowie mit Frau Pryzbilla und den anderen Donauschwaben, Sudetendeutschen und Schlesiern. Fast zwei Jahre leben wir nun schon zusammen eingesperrt, wenn auch nicht dem Namen nach, so kenne ich sie doch alle vom Sehen.

Eine dichte, graue Wolkendecke, an diesem großen Tag regnet es, doch im Regenmantel, unausgeschlafen nach der Feier vom Vorabend, mit Ringen unter den Augen stehen wir nun lachend vor der Sparkasse in der Kufsteiner Straße. Die Bank ist ein Neubau, an der grauen Marmorfassade glitzern die Regentropfen, die Schlange formt ein riesiges U, wir unterhalten uns mit den Leuten vor uns, hinter uns, kreuz und quer, die meisten haben sich fein gemacht, als wären sie auf dem Weg in die Kirche, ein Kerl erzählt Hitlerwitze. *Was sagt er?*, fragen die Leute von hinten, der Witz geht auf Wanderschaft, eine Welle des Gelächters, wogende Regenschirme, wogendes Lachen, ein Polizist schlendert gelangweilt auf und ab, hat nichts zu tun.

Es dauert mehr als zwei Stunden, bis ich zum Eingang gelange. Im Gebäude staune ich nur so, ein Steinfußboden mit Sternenmuster, an den Wänden stuckverzierte Kassetten, an der Decke eine ganze Reihe Kronleuchter, wären da nicht die Schalter und Angestellten, würde ich denken, ich wäre in Käsmark, im Ballsaal der Redoute.

Ausweis, Unterschrift, ein Bankangestellter im Anzug, hinter seinem Rücken eine Holzkiste voll mit Altgeld, die Tischschublade steht offen, von dort nimmt er die neuen Scheine hervor und zählt sie ab. Ein-, Zwei-, Fünf-, Zehn-, Zwanzigmarkscheine, blau, grün, lila, braun, schöne, fröhliche Scheine, die alten waren dunkel und düster, Martin, Mama und ich: dreimal vierzig, das sind einhundertzwanzig Deutsche Mark, aber was bekommen wir wohl dafür, wo wir die Läden am Samstag geplündert haben? Auch jetzt ist nichts wichtiger als Lebensmittel, aber wir bräuchten auch Schuhe, Kleidung und Unterwäsche und müssten Putzmittel und Scheuerpulver kaufen, um die Baracke sauber zu schrubben, und blaue Farbe, um den

Tisch und die Fensterrahmen zu streichen, Mama und ich haben uns geschworen, das neue Geld wohlüberlegt und nicht für überflüssigen Blödsinn auszugeben.

Wir gehen früh zu Bett und stehen früh auf, aber trotzdem nicht früh genug: Als wir ankommen, sieht die Stadt aus wie im Karneval, in den Straßen wogt die Menschenmenge und vor den Geschäften sind die Schlangen noch länger als am Samstag. Neidisch betrachten wir die Geschicktesten, wie sie mit ihrer Beute unterm Arm weitereilen, manche senken ihren Blick sorgenvoll zu Boden, andere aber berichten glücklich, dass alles, was man sich nur vorstellen kann, zu bekommen ist! *Zucker, Kaffee, Tee? Ja! Zigaretten, Schokolade? Ja!* Und wirklich: Schnaps, Wein, Sekt, Würste und allerlei Konserven, Schuhe, Aktentaschen, Handtaschen, Brieftaschen, Portemonnaies, zu Pyramiden aufgebaute Radiogeräte, mit Spitzen besetzte Unterwäsche, bordeauxfarbene Kostüme mit weißen Knöpfen und Verzierungen, Wecker, Fleischwölfe, Tafelgeschirr mit Mohnblumen: Wir kommen aus dem Staunen gar nicht mehr heraus und können kaum glauben, was wir sehen, wer zum Teufel hat die Läden innerhalb einer Nacht so vollgepackt und wo waren diese vielen Sachen bis gestern?

Mama und ich trennen uns, Martin bleibt natürlich wieder bei mir, doch erträgt er das Anstehen noch weniger als am Samstag, er will, dass ich ihn hochhebe. Das Märchen vom versteinerten Mann, dann vom Edelweiß, dann vom Karfunkelturm, er fragt, was das sei, ein Karfunkel. Ein wunderschöner Edelstein, solch einer, wie ihn noch niemals ein Mensch gesehen habe, antworte ich, er wolle ihn trotzdem sehen! *Wenn du groß bist, wirst du ein Taucher, und dann tauchst du auf den Grund des Grünen Sees, suchst ihn, holst ihn hoch, legst ihn zurück auf die Spitze des Felsens, und dann siehst nicht nur du ihn, sondern alle werden sehen, wie er nachts seine Funken versprüht und das ganze Weißwassertal beleuchtet. Fräulein, Sie erzählen fantastisch, Sie könnten Märchen schreiben!,* der graubärtige Mann hinter mir lobt mich – ich könnte Märchen schreiben und er könnte mein Großvater sein, ich habe ohnehin keinen Großvater, Martin hat einen, das heißt, er hätte einen, wenn Papa freikäme oder wir Gerds Eltern fänden, ich könnte versuchen, sie übers Rote Kreuz zu suchen, Ingrid, die Schwester mit den Mandelaugen, würde mir sicher helfen, sie ist nach München gezogen, wenn ich einmal in München sei, solle ich sie besuchen, hat sie mir bei unserem letzten Treffen in der Gillitzer Straße gesagt, ich fände sie im Büro des Roten Kreuzes, gleich neben dem Bahnhof, im Übrigen wohne sie in der Brienner Straße, ich könne jederzeit bei ihr vorbeikommen, auch bei ihr schlafen –, ich lächle dem bärtigen Mann zu und betrete endlich den Laden, dort drinnen will ich meinen Augen nicht trauen, denn die Regale sind zum Brechen voll bepackt, und es ist, als hätte man selbst die Verkäufer ausgetauscht: Statt einem gelangweilten, lustlosen, *haben wir nicht, nur so viel, nur das,* sagen sie lächelnd, *ja, bitte, mit was kann ich dienen* und *bitte sehr.*

Nach der Butter frage ich noch unsicher, doch im Handumdrehen fasse ich Mut, ein Ei kostet nur zehn Pfennig, dann nehme ich welche, und Mehl, Zucker, Marmelade für die Knödel, zur Butter noch Schinken und Käse; die Verkäuferin legt die Sachen der Reihe nach vor mich hin, beim Metzger hängen Rippchen und ganze Koteletts am Haken, beim Gemüsehändler gibt es Gurken, Radieschen, Spinat, Wirsing, Kohlrabi, lila, grün, rot, gelb, blau: ein ganzer Reigen von Farben, die Kirschen kosten nur siebzig Pfennig, natürlich kaufe ich welche, von den Kirschenpaaren hänge ich mir jeweils eins über die Ohren, danach auch Martin, der das erste Mal in seinem Leben Kirschen isst, er soll den Kern ausspucken, *schau, so!*, ich zeige es ihm, er presst die Lippen zusammen, schürzt sie und sagt *ppö*, dann schluckt er den Kern doch hinunter, einer macht noch nichts, auch zwei oder drei nicht, aber nun ist es genug! Martin bricht in Tränen aus und stampft vor Wut auf, ich habe kein Märchen mehr parat, verspreche ihm daher Bauklötze, solche, die man auf einem kleinen Spielzeugwagen hinter sich her ziehen kann, wir gehen von Geschäft zu Geschäft, die Verkäufer legen die Waren vor mich hin, ich reiche ihnen das Geld, mein Gesicht glüht, meine Kehle ist wie zugeschnürt, ich bin ganz fiebrig.

Drei Becher für 1,40, der *Struwwelpeter* als Leporello, eine Pfanne, ein Topf, ein blau-weißer Wollstoff mit Fischgrätmuster, gerade richtig für ein Kostüm, und ein Kattunstoff mit Blumenmuster für ein Sommerkleid, blau-weiß gestreifte Handtücher, gleich ein ganzes Dutzend, Mama rechtfertigt sich, als wir uns am Mittertor treffen, und zeigt, was sie gekauft hat. In meinem Rucksack Fleisch, Eier, Butter, Brot, Gurken, Radieschen, zufrieden setzen wir uns unter den Arkaden ins Kaffeehaus, Kaffee mit Sahne und Schokoladentorte, die Creme aus echtem Kakao, der Teig aus Feinmehl, wir unterhalten uns über die Konditorei Prandl und die Spanische Windtorte – ich erinnere mich gar nicht mehr, wann wir das letzte Mal über Käsmark gesprochen haben –, Martin fragt, wie der Wind die Torte wegbläst, wir müssen laut lachen, der Kellner weiß nicht, worüber, lacht aber mit, es ist der 21. Juni: der wundervollste Tag, als hätte man viele, viele Weihnachtsfeste aus Friedenszeiten zusammengelegt.

Und wundervoll ist auch der nächste Tag und der übernächste, denn das Brot ist dick mit Butter bestrichen, der Kaffee ist echt und süß, und die Milch ist nicht entrahmt, zum Mittagessen gibt es Kartoffelpüree und Braten, wir haben mehr als die Hälfte von den hundertzwanzig Mark ausgegeben, aber endlich werden wir satt, und nicht mit saurer Kleiesuppe, Buttermilch und sogenannter Leberwurst aus Rapsschrot, nicht mit lauter Sachen, mit denen man in einer normalen Welt die Tiere füttert, sondern mit leckeren Speisen.

Die Auslagen sind voller Waren, den Lohn und das Kindergeld zahlt man mir ab jetzt in der neuen Währung, es hat ein Ende mit dem Schwarzmarkt und der Zigarettenwährung, neue Zeiten brechen an! Mal oben, mal unten, nur Vorsicht mit der Prasserei! Mehl, Zucker, Schmalz, Mama besteht darauf, dass wir Inventur machen, und leider hat sie recht. Die Preise klettern nach und nach in die Höhe, gleichzeitig werden die Auslagen grauer und sind auf einmal leer, und wie gewonnen, so zerronnen, ist unser kurzer Reichtum dahin. Fleisch, Butter, Kirschen: Das alles war nur ein Traum, der Schwarzmarkt aber, als hätte man ihn einer Bluttransfusion unterzogen, gedeiht besser denn je. Man bekommt alles, was man sich erträumt, nur eben zu horrenden Preisen: vierzig Pfennig ein Ei, eine Gans fünfundzwanzig Mark, mein Kleid mit den vielen Taschen ist erneut im Dienst, ich stehe wieder auf dem Rosenplatz, von Mitzi jedoch keine Spur, und auch ihre Ziegel sind nicht da, ich versuche, mich nach ihr zu erkundigen, doch die wenigen Händler, die ich vom Sehen kenne und fragen kann, erinnern sich nicht einmal an sie, vergeblich erkläre ich, diese große, stämmige Frau, die an dem verkrüppelten Baum einen Ziegeltisch hatte, sie schauen mich an, als wäre ich verrückt, dabei habe ich mir Mitzi nicht erträumt und nicht erdichtet, sie war wirklich, aus Fleisch und Blut, wirklicher hätte sie gar nicht sein können, selbst jetzt höre ich ihre raue Stimme, wie sie sagt, *merke dir mein Kind, die neuen Zeiten kommen nicht von allein!*

10.

In der Hohenzollernstraße haben die Amerikaner im Gebäude des ehemaligen Wehrmachtskasinos das Haus der Jugend eröffnet. Sie haben es für uns eröffnet, weil sie meinen, dass wir, die jungen Leute, die Garanten der Zukunft sind. Die Nazis wollten aus uns junge Nazis machen, sie hingegen wollen die Nazi-Ideologie ausmerzen. Amerika ist die Heimat der Freiheit, die Menschen werden nicht aufgrund ihrer Nationalität durch Sterne, Armbinden oder Kreuze voneinander unterschieden und nicht in Lager gesperrt, doch ein Deutscher ist auch in ihren Augen nur ein Deutscher: Hitler-Brut, Nazi-Deutsche, bestenfalls mindestens ein Komplize, und ich kann mich ja nicht mit einer Tafel um den Hals hinstellen, dass ich nichts mit den Nazis zu schaffen habe und auch gar keine Reichsdeutsche, sondern eine Zipserdeutsche bin, denn von den Zipsern wissen sie nicht einmal, dass es sie gibt.

Seit ich denken kann, sagen mir fremde Menschen, was richtig ist, wie ich zu leben habe, woran ich glauben muss. In Käsmark trotzte ich den sudetendeutschen Lehrern: Statt mit *Heil Hitler* grüßte ich erst recht mit *Grüß Gott*, und bei der Hymne sang ich statt Deutschland Zipsland. Den Amerikanern kann man nicht trotzen, nichts ist verpflichtend, es gibt keine Jugendorganisation, keinen Appell, kein Fahnenhissen, keine Hymne und keinen Eid, trotzdem diktieren auch sie, legen sogar fest, wie viele Kalorien einem pro Tag zustehen. Sie sitzen in den Ämtern, sind auf den Straßen, in den Kaffeehäusern überall präsent, selbstsicher, mit runden Gesichtern, wohlgenährt, auch ohne Uniform wäre ihnen von Weitem anzusehen, dass sie die Amerikaner sind.

Im Haus der Jugend werden verschiedene Kurse angeboten, es gibt sogar ein Kino, in dem echte amerikanische Filme gezeigt werden, *ein bisschen Unterhaltung muss sein, es ist so furchtbar, dass du keine Jugend hast!*, Mama drängt mich regelrecht und spricht von einstigen Bällen, Theaterbesuchen, Skiurlauben und Sommerferien, ich will nicht hören, was war und was nicht ist, sie jedoch redet und redet, wird ganz rot dabei.

Anni, Dora, Zelma und ich: Wir sind die drei Musketiere, die zu viert sind. Arbeit, Lernen, Arbeit, in der verbleibenden Zeit stecken wir immer zusammen, der Film, den wir uns im Haus der Jugend ansehen, handelt von einem heldenhaften Goldgräber, der wilde Tiere, Banditen und grimmige Winter bezwingt, danach will er das Gold gar nicht mehr haben, nur ein einfaches, friedvolles Leben mit einer wunderschönen Lehrerin mit wallendem Haar, die vielleicht eine Sandkastenliebe war, aber es kann auch sein, dass die Handlung eine ganz andere ist, wir verstehen ja kaum ein paar Wörter.

Am Schwarzen Brett in der Vorhalle ein Plakat, es wird ein Englisch-Sprachkurs für Anfänger angeboten. In Reichenhall haben wir auf Anweisung von Mr. Cross ein wenig Englisch gelernt, das könnte ich fortsetzen, seinerzeit hat unser Lehrer, Herr Klement, schon gesagt, dass Englisch, wenn bislang auch nicht, ab nun die Weltsprache sein würde und dann könnte uns das sicher nützlich sein.

Der Kurs ist für alle Deutschen unter fünfundzwanzig Jahren kostenlos, die Amerikaner machen keinen Unterschied, ich bin ebenso eine deutsche junge Frau wie die Einheimischen und ebenso ein Schlüssel zu einem demokratischen Deutschland. Entnazifizierung und demokratisches Deutschland, das sind jetzt die aktuellen Parolen. *Ein Volk, ein Reich, ein Führer! Němci ven!,* ich wurde im Zeichen von Parolen erzogen und in ihrem Zeichen verurteilt und vertrieben, ich will mich unter keiner Fahne mehr einreihen, keine Hymne singen, will auch nicht der Schlüssel zur Demokratie sein, ich will einfach nur Englisch lernen, damit ich die Filme verstehe und irgendwann einmal, wenn ich Onkel Paul in Amerika besuche, ein paar Worte herausbringe.

Gewelltes, braunes Haar, vernarbtes Gesicht, Adlernase: Der Lehrer, der den Kurs leitet, ähnelt Herrn Klement unglaublich, sogar sein Tonfall ist derselbe. Er spricht hochdeutsch und trägt Zivilkleidung, wenn er nicht gesagt hätte, dass er Amerikaner ist, hätten wir geglaubt, er sei ein geborener Deutscher. Er kommt von der amerikanischen Kommandantur, um den Unterricht zu halten, und ist auch zu Hause in Amerika Lehrer, aber ein sehr sonderbarer, denn wenn er nicht gerade auf dem Tisch sitzt, dann geht er zwischen uns auf und ab, ständig lächelt er und lobt uns für alles. Wir bekommen ein Lehrbuch, ein Heft, einen Kugelschreiber, nach der ersten Stunde bin ich derart begeistert, dass ich auf dem Flur an Anni und den anderen vorbeirenne und die Schwingtür mit einem solchen Schwung aufstoße, dass ich sie einem uniformierten Amerikaner ins Gesicht schlage.

Der Soldat stöhnt auf und greift sich an die Nase, er hebt die blutige Hand vor die Augen, dreht sie hin und her und betrachtet sie ungläubig. Ich bin wie betäubt, starre ihn an und stammele *Entschuldigung* und *sorry,* doch innerhalb von Augenblicken wird aus dem kleinen Rinnsal ein breiter Streifen, der seine Lippen wie ein roter Schnurrbart umrahmt, dann weiter das Gesicht hinunter bis zum Kinn fließt, dicke Tropfen fallen auf den Boden. *Sorry, sorry,* ich weiß gar nicht, wie ich mich noch entschuldigen soll, die anderen holen schnell ihre Taschentücher hervor, ich versuche, ihm zu erklären, dass er seinen Nasensattel oben fest mit zwei Fingern zusammendrücken soll, er versteht mich nicht, ich zeige es ihm an mir selbst, er spricht ganz schnell vor sich hin, doch mit meinen geringen Englischkenntnissen bin ich nicht einmal in der Lage zu entscheiden, ob er vor Wut flucht oder nicht. *Ich besuche hier den Kurs,* sage ich verlegen, das heißt, ich zeige es eher nur, er fragt nach meinem Namen, auch er sagt seinen, *Andrew,* und er sagt noch etwas, doch ich schüttle den Kopf, verstehe ihn nicht, ich bin wahnsinnig erleichtert, als er mir die Hand reicht und endlich geht.

Vor der nächsten Stunde steht er am Eingang zum Haus der Jugend gegen eine Säule gelehnt und lächelt schon von Weitem, die Mädchen kichern, er öffnet mir die Tür und verdeckt mit der Hand schützend seine Nase. Ich muss lachen, er fragt mich etwas, doch ich verstehe ihn nicht, er zeigt mir auf der Armbanduhr, wann meine Stunde zu Ende wäre, ohne zu überlegen erwidere ich, *good, very good,* er nickt zufrieden. Anni und die anderen sind schon vorgegangen, ich renne ihnen hinterher, im Rücken spüre ich Andrews Blick, kann es sein, dass er auf mich warten will? *Das wird er!,* erklärt Zelma kategorisch, doch es ist, als hätte ihr Tonfall eine gewisse Schärfe. Das wäre nicht gut, wie könnte ich mich nur davonschleichen? Aber warum müsste ich mich verstecken, mich davonschleichen? Auch wenn er eine Uniform trägt, ist er einfach ein netter junger Mann, dem ich eins auf die Nase gegeben habe, dass ich mich mit ihm unterhalte, wenn er das gern möchte, bin ich ihm wohl schuldig.

Nach dem Unterricht wartet Andrew tatsächlich dort vor dem Gebäude auf mich und lächelt breit, als er mich erblickt. Ohne uns abgesprochen zu haben, eilen die Mädchen voraus, wir aber bleiben zurück und folgen ihnen, was ich zu sagen habe, sage ich auf Deutsch, Andrew spricht englisch, doch jetzt langsam, fast Silbe für Silbe, es gelingt mir, zu verstehen, dass er aus Boston kommt und Ingenieur ist und dass sein älterer Bruder bei Dunkerque gefallen ist. Wir verstummen, die Luft wird eisig, plötzlich wird aus dem netten jungen Mann, dem ich eins auf die Nase gegeben habe, ein siegreicher Ami mit einem toten Bruder, den Krieg haben die Deutschen entfesselt, Andrews toten Bruder haben sie auf dem Gewissen.

Ich bin auch Deutsche – kommt es mir über die Lippen – *und eine displaced person.* Dieses Wort habe ich zusammen mit Kaugummi in Reichenhall als Erstes gelernt. Nicht so eine *displaced person* wie die Juden, erkläre ich in meinem holprigen, rumpligen Englisch, aber ebenso eine Lagerbewohnerin, in unserem Lager mögen sie die Amis nicht. *Was haben sie für ein Problem mit uns?,* fragt Andrew verwundert. *Auch ihr habt euer Okay dazu gegeben, dass man uns von zu Hause vertreibt,* antworte ich und zeige ihm mit den Händen, dass er mich nicht weiter begleiten soll. *Okay,* er nimmt meine Hand und tätschelt mir zart den Rücken, *okay,* sage auch ich, okay, wir treffen uns, unterhalten uns, lernen Englisch, viele Okays schichten sich übereinander, bauen die Freundschaft auf, mein Freund studiere in München, ich rede mich, rot bis über beide Ohren, heraus, ich kann auch *my love* auf Englisch, sage stattdessen aber *my friend,* ich ärgere mich, über Julius, über mich selbst, über alle Amerikaner, oder über diesen einen, ich weiß selbst nicht genau, über wen, in meiner Wut mache ich kehrt und lasse Andrew einfach stehen.

Ich habe nichts Unrechtes getan, habe gesagt, was ich gesagt habe, bin verwirrt, es würde mich freuen, wenn Andrew das nächste Mal wieder auf mich wartet, vielleicht aber auch nicht. In der nächsten Englischstunde kreisen meine Gedanken ständig darum, ob er wohl da sein wird, und als ich ihn am gewohnten Platz gegen die Säule gelehnt erblicke, begrüße ich ihn mit einem so lauten *hello,* dass die Mädchen in lautes Lachen ausbrechen. Ihr zweideutiges Gelächter nach dem Motto „ich weiß, was ich weiß“ ärgert mich fürchterlich, *wir können uns auch zu dritt mit ihm unterhalten,* raune ich ihnen böse zu, sie aber eilen mit einem *Ach-was* weiter.

Der Krieg ist Tabu, wir springen zwischen Wetter, Film, Musik, Bayern und Amerika hin und her. Andrew benimmt sich wie ein richtiger Sprachlehrer, er fordert mich auf, Ausdrücke und Sätze zu wiederholen, dabei zieht er lustige Grimassen, ahmt Tiere nach, zeichnet Gegenstände in die Luft, ich muss furchtbar viel lachen und sauge die englische Sprache regelrecht in mich auf, wir gehen über den Platz, über die Brücke, der Spaziergang ist ein großes Vergnügen, eine Frau mit Einkaufstasche kommt uns entgegen, ein stechender Blick, nach der Frau ein Mann in Arbeitskleidung, mit Krücke, die Augen auf den Boden gerichtet, damit er nicht stolpert, als er an uns vorbeigeht, zischelt er trotzdem, *Ami go home!* Die Passanten starren uns an, ich weiß, was sie denken: Egal, wie nett und freundlich Andrew auch aussieht, er ist trotz allem ein amerikanischer Besatzer, ein Soldat, mit dem sich eine anständige Frau nicht zu zeigen hat. Es ist allgemein bekannt, dass es auch hier in Blumenstadt Frauen gibt, die regelmäßig von amerikanischen Soldaten besucht werden, und es kommen Kinder zur Welt, schokoladenbraune Kinder, bei denen offensichtlich ist, wer der Vater sein muss, doch allein damit, dass ich mit ihm durch die Stadt spaziere, tue ich nichts Schlimmes, wie könnten die paar netten Worte, die wir wechseln, mehr als eine unschuldige Bekanntschaft sein?

Na, hör mal zu, mein kleiner Wasserfloh, er ist einfach nur ein junger Mann, der dir deshalb hinterherläuft, weil du ihm gefällst!, sicher würde Polli, wenn sie noch lebte, damit Ordnung in dem Dschungel machen, der in meinem Kopf wuchert. Meine Stimme klingt zwar fast genau wie ihre, aber in nichts sonst gleichen wir uns, das heißt, doch: Wie sie mich immer Wasserfloh genannt hat, nenne jetzt ich Martin oft so, ich spreche das Wort gern aus, denn es ist dann, als würde sie es sagen. Ich weiß nicht, was ich für Andrew empfinde, es ist einfach schön, mit ihm zusammen zu sein, Julius ist der, den ich liebe, auf Tod und Leben, so wie ich es ihm in Nováky am Brunnen und über den Trümmern im Turm des Münsters gestanden habe. Englisch kann ich auch sonstwo, irgendwann später einmal lernen, ich glaube, es wäre richtig, wenn ich nicht mehr in das Haus der Jugend ginge.

Julius habe ich wegen seines Physikums seit mehr als einem Monat nicht gesehen, doch in seinem letzten Brief hat er geschrieben, dass er jetzt ganz bestimmt kommen werde. Ich kann den Sonntag kaum erwarten, zähle die Minuten, Julius aber ist schlecht gelaunt und müde, egal, ich werde ihn schon aufmuntern! Ich hätte einem Amerikaner eins auf die Nase gegeben, berichte ich lachend, aber es sei nicht schlimm gewesen und er wäre mir auch gar nicht böse, er heiße Andrew und diene an der Kommandantur neben dem Haus der Jugend, es sei eine ausgezeichnete Sprachübung, sich mit ihm zu unterhalten.

Es ist, als hätte Julius der Schlag getroffen, er drückt meine Hand so fest, dass ich vor Schmerz aufstöhne, doch er merkt es gar nicht, mit gepresster Stimme spricht er von den Münchner Huren, nicht von den professionellen, sondern den Gelegenheitshuren, die sich den Amerikanern für Zigaretten, Schokolade und Nylonstrümpfe verkaufen würden.

„Wir haben uns nur unterhalten. Er hat mir Englisch beigebracht. Ist höflich und nett!", ich rechtfertige mich.

„Ein Ami hat nicht nett zu dir zu sein!", Julius fährt aus der Haut, und als hätte man ihn mit einer Kurbel aufgezogen, hört er gar nicht mehr auf:

„Auch wenn er ein Ami ist, er ist ein Soldat, der ausgehungert ist und eine Frau haben will! Zu Hause die Ehefrau, die Freundin, die Verlobte, hier aber ist er auf Sex aus, auf nichts anderes! Verstehst du?"

Julius ist ordinär und aufbrausend, dass er mir nicht vertraut, tut weh und verletzt mich, denn hätte er Vertrauen, würde er solche Sachen nicht sagen. Ich reiße meine Hand weg, will ihn nicht mehr sehen, was ich ihm auch wütend an den Kopf werfe, dann renne ich fort. *Lauf' nicht weg, warte!*, ruft er mir hinterher, ich drehe mich um, sehe ihm in die Augen, er streckt mir die Hand entgegen, ich will nicht, dass er mich berührt, will nicht, dass er zu mir spricht, dass er mich ansieht, meine Stimme ist kalt und rau, als ich ihn anschreie, *du dreckiger Spießbürger, zwischen uns ist es aus!*

Arbeit, Lernen, Anstehen, Kinderbetreuung, Näherei, Lehrerseminar, Lager, Baracke 2/4, ich gehe, wohin ich muss, mache, was ich muss, doch Raum und Zeit sind leer, und wie eine ausgepresste Traubenschale, so leer ist meine Seele. Julius schreibt jeden Tag, aber ich antworte ihm nicht. *Warum behandelst du ihn so?*, Mama ist ein einziger Vorwurf, ich zucke mit den Schultern, die Mädchen kommen von der Englischstunde und erzählen, als sprächen sie mit einer Kranken, dass sich der amerikanische Soldat nach mir erkundigt habe, wieder zucke ich mit den Schultern und lasse mein Englischbuch unter dem Bett in der Versenkung verschwinden.

Von Hamburg bis München Tag für Tag Streiks und Demonstrationen gegen die schwindelerregend hohen Preise. Streiks in den Fabriken und Häfen, die Studenten protestieren und auch die Flüchtlinge in den Lagern organisieren sich. Das *Volksblatt* hat geschrieben, dass in Dachau ein Hungerstreik ausgebrochen sei. Unsere Aufmerksamkeit ist ganz auf Dachau gerichtet, das ist die Zentrale, unser Lager ist ein Außenlager, aber wir verfolgen auch, was in der bayrischen Hauptstadt München passiert, dort geschehen wichtige Dinge, vor allem ist dort Julius!

Ein Sonntag, zwei Sonntage, drei Sonntage, die Sonntage wollen einfach nicht vergehen, als hätte ich einen Körperteil verloren, so sehr fehlt er mir! Ich halte Ausschau nach dem Postboten, verschlinge seine Zeilen, er schreibt, wenn es sein müsse, bombardiere er mich bis in alle Ewigkeit mit seinen Briefen, das könne ich ihm nicht verbieten. Warum behandle ich ihn so, wie lange will ich noch in Selbstmitleid baden, ein Wort ist nur ein Wort, warum sollte man das nicht korrigieren können – ich ringe mit mir –, aber was ich gesagt habe und wie ich es gesagt habe, kann man nicht in einem Brief berichtigen, so kann man sich nicht versöhnen! Ich bekomme meinen Lohn und fahre nach München! Am Mittwoch, wenn Julius den ganzen Tag im Pathologischen Institut ist. Erleichtert von meinem plötzlichen Entschluss bitte ich Herrn Anton lächelnd, mir freizugeben. *Gut, dass Sie nicht am selben Tag Bescheid sagen!,* er murrt und will mir nicht freigeben, doch ich bitte ihn eindringlich, und nachdem er sich genug geärgert hat, nickt er doch zustimmend. *Ein Brief tut es auch, wenn du ihm schreibst, ist er am Sonntag hier!,* Mama will mich nicht fahren lassen, ein Brief ist aber nicht dasselbe, ich fahre morgens los, komme am Abend wieder, so habe ich es geplant, habe ich es beschlossen, keiner kann mich aufhalten.

11.

Der Bahnhof ist das Paradies der Schwarzhändler. Hausfrauen blicken sich verängstigt um, dann gibt es da großtuerische Burschen, alte Leute mit traurigen Gesichtern, seltsam gekleidete Flüchtlinge, selbstsichere, gerissene Profis mit Pomade in den Haaren und mit guten Schuhen, feinen Kleidern, dem Aussehen nach könnten sie auch Direktoren einer Bank oder Fabrik sein. Die Schwarzhändler sind in München nicht anders als in Blumenstadt, nur gibt es hier mehr von ihnen. Ich lasse mich in der Menschenmenge treiben, die Bahnhofshalle hat kein Dach, über meinem Kopf das nackte Stahlgerüst, an der Fassade der Gepäckausgabe Löcher so groß wie Menschenköpfe, um sie herum kleinere Einschüsse, als wären es Verzierungen. Am Himmel schwimmen Schäfchenwolken, die Sonne scheint, die Bäume sind grün, Sonnenstraße, Sendlinger Tor, überfüllte Straßenbahnen, Autos, Fahrradfahrer, auf den leeren Grundstücken sind die Ziegel präzise zu Pyramiden aufgestapelt, neben provisorischen Schuppen neue Gebäude mit mehreren Stockwerken, glänzende Granitportale von Banken und Versicherungen, die Stadt kämpft sich allmählich unter den Trümmern hervor.

Lager gibt es selbstverständlich auch hier – natürlich außerhalb der Stadt –, in Allach beispielsweise, wohin es Elsi mit ihrer Schwester nach Dachau verschlagen hat, sie arbeitet da in einer Gärtnerei und ist derart in die Blumen verliebt, dass sie jetzt Rosenzüchterin werden will, außerdem Blumenbinderin, aber eine, die nicht bloß einfache Sträuße bindet, sondern Figuren oder sogar ganze Geschichten aus Blumen kreiert. Der Winterkönig aus weißen Margeriten, der Frühlingsprinz aus blauen Narzissen und gelben Lilien, die Elfenprinzessin aus roten Rosen und rosaroten Flammenblumen: Einmal wird sie auch mein Tatra-Märchen komponieren, aber das ist noch lange hin, wenn überhaupt, vorerst stellt sie fiebrig Nachforschungen an, was in Prerau geschehen ist, sie ist Mitglied in irgendeinem Vertriebenenverband und fragt in Briefen und Gesprächen überall bei jedem nach, sie steht schon mit halb Bayern im Briefkontakt und berichtet mir eifrig. In ihrem letzten Brief ein vor mehreren Jahren erschienener Zeitungsausschnitt von einem Prozess in der Tschechoslowakei, daneben ihre aufgeregten Zeilen: Das sei dieser Pazúr, der Henker, und sie werde irgendwie hinfahren, sie wolle das unbedingt, egal, wo ihre Verwandten wären, egal, was von ihnen geblieben sei, sie wolle wissen, müsse wissen, an welchem Ort ihre Familie umgekommen ist.

Allach und Dachau: Auch Julius hat schon in beiden Lagern gewohnt. In Allach, nachdem seine Mutter und seine Schwester ausgewandert sind. Damals besaß er noch ein klappriges Fahrrad, mit dem er zur Universität und zu seinem gerade aktuellen Arbeitsplatz fuhr. Wer ein Fahrrad besitzt, sei es noch so klapprig, der fährt, wann und wohin er will, ein Fahrrad bedeutet Freiheit, ich werde nie so viel Geld haben, um mir eins kaufen zu können, aber das ist egal, wenigstens gibt es nichts, was man mir klauen kann. Auch Julius hat man sein Fahrrad gestohlen, aber selbst das ist egal, denn so ist er zumindest, wenn auch gezwungenermaßen, dem Lager entkommen. Er mietet zusammen mit Bernhard und einem anderen Kommilitonen ein Zimmer in Schwabing, wo er nur schläft, da es so klein ist, dass man dort nichts anderes machen kann. Nicht einmal lernen. Das tut er gewöhnlich in der Universitätsbibliothek, nachmittags arbeitet er im Pathologischen Institut. Er hat dort eine halbe Stelle so wie ich, doch wegen seines Stundenplans legt er die Arbeitszeit zusammen und arbeitet mittwochs den ganzen Tag.

Bahnhof, Sonnenstraße, Sendlinger Tor, Thalkirchner Straße, noch zu Hause habe ich mir, bevor ich losgegangen bin, auf dem Stadtplan den Weg angesehen, so brauche ich mich nicht durchzufragen. Ein wenig bin ich ängstlich, doch verspüre ich auch Vorfreude, wenn ich jetzt mal rascher, mal langsamer durch die Stadt gehe, ich war immer schon gut zu Fuß, es dauert nicht einmal eine halbe Stunde und ich stehe vor dem Institut. Der mittlere Gebäudeteil wurde zerbombt, er existiert einfach nicht, und es gibt auch keinen Haupteingang. Eine Weile betrachte ich die Passanten von der gegenüberliegenden Straßenseite aus, schaue, wo sie herauskommen und wo sie hineingehen, ich entdecke das Tor an der Seite, mein Herz klopft mir in der Kehle, als ich eintrete, doch zum Glück schert sich keiner um mich.

Nummerierte Türen mit Namensschildern, kein Ton dringt nach draußen; ich gehe von Stockwerk zu Stockwerk, bin schon in der dritten Etage, eine ganze Reihe von Menschen eilt an mir vorbei, zielbewusst gehen sie irgendwohin, auch ich versuche, zielbewusst zu wirken: Ich gaffe nicht in der Gegend herum, sehe streng nach vorn und achte darauf, nicht zu schnell und auch nicht zu langsam zu gehen, das Gebäude ist zum Verzweifeln groß, niemals werde ich Julius hier finden. Seit einer Ewigkeit irre ich schon mit entschlossener Miene herum, als eine junge

Frau in schwarz in meinem Blickfeld auftaucht – Haare, Rock, Strümpfe, Bluse, alles ist schwarz –, am Ende des Flures steht sie am Fenster, sie starrt nach draußen, ich frage sie, wo die Prosektur zu finden sei, sie dreht sich langsam um, eine Weile mustert sie mich schweigend, ich glaube schon, sie wird mir gar nicht antworten, als sie mir dann doch den Weg weist.

Im Erdgeschoss des anderen Gebäudeflügels stoße ich in Raum zwei auf einen kräftigen Mann mit roten Haaren und Sommersprossen, ich sage ihm, wen ich suche, er ruft seinen Kollegen Michael, *ach, Sie sind also diese Lili!*, Michael streckt mir die Hand entgegen, was heißt, diese Lili, grummele ich in mir, doch statt zu antworten, nicke ich nur stumm. Der Medizinstudent Julius sei mit seinen Freunden nach Dachau gefahren, ins Flüchtlingslager, zu den Hungerstreikenden, sagt Michael, ich habe keine Ahnung, wie so ein Hungerstreik abläuft und was Julius dort sucht, aber ich bringe einfach kein Wort heraus und nicke wieder bloß. Michael fragt, ob er etwas für mich tun könne, mit Mühe und Not stammele ich ein Nein und ein Danke. Ich sehe nichts, was darauf hinweisen würde, wo ich bin, was mit den Menschen hier geschieht, auch wenn sie nur eine Wand von mir trennt; „Menschen" passt bei den Toten gar nicht, die Toten sind als Leichen nicht mehr als zu bearbeitende Objekte, die gelagert, obduziert, ausgegeben oder übergeben werden, meine Hand ruht auf der Klinke, ich kann es kaum erwarten, hinauszugelangen, draußen auf dem Platz atme ich tief die frische Luft ein, dann gehe ich los, um Ingrid aufzusuchen.

Das Glück steht auf meiner Seite, ich treffe sie im Büro des Roten Kreuzes an, und wieder habe ich Glück: Ich darf mich

Ingrid und ihren Kollegen anschließen, die gerade nach Dachau aufbrechen. Mit einem Wagen des Roten Kreuzes bringen sie Hilfspakete dorthin, doch außer den üblichen Fleischkonserven, dem Milchpulver und dem Kaffee auch Traubenzuckerinjektionen für die Streikenden.

Unterwegs erzählt Ingrid von ihrem Verlobten, einem Reporter irgendeiner Nachrichtenagentur, der möglicherweise ebenfalls dort sein wird, Ingrid sucht ihren Reporter und ich meinen Julius, ich werfe einen Blick auf ihre Hand, sie trägt keinen Ring, auch ich trage keinen, aber ein Ring ist nur ein Gegenstand, und Verlobter ist nur ein Wort, was ist, wenn ich Julius nicht finde, oder wenn ich ihn finde und er sich nicht versöhnen will? Ich werde ihm sagen, er soll unseren Streit als einen Unfall betrachten, als eine durch einen Unfall verursachte Wunde, die wir heilen und dann vergessen wollen, bei einem solchen Vergleich muss ein angehender Arzt doch einfach lächeln. Wenn Julius lächelt taucht auf seiner linken Wange immer ein Grübchen auf, eine ganz unscheinbare Windpockennarbe noch aus Kindertagen.

Der Bach glitzert silbern, durch die Laubkronen schimmert der Sonnenschein und der Wald vibriert in Grüntönen, dichte Sträucher, sattes Gras, alles ist so üppig und glänzt, um ins Lager zu kommen, muss man weit vor Dachau abbiegen, *Menschenwürdiges Leben!*, das Transparent schmettert uns die Forderung vom einstigen Wachturm entgegen, als wir durch das Tor fahren, ist es, als wären wir in einer eigenen Stadt angekommen; das Lager ist so riesig, dass unseres in Blumenstadt mindestens fünfmal darin Platz hätte, und auch der Appellplatz hat die Größe von mehreren Fußballfeldern. An dem einen Ende steht ein längliches Steingebäude, zu dem viele Stufen hinaufführen, sicherlich die Kommandantur, schräg gegenüber in zwei großen Blöcken die Baracken, eine Reihe, zwei Reihen, so viele Reihen, dass ich nicht sehe, wo sie enden. Zwischen ihnen ein breiter, pfeilgerader Weg, mit Schotter bestreut, entlang des Weges in den Himmel ragende Pappeln, unter ihnen in gleichmäßigen Abständen Bänke, auf denen Frauen beisammensitzen, am Anfang des Weges eine Tafel oder eher eine Vitrine auf Stelzen, das sich in der Scheibe reflektierende Sonnenlicht blendet mich, vor ihr stehen ein Schuljunge in kurzen Hosen und Kniestrümpfen und eine Frau mit Schürze. In der Ferne drei Männer, ich sehe nur ihre Rücken, braunes Haar, dünne, hochgewachsene Statur, das muss Julius sein! *Alle drei sind braunhaarig und hochgewachsen,* wendet Ingrid ein, das stimmt zwar, aber der Mittlere ist trotzdem Julius, ich weiß ganz sicher, dass er es ist! Ich lasse Ingrid einfach stehen, renne so schnell, dass der Staub auffliegt, die drei scheinen ihren Schritt zu beschleunigen, ich darf sie nicht aus den Augen verlieren, renne noch schneller, es ist sehr warm, kein Windhauch bewegt die Blätter der Pappeln, ein pausbäckiger, kleiner Junge in einer kurzen Latzhose, ich stoße fast mit ihm zusammen, die Frauen auf den Bänken starren mich an, jemand ruft mir hinterher, ich verstehe nicht, was, *Julius!,* schreie ich aus vollem Hals, doch die drei gehen einfach weiter, ich laufe, so schnell ich kann, ich muss sie einholen, die dritte, die vierte, die vielte Barackenreihe, in der Mitte des Weges spielen Mädchen Himmel und Hölle, es ist leichter das Gitter entlangzuspringen, als ihm auszuweichen, wieder rufe ich, aber auch jetzt hört mich Julius nicht, oder hört er mich vielleicht doch und will nur nicht stehen bleiben? Ich halte inne, stütze mich keuchend auf die Knie, einer von den beiden Männern am Rand dreht sich um und deutet in meine Richtung, auch Julius schaut hinter sich, er geht ein paar Schritte auf mich zu, dann rennt er, ich aber stehe nur da, habe Seitenstechen und Tränen fließen mir über das Gesicht, *ich bin es!,* ich bin durch ganz München geirrt und anstatt jetzt etwas Schönes, etwas Verliebtes zu sagen, bringe ich nur so eine nichtssagende Dummheit hervor, doch Julius packt mich und wirbelt mich durch die Luft, als er mich absetzt, küsst er mich auf den Mund und sagt, *mein Sonnenschein, mein Herz!,* er lacht, und auch ich lache, der Himmel ist blau, die Sonne scheint, ich glaube, ich bin glücklich. Glücklich winke ich Ingrid zu, Julius winkt seinen Freunden, Arm in Arm warten wir auf sie im Schatten der riesigen Pappel.

Der Mann heißt Egon Soundso – seinen Nachnamen verstehe ich nicht –, seine Hand ist so breit, dass sich, als Julius uns einander vorstellt, meine in ihr verliert. Hohe Stirn, scharf geschnittene Nase, große, braune Augen, in der Iris winzige funkelnde Punkte wie bei einer Wunderkerze, seine Haare wehen im Wind, die Augen, die Stimme, der ganze Mann ist wie eine lodernde Flamme, er ist der Streikführer, der Vertreter der Lagerbewohner. *Jede Hilfe kommt gerade recht, vielen Dank!,* und er sagt eine Zahl, die Nummer einer Baracke, in der sich stark geschwächte Menschen befinden, für sie sind die Traubenzuckerspritzen gedacht, die Päckchen bekommen die Kinder, die alten Leute und die stillenden Mütter, sie streiken nicht, nur die Männer. Dieser Egon fragt mich, woher ich käme, und dann, ob ich Josef Gottfried kenne. Aber sicher, die ganze Familie, seine Tochter sei meine Freundin und Herr Gottfried bei uns im Lager der Wortführer der Donauschwaben, antworte ich ihm, *großartig,* Egon ist erfreut, die Außenlager schlössen sich der Reihe nach an, in Blumenstadt finde ein Hungermarsch statt, er hoffe, dass ich auch daran teilnehmen würde, und er fragt mich, ob ich Herrn Gottfried einen Brief überbringen könnte. *Sehr gerne!,* erwidere ich. Wir sollten ruhig tun, weswegen wir gekommen seien, seine Mitarbeiter würden uns den Weg weisen und uns beim Verteilen helfen, er müsse dringend ein Telegramm ans Ministerium schicken, der Brief nach Blumenstadt liege dann in der ersten Baracke der ersten Reihe, er verabschiedet sich mit einem Servus von Julius und eilt davon.

Kennst du ihn? Julius antwortet, sie seien in Brünn mehr oder weniger Schicksalsgenossen gewesen. Er habe die Leichenschau vorgenommen, und Egon habe die Leichen mit den übrigen Gefangenen, die für diese Arbeit eingeteilt waren, begraben. Er begrub die Menschen, die von den Milizionären erschlagen oder hingerichtet worden waren, ein Lastwagen voll deutscher Soldaten, ein Lastwagen voll deutscher Polizisten, in den übrigen Lastwagen Zivilisten; Männer, Frauen, Alte, Kinder, Körper auf Körper, draußen am Stadtrand, in Massengräbern, ein Lastwagen, zwei Lastwagen, acht oder neun Lastwagen, am Ende seien sie mit dem Zählen schon nicht mehr nachgekommen, wer so etwas macht, der hat vor nichts mehr Angst, und Egon hat keine Angst, weder vor den Amerikanern noch vor der bayrischen Regierung, dass er dringend ein Telegramm ans Ministerium schicken müsse, hat er mit einer solchen Selbstverständlichkeit gesagt, als wollte er schnell in den Laden laufen, um etwas zu besorgen.

Aus freien Stücken nichts zu essen ist meiner Meinung nach eine größere Heldentat, als sich in einer Schlacht hervorzutun! Sanitätsbaracke: Hier sind die Schwächsten, ein dunkler Flur, an der Wand ein Feuerlöscher, rechts und links Türen, ich weiß gar nicht, wohin wir gehen, in dem einen Saal blasse, blutarme Kinder, unter ihrer Haut zeichnen sich die feinen Adern wie eine Landkarte ab, in dem anderen Männer mit grauen, eingefallenen Gesichtern, ihre Stimme ist kraftlos und ihr Atem riecht nach Aceton, die Traubenzuckerspritzen sind ein Dopingmittel, sie erwecken sogar Tote zum Leben, und als Streikbruch gilt nur, wenn man Essen aus der Lagerküche annimmt. Dünner Kaffee, wässrige Suppe, eine Scheibe Schmalzbrot, so viel sind die 1000 Kalorien einer Lebensmittelration, deswegen streiken sie und wegen der ewig feuchten Baracken, der abgerissenen Türen, der klapprigen Betten, der zerschlissenen Matratzen, der vergammelten Strohsäcke und der schwindsüchtigen Kinder, die gerade durch diese unmenschlichen Zustände erkrankt sind, der Direktor und seine Entourage mästen natürlich Schweine und besitzen nagelneue Möbel, die Hilfspakete hingegen reißen sie sich unter den Nagel! Die Lager sind alle gleich, auch bei uns in Blumenstadt regnet es in die Baracken hinein, auch bei uns beträgt die Lebensmittelration pro Kopf 1000 Kalorien und auch unsere Kinder sind bleichsüchtig und husten, der Streikführer hat gesagt, die Blumenstädter schlössen sich ebenfalls an, aber zum Glück sprach er nur von Demonstrationen, aufmarschieren und protestieren ist etwas anderes, als aus freien Stücken nicht zu essen, ich glaube, dazu wäre ich unter keinen Umständen in der Lage, egal, was der Zweck wäre.

Würden die im Ofen einheizen, wäre schneller Schluss! Wenn's nach denen ginge, könnten wir verhungern!, sagt ein baumlanger Mann mit eingefallenen Augen, und bei *denen* zeigt er in Richtung des Hauptgebäudes. Er ist so groß, dass ich von unten zu ihm hoch schaue und geradewegs in seinen Mund sehe, eine dunkle Höhle, kein einziger Zahn, so sahen die Toten mit den aufgerissenen Mündern in dem Film aus, den wir uns auf Anweisung von Mr. Cross in Reichenhall anschauen mussten, *geh, erzähl den Kindern ein Märchen!,* Julius schickt mich in den anderen Raum, und ich widerspreche ihm nicht.

Das Mädchen heißt Theresa, sie und ihre Familie sind im Winter irgendwoher aus dem Baltikum gekommen, seitdem hustet sie, auch der Sommer brachte keine Heilung. Eine blonde kleine Prinzessin mit smaragdgrünen Augen, ich setze mich neben sie, erzähle ihr das Märchen vom Winterkönig und vom Sonnenkönig, den beiden Erzfeinden, von dem Sohn des einen und der Tochter des anderen, dem Frühlingsprinzen und der Elfenprinzessin, und dem Edelweiß, das unter den tausend und abertausend Blumenuntertanen als Einziges bereit ist, sich aufzuopfern und als Liebesbote das Reich von Schnee und Eis aufzusuchen. Der kleine Blondschopf sitzt mit weit aufgerissenen Augen auf meinem Schoß, die Mutter am Fußende des Bettes, auf ihren Knien ein kleiner Junge, sie bitten mich weiterzuerzählen und ich erzähle.

> Der Frühlingsprinz trat zitternd vor Aufregung mit dem hübschen kleinen Edelweiß in der Hand vor die Elfenprinzessin, um ihr seine Liebe zu gestehen, und die Elfenprinzessin war sofort Feuer und Flamme für ihn. Sie überlegte, wie sie das Edelweiß vor dem eisigen Atem des Junkers Raureif und des greisen Mütterchens Frost beschützen könnte; also nähte die Elfenprinzessin auf der Stelle einen kleinen schneeweißen Pelz, den sie dem Edelweiß anzog, und brachte es so zusammen mit

dem Frühlingsprinzen zu ihrem Vater, dem Winterkönig. *Schön, sehr schön!,* brummte der Winterkönig in seinen Eisbart. Eigentlich sah er den Frühlingsprinzen gar nicht gern an seinem Hof, war er doch der Sohn seines Erzfeindes, des Sonnenkönigs, und erinnerte ihn an seine alljährlich wiederkehrende Niederlage. Doch seiner Tochter zuliebe riss sich der Winterkönig zusammen und duldete ihn, er duldete ihn und duldete ihn, auch wenn er bei diesem vielen Dulden seinen Eisbart immer öfter und immer heftiger schüttelte, doch plötzlich war es mit seiner Geduld zu Ende und mit einem Wirbel aus Eis und Schnee, einem Wind von der Stärke eines Orkans vertrieb er den Frühlingsprinzen von allen 999 Gipfeln der Tatra. Die wahre Liebe aber ist mächtiger als alles andere, und der Winterkönig, Junker Raureif und das greise Mütterchen Frost konnten den Frühlingsprinzen selbst mit vereinten Kräften nicht daran hindern, sich, als die Zeit gekommen war, mit seinem Heer erneut auf den Weg zu machen und zu seiner Elfenprinzessin zurückzukehren, die außer der ewigen Liebe des Frühlingsprinzen auch den schönsten Blumengarten auf der ganzen Welt ihr Eigen nennen konnte. Als die Blumen nämlich vernommen hatten, welch feinen, weichen Pelz dieses unbedeutende, mickrige Edelweiß bekommen hatte und dass es zudem unsterblich geworden war, eilten sie allesamt in das Reich der Elfenprinzessin.

Ein Schatten fällt auf mich, ich muss mich nicht einmal umdrehen, ich erkenne Julius an seinem Atem, wir wollen aufbrechen, die kleine Blonde fragt mich, ob ich noch käme, ich will sie nicht anlügen, doch auch mein Vielleicht ist eine Lüge.

Strahlender Septembersonnenschein, frischgrüner Rasen, üppige Sträucher, das Sonnenlicht schwirrt durch die Baumkronen, doch egal, wie wundervoll das Wetter auch ist, wie schön die Landschaft, man kann nicht vergessen, dass Dachau eben doch Dachau ist, das Lager wurde umgebaut, es gibt keine SS, statt der Juden wohnen jetzt Deutsche hier, dennoch ist es ein Konzentrationslager mit Baracken, Wachtürmen, Wassergräben und vielen Tausend, Zehntausend, Hunderttausend Menschen, die der Wind und das Wasser in die Erde hineingespült haben, es ist unmöglich, nicht an sie zu denken, wir gehen auf ihnen, sie sind in der Luft, hier sind irgendwo die Öfen, der zahnlose, baumlange Mann hat in seiner Verbitterung gesagt, man müsse nur einheizen, ich will es nicht hören, will es nicht sehen, will es nicht wissen, ich will nichts anderes, als mich über Julius zu freuen, darüber, dass ich ihn gefunden habe und dass er mir nicht böse ist, dass er mich liebt, ich bin mir sicher, dass er mich liebt, er kennt meine Gedanken, fühlt, was ich fühle, und auch mir geht es nicht anders. Ingrids Reporter ist nicht hier, sie träfen sich zu Hause, sagt Ingrid, ich beneide sie sehnsuchtsvoll um dieses Wort, Zuhause, und beneide sie darum, dass sie Tag für Tag zusammen sein können, dass sie nicht diese Entfernung voneinander trennt.

Es ist ausgeschlossen, dass ich den letzten Zug nach Blumenstadt erreiche, aber das macht nichts, ich kann zu Ingrid gehen, die bei ihrem Verlobten schläft. Wir bringen es nicht zur Sprache, reden nicht darüber, aber selbstverständlich bleibt Julius bei mir. Die Hauswirtin im Nachbarzimmer sei taub, sie drehe das Radio immer auf volle Lautstärke, Stromausfälle kämen zwar regelmäßig vor, doch am Abend werde es hoffentlich wieder Strom geben, die Küche bestehe aus einer Kochplatte, das Badezimmer befinde sich in der Speisekammer, die Toilette am Ende des Laubenganges, wir dürften alles, was wir vorfänden, aufessen, Ingrid zählt hastig auf, was wir wissen müssen, und eilt zu ihrem Reporter.

Ein weiß gestrichenes Eisenbett, unter der blassgrünen Bettdecke ist die gestreifte Matratze zu sehen, ein einfaches Bretterregal, vollgepackt mit Büchern, am Fenster ein rundes Tischchen, zwei Stühle, dünne Kissen, auf dem Bezug schwarze Mohnblumen auf rotem Untergrund, wie ein umgekehrter Acker; Ingrids Wohnung ist im Vergleich zu unserer Baracke ein Palast. Ein Stückchen Butter, Brot und Marmelade, ein himmlisches Festmahl, ich liebe Butterbrot, doch jetzt kann ich einfach nicht essen, ich fühle mich so, als hätte ich mir den Magen verdorben, mein Mund ist trocken, meine Kehle eng, ständiger Durst quält mich, gierig trinke ich Wasser, zuerst frage ich Julius nach seinem Physikum, dann nach seinem Chirurgiepraktikum, ich versuche, mich locker und natürlich zu benehmen, aber nichts ist natürlich, Julius' Stimme ist anders, seine Augen sind anders, sein Gesicht, Martin, Mama, die Näherei, das Lehrerseminar, auch er fragt nach allem und jedem, ich weiß gar nicht, was ich antworte, weiß nicht einmal, was er fragt, Brienner Straße 21, zweiter Stock, Tür, Fenster, vier Wände, nur er und ich, verlegen umschleichen wir einander, noch nie waren wir wirklich zu zweit, es ist schon spät, es wäre Zeit, sich hinzulegen, er packt seine Sachen auf den einen Stuhl, ich auf den anderen, jedes Kleidungsstück sorgsam zusammengefaltet, die alte Frau im Nachbarzimmer hat das Radio ausgeschaltet, eine unglaublich tiefe Stille, nur unser Atem ist zu hören, *willst du es?*, fragt Julius, seine Stimme klingt heiser, *ja*, ich flüstere die Antwort, spreche sie nicht laut aus, ich liebe ihn, er liebt mich, wir lieben uns, zart, langsam, wunderschön, dann wild und zügellos, zu zweit haben wir keinen Platz auf dem Bett, wir schlafen auf dem Boden, ich schmiege meinen Kopf in die Grube seiner Schulter, zeichne mit meinem Finger Kreise auf seinen Bauch, er fährt mir mit der Hand durch das Haar und lacht. *Du verzauberst mich mit deinen grünen Augen! Es ist dunkel, du siehst meine Augen doch gar nicht! Doch, natürlich, wach und im Traum, immer und überall!,* wenn er mir ins Ohr flüstert, fühlt es sich so gut an, wie früher zu Hause das Knistern des Feuers im grünen Kachelofen, grüner Ofen, Grüner See, Karfunkelturm, ich würde ihm nicht für einen Rubin, ja, nicht einmal für alle Schätze der Welt erlauben, auf diesen Felsen zu klettern!

Am Morgen stürmt Ingrid regelrecht in die Wohnung, ihr Reporter ist bei ihr, ein Amerikaner von der Nachrichtenagentur AP – Bayern ist voller Amerikaner, ich müsste wirklich Englisch lernen –, der Reporter ist wahnsinnig groß, größer als Julius, mit seiner schwarzen, dick gerahmten Brille sieht er sehr intelligent aus, neben ihm wirkt Ingrid in ihren purpurfarbenen Strümpfen und Schnürsandalen wie eine Tänzerin aus der Welt der Boheme. *Good morning,* ich reiche ihm die Hand, *du brauchst dich nicht anzustrengen, Ernest kann Deutsch,* Ingrid lacht mich an, und tatsächlich, er spricht wunderbar und gar nicht bayrisch, sondern hochdeutsch, er ist hier geboren, ist Jude und war zehn Jahre alt, als seine Eltern 1933 mit ihm flohen, nach Paris kam Lissabon, danach Übersee, als er über Hilfsorganisationen berichtete, lernte er Ingrid kennen, die CARE-Pakete verteilte und ihm auf seine Fragen antwortete, er solle nicht nur darüber schreiben, was er sehe, sondern auch darüber, was nicht zu sehen sei: über die Lebensmittelrationen von 1000 Kalorien, die Schuh- und Kleiderhilfe, die in den Trümmern hausenden Kinderbanden, die Hyänen auf den Schwarzmärkten, die Unterernährung, die sich rasant ausbreitende Tuberkulose, den Penicillin-Mangel, Ingrid zählte all das auf, was sich beim Roten Kreuz in ihr angestaut hatte, und Ernest schrieb darüber. Nachdem er seinen Artikel der Nachrichtenagentur geschickt hatte, suchte er Ingrid erneut auf, und sie verliebten sich ineinander. *Eigentlich haben wir uns dem Krieg zu verdanken,* sagt Ernest, *wir auch, das ist das einzig Gute, was uns passiert ist,* sage ich. Ingrid stimmt zu, und Julius fragt, wie lange Ernest bleiben würde, Ingrids Gesicht wandelt sich von weiß zu rot und von rot zu weiß, ich kann mir vorstellen, woran sie denkt, Julius und mein Schicksal hat sich entschieden, als er beschloss, nicht mit seiner Mutter auszuwandern, doch wer von ihnen beiden würde wohl gehen und wer bleiben? Ernest antwortet etwas Nichtssagendes, Ingrid rafft sich auf und schlägt vor, wir sollten alle zusammen auf den Viktualienmarkt gehen, denn Ernest müsse von dort berichten. *Das geht nicht, mein Zug, Mama ist sicher schon nervös!,* ich stammele unsicher. Ich könnte doch auch am Abend fahren, mit dem Sieben-Uhr-Zug, nach meinem gestrigen Ausbleiben sei es doch schon egal, und wir hätten wenigstens noch einen Tag zusammen; ich lasse mich von Julius überzeugen.

In der Straßenbahn steht Julius dicht hinter mir, mit seinem Arm umschlingt er meine Taille, ich lehne mich an ihn, als wären wir ein Körper, seine Kleidung riecht nach Tabak, seine Haut nach Lavendel, ein wunderschöner Tag und auch München ist wunderschön, der Viktualienmarkt ist allerdings alles andere als schön.

Umgeworfene Stände, Obst- und Gemüsestiegen überall verstreut, ein fürchterliches Geschrei und Gekreische, Kartoffeln und Kohlköpfe rollen auf der Erde, Marktfrauen werfen mit Eiern umher, plötzlich fliegt eine gerupfte Gans auf uns zu, ihr Hals wirbelt in der Luft, jemand springt ihr hinterher, schnappt sie sich und rennt mit ihr weg, eine ganze Gans, du liebe Güte, wie glücklich sich derjenige fühlen muss! Wir ziehen schnell die Köpfe ein, denn nach der Gans kommen wieder Eier geflogen, Julius fängt sich geschickt eins, das Eiweiß rinnt ihm durch die Finger, doch in der Hand bleibt etwas von dem Dotter, er hält es an meinen Mund, ich trinke es, spüre den Geschmack von Omelett mit Speck, bisher hatte ich den Hunger ganz vergessen, jetzt aber knurrt mein Magen so laut, dass ich befürchte, auch jemand anderes könnte es hören, wir ziehen uns von der Eierschlacht zurück, Ernest freut sich wie ein kleiner Junge über die guten Aufnahmen, die er machen konnte, auf einem bin auch ich zu sehen, gerade als ich aus Julius' Hand das Ei trinke, Ernest bedauert, dass er die fliegende Gans nicht fotografieren konnte, vierzig Pfennig ein Ei und fünfundzwanzig Mark die Gans, so viel wollte der Bauer dafür haben, ich glaube, in Übersee wird man sich gut über Ernests Reportage amüsieren.

Ernest hat Geld, er kauft uns Weißwürste und Bier, es ist sehr warm, der Krug ist beschlagen, weißer Schaum, kleine Bläschen, ich trinke das erste Mal in meinem Leben Bier, es schmeckt bitter, aber gut, ich fühle mich sonderbar, *das Bier ist dir in den Kopf gestiegen,* Julius neckt mich, *und wann steigt es wieder aus?,* frage ich, *schnell, viel zu schnell,* antwortet er lachend, auch ich muss schmunzeln, Eierschlacht, fliegende Gans, Weißwurst, ein amerikanischer Reporter, eine Schwester vom

Roten Kreuz und eine beschwipste Lili mit ihrem nach Tabak und Lavendel duftenden Liebsten, das Ganze wirkt vollkommen surreal, doch auch der *Nussknacker* ist surreal, vielleicht sollte ich ein Stück schreiben, *Das Große Eierknacken* wäre der Titel, es wäre so schön, für immer hier zu bleiben, oder, wenn schon nicht für immer, so wenigstens noch einen Tag und noch einen, mein Gott, was werde ich zu Hause erleben!

Mama macht mir eine Szene, sie habe mich schon ausgeraubt und im eigenen Blut liegend vor sich gesehen, *Mami, wo denkst du hin, löchrige Schuhe und schäbige Kleider, wer will mich schon ausrauben? Aber was werden die Leute sagen? Was interessieren mich die Leute?* Herr Anton droht mir mit Kündigung, ich lache ihm ins Gesicht und bringe Onkel Jóska und den anderen stolz den Brief von Egon Soundso. Ich war dort, habe sie gesehen, die Hungerstreikenden, bin eine lebendige Nachrichtenquelle, ich erzähle alles, was ich gesehen habe, und ja, selbstverständlich werde ich am Sonntag um zehn vor der Straßenbahnremise sein.

Das Lager gleicht einem aufgescheuchten Bienenstock, alle reden vom Hungermarsch. Hungermarsch: Mir gefällt dieses Wort, zu vielen gemeinsam hungrig zu sein ist leichter. Doch wir dürfen nicht auf uns aufmerksam machen. Mama hat Angst und sorgt sich um mich, sie meint, ich sei hitzig, impulsiv und unüberlegt, meine Fahrt nach München hat sie immer noch nicht verdaut, sie zankt nicht mehr, reibt sich nur noch öfter nervös die Hände und schaut mich forschend an, sie bringt mich in Verlegenheit, ich weiche ihrem Blick aus, warum schaut sie so? Darf ich keine Geheimnisse haben? Ich folge ihr doch auch nicht und stelle ihr Fragen über sie und Doktor Grün! Und überhaupt, wenn wir uns verkriechen, wer wird dann das Wort für uns ergreifen? Wer wird in die Welt hinausschreien, dass das Dach Löcher hat, dass der Wind durch die Ritzen in den Brettern bläst und der Ofen qualmt, dass die Kinder in den feuchten, unbeheizbaren Baracken lungenkrank und bleichsüchtig sind, dass die Müllberge in den Himmel ragen und uns Ratten und Mäuse belagern. Ich würde wie eine Propagandistin reden, sagt Mama. Und wenn schon! In Dachau sind sie in den Hungerstreik getreten, was sind im Vergleich dazu eine Demonstration und etwas Protest? Wenn wir ein normales Leben wollen, müssen wir selbst etwas dafür tun! Mama bleibt, ich gehe.

Als ich mit Anni und den anderen ankomme, hat sich vor der Straßenbahnremise schon eine riesige Menschenmenge versammelt. Schlesier, Pommern, Sudentendeutsche und Donauschwaben aus Ungarn und dem Banat, Bekannte aus dem Lager und Unbekannte aus Haidholzen, von der Kellerzeile, aus den Kasernen, von irgendwo jenseits der Mangfall, noch immer treffen Menschen ein, es kommen immer mehr, vermutlich mehrere Tausend. Es heißt, der Landrat sei da, der Flüchtlingskommissar und auch der Bürgermeister, auf der anderen Seite der Straße reiht sich ein Dutzend amerikanischer Soldaten auf, von Weitem scheint es, als sei auch Andrew unter ihnen, ich ziehe den Kopf ein, verstecke mich hinter meinen Freundinnen, er darf mich nicht bemerken, und auch ich darf nicht zeigen, dass ich ihn bemerkt habe, darf ihm nicht zunicken oder zuwinken, denn egal, wie freundlich und nett er auch ist, hier und jetzt ist er ein amerikanischer Besatzer.

Wir wissen gar nicht, wie man eigentlich demonstrieren muss, eine ganze Weile stehen wir in Gruppen zusammengeschart ratlos herum, dann gibt plötzlich jemand von vorne das Kommando zum Aufbruch. Es kommen Tafeln zum Vorschein – *3 Jahre leere Versprechungen! Wo bleibt die christliche Nächstenliebe? Menschenwürdige Wohnungen!* –, wir marschieren mit den Schildern in der Hand wie mit Kirchenfahnen bei der Fronleichnamsprozession, bloß, dass wir, statt heilige Lieder zu singen, laut rufen: *Tausend Kalorien* und *Kartoffeln, Brot!* Tausendzweihundertundfünfzig, erklärt jemand oberlehrerhaft, auch ich weiß von tausend, in Dachau streiken sie deswegen, *tausend oder tausendzweihundertundfünfzig, ist das nicht dasselbe?*, raunzen wir den Klugschwätzer an. Ich trage ebenfalls eine Tafel, der Mann mit der Baskenmütze vor mir hatte etwas Eiliges zu erledigen und hat sie mir, ohne zu fragen, in die Hand gedrückt, eine Tafel ist eine ernste Sache, sie hebt ihren Träger aus der Menge hervor, ich strecke stolz die Brust heraus, man fotografiert mich, ja mich, ein Journalist fragt, warum ich hier sei, aber ich kann nicht stehen bleiben, nicht einmal langsamer gehen, denn mit der Tafel zeige ich denjenigen, die hinter mir laufen, die Richtung, *wegen der Ratten und der Mäuse!*, rufe ich dem Journalisten zu, er verzieht das Gesicht, sicher hat er sich etwas Spektakuläreres erwartet. Das Schild wiegt einiges, ich bin froh, dass ich es vor dem Rathaus endlich auf den Boden legen kann, doch es ermahnt mich jemand, *hochheben, ganz hoch!*, Zelma tritt zu mir und hilft mir beim Halten, auf der Rathaustreppe ernste, angesehene Männer, ihnen gegenüber am Fuß der Stufen unsere Wortführer.

„Es war nicht unser Wunsch, hierher zu kommen, aber jetzt sind wir da, und wir haben das Recht auf ein menschenwürdiges Leben!", wir stehen weit weg, das Megaphon verzerrt die Stimme, wer die Petition verliest, wissen wir nicht.

„Wir haben das Recht!", rufen wir wie ein Echo.

„Deutschland hat den Krieg verloren, wir haben unsere Heimat, unser Zuhause, unsere Arbeit und unsere Existenzgrundlage verloren, selbst unsere Toten auf dem Friedhof haben wir verloren, die Einheimischen konnten all das behalten!"

„Wir haben es verloren, sie konnten es behalten!"

„Das kann doch nicht sein, dass allein wir, die Flüchtlinge, für den Krieg bezahlen sollen!"

„Das kann nicht sein!"

„Wir wollen keine Deutschen zweiter Klasse sein!"

„Das werden wir nicht sein!"

„Dieses Land ist für uns ein Wartesaal ohne Hoffnung", der Redner macht eine Pause, damit wir pfeifen und uns empören können –, „lasst uns etwas dagegen tun!"

„Lasst uns etwas tun!"

„Wir verzichten auf Rache, fordern aber für alle eine gerechte und sinnvolle Verteilung der Lasten!"

„Für alle eine gerechte und sinnvolle Verteilung der Lasten!"

„Dieselben Arbeitschancen und denselben Lohn!"

„Dieselben Chancen, denselben Lohn!"

„Menschenwürdige Wohnungen!"

„Menschenwürdige Wohnungen!"

„Jeder vierte Deutsche ist ein Flüchtling. Wir fordern eine verhältnisgleiche Repräsentation in den Gemeinderäten, Ausschüssen, im Parlament!"

„Verhältnisgleiche Repräsentation!"

Die amerikanischen Soldaten stehen gleichgültig, schon fast gelangweilt auf ihren Posten, ich recke meinen Kopf nach rechts und links, drehe mich sogar um und stelle erleichtert fest, dass ich mich verguckt habe, Andrew ist nicht unter ihnen.

„Es ist für niemanden leicht, wir haben große Verluste an Menschenleben und im finanziellen Sektor zu verzeichnen", die Antwort des Bürgermeisters knistert aus dem Megaphon, „Ausgebombte und Flüchtlinge, wir sind doppelt so viele, wie wir waren, ihr müsst geduldig abwarten!"

„Wir warten schon seit Langem!"

„Eure Bedürfnisse sind unsere Sorge, wir werden alles tun, was in unserer Macht steht, ihr und wir gemeinsam!"

Das Megaphon knistert nicht mehr, sondern kreischt laut, dann verstummt es endgültig, von der Rede des Bürgermeisters ist nichts mehr zu verstehen. *Was sagt er, was sagt er?,* fragen wir in einem fort, die Sätze werden von vorne nach hinten weitergegeben, doch bis sie bei uns ankommen, sind sie zu sinnlosem Zeug verzerrt. Wir recken die Hälse, um wenigstens etwas zu sehen; eine Frau in einem rot-grünen Dirndl und ein Mann in einer mit Schnüren besetzten Jacke gehen die Stufen hoch, sie beide überreichen unsere Petition, ein alter Mann sagt, etwas zu versprechen koste schließlich nichts, ein anderer, der dem Aussehen nach Lehrer sein könnte, dass dies der Augenblick sei, in dem wir mit sauberen Karten alles von vorn beginnen könnten: Sie, die alteingesessenen Deutschen, müssten sich von ihrer anerzogenen Arroganz befreien, und wir, die neu zugezogenen, müssten aufhören, Träumen nachzujagen, und uns damit abfinden, dass es keinen Weg zurück gebe.

Das Wetter ist so schön, dass es nach der Demonstration unmöglich scheint, einfach in das mit Müllhalden gesäumte Lager, in die Baracken mit ihren löchrigen

Dächern und morschen Bretterwänden zurückzukehren, eine ganze Gruppe von uns zieht hinunter zum Fluss. *Was wird mit den Tafeln?,* fragt jemand, und da uns nichts Besseres einfällt, nehmen wir sie mit und stecken sie am Ufer in den Sand. In kunterbunten Kleidern sitzen wir am Wasser, ein Lärmen und Lachen, von irgendwoher weht der Wind den Klang einer Ziehharmonika herauf, als wären wir bei einem Maifest, ein Maifest im September, was wir erreicht haben, ob wir mit unserer Demonstration, den Pfiffen und der Petition überhaupt etwas erreicht haben, weiß niemand.

Herr Ludwig hat mich in dem Artikel über den Hungermarsch gesehen und will mich am Donnerstag mit seiner Mutter davon überzeugen, dass ich, nachdem ich bereits die Hälfte des Studiums hinter mir habe, das Lehrerseminar unbedingt beenden und meine Prüfungen ablegen muss, danach solle ich ans Konservatorium gehen, denn ich sei begabt und ausbrechen könne man nur durch Bildung.

Es stimmt schon, dass ich in letzter Zeit die Seminare nicht mehr besuche, nicht einmal das bei Herrn Ludwig, weil mir ständig etwas dazwischenkommt. Mal ist das Kind krank, mal Mama, dann werden in der Näherei Überstunden anberaumt, und ich kann mich nicht drücken, denn Herr Anton sieht mich seit meinem Ausflug nach München ohnehin schief an und wird mich am Ende tatsächlich vor die Tür setzen.

Die Prüfungszeit sitzt mir im Nacken, ich stelle einen Antrag auf Aufschub, die Frist läuft gleich ab, doch die größere Hälfte der Studiengebühr fehlt noch – bislang ist es mir nicht ein einziges Mal gelungen, die gesamte Summe auf einmal einzuzahlen, egal, wie Mama und ich uns auch bemühen, sparsam das Geld dafür beiseite zu legen, wir brauchen alles für Lebensmittel –, ich bitte die Zuständigen, mir etwas zu erlassen oder eine Ratenzahlung zu genehmigen, schreibe in meinem Antrag, dass ich auf ihr Verständnis hoffte, dann warte ich auf die Entscheidung des Dekans, der hat Verständnis für mich, ich bekomme eine Ermäßigung und erhalte die Genehmigung zur Ratenzahlung, aufatmen kann ich aber nicht, denn es folgt eine Prüfung auf die andere, nächtelang sitze ich vor meinen Aufzeichnungen, die Psychologie-Prüfung klappt trotzdem nicht, für eine Nachprüfung muss ich zahlen, und dazu kommt die fehlende Zeit, um mich vorzubereiten. Ich habe weder Geld noch Zeit, bin müde, gehetzt, unter meinen Kommilitonen bin ich eine Ausnahme, auch sie haben unter dem Krieg gelitten, doch als der Frieden kam, war es ihnen nicht verboten, die Schule zu besuchen, sie wurden nicht in Gefangenenlager gesperrt, wurden nicht aus ihrer Heimat vertrieben, ich will nicht lernen, will kein Klavier spielen, will überhaupt kein Klavier sehen, ich bin, die ich bin, eine unter vielen Millionen von Flüchtlingen, ich wurde verfolgt, geschlagen, man hat mir ein Kreuz in die Haare rasiert, ich musste uns Essen organisieren, war im Arbeitsdienst, habe gebettelt und geklaut, von Lager zu Lager, von Land zu Land, auch jetzt bin ich eine Barackenbewohnerin, wenn ich im Seminar sitze, kreisen meine Gedanken um die Tauschkurse auf dem Schwarzmarkt, oder ich bin so müde, dass mir die Augen zufallen, die Klavierstunde ist eine Qual, meine Finger werden in der Näherei steif, meine Hände ungelenk.

Es tut mir leid, ich habe keine Zeit zum Lernen, ich muss Geld verdienen, antworte ich Herrn Ludwig, dann solle ich Nachhilfe geben, er wisse auch schon eine Privatschülerin, eine Stunde zwei Mark, im Lehrerseminar sei der kleine Saal am Nachmittag frei, er würde sich darum kümmern, dass ich ihn benutzen könne, und dann fragt er, ob es im Lager tatsächlich Ratten gebe.

„Aber sicher."

„Und Mäuse?"

„Die auch."

„Haben Sie Angst vor ihnen?"

„Nein. Ich ekle mich."

Im Grunde genommen könne er mir bei seiner Mutter auch Klavierstunden geben, donnerstags oder auch häufiger, und er würde mir helfen, ein Stipendium zu bekommen, Herr Ludwig drängt immer wieder auf eine Aufnahmeprüfung am Konservatorium. Das ist wirklich ein großzügiges Angebot, und ich bedanke mich dafür, doch mit ein paar Stunden Üben lassen sich die ausgefallenen Jahre unmöglich aufholen, ich will auch gar nicht mehr Pianistin werden. *Warum nicht?* Statt einer Antwort drehe ich die Handflächen nach oben und zeige ihm meine krummen, schwieligen Finger.

12.

Ein schmaler Mann mit Bart, in seiner Hand ein grauer Hut, er sucht die Hartmanns, eine Frau mit ihren Töchtern, Annis Mutter begreift zuerst nicht und antwortet, die gebe es hier nicht, *natürlich gibt es die!,* schreie ich, denn dieses typisch bärige Brummen würde ich selbst mitten im Bombenlärm noch erkennen, ich rufe Mama zu, *du liebe Güte, der Papa!,* und fliege ihm auch schon entgegen. Er umarmt mich wortlos, ich bohre meinen Kopf in seine Schulter, der Bart kitzelt mich am Ohr, Papa hatte früher nie einen Bart, aber ich freue mich sehr, dass er jetzt einen hat, Frau Berger, Frau Daxner, die ganze Baracke drängelt sich um uns, nur Mama ist nicht zu sehen. Ich zerre Papa ans andere Ende der Baracke, in unseren Wohnteil, Mama steht mit Martin im Arm am Bett, *dein Enkel,* sie zeigt auf das Kind und steht einfach nur da, ihr gegenüber Papa, keine Umarmung, kein Kuss, beide reglos. Schließlich ist es Mama, die die zunehmend quälende Stille durchbricht, *das ist dein Opa,* sagt sie zu Martin, Papa will ihn umarmen, doch das Kind zittert vor Angst, sein Körper ist angespannt wie ein Bogen, *macht nichts,* Papas Stimme klingt resigniert und traurig, sein Blick ist verlegen, als sei er irgendwo bei Fremden zu Besuch und frage, ob er sich setzen dürfe.

Das Rote Kreuz hat Papa gefunden. Man drückte ihm am Lagertor, auf dem Weg zur Frühschicht eine Postkarte in die Hand, *das war wie ein Wunder,* sagt er und mustert Mama hartnäckig. *Das Wunder heißt Lili,* antwortet

Mama, dabei habe ich nichts Besonderes gemacht, ich bin nur zum Roten Kreuz gegangen, habe eine paar Postkarten geschrieben, vor dem Radio gesessen und unerschütterlich gehofft. Überhaupt glaube ich, dass Wunder nur guten Menschen widerfahren, und Papa ist der beste Mensch auf Erden, er hat immer für uns gelebt.

Polli?, die Frage in einem einzigen Wort. *Typhus,* die Antwort, auch nur ein einziges Wort. *Mutter? Das Herz. Gerd? Verschollen.* Papas Lider zucken, doch er schweigt, etwas später fragt er nach unseren Bekannten. Hauerländer, einige aus Deutschendorf, aus Käsmark nur wir, die anderen wurden auf die Bauernhöfe in den Dörfern verteilt, von Gerlinde und ihrer Familie wissen wir nichts. Papa sagt, dass Gerlindes Vater zu zwanzig Jahren begnadigt worden sei, damit sei er dem Todesurteil entkommen, nur könne man in einem Uranbergwerk zwanzig Jahre nicht überleben, auch seine eigenen zehn hätte er nicht überleben können, aber meine Postkarte hatte ihm die Hoffnung zurückgegeben; er begann, die neuen Behörden und Volksgerichte mit Anträgen regelrecht zu bombardieren, er schrieb überall hin, von Pressburg bis Prag, sogar dem Staatspräsidenten. Einem von hundert konnte es vielleicht gelingen, aber vielleicht auch diesem einen nicht, von seinen Mitgefangenen glaubte niemand daran, dass seine Bemühungen Sinn hatten. Vielleicht nicht einmal Papa selbst, doch er dachte genauso wie ich beim Schreiben der Postkarten – Papa und ich gleichen uns sehr, Mama meint auch, ich sei ganz sein Fleisch und Blut, in mir stecke nichts von den Wolfs –, und es gelang, Papa wurde dieser eine von hundert, dessen Prozess man neu verhandelte, und da Papa ein ausgezeichneter Rechtsanwalt ist, verteidigte er sich selbst, zudem gab es gar keinen Pflichtverteidiger und für einen ordentlichen Rechtsanwalt hätte er ohnehin kein Geld gehabt, am Ende war das oberste Volksgericht dann doch der Ansicht, dass ein Käsmarker Rechtsanwalt, der sich vor allem mit Erbrecht und Vermögensfragen beschäftigte, eine zu kleine Nummer war, um den Einmarsch der deutschen Armee in der Slowakei zu veranlassen. Dennoch wurde Papa nicht freigesprochen, sondern nur begnadigt, womit seine Vergehen, wie die deutsche Nationalität, die Mitgliedschaft in der Deutschen Partei oder die rechtliche Vertretung der Webereifabrik Wein und anderer deutscher Firmen, nicht ausgelöscht wurden, was aber nicht mehr so schwer wog, denn auch er wurde automatisch aus der Tschechoslowakei ausgewiesen. Nur eben in die sowjetische Zone, von wo er versuchte, zu uns zu fliehen, was ihm aber leider nicht gelang, dabei kennt Papa die tschechisch-deutsche Grenzregion fast so gut wie die Tatra zu Hause, denn in seiner Jugend war er ein begeisterter Wanderer gewesen und hatte mit seinen Freunden halb Europa bereist. Man könnte sagen, Papa ist eine Landkarte auf zwei Beinen, jede Landstraße, jeden Bergpfad, jeden Weg, auf dem er einmal gegangen ist, prägt er sich in seinem Gehirn ein, und von dort kann nichts die Erinnerung daran wieder löschen, sein fantastisches Gedächtnis hat sich dieses Mal jedoch als zu wenig erwiesen, die Amerikaner schnappten ihn an der grünen Grenze auf irgendeinem Berg, in einem Wald oder an einem Bach und schoben ihn wieder ab, doch wenn Papa einmal eine Entscheidung getroffen hat, dann kann ihn so leicht nichts und niemand davon abbringen, wieder begann er, die Ämter und allerlei Organisationen mit Anträgen zu bombardieren, nur statt der tschechoslowakischen Volksgerichte und Staatsanwaltschaften dieses Mal das deutsche Flüchtlingsamt und die sowjetische Militärkommandantur, allerdings ohne Erfolg, schließlich gelang ihm mithilfe des Roten Kreuzes die Ausreise in die amerikanische Zone zwecks Familienzusammenführung.

Wenn man es so betrachtet, ist Papa zweimal freigekommen: zuerst aus den Händen der Slowaken, dann aus der sowjetischen Zone, nur das zweite Mal schon mit Papieren, er reiste offiziell mit dem Zug. Und jetzt ist er hier und fragt uns. Von Lager zu Lager, das derzeitige ist ein Wohnlager, scheinbar der endgültige Ort, von hier bringen sie uns nicht wieder woanders hin, wir haben Nováky ausgehalten, man konnte es aushalten, hätte es nur die Epidemie nicht gegeben, wir haben es Doktor Grün zu verdanken, dass wir nicht in die Ostzone gekommen sind. *Wer ist dieser Doktor Grün?* Ein internierter Tierarzt aus dem Hauerland, ein Witwer, der bei der Deportation vorgegeben habe, Papa zu sein, da Familien einen Vorteil genossen, und so sei uns die amerikanische Zone sicher gewesen. Der Doktor arbeitet jetzt als Tierarzt auf einem Gut in Rotstein bei Blumenstadt und hilft uns, er bringt uns oft Milch und Butter, manchmal Fleisch; Mama spricht von ihm nur in den höchsten Tönen, Papa wird ernst, aber sie bemerkt es nicht einmal, ich bin verärgert: Was soll das überhaupt, so viele Worte über den Doktor zu verlieren, wir sollten jetzt Papa fragen, wie es ihm ergangen ist, ihm etwas zu essen und zu trinken anbieten, *ich koche dir einen Tee, bringe dir ein Butterbrot! Das hat Zeit!,* Papa winkt ab und rückt näher zu Mama, wieder fragt er nach Nováky. Er will alles wissen, er sei krank vor lauter Sorge gewesen, weil er nicht bei uns sein konnte, *was war, ist vorbei, wozu es wieder heraufbeschwören?,* ausnahmsweise stimme ich Mama zu, dieser Meinung bin auch ich.

Mama überlässt Papa ihr Bett, ich behalte meinen Platz, worüber ich mich eigentlich freue, denn so kann ich ganz in seiner Nähe sein, richtig wäre aber gewesen, dass nicht Mama, sondern ich in den Wohnteil von Frau Daxner umziehe. Vor allem, weil Papa mein Bett vollkommen zugesagt hätte, er erzählt Mama auch, dass es in Jáchymov ebenfalls Stockbetten gab, nur eben ohne Matratzen, Mama tut aber so, als hörte sie das gar nicht, sie fragt überhaupt nicht, wie wir es gerne hätten, sondern bestimmt einfach, wer ab jetzt wo schlafen wird, Papa sieht Mama an, sie aber weicht seinem Blick aus, und schließlich nickt er zustimmend: *Wie Sie wollen, mein Herz.*

Ich habe so auf ihn gewartet, habe mich so sehr danach gesehnt, ihn zu sehen und zu hören, und nun, da er hier ist, zum Greifen nah, würde ich mich am liebsten an ihn kuscheln und seine Hand halten, aber ich kann mich ja nicht so benehmen wie ein kleines Kind, und überhaupt hängt Papa nur an Mamas Lippen, ihr wendet er sich zu, sie schaut er an, bestimmt wäre er gern mit ihr zu zweit, würde sie gern umarmen, küssen, aber Mama weicht seinen Küssen aus und lässt sich nur ein wenig umarmen, statt ihr bin ich es, die sich eifrig um ihn kümmert; Frau Daxner hat eine überflüssige Decke, die ich uns ausleihe, auf dem Eisenofen wärme ich Wasser zum Waschen auf, schütte es in die Waschschüssel, hole aus meinem Rucksack die nach Lavendel duftende Seife hervor, die ich für Julius' Besuche und Feiertage aufgespart habe, ich ziehe den Wolldeckenvorhang zu und kann es kaum erwarten, dass Papa sich wäscht und wir uns unterhalten können, nur wir beide, doch ich warte vergeblich darauf, dass er hinter der Decke hervorkommt, er sagt nur, *morgen, Lili,* dann legt er sich gleich hin.

Papa hat sich verändert. Er ist zögerlich, wenn er redet, sein Gang ist unsicher, und es scheint, als sei er geschrumpft, er wirkt irgendwie kleiner. Außerdem ist er fürchterlich dünn, dünner als irgendein anderer hier im Lager. Seine Wangenknochen stechen fast durch die Haut, sein Unterkiefer ragt nach vorn, unter seinen Augen dunkle Furchen, Falten bedecken sein Gesicht, aber all das ist egal, Hauptsache, er ist hier, er wird bei uns schon zu Kräften kommen und jünger werden, jetzt, da wir wieder eine Familie sind, ich bin mir sicher, dass unser Leben neu in Ordnung kommt, gerade deshalb könnte sich Mama ruhig ein bisschen mehr freuen!

Soll ich dir ein Pferdchen schnitzen?, fragt Papa Martin am nächsten Tag, dem so viel genügt, sein Fremdeln wandelt sich in Begeisterung. Ständig ist er Papa auf den Fersen, hängt an seinen Lippen und schaut ihm andächtig zu, wie das Holzstück in seinen Händen Form gewinnt; spitze Ohren, Knopfaugen, eingekerbte Mähne, zuerst der Kopf des Pferdes, dann die Vorder- und die Hinterbeine, der runde Bauch, der Schwanz und die Hufe, nichts fehlt, Kaffee, Schokolade, amerikanische Zigaretten, während Papa schnitzt, zähle ich ihm die aktuellen Tauschkurse vom Schwarzmarkt auf. *Der Schwarzmarkt ist nichts für junge Frauen!* Ich dachte, er wäre darauf stolz, wie gut informiert ich bin, doch das Ganze ist gar nicht nach seinem Geschmack, so wenig, dass er erklärt, ab jetzt werde nur er auf den Schwarzmarkt gehen. *Das kommt gar nicht infrage, was wird dann mit meinen Stammkunden?* Er sieht mich überrascht an, er ist es nicht gewohnt, dass ich ihm widerspreche. Wenn er zu Hause etwas erklärte oder etwas ankündigte, dann gab es – ob es uns gefiel oder nicht – keine Widerrede, aber wir sind nicht zu Hause, seit sechs Jahren haben wir kein Zuhause, und sechs Jahre sind eine schrecklich lange Zeit, während der man sich auch ohne Internierung oder Gefängnis verändert, ich bin nicht mehr sein Vögelchen oder sein kleiner Wiedehopf, und ich bin auch nicht mehr Pollis Wasserfloh, der Wasserfloh ist jetzt Martin, *runzle nicht so die Stirn, sonst wirst du im Handumdrehen eine alte Frau,* Papa nimmt mich nicht ernst, aber er ist so gütig, mir zu erlauben, dass ich ihn begleite. Hahaha, wir werden ja sehen, ob ich ihn begleite oder er mich! Stolz marschiere ich mit ihm durch die Stadt, am liebsten würde ich in die Welt hinausposaunen, seht her, Leute, er ist da, auf dem Rosenplatz mache ich mich schnell daran, meinen Tisch aufzubauen, dabei beobachte ich ihn aus dem Augenwinkel, als er es merkt, lächelt er mich an, aber es ist ein leeres Lächeln, ein Lächeln aus Höflichkeit, er sieht gar nicht, wie geschickt ich mich anstelle, wie entschlossen und selbstsicher ich meine Waren feilbiete, *Zigaretten, Kaffee, Schokolade, kaufen Sie hier!,* es ist einfach unglaublich, niemand will etwas kaufen, mit Papa jedoch feilschen die Leute und schließen, kaum hat man sich versehen, ein Geschäft ab! Ich bin wütend, wenn Papa den Schwarzmarkt unbedingt übernehmen will, dann soll er doch, aber ich kann ihn trotzdem nicht einfach stehen lassen, nicht schmollen wie ein Kind, denn ich bin kein Kind mehr, *eine richtige Frau!,* das hat er gesagt, als er mich bei seiner Ankunft umarmte und dann durch die Luft wirbelte, und auch, was Julius immer sagt, er nennt mich *meine Schöne,* wogegen ich jedes Mal protestiere, Julius aber murrt wegen meiner Unsicherheit, warum ich nicht glauben könne, dass ich tatsächlich wunderschön sei, er hebt dann mein Kinn, beugt sich zu mir, sieht mir tief in die Augen, dabei stellt er mir immer wieder dieselbe Frage und sagt lachend, *meine Schöne, meine Wunderschöne.* In solchen Momenten fühle ich mich dann auch schön, aber wenn ich allein bin und in den Spiegel schaue, dann blickt ein blasses durchschnittliches Mädchen mit Ringen unter den Augen und drahtigem Haar zurück, ich hätte gerne schöne Kleider, einen dunkelblau-weiß karierten Rock mit einem passenden Jäckchen, ich hätte gern schöne Schuhe, wie ich sie im Schaufenster des Schuhgeschäftes am Oberring gesehen habe – mit einem kleinen, dunkelblauen Absatz, die Einlage passt sich genau dem Bogen meiner Sohle an und sie sind so bequem, dass ich in ihnen selbst bis nach München laufen könnte –, ich hätte auch gern eine Handtasche, eine schwarze aus glänzendem Lack, mit silberner Schnalle, hätte gern einen Lippenstift, nicht grell rot, nur in blassem Rosarot, so wie die Farbe der Flammenblumen zu Hause, hätte gern Nylonstrümpfe und würde gern zum Frisör gehen, mir die Haare in einem Frisörsalon waschen, schneiden und legen lassen, aber dazu müssten sie noch wachsen, denn jetzt ist nichts da, was man auf Lockenwickler aufdrehen könnte, *Eitelkeiten,* würde Großmutter sagen, und wirklich, es sind alles nur Eitelkeiten, man kann auch ohne diese Sachen leben, aber besäßen wir eine Nähmaschine, dann hätte ich schneller ein schönes Kleid, denn früher oder später kämen die Kunden, und von dem Geld, dass wir verdienen würden, könnten wir Seide, Stoffe, schöne Knöpfe, Gürtel und Schnallen kaufen, ich würde die Kleider entwerfen, sie zeichnen, und Mama könnte sie zuschneiden, wir würden sie zusammen nähen, auf dem Weg vom Schwarzmarkt nach Hause sage ich Papa beiläufig, dass sich Mama unbedingt eine Nähmaschine wünscht, *die bekommt sie!,* seine Augen blitzen auf. Warum sollte eigentlich nicht er auf den Schwarzmarkt gehen, ich könnte das Lehrerseminar beenden und vielleicht sogar das Konservatorium besuchen.

13.

Papa wird im Lager regelrecht herumgereicht, überall zählt er Namen auf. Wie der Suchdienst des Roten Kreuzes, nur handelt die Sendung jetzt vom Krajzák in Pressburg, dem größten Gefängnis der Slowakei, dem Leopoldov-Gefängnis, und von Jáchymov, und es gibt Gefangene aller Nationalitäten: Deutsche, Ungarn, auch Slowaken und Tschechen, denn die neue Welt, die da zu Hause herrscht, hat auch unter den eigenen Töchtern und Söhnen reichlich Feinde.

Zeitgleich mit dem Antrag auf Prozessaufnahme begann er eine Liste von Gefangenen zusammenzustellen, die in Jáchymov inhaftiert waren, danach von den Häftlingen, mit denen er in Leopoldov und in Pressburg einsaß, die Mitgefangenen halfen ihm dabei, und so sammelten sich die Namen auf den von hier und da zusammengeklauten Blättern. Winzig kleine Buchstaben, damit die Liste nicht einen allzu großen Raum einnahm und man sie leicht verstecken konnte, denn sie entstand in nur einem Exemplar und die Wächter durften sie keinesfalls finden. Schließlich rollten sie die Liste zusammen und steckten sie in die Ritze, wo sich Bretterwand und Dach trafen, und als die Freilassung entschieden war, nähte Papa sie in seinen Mantel, so schmuggelte er sie über die Grenze.

Wie viele Namen die Liste beinhaltet, wissen wir nicht genau, doch es sind viele, sehr viele, sie muss so rasch wie möglich ins Reine geschrieben werden, denn dort, wo sie zerknittert ist, kann man sie bereits jetzt kaum mehr lesen, wenn wir sie abgeschrieben haben, müssen wir sie öffentlich machen, im Lager, in den Kirchen, am Rathaus aushängen, aber wir müssen sie auch den Zeitungen zur Veröffentlichung schicken und dem Roten Kreuz in München zukommen lassen, wo es ein Verzeichnis über die Verschollenen und Vertriebenen gibt.

Papa und ich suchen Onkel Jóska, Herrn Krebs und Dr. Glatz auf, die sich sofort für die Sache einsetzen. Gemeinsam gehen wir zum Lagerbüro, wo wir umgehend eine Schreibmaschine, Papier und einen Tisch in einem der Räume bekommen. Papa fragt, ob er mit mir rechnen könne, da es nicht reiche, die Liste einmal abzuschreiben, denn selbst mit zwei Blaupapieren erhält man nur drei Exemplare und wir brauchen viel mehr, natürlich könne er mit mir rechnen, antworte ich begeistert, ich kann mit zehn Fingern schnell und genau tippen, in Käsmark hat mir das Papas Assistent, Herr Rezső, als ich die sechste Klasse besuchte, einmal nur so zum Spaß in den Ferien beigebracht.

Das Tippen gleicht ein wenig dem Klavierspielen, vor allem wenn man sich anstelle des Klapperns der Tasten Melodien und Läufe vorstellt, jetzt aber ist keine Zeit für Fantasie, wir dienen einer ernsten Sache, erfüllen eine Mission, wie Herr Krebs sagt, sodass ich Buchstabe für Buchstabe, Zeile für Zeile alles abtippe, mein Blick haftet auf dem Papier, mit 912 Namen ist die erste Abschrift fertig, es gibt ein paar Unregelmäßigkeiten in der alphabetischen Reihenfolge, hier und da fehlt ein Wohnort, und bei denjenigen, die Papa und die anderen aus der Erinnerung heraus notiert haben, ist das Geburtsdatum nur geschätzt und daher mit einem Fragezeichen versehen, die Mehrzahl der Personen ist aber identifizierbar.

Wenn wir eine Mission erfüllen, dann vollbringt Papa geradewegs eine Heldentat. Dass wir von dem Schicksal dieser 912 Personen berichten können, ist vor allem ihm zu verdanken. Das sei doch keine Heldentat, protestiert er. Helden seien die Menschen, die immer noch dort in den Bergwerken oder in irgendeinem Lager oder Gefängnis leiden, er habe nur Glück gehabt, sei eine Ausnahme, obwohl er selbst nicht verstehe, warum gerade er die Ausnahme sei, wo Müller, Trautenberg oder Kraus auch nicht mehr anzulasten gewesen wäre als ihm, und auch Gerlindes Vater höchstens insofern, da er als Bürgermeister die Delegation anführte, die in Pressburg um die Verteidigung Käsmarks gegenüber den Partisanen bat. Dass die Deutschen die Slowakei offensichtlich nicht deswegen besetzt und den Partisanenaufstand niedergeschlagen hatten, weil sie von der Delegation einer Kleinstadt darum gebeten worden waren, zählte überhaupt nicht, dieser Umstand galt als der schwerwiegendste Anklagepunkt gegen sie, und sie entkamen dem Todesurteil, das der Staatsanwalt gefordert hatte, nur knapp. Papa konnte sein Glück, bloß zehn Jahre bekommen zu haben, der Tatsache verdanken, dass er dem Gesandten aus dem Reich erst gar nicht begegnet war, da der nur den Bürgermeister und den Parteivorsitzenden empfing.

Papa freut sich über seine Freiheit, natürlich freut er sich, und er ist glücklich, dass er bei uns sein kann, doch nachts wälzt er sich, wirft sich hin und her und knirscht schauerlich mit dem Zähnen, ich glaube, in seinen Träumen ist er noch immer in Jáchymov oder im Krajzák gefangen. Am Morgen jedoch keine Spur von den Albträumen, außer, dass er Ringe unter den Augen hat und sein Gesicht grau ist, so wie früher; er kommt und geht, erledigt seine Angelegenheiten und will vor allem arbeiten, denn die Beihilfe ist gering, der Schwarzmarkt unsicher, außerdem können wir nicht ständig auf ein Paket von Onkel Paul hoffen. Eine Arbeit zu finden ist allerdings nicht leicht, die Flüchtlinge befinden sich den Einheimischen gegenüber noch immer im Hintertreffen, und Papa ist weder jung noch Facharbeiter, sondern ein Käsmarker Rechtsanwalt mittleren Alters und so hat er keine guten Aussichten. Doch er denkt gar nicht daran, als Rechtsanwalt arbeiten zu wollen, er bittet Annis Vater, ihn in der Reparaturwerkstatt der Amerikaner zu empfehlen. *Einen Rechtsanwalt?*, Herr Berger wundert sich, die Amis bräuchten ja nicht zu wissen, was sein Beruf sei, und überhaupt, er repariere alles, antwortet Papa. Herr Berger verspricht, in seinem Interesse vorzusprechen. Es würden aber keine Arbeiter gesucht, das zumindest sagt man Papa, als er wegen eines Vorstellungsgesprächs dort ist, er aber meint, sie hätten ihn einfach nicht haben wollen und unter diesem Vorwand abgewiesen.

Auf den ersten Blick wirkt Papa wirklich ausgemergelt, vielleicht dachte der Mann, der mit ihm das Vorstellungsgespräch in der Reparaturwerkstatt führte, dass er nicht einmal mehr ein Kilo heben könne. Dabei ist er stark, oder wenn jetzt auch nicht wirklich stark, so doch ausdauernd und zäh, jemand, der seine Ziele nicht so leicht aufgibt. Er hat allerlei Pläne, kleine und große Zukunftspläne, für den nächsten Tag, die nächste Woche, auf lange Sicht: Er beantragt eine Beihilfe als Kriegsgeschädigter und will auch die Entschädigung für Vertriebene in Anspruch nehmen. Eine furchtbar komplizierte Prozedur, wir haben keinerlei Urkunden oder Papiere, was wir besessen haben, das könnten höchstens Zeugen belegen, doch die aus Käsmark Vertriebenen leben überall verstreut, vielleicht ließe sich jemand in der Gegend um Stuttgart finden. Am besten wären Gerlinde und ihre Mutter, aber über sie wissen wir nichts, doch egal, Papa ist gerade deswegen ein berühmter und hervorragender Rechtsanwalt geworden, weil ihn die als verloren geglaubten Fälle eher anspornten als abschreckten.

Alles wird sich richten, ich horche auf, das waren immer Großmutters Worte, sogar der Tonfall ist derselbe, Papa ist in den fünf Jahren, in denen ich ihn nicht gesehen habe, Großmutter viel ähnlicher geworden, breite Wangenknochen, ein wenig schräg geschnittene Augen, spitzes Kinn, auch äußerlich sieht er ihr ähnlicher, das scheint mit dem Alter zu kommen, ich möchte einmal Mama ähnlich sehen, jetzt ähnle ich ihr überhaupt nicht, aber später vielleicht, Mama ist fast fünfzig, doch auch jetzt ist sie sehr schön, und ich glaube, selbst mit achtzig wird sie das sein, Papa ist ganz vernarrt in sie, doch leider auch Doktor Grün.

Der Sonntag gehört dem Doktor. Und Julius. Er kommt aber nur alle zwei bis drei Wochen, der Doktor wöchentlich. Schon morgens um zehn ist er da, und er bringt immer etwas mit, was Mama dann zum Mittagessen zubereitet, danach essen wir gemeinsam. Auch wenn es nur Brennsuppe und gekochte Kartoffeln sind, Mama besteht auf dem gemeinsamen Sonntagsessen, und sie besteht darauf, dass wir den Tisch feierlich decken, bevor wir zusammen essen. Auch Martin muss die ganze Zeit am Tisch sitzen, egal, wie quengelig er ist, er darf nicht spielen gehen, auch ich darf nicht aufstehen und mit ihm rausgehen, seit einer Weile quengelt er aber gar nicht mehr, er isst schön und selbstständig, schmiert sich nicht voll und schüttet sich nichts über, wenn ihm langweilig ist, spielt er mit seinem Löffel und den Brotkrümeln Krieg; der Löffelstiel ist die Frontlinie, die Krümelsoldaten stehen einander gegenüber, wer fällt, wird gegessen, ein stummes Spiel ohne Kriegsgetöse, bei dem am Ende jeder fällt.

Auf dem Gutshof in Rotstein sei ein Kalb geboren, semmelfarben mit roten Flecken, und es gebe auch einen weißen Pfau, gewissermaßen zur Zierde, er sei nicht nützlich, sehe einfach nur wunderschön aus, wenn er seine Federn ausbreite und das Sonnenlicht in den Farben eines Regenbogens auf ihnen schimmere, wir sollten hinausfahren und sie uns anschauen – der Doktor spricht beim Mittagessen in einem fort. Martin möchte den Pfau und das Kälbchen sehen, *aber sicher, das machen wir!,* Mama packt die Gelegenheit beim Schopf, ich zucke mit den Schultern, ihre Auge versprühen zornige Blitze. *Ja, der ist bestimmt sehr schön, nein, ich habe noch keinen Pfau gesehen, diese Woche ist nichts Besonders passiert, ja, Julius hat seine Prüfungen bestanden;* egal, wie knapp und unwillig meine Antworten auch ausfallen, der Doktor gibt nicht auf, er bohrt immer weiter, dabei nennt er Mama immerzu *meine Liebe.* Das ist an sich nicht schlimm, nur eine höfliche Anrede, aber die Art und Weise, wie der Doktor die Worte ausspricht, und die Häufigkeit, mit der er es sagt, können einen wahnsinnig machen!

Ich sei ungerecht, hochnäsig und überheblich, Thomas erkundige sich mit aufrichtigem Interesse, und ich würde nur von oben herab antworten, was ich mir eigentlich dabei dächte, einen Freund der Familie, der so viel für uns getan hat, nicht mit seinem Namen anzusprechen! Mama streitet sich mit mir. Sie will uns mit Gewalt zusammenschweißen, sieht nicht, dass Martin und ich für den

Doktor nur ein Anhängsel sind, Mamas Beiwerk, und sie versteht nicht, dass ich ihn nicht in meine Angelegenheiten einweihen will, ich bin nicht seine Tochter, und er ist nicht mein Vater, ich will auch nicht, dass er ihn ersetzt, ich habe die Nase voll von diesem Meine-Liebe, Julius habe ich regelrecht verboten, mich jemals so zu nennen, er aber hat mich ausgelacht und absichtlich so genannt, dann hielt er es für besser, lieber bei *mein Sonnenschein* zu bleiben, er sagte, wenn ich wütend bin, dann könnten meine Augen brennend strahlen.

Der erste Sonntag mit Papa. Julius kommt nicht, er hat einen Dienst als Hilfspfleger an der Klinik übernommen, am Wochenende wird doppelter Lohn gezahlt, er spart für einen Sommerurlaub, für einen gemeinsamen Sommerurlaub, im August fahren wir ans Meer. Auch ich spare, bisher ist es mir gelungen, fünfzehn Mark beiseite zu legen, wie viel Julius gespart hat, weiß ich nicht. Im August ist das Wetter schön, wir werden unter freiem Himmel schlafen, brauchen nicht viel Geld und essen einfach Fisch, ***allein, ohne Begleitung, verbringt ein Mädchen aus gutem Hause den Urlaub nicht mit jungen Männern!,*** ich habe das Meer noch nie gesehen, Mama kann mich nicht zurückhalten, und ich fahre ja nicht mit jungen Männern, sondern mit einem einzigen, der Julius heißt und der mich liebt und den ich liebe, und überhaupt, Anstandsdame, erster Ball, Brautkleid, Myrtenkranz, Hochzeitsnacht, diese alte Welt, Mama, die gibt es nicht mehr, das ist vorbei, von alldem spreche ich nur die Anstandsdame und die alte Welt aus, den Rest denke ich mir, Mama reibt sich nervös die Hände, sagt nichts mehr, es wird sich schon richten, auch ich bleibe still.

Papa ist am Montag angekommen, und die ganze Woche nehme ich mir vor, ihm von den Sonntagen mit dem Doktor zu erzählen, weiß aber nicht einmal am Samstag, wie ich ihm das sagen soll. Ich ärgere mich über Mama, sie müsste die Situation im Vorfeld klären, aber sie kümmert sich überhaupt nicht darum, was passieren wird. Am Sonntag steht sie früh auf, macht sich lange hübsch, zieht ihren braun karierten Wollrock und ihre Bluse mit Jabot an, in der sie aussieht wie Greta Garbo, ihre Haare scheitelt sie zuerst rechts, dann links, schließlich kämmt sie sie nach hinten, *Sie sind wunderschön, mein Herz!*, sagt Papa zu ihr, sie aber zuckt nur mit den Achseln und fegt das Kompliment wie einen Fussel auf ihrer Bluse hinweg. Meine Wut Mama gegenüber wandelt sich in Schadenfreude. Ich sehe bereits vor mir, wie das Gesicht des Doktors immer länger wird, wenn er Papa erblickt, und so kommt es auch: Der Doktor stürmt regelrecht zur Tür herein, doch schon beim Gruß sinkt seine Stimme in einen tiefen Bass, nachdem er sich dann vorgestellt hat, wischt er seine Brille endlos lang mit dem Taschentuch sauber, dabei macht er das sonst nie, zumindest habe ich kein einziges Mal gesehen, wie er seine Brille geputzt hat. Papa bedankt sich für alles, was er für uns getan hat, und bedauert, dass nicht er sich um uns kümmern konnte, als ob er sich rechtfertigen wollte, beginnt er, über Jáchymov zu sprechen.

Vojna II, Jáchymov ist riesig, es besteht aus vierundzwanzig Lagern, auch Vojna II ist riesig, sieben Baracken, in jeder Baracke zweihundert Menschen, eine Höhle tief unter der Erde, ein Helm, eine Karbidlampe, Papa ist Uranbergmann, *die Sonne scheint so schön, geh mit Martin an die frische Luft!*, er dreht sich plötzlich zu mir und verschluckt das Ende des Satzes, *einen Moment noch!*, ich durchschaue ihn, er will nicht, dass ich es höre, *gleich!*, ich spiele auf Zeit, Jáchymov ist ein Straflager, nur wer die Norm zu hundert Prozent erfüllt, bekommt die vollständige Lebensmittelration, bis achtzig Prozent gibt es die Hälfte, darunter ein Drittel und keine Zigaretten, Zigaretten sind ein wertvolles Gut, dafür rackern sich alle ab und hungern, im Straflager ein Strafbunker, eine drei Meter tiefe Grube, die Seiten und der Boden sind betoniert, oben ist sie offen, Regen, Wind, brennende Sonne, klirrend kalte Nächte, als Verschärfung nur Wasser und Brot, Papa wurde für das Lesen von Schundliteratur in den Bunker geschickt. Beim Putzen der Kommandanturbaracke hatte er ein Buch unterm Schrank gefunden, nachts las er darin und er las es so oft, dass er es schon auswendig kannte, bei einer unangekündigten Barackenkontrolle flog er jedoch auf, drei Tage drei Meter tief im Betonbunker, hätte es das Buch nicht gegeben, wäre er wahnsinnig geworden, in seiner Qual sagte er es nämlich auf, mal laut, mal in Gedanken, drei Tage und drei Nächte rezitierte er Goethes *Faust*, denn das war die Schundliteratur.

Seid ihr noch immer da?, sein Blick wandert zu mir, ich schnappe mir Martin und gehe mit ihm hinaus, am Ende der Barackenzeile schaue ich zurück und sehe, dass der Doktor kommt, er winkt mir von Weitem zu und ich winke zurück, verspüre aber keine Lust, mich mit ihm zu unterhalten, also biege ich in Richtung von Zelmas Baracke ein, doch Zelma ist nicht da, sie ist mit den anderen an den Fluss gegangen, das Wetter sei wunderbar, ihre Mutter ermuntert mich, ihnen zu folgen. So wie ich keine Lust auf den Doktor habe, habe ich auch keine auf Mama und Papa, ich will nicht sehen, wie die eine mürrisch ist und der andere traurig, ich will die Stille zwischen ihnen beiden nicht hören, ich folge Zelma und den anderen, Martin nörgelt, ich soll ihn nicht hinter mir her ziehen, daher setze ich ihn auf meine Schultern, halte seine Füße fest, weil er strampelt, er fängt an, auf meinem Kopf herumzutrommeln, und ich überlege es mir anders und gehe nirgendwo hin! Ich will allein sein, und sei es nur für eine Stunde oder ein halbes Stündchen, endlich allein, aber es gibt keinen Winkel, wo ich mich verkriechen könnte, nicht eine einzige Minute, in der mich keiner ansehen, etwas zu mir sagen oder mich fragen würde, ich höre meinen Namen, es ist Papa, Martin auf meinen Schultern, Papa wechselt von Deutsch zu Slowakisch und sagt, ich solle vergessen, was er versehentlich gesagt habe, Jáchymov sei gar nicht so schrecklich gewesen, wie es sich angehört hätte, ich sähe ja, die Hände und Beine seien noch dran, er sei nicht daran gestorben, und er bedauere es sehr, wenn er mich erschreckt haben sollte.

Lass uns reden! Eine Geschichte aus Jáchymov, eine aus Nováky, Papa beginnt mit dem Bunker, mit dem er für den *Faust* bestraft wurde. *Das gilt nicht, das hast du schon erzählt!* Er überlegt sich eine andere Geschichte, solange er nachdenkt, soll ich erzählen. *In Reichenhall habe ich Brot geklaut!* Das gilt auch nicht! *Die Rede war von Nováky!* Martin thront zufrieden auf meinen Schultern, *wir treten auf die Kette, dass die Kette klingt, wir haben einen Vogel, der so lieblich singt,* singe ich, dann trotten wir wortlos weiter, was war, ist vorbei, ich will nicht daran denken, will nicht darüber reden, wenn ich erzähle, erlebe ich es aufs Neue, *ich muss auf die Toilette, schnell!,* selbst Papa kann ich nicht sagen, dass ich mir in die Hose machen musste, als sie mir in Nováky ein Kreuz auf den Kopf rasiert haben.

14.

Das eine bringt das andere mit sich: Wenn mir jemand vor Kurzem gesagt hätte, dass ich Mitarbeiterin einer Redaktion würde, hätte ich ihn ausgelacht. Dabei ist jetzt genau das geschehen. Nach dem Abtippen und der Veröffentlichung von Papas Liste schlug der Lagerkommandant vor, dass wir, die Vertriebenen, eine eigene Zeitung herausgeben könnten, ein Nachrichtenblatt von uns und für uns, der Tisch und die Schreibmaschine im Büro stünden uns weiterhin zur Verfügung, wir sollten es uns überlegen, also beriet sich Papa mit Onkel Jóska, Herrn Krebs und Dr. Glatz, und sie gründeten die Redaktion des *Kurier* von einem Tag auf den anderen. Papa wird der Verlagsleiter, Herr Krebs, Dr. Glatz, Onkel Jóska und ein junger Sudetendeutscher, der zu Hause Journalist gewesen ist, bilden den Redaktionsausschuss, ich bin allgemeine Mitarbeiterin und tippe als solche die Artikel, die verschiedenen Aufrufe sowie Geburts- und Todesanzeigen, ich bringe das Manuskript in die Druckerei und organisiere sogar die Werbeanzeigen. Für den Druck bekommen wir Geld vom Flüchtlingsamt.

Papa besucht als Verlagsleiter und Hauptverhandler die Ämter von Blumenstadt bis München. Neben den Angelegenheiten, die er für den *Kurier* erledigt, schreibt er Gesuche und Anträge für seine Bekannten und sorgt dafür, dass wir in der Baracke 5/3 diese Art Kammer bekommen, von der wir nicht einmal wussten, dass sie existiert. *Wozu brauchen wir die? Unsere Freunde werden beleidigt sein!*, in Mamas Stimme nur schwerlich unterdrückte Wut. *Was reden Sie da, mein Herz? Warum sollten sie beleidigt sein? Auch sie würden gern in einen eigenen Raum ziehen, wenn sie könnten!,* Papa versteht Mama nicht, ich schon.

Ein eigener Ofen, ein eigener Tisch, Blumen in einem Glas, an der Wand ein Regal, unter dem Bett eine Schublade, alles aus ungehobelten Brettern, aber wenigstens haben wir dieses Regal und diese Schublade, und auch Martin bekommt ein eigenes Bett, die Kammer ist nur ein Loch von ein paar Quadratmetern Größe, gehört jedoch ausschließlich uns, alles ist nur eine Frage der Relation, wenn ich an Nováky zurückdenke, leben wir jetzt fast im Luxus. Ich freue mich, Martin freut sich, alle freuen sich, nur Mama ist betrübt, sie wäscht, kocht, putzt, tut, was zu tun ist, spricht aber kaum ein Wort mit Papa, geht ihm fast aus dem Weg. Sie sehnt sich nach Doktor Grün, der seine Sonntagsbesuche eingestellt hat. Der Doktor ist ein guter Mann, er hat wirklich viel für uns getan, aber Papa ist trotzdem Papa und außerdem Mamas Ehemann, das kann der Doktor auch mit noch so vielen guten Taten nicht ungeschehen machen.

Wenn der Doktor nicht kommt, kommt er eben nicht, stattdessen trifft Julius ein. Im Gegensatz zu Mama habe ich Papa auf das erste Treffen vorbereitet: Er sei nicht nur klug, sondern auch außerordentlich gebildet, er studiere Medizin, sei aber keineswegs ein Fachidiot, er singe zwar fürchterlich, liebe aber Beethoven, könne Shakespeare-Sonette und Goethe-Gedichte auswendig und wolle Forschungsarzt werden, Schlangen untersuchen und aus dem Schlangengift ein Mittel gegen Krebs entwickeln, denn seiner Meinung nach, dauert es nicht lange, und der

Krebs wird sich als Krankheit ebenso ausbreiten wie die Tuberkulose. Auch ohne ihn zu kennen, gefalle ihm der junge Mann, erklärt Papa, als ich mit ihm und Martin losgehe, um Julius vom Bahnhof abzuholen.

Martin ist von den Zügen völlig hingerissen, ungeduldig schaut er gebannt zum Horizont und ruft dann plötzlich, *da!*, aufgeregt zeigt er auf einen schwarzen Punkt, der augenscheinlich wächst und wächst, zu einem Ball wird und dann allmählich die Gestalt einer Lokomotive annimmt, sie nähert sich, kommt immer mehr auf uns zu, schon ist der Rauch zu sehen und man hört das Rattern des Zuges und den vollen, tiefen Klang des Horns, Martin lacht glücklich, das Spielzeug ist zu einem klobigen Riesen herangewachsen, furchterregend und respekteinflößend, wie er an uns vorbeizieht, und der Zug fährt noch immer, fährt und fährt, als hätte er gar nicht vor anzuhalten. Im Fenster Strichmännchen, sie huschen so schnell an uns vorbei, dass man nicht einmal erkennt, ob es Männer oder Frauen sind, dann kreischen die Bremsen, lautes Schnauben, die Lokomotive hält am anderen Ende des Bahnsteigs schließlich doch an, die Türen der Waggons öffnen sich, die Fahrgäste steigen aus, Julius sehe ich nicht, ich kann ihn nicht sehen, bin aufgeregt, möglich, dass er den Zug verpasst hat, vielleicht ist ihm etwas zugestoßen oder er ist krank geworden und deshalb nicht gekommen; immer dieselben Ängste und dieselbe glückliche Erleichterung, wenn er dann endlich doch auftaucht und ich auf ihn zulaufen kann. Martin und Papa folgen mir dicht auf den Fersen, Umarmung, Händeschütteln, Vorstellen: *Das ist mein Julius, das ist mein Papa!* Auch Martin streckt seine Hand aus und stellt sich vor, so wie es sich gehört, dann berichtet er stolz, dass Julius seinem Opa auch gefalle, ohne dass er ihn kenne. Julius lacht, und wir lachen mit,

Papa flüstert mir zu, dass wir wie füreinander geschaffen seien, ich werde rot, Julius gefällt Papa und Papa gefällt Julius, ein wundervoller Sommer, die Berge strahlen blau, die Mangfall ist schöner als der Poprad, das Eis schmeckt in Blumenstadt so gut wie in Käsmark, schön langsam geht alles voran, mit Papa ist das Leben leichter, *ein Herr, ein feiner Herr,* so sagte Frau Daxner und Annis Mutter stimmte ihr begeistert zu.

Ein Herr, der immer, unter allen Umständen sein Wort hält. Als wir über die Nähmaschine gesprochen haben, hat er gesagt, Mama bekäme eine, und eines Tages kehrt er vom Schwarzmarkt mit einem Sack unter dem Arm zurück. Im Sack befindet sich eine Nähmaschine, doch kein Grund zur Freude, denn sie ist ein schäbiger Trümmerhaufen. Einst war sie vermutlich ein schönes Stück, den tiefschwarzen Körper zierten Ähren und Blumen in grün, gelb und rot, jetzt aber bedeckt sie eine dicke Schmutzschicht. Wir versuchen, die Nähmaschine zu säubern, doch die Farbe blättert ab wie die Schuppen eines Fisches, das größere Problem jedoch sind der gerissene Keilriemen, das klemmende Pedal und die hakende Nadel. *Kein Problem, die repariere ich!,* erklärt Papa, zu Hause habe er auch immer die Schreibmaschine repariert, warum sollte er eine Nähmaschine nicht in Ordnung bringen können, antwortet er, als wir ihn ungläubig anschauen, doch er will auch Annis Vater Bescheid sagen. Mit ihm hat sich Papa, obwohl es Herrn Berger nicht gelungen ist, ihn in der Reparaturwerkstatt der Amerikaner unterzubringen, angefreundet.

Eine schöne Singer!, Herr Berger nickt anerkennend, als er die Nähmaschine in Augenschein nimmt. Der Motor ist in Ordnung, für den Riemen will er etwas aus der

Werkstatt mitbringen, darüber hinaus muss sie nur komplett geölt und gereinigt werden, die Spule und die Nadel wird er richten und tatsächlich: Vom Rumpf haben wir die Farbe so gründlich abgeschmirgelt, dass das nackte Eisen zu sehen ist, und sie klappert auch ziemlich laut, doch transportiert sie den Stoff ganz wunderbar, sie zerreißt ihn nicht und macht keine Schlaufen, die Singer-Maschinen leben ewig, jetzt brauchen wir nur noch Kunden, dann können Mama und ich nach Lust und Laune nähen.

Anfangs werden wir nur wenig Geld damit verdienen, doch wenn unser Ruf einmal die Runde macht, werden es immer mehr Aufträge, vielleicht kommen wir dann mit der vielen Arbeit gar nicht mehr nach und müssen eine Näherin anstellen und wachsen uns zu einem Salon in der Stadt aus. Es ist wichtig, ein großes Ziel zu haben, ein mutiges Ziel, von dem man zunächst vielleicht sogar glaubt, es wäre nicht zu verwirklichen, ein Ziel, das wir, wenn wir ihm treu bleiben, früher oder später erreichen, Julius will Forschungsarzt werden, das ist sein großes Ziel, von der Baracke aus betrachtet ist auch der Modesalon ein mutiges, großes Ziel, wir werden einen Salon haben, in blau und weiß, mit blauen Sesseln und weißen Umkleidekabinen, mit Kristallleuchtern und Tüllgardinen, die bei jedem Atemhauch auffliegen, und ich werde die Kleider entwerfen: Latzhosen und Jäckchen mit vielen Taschen für die Jungen, mit Rüschen besetzte Röcke für die Mädchen, feine Wollkostüme, hellgraue A-Linien-Kleider mit Ärmeln bis zum Ellbogen und einem breiten, roten Gürtel, ich wäre gern Modeschöpferin, dafür ist man später nie zu alt, nicht so wie für das Klavierspielen, unser Salon wird sich in der vornehmsten Straße der Stadt befinden, Mama denkt sich unseren Namen aus: Lili & Hilda, LH: Die beiden Anfangsbuchstaben miteinander verbunden, das wird unser Monogramm, unser Markenzeichen, in jedes Stück eingenäht, ich bin ganz erstaunt, nie hätte ich gedacht, dass Mama fähig ist zu träumen, sie ist wie ausgewechselt, summt laut und lächelt Papa an, der ihr Lächeln erwidert, die erste Arbeit an der Nähmaschine ist ein Anzug für Papa aus einer ausgedienten Uniform, die Mama zuerst dunkelbraun färbt und dann auf Maß zuschneidet. Der Anzug gelingt wirklich gut, niemand würde sagen, dass das einst eine Uniform war, Papa ist die beste Werbung, es folgen die ersten Bestellungen, lauter Änderungen und Ausbesserungen, aber auch die bringen etwas Geld ein, Mama freut sich über jede Mark, ich aber über jeden Groschen, denn wir haben zehn Prozent vereinbart, die ich von jeder Einnahme bekomme, so habe ich endlich eigenes Geld, ein wenig Taschengeld, das ich nur für mich ausgeben kann, aber ich gebe es nicht aus, sondern spare es für den Urlaub mit Julius, denn im August wollen wir ans Meer.

Dass es den Doktor überhaupt gibt, fällt mir nur ein, wenn Mama wieder einmal zur Sprache bringt, dass uns ein wenig frische Luft guttun würde, was wir davon hielten, zusammen nach Rotstein auf den Gutshof zu fahren, um Martin den Pfau und das Kalb zu zeigen. Papa beruft sich auf die viele Arbeit, ich darauf, dass ich gerade einen Ausflug mit Zelma und den anderen geplant hätte, der Einzige, der freudig in die Hände klatscht, ist Martin. Mama ist beleidigt, mit uns redet sie kein Wort, doch mit dem Kind brabbelt sie verkrampft und gekünstelt und verlässt das Haus, ohne sich von uns auch nur zu verabschieden. Papa und ich stehen da und schauen den beiden hinterher. Martin winkt uns zu. Da fragt Papa plötzlich, warum er mich Mama nennt.

„Das ist einfach so gekommen. Bei unserer Ankunft haben sie uns falsch registriert, und als er angefangen hat zu reden, hat er es von selbst so gesagt und ich habe es dabei belassen. War das falsch?“

„Es ging wohl kaum anders“, es klingt so, als würde in Papas Stimme eine gewisse Missbilligung mitschwingen.

„Sollte ich das richtigstellen?“, frage ich ihn.

„Früher oder später schon. Die Zeit wird kommen. Alles hat seine Zeit.“

Seine Zeit, wiederhole ich in Gedanken, doch soll ich einem Fünfjährigen die Last aufbürden, dass diejenige, die er für seine Mutter hält, gar nicht seine echte Mutter ist, sondern eine falsche Mutter, eine Scheinmutter? Auch das mit seinem Vater kann ich ihm nicht recht erklären, ich habe gesagt, er sei ein heldenhafter Soldat, der in den Krieg gezogen ist und den es ganz bis ans Ende der Welt verschlagen hat, was so weit weg liegt, dass er von dort nicht einmal einen Brief schreiben kann, aber einmal werde er sich bestimmt auf den Weg machen, die sieben Meere überqueren, den Gläsernen Berg besteigen und nach langer Wanderschaft bei uns ankommen. *Ist jetzt einmal?*, fragte er. *Nein, jetzt ist Montag. Ist morgen dann einmal? Nein, da musst du noch warten. Gut,* er seufzte und nahm seinen Zinnsoldaten und seinen Kasper an sich, von da an spielte er in einem fort, er sei auf Wanderschaft, der Zinnsoldat war sein Vater, der Kasper war er selbst, und sie wanderten und wanderten, nach dem Gläsernen Berg bestiegen sie den Eisberg, den Sonnenberg, den Karfunkelturm und die 999 Gipfel der Tatra, aber sie wanderten immer nur weiter und weiter, alles hat seine Zeit, doch wenn ich ihm sagen würde, wer seine richtige Mutter ist, würde ich ihn nur verwirren. Ich habe einen Kloß im Hals, die Stimme versagt mir, *ist gut, ist ja gut!,*

Papa beruhigt mich und sagt, er sei stolz auf mich, ich hätte mich behauptet, sei mutig und eine richtige Heldin, wo ich doch ständig Angst habe, seit der ersten Evakuierung Angst habe, ich habe mich schon so an diese Angst gewöhnt, dass es mir wohl gar nicht anzusehen ist, aber er soll wissen, dass ich weder mutig bin noch eine Heldin, denn eine mutige Heldin macht sich nicht in die Hose, auch dann nicht, wenn man ihr etwas antut, sie verzehrt sich nicht ständig nach etwas zu essen, verschlingt nicht heimlich die Schokolade aus dem CARE-Paket und lügt, was ihren Preis angeht, sie versucht nicht, eine größere Portion vom Essen zu ergattern, zupft nicht die Krume aus dem Brot, wenn sie es aus dem Laden nach Hause bringt, meine Schwächen zähle ich nur für mich auf, sie laut auszusprechen schäme ich mich.

Wer behauptet, keine Angst zu haben, der lügt, jeder hat Angst, Papa hat auch oft Angst gehabt in seinem Leben und aus Angst etwas getan oder eben nicht getan, was er jetzt, wo es nichts mehr gibt, wovor er Angst haben müsste, bereut und wofür er sich fürchterlich schämt: Damals, an Heiligabend, es war gleich Mitternacht, als das Signal zum Appell erklang, ein Murren und Meckern, aber sie hatten keine Wahl, alle mussten sie antreten, Wächter und Gefangene, das ganze Lager stand sich draußen in der eisigen Nacht die Beine in den Bauch, in der Hand des Kommandanten eine Peitsche, mit der er ein Zeichen gab, die drei Häftlinge, die in das faschistische Ausland fliehen wollten, wurden zu ihm geführt. Der eine war voller Blut, der andere scheinbar unverletzt, den Dritten schleppten zwei Wächter herbei, offensichtlich war er tot. Sie schmissen den Körper hin, er knallte auf dem Betonplatz auf, der Kommandant schimpfte auf die Faschisten und brüllte: *Von hier kann man nicht flie-*

hen, an der Wachsamkeit der sozialistischen Gesellschaft wird jeder Versuch eines Verrats scheitern! – der Leichnam schmiegte sich in verrenkter Pose gehorsam an den Asphalt, wie eine Stoffpuppe, ein, zwei, drei, Marsch! Die Erde war gefroren, die Schnürstiefel knirschten bei jedem Schritt, Reihe für Reihe musste das ganze Lager an dem Toten vorbeimarschieren und ihn bespucken, erst die beiden Ausbrecher, die überlebt hatten, danach die anderen Gefangenen, die Wächter beobachteten sie mit Argusaugen, wer statt zu spucken den Kopf neigte, wurde sofort aus der Reihe gezerrt und abgeführt, Papa richtete seinen Blick starr zu Boden, er wollte nicht spucken, würde nicht spucken, und doch, als er an die Reihe kam, drehte er sich zur Seite und spuckte, *zurück in die Baracken!,* Zapfenstreich, aber fast sofort erklang erneut das Tatam-raram, aufspringen, anziehen, antreten, Appell zum zwanzigsten Mal, der Kommandant und die Wachposten wurden nicht müde, und sie sprangen auf, traten an und standen auf dem Appellplatz, doch vergeblich standen sie da, vergeblich wurde das Jesuskind geboren, die Menschlichkeit war tot.

15.

Der *Kurier* entwächst dem Lager, das Flüchtlingsamt bietet uns einen winzigen Raum im vierten Stock der Münchner Straße 24 an. Am Haupteingang ein Schilderwald, darunter auch unser Name, zwei Tische, vier Stühle, ein klappriger Schrank, wir schreiben *Redaktion* an die Tür und *Sprechzeiten montags 14–18 Uhr,* wir sind eine richtig seriöse Redaktion, wenn ich ankomme, strecke ich stolz die Brust raus und mache mich so auf den Weg in den vierten Stock. Vierundsechzig Stufen, ich zähle sie jedes Mal, irgendwie beruhigt mich das Zählen, obwohl ich nicht nervös bin, eher fast zufrieden, Papa redet mit mir wie mit einer Erwachsenen, so wie damals mit seinen Klienten in Käsmark. In der Münchner Straße 24 sitzen wir einander gegenüber, Papa sagt, ich sei jung, ich müsse Ziele haben und solle das Lehrerseminar beenden, meine Prüfungen ablegen, Mama könne auf Martin aufpassen, von den Beihilfen und seinem Verdienst könnten wir leben, und er hätte Pläne: eine Näherei, eine eigene, kleine Näherei, in der Mama und er endlich ihren Platz fänden, denn Mama sei so wie Großmutter, sie könne ausgezeichnet organisieren und hätte ein gutes Gespür fürs Geschäft. Zu Hause war es nicht notwendig, dass sie ein Geschäft hatte und von morgens bis abends arbeitete, Papa dachte auch gar nicht daran, dass so etwas irgendwann einmal nötig wäre, er glaubte, der Haushalt, die Erziehung der beiden Töchter und die Gesellschaft in Käsmark würden ihr Leben ausfüllen.

Eine Näherei? Wo? Wovon?, fragt Mama zu Hause. Im Lager gebe es leere Baracken, an neue Unternehmen würden billige Kredite vergeben, Arbeit könne man sicher beschaffen, im *Kurier* sei eine Anzeige erschienen, in der eine große Textilfabrik Zuarbeiter suchte: Papa hat für alles eine Antwort parat.

Sie muss nur wollen. Mama kann den ersten Schritt tun, um ihren Traum zu verwirklichen, den Salon in blau und weiß, auch wenn eine Näherei kein Salon ist, kann sie trotzdem blau-weiß sein, das ist nur eine Frage der Farbe, so wie die Redaktion in die Münchner Straße gezogen ist, wird auch die Näherei irgendwann einmal ihren Platz näher zur Innenstadt haben, *Sie werden sehen, mein Herz, das wird klappen!,* sagt Papa, aber Mama wiegt unschlüssig den Kopf und zuckt mit den Schultern, für solche Pläne ist sie nicht zu haben.

Sie lebt für die Sonntage. Schon ab Montag wartet sie darauf, den Doktor besuchen zu können. Jeden Sonntag mit dem ersten Bus, seit dem Pfauenausflug allein, ohne Martin. Das Programm ist immer dasselbe: der Rock für die Festtage, die Bluse mit Jabot, Mama macht sich zurecht, Papa verteilt keine Komplimente mehr, er liegt im Bett, dreht sich zur Wand und steht erst auf, wenn die Tür ins Schloss fällt. Im Gegensatz zu ihm macht es mir überhaupt nichts aus, dass Mama nicht da ist, weil er mich nicht kontrolliert, ganz im Gegenteil richtet er es so ein, dass Julius und ich allein Zeit zu zweit verbringen können.

Es ist ein wunderschöner Frühling, schöner als je zuvor, noch nie hat die Sonne so gestrahlt, war der Regen so seidig, hat der Wind so lauwarm geweht, wir besteigen einen Berg, streifen durch Wälder und verlassen dann den Pfad, hinter der Schutzhütte gibt es einen ausgetrockneten Bachlauf, der nach links abbiegt, dort, hinter dem hervorstehenden Felsen wird es gut sein, das letzte Mal, als wir einen Ausflug hier in der Gegend gemacht haben, hat sich Julius diesen Platz ausgeguckt. Manche Bäumen sehen aus, als wollten sie loslaufen, so sehr ragen die Wurzeln aus der Erde, hinter dem Felsen verbreitert sich der Bachlauf und ist überhaupt nicht mehr tief, das Laub bildet eine dicke Schicht, es ist trocken und weich, man muss sich einfach darin wälzen, unsere Arme und Beine verschlingen sich fest ineinander, Julius Hand erkundet mich, seine Berührungen sind samten, seine Bewegungen feurig, mein Körper antwortet ihm, über uns und unter uns der Berg, um uns herum der Wald, wir sind zu zweit, nur wir zwei im großen Universum, unsere Haare sind voller Blätter, wir suchen sie uns gegenseitig mit den Fingern heraus, die trockenen Blätter brechen, rieseln zu Boden, das nächste Mal bringe ich einen Kamm mit.

Das nächste Mal machen wir einen Ausflug mit der ganzen Gruppe. Anni, Dora, Zelma und ihre donauschwäbischen Freundinnen, Hansi, Klaus und die sudetendeutschen Musiker; wir gehen regelmäßig Bergsteigen, manchmal schließen sich auch Bernhard und seine Freundinnen an, die er so oft wechselt, dass wir es nicht schaffen, uns die Namen zu merken. Dann aber taucht die groß gewachsene, schlanke Helga auf, ihre Figur ist wie die eines Mannequins. Ihren Namen merken wir uns schließlich, da sie überraschenderweise immer wieder mitkommt, dabei begeistert sie das Wandern in der Natur ganz und gar nicht, und egal, ob die Rede vom Marshallplan, von den Wahlen oder den Bundesgesetzen ist, sie hat nie eine eigene Meinung, nickt Bernhard nur zustimmend zu, weswegen Anni und die anderen ein wenig auf sie hinabsehen. Sie denken, sie sei nur schön, habe aber nichts im Kopf, und Bernhard bräuchte sie nur „dafür“, ich finde jedoch, sie ist nett und hat ein gutes Herz. Ihre Figur ist wirklich die eines Mannequins, ich könnte sie mir in unseren Kleider aus dem zukünftigen Salon in blau und weiß vorstellen und das sage ich ihr auch, sie lächelt dankbar und verrät mir, dass sie tatsächlich vorhat, Mannequin oder Schauspielerin zu werden. Und sicher, sie würde meine Kleider sehr gerne und mit Freude tragen, sie wäre überglücklich, wenn das schon bald wäre, unser Salon werde sicher wunderschön, blau und weiß zusammen sei eine perfekte Kombination, strahle Hoffnung und Leichtigkeit aus; Helga ist Dichterin, sie liebt Bernhard und sie liebt die Mode, ihr großer Traum ist es, Mannequin oder Schauspielerin zu werden, meine Freundinnen sind ungerecht, sie hat sehr wohl etwas im Kopf, und es wäre gut, wenn Bernhard nicht so flatterhaft wäre und an ihrer Seite seinen Hafen fände.

Ein besonderer Sonntag. Julius ist geheimnisvoll, er möchte, dass wir einen Ausflug machen, ja, sicher, warum nicht, wir machen gern Ausflüge, doch diesmal wollen wir nicht mit unseren Freunden los, sondern mit Papa und Martin, und zwar zu dem kleinen See ganz in der Nähe. Julius hat in seinem Rucksack eine Überraschung, eine Fleischkonserve, vielleicht Weißwürste, ich rate, er lächelt verschmitzt, ich würde es noch früh genug erfahren, auch den Picknickkorb nehmen wir mit – ich hätte gar nicht gedacht, dass er uns einmal nützlich wäre –, Brot, ein Glas Schmalz und Gurken: Das ist alles, was wir zum Essen zu Hause haben, Schmalzbrot mit Gurken und dazu die Überraschung von Julius, ein perfektes Sonntagsessen.

Im Wald ist es schattig, das Wasser rauscht, das Wetter ist warm, wir lassen uns am Ufer auf einer Decke nieder, Martin lässt Steine über das Wasser hüpfen, Papa horcht Julius aus. Er fragt ihn nach seinen Prüfungen, nach der Arbeit und wovon er lebt, ich stupse Papa mit der Schuhspitze am Knöchel, er wirft mir einen verwunderten Blick zu, fragt aber weiter, Julius nimmt meine Verlegenheit nicht wahr oder will sie nur nicht wahrnehmen, er antwortet bereitwillig. Das Leben seiner Mutter und kleineren Schwester in Amerika verlaufe in geregelten Bahnen, sie wohnen bei seinem Onkel, Janka macht sich gut in der Schule, hat Freundinnen, sein Onkel unterstützt gelegentlich auch ihn, obwohl das nicht nötig wäre, für einen Studenten verdient er ja ganz ordentlich. Es fehlt nur noch das Staatsexamen, nach dem Diplom hat er eine sichere Aussicht auf Arbeit: Er könnte an der Pathologie bleiben, würde aber lieber in die Chirurgie wechseln, seitdem er sich eine Operation von Professor Deiser mit angesehen hat, ist es sein größter Wunsch, Herzchirurg zu werden. Julius hat lange, schmale Finger, ich glaube, das ist eine wichtige Voraussetzung dafür, dass er ein guter Chirurg wird, außerdem kann er sich ausgezeichnet orientieren, was mindestens genauso wichtig ist – das hat er gesagt –, der freigelegte Körper oder Körperteil ist wie eine Landkarte, bei der Operation muss man nicht nur die gegebene Ader oder das jeweilige Gewebe sehen, sondern die ganze Gegend, man muss wissen, muss sich erinnern, wo man sich gerade befindet, was um den Bereich, in dem geschnitten oder genäht wird, herum liegt, so lehrt es Professor Deiser, der mit den Medizinstudenten regelmäßig Operationsübungen in der Prosektur durchführt und das Öffnen und Schließen immer auf die Minute misst. Öffnen und schließen, so sagt es Julius, wie bei einem

Geschäft, die Leichen werden geöffnet und geschlossen, aber Julius sagt nicht Leichen, sondern Patienten, und überhaupt ist für ihn an einer Leiche nichts Erschreckendes oder Beängstigendes, die Prosektur und die Übungen beim Professor sind für ihn die beste Schule, bei beiden lernt er unglaublich viel, ich denke, er werde ein angesehener Herzchirurg, sage ich zu ihm, woraufhin er sich auf die Stirn schlägt und entschuldigt, uns mit solchen Dingen zu quälen, doch Papa ist sehr interessiert, denn lange Zeit wollte er in die Fußstapfen seines Großvaters treten und selbst Arzt werden. Obwohl ich schon allein, wenn ich das Wort Leiche höre, erschaudern muss, interessiert auch mich alles, was Julius angeht, sogar Dinge, die ich nicht recht verstehe, wenngleich er so gut erklären kann, dass selbst einem Laien klar wird, was ein Panzerherz ist und in welchem Zusammenhang das mit der Tuberkulose steht.

Ich sei seine Verlobte, noch Weihnachten '46 habe er um meine Hand angehalten, wenn auch nicht bei Papa, und einen Ring hätten wir auch nicht, aber er wolle sein Leben mit mir teilen, Julius wechselt das Thema von der Chirurgie ohne jeglichen Übergang. Er spricht schnell, haspelt fast, indes wandert sein Blick von Papa zu mir, von mir zu Papa, wir würden uns seit sieben Jahren lieben, auch über die Entfernung, seien seit sieben Jahren getrennt, doch er wolle nicht länger warten, wolle jeden Tag an meiner Seite aufwachen, und da sei auch noch das Kind, das er großziehen würde, als wäre er sein Vater, er würde sich um Martin kümmern. Er verdient genug dafür, dass wir, wenn auch bescheiden, doch davon leben können, er will nicht mehr warten, es gibt nichts, worauf zu warten wäre, kurzum, er hat daran gedacht, dass wir heiraten sollten.

Stille bricht ein, Julius verstummt, Papa sieht mich an, Julius sieht mich an, schließlich sagt Papa ungewohnt unsicher, *Lili hat noch ein paar Prüfungen, vielleicht sollte sie die vorher ablegen. Natürlich lege ich die früher oder später ab, aber das kann ich auch in München!* Mein Gesicht glüht, mein Mund ist trocken, Julius blickt mir tief in die Augen, meine Hand liegt in seiner Hand, bis zum Johannistag mache ich meine Prüfungen, am Johannistag legen wir einen Schwur ab, es ist ein magischer Tag, wir zünden ein Feuer an und springen darüber, es ist ein Freudenfeuer, am Johannistag ist alles möglich!

Julius öffnet seinen Rucksack, er holt eine Flasche Sekt und in Servietten gewickelte Gläser hervor, na so etwas, wo er die wohl besorgt hat, ich staune mit weit aufgerissenen Augen. Er habe sich mit Bernhard und Helga verbündet, es fehlten nur noch der Sektkübel und das Eis, antwortet er lachend, wickelt den Draht ab, lockert den Korken, elegant ist es, wenn es nicht knallt, aber jetzt soll es knallen! Martin lässt die Kiesel liegen, rennt zu uns hoch und starrt auf die Gläser, er hat noch nie Gläser gesehen, die einen Fuß und einen Stiel haben, und er hat auch noch nie schäumenden Sekt gesehen, er möchte davon kosten, ein bisschen darf er, ich selbst habe an Silvester vor der Evakuierung das erste und letzte Mal Sekt getrunken, ein paar Schluck mit Mamas Erlaubnis, zuerst hatte ich jedoch einen zu großen Schluck genommen und die Bläschen stiegen mir in die Nase und brannten, beim zweiten Schluck schmeckte der Sekt bitter, doch das Ganze gefiel mir, ich fühlte mich erwachsen.

Winzige Bläschen an der Wand des Glases, das Sonnenlicht tanzt auf ihnen, jetzt brennt der Sekt nicht und ist auch nicht bitter, ich möchte mehr, er schmeckt wunderbar, Julius schenkt nach, dann nimmt er eine

Fleischkonserve und Weißwürste aus dem Rucksack. *Juhu!* Schon zu Hause hatte ich es herausgefunden, durch den Duft und die Form des Päckchens, wenn es um Essen geht, funktionieren meine Sinnesorgane fantastisch. Vom Sekt habe ich einen Bärenhunger, es folgt ein wahres Festmahl, dann wieder das köstliche Getränk, Papa, Julius und ich trinken die ganze Flasche aus, fröhlich beginne ich zu singen, *Die Gedanken sind frei,* das Lied fällt mir ein, Papa und Julius singen brummend mit, Martin fiepst mit seinem dünnen Stimmchen, es ist die Geburtsstunde des neuen Gesangsvereins des Grauens, die Chorleiterin bin selbstverständlich ich. Takt halten, Glissando und Vibrato! Es folgt *Kukulienka!* Ich singe vor und dirigiere, wir lachen und lachen, keine Frage, der Sekt ist uns zu Kopf gestiegen, lachend teilen wir die Aufgaben untereinander auf. Wir müssen uns beim Rathaus anmelden, im Pfarramt, Julius' Familie möglichst schnell benachrichtigen, damit sie Zeit haben, die Reise zu organisieren, denn sie kommen, sie kommen ganz bestimmt, natürlich laden wir auch Tante Frida und Onkel Paul ein, ich denke, auch sie werden sicher kommen, wann sonst, wenn nicht zu meiner Hochzeit? Seit dem Krieg haben wir uns nicht mehr gesehen, Mama wird glücklich sein, ich möchte ihr die große Nachricht so bald wie möglich überbringen, aber ich warte vergeblich, auch der letzte Bus aus Rotstein trifft ein, doch sie kommt nicht.

Papa geht auf und ab, er reibt sich nervös die Hände, ganz in der Art, wie Mama es immer tut. Martin möchte zu Abend essen, wir können nicht weiter auf das Hilfspäckchen warten, das uns der Doktor schickt, denn er schickt immer eins, auch wenn wir protestieren. Obwohl unser

Protest eigentlich nicht allzu heftig ausfällt, Papa ist zwar kurz nach seiner Ankunft in Wut geraten, er wolle nichts von dem Gnadenbrot, doch Mama zuckte mit den Achseln und antwortete, dann solle er eben nicht davon essen, sie würde die Lebensmittel wegen seines verletzten Stolzes ganz sicher nicht zurückweisen, wenn sie der Doktor uns gerne gebe, und er gab sie uns wirklich gerne, er brachte sie uns schon, bevor Papa aufgetaucht war.

Ich schmiere Martin ein Marmeladenbrot, wasche ihn und lege ihn hin, Papa geht nach wie vor auf und ab, er ist nervös, sechs Schritte sind es von der Tür bis zum Bett, unermüdlich hin und zurück, als ich ihn anfahre, setzt er sich, doch es vergeht nicht einmal eine Minute, und er springt wieder auf und geht hinaus, eine Weile steht er vor der Tür, dann sagt er Bescheid, er mache einen Spaziergang bis zum Lagertor. Papa ist lange unterwegs, als er zurückkommt, breitet er die Arme aus und fragt wie ein hilfsbedürftiges Kind, ob Mama nicht vielleicht etwas zugestoßen sein könnte.

„Ach was, ihr ist nichts zugestoßen!"

„Das kannst du nicht wissen! Und wenn sie der Zug überfahren hat? Wie diese junge Frau aus der Zeitung, die ist auch nur zu nah an die Gleise gegangen!"

„Aber Mama fährt doch mit dem Bus!"

„Und wenn man sie überfallen hat?"

„Nein, nein! Mama ist nichts passiert!"

Papa wälzt sich im Bett, wirft sich hin und her, es ist unmöglich, zu schlafen, am Morgen wache ich mit schrecklichen Kopfschmerzen auf. Er ist schon dabei, Martin anzuziehen, dabei erzählt er ihm von Zügen und Lokomotiven, als wäre er sein Sohn, denke ich und erinnere mich, dass er Polli und mich nie geweckt oder angezogen hat, dafür war ausschließlich Mama zuständig.

Er hat in einem fort gearbeitet, wie besessen gearbeitet, wenn er nicht im Büro war, dann war er auf Reisen, weil er immer komplizierte Fälle vertrat, die keinen Aufschub duldeten. Ich sehe Papa und Martin zu, selbst mit rasenden Kopfschmerzen ist es schön, ihnen zuzusehen, die Tür knarrt, alle drei starren wir in die Richtung: Es ist Mama, sie begrüßt uns mit einem fröhlichen *Guten Morgen* und sucht gar keine Ausflüchte, ist nicht einmal in Verlegenheit, sondern teilt uns einfach mit, dass sie den letzten Bus verpasst hat.

„Wir haben uns Sorgen gemacht!", Papas Stimme ist erleichtert und vorwurfsvoll zugleich.

„Ganz überflüssig", erwidert Mama, und damit ist die Sache für sie vom Tisch, sie nimmt die Kanne, um Wasser zu holen.

Ich kann es nicht länger für mich behalten, ich muss ihr von der Hochzeit erzählen und renne ihr hinterher, sie stellt die Kanne ab und umarmt mich, ich hätte Glück mit Julius, er sei ein großartiger junger Mann, Frida und ihr Mann kämen sicher oder vielleicht nicht, doch, bestimmt kämen sie, dann könnte Mama sie wiedersehen, endlich wiedersehen, sie nähe mir ein Kleid, ein Brautkleid, was für eines ich denn haben wolle, Mama freut sich, sie ist voller Begeisterung. Jedes Brautkleid ist weiß, ich möchte ein blaues, oder eins in blau und weiß, wie die Farben des zukünftigen Modesalons Lili & Hilda, und es soll nicht bis zum Boden reichen, nur bis zu den Waden, ähnlich wie das mit der Hand genähte Abendkleid mit Rosen, Rosen mit blauen und weißen Blütenblättern, statt eines Schleiers hätte ich lieber einen Hut, einen kleinen, weißen, vielleicht auch blauen Hut mit einem Stückchen Tüll vor den Augen, das Julius dann hochklappen kann, wenn er mich küsst – wenn Großmutter noch lebte, würde sie murren, *diese Jugend von heute!*, Polli jedoch würde ich gefallen, glaube ich –, ich brauche auch Schuhe und Strümpfe, und Julius muss einen Anzug haben, o Gott, was das alles kosten wird! Hauptsache, wir haben den Stoff, der Rest wird sich schon richten, würde Großmutter sagen, sagt Mama, Pollis Hochzeit war in Tatralomnitz, im Grand Hotel, die Spiegelwände des Saales vervielfachten das Licht der Kristallleuchter, und als Polli mit Mama oben an der Treppe erschien, über den roten Teppich die Stufen hinabschritt, mit den weißen Handschuhen anmutig und zart das vergoldete Geländer berührte, da war sie gar nicht mehr Polli, sondern eine richtige Prinzessin. Die Hochzeitsgesellschaft bestaunte sie hingerissen, ich stand vorn, dicht neben Papa und Gerd und dachte, so wollte ich einmal dahinschreiten und Glanz ausstrahlen, doch jetzt will ich das nicht mehr, Polli gibt es nicht mehr, das Grand Hotel gibt es nicht mehr, und ich glaube, diese Art von Brautkleid würde auch gar nicht zu mir passen, und nicht deswegen, weil ich keine Jungfrau mehr bin.

In der Nacht streiten Mama und Papa, leise, flüsternd, damit ich nicht aufwache, ein geflüsterter Streit ist noch giftiger als Geschrei, ich schlafe nicht, höre alles.

„Wir müssen reden!"

„Es gibt nichts zu reden!"

„Das gibt es sehr wohl! So viel sind Sie mir schuldig, mein Herz!"

Papa und Mama nannten sich immer so, aber *mein Herz* kann sehr verschieden klingen, jetzt ist es ernst und kalt.

„Entscheiden Sie sich! Was wollen Sie? Wenn Sie gehen wollen, dann gehen Sie! Aber wenn Sie bleiben, dann spielen Sie nicht die Märtyrerin! Ich bin kein Verbrecher, was war, das war vor hundert Jahren, damals haben Sie gesagt, es sei vergessen!"

„Ich habe es auch vergessen. Habe es nie erwähnt."

„Doch das haben Sie! Das machen Sie in einem fort! Damit, dass Ihnen nichts recht ist, dass Sie mir den Rücken zukehren, mich wie Luft behandeln! Dieser andere ist wie ein Gespenst, selbst wenn er nicht hier ist, ist er hier, mit ihm stehen wir auf und mit ihm gehen wir zu Bett, dazu bin ich nicht bereit!"

„Sie sehen wirklich Gespenster!"

„Seien Sie so freundlich und nehmen Sie mich wenigstens ernst!"

Leise Geräusche, das Rascheln von Kleidern, vorsichtige Schritte, ich traue mich nicht, mich zu regen, damit sie nicht bemerken, dass ich sie höre, Türenknarren, sie schleichen hinaus vor die Baracke, hinaus in die Nacht, für einen Augenblick packt mich die Angst, was ist, wenn sie mich mit Martin allein lassen und beide fortgehen? Mama zum Doktor und Papa zu seiner hundert Jahre geheimgehaltenen Geliebten, aber mitten in der Nacht ist das ganz und gar unmöglich! Es gibt keinen Bus nach Rotstein, und Papas Geliebte ist sicher in der Slowakei, oder war es zumindest. Wie kann das sein, dass wir nichts davon wussten, nicht einmal etwas ahnten? Selbst Polli nicht, dabei war sie schon groß, sie wusste bereits damals alles über diese Männer-Frauen-Sache, als ich noch zur Grundschule ging, sie war es, die mich aufklärte, als ich das erste Mal meine Tage bekam, sie sagte mir, dass ich ab jetzt Kinder kriegen könnte und das Kind unten rauskommt und dass die Männer und Frauen es so machen wie die Hunde. *Ekelhaft! Schrecklich!*, brach es aus mir hervor, sie aber lachte aus vollem Hals, *mein kleiner Was-*

serfloh, einmal wirst du verstehen und spüren, dass das nicht schrecklich ist, sondern wunderschön! Mein Gott, wo ist Polli nur, und wer mag diese geheimnisvolle Frau sein? Polonka, das Postfräulein, oder die Ehefrau eines Klienten, vielleicht jemand aus der Käsmarker Gesellschaft? Aber vielleicht muss man die Betreffende gar nicht in Käsmark, sondern in Leutschau oder in Deutschendorf suchen. Aber wozu suchen? Papa und Mama sollen das unter sich regeln, das ist nicht meine Sache! Ist es doch! Sie tragen ihre Kämpfe vor mir aus und ziehen mich mit hinein: Wollen wie Erwachsene mit mir reden. *Lasst ihr euch scheiden?* Nein, sie lassen sich nicht scheiden, aber Mama zieht für eine Weile zum Doktor und dann würden sie weitersehen, die Frage sei, bei wem ich bleiben wolle.

Mama liebt mich, und sie liebt Martin, in Rotstein ist die Luft gut, wir würden aus der Baracke rauskommen, jeden Tag gäbe es frische Milch, Martin käme zu Kräften, bekäme Muskeln, es gibt stündlich einen Bus in die Stadt, ich könnte mein Leben fortsetzen, müsste auf nichts verzichten, und Julius ist es nun wirklich egal, wohin er mich besuchen kommt. Aber Papa? Fünf Jahre habe ich auf ihn gewartet, mich nach ihm gesehnt, Mama verlässt ihn, soll auch ich ihn verlassen?

Mama will den Doktor, sie hat sich für ihn entschieden, ich will Papa, ich wollte nie einen anderen Papa, auch dann nicht, wenn er mir etwas verboten oder mich bestraft hat. Obwohl er mich eigentlich nie bestraft hat, nur ein einziges Mal, als Polli und ich Großmutter in die Speisekammer gesperrt hatten und sie vergebens an die Tür hämmerte, wir sie aber nicht herausließen. Zuerst schien es ein guter Spaß, dann aber bekamen wir es mit der Angst zu tun, wir müssten, wenn wir sie rausließen, auf Maiskörnern knien, denn damit drohte sie uns immer, daran, dass wir zu Hause gar keinen Mais hatten und ihre Wut verfliegen könnte, bis sie welchen besorgte, dachten wir nicht. Papa kam als Erster nach Hause, er ließ Großmutter raus, die zunächst fürchterlich böse war und uns als Schurkenpack beschimpfte, und als Papa fragte, wie viel Zeit sie in der Speisekammer verbracht hätte, tobte sie noch immer und zögerte keinen Moment wahrheitsgetreu zu antworten, zwei Stunden, woraufhin Papa unsere Strafe verhängte: dasselbe, was wir mit Großmutter getan hatten, nur erhöhte er unseren Arrest auf das Doppelte, auf vier Stunden, da wir den Streich zu zweit ausgeheckt hatten und in keiner von uns beiden so viel Menschlichkeit gesteckt hatte, sich der Großmutter zu erbarmen, dabei hätten wir ganz genau gewusst, dass sie mit ihren kranken Beinen nicht einmal ein halbe Stunde stehen konnte, geschweige denn zwei. Daraufhin fiel Großmutter plötzlich ein, sie habe sich geirrt, die zwei Stunden seien in Wirklichkeit nur eine Stunde gewesen und nicht einmal eine ganze, da wussten Polli und ich schon, dass sie uns nicht mehr böse war, ganz im Gegenteil, dass wir ihr leidtaten. Wir schämten uns sehr und erklärten uns freiwillig bereit, die vollen vier Stunden in der Speisekammer zu stehen und büßten unsere Strafe redlich ab, dabei hätten wir herauskommen können, weil sie die Tür nicht einmal zugesperrt hatten und Großmutter Bescheid sagte, als Papa mit Mama fortging, sie fragte, warum wir nur so dickköpfig seien, wo sie doch gar nicht mehr böse wäre, der Nusssack sei zwar ein wenig knubbelig gewesen, doch sie habe da ganz gut gesessen. Mama verhängte des Öfteren Stubenarrest und in seltenen Fällen verpasste sie mir, wenn sie die Fassung verlor, eine Backpfeife, doch wie sehr ich auch in meiner Erinnerung suche, mir fällt von Papas Seite aus keine andere Strafe ein.

Papa kontra Mama, ich kann Papa nicht verlassen, Mama kontra Papa, ich kann Mama nicht verlassen, auch wenn ich mich zuweilen über sie ärgere – weil sie sich Papa gegenüber so verhält, wie sie sich eben verhält –, habe ich mit ihr Nováky überlebt und hier in Blumenstadt ein neues Leben begonnen, zusammen bis zum letzten Stich haben wir mit der Hand das Abendkleid genäht, haben in Schlangen gestanden, haben auf die Verteilung aller möglichen Dinge gewartet, haben Martin behütet und geschützt, Mama ist, auch wenn sie sich für den Doktor entschieden hat, für immer meine Mama, dasselbe gilt für Papa, es liegt an mir, ich muss mich entscheiden, kann es aber nicht und bin mittlerweile auf beide wütend, dass sie mir die Last der Entscheidung aufbürden. Wir müssen im Auge haben, was für Martin am besten ist, er ist am wichtigsten, gute Luft, frische Milch, er muss zu Kräften kommen, also soll er mit Mama mitgehen, es ist, als würde man mir die Hände oder Beine amputieren, sein Fehlen ist schon in der ersten Stunde unerträglich!

Den ganzen Tag über lungere ich nur herum, Papa ist in eigener Sache unterwegs, ich hocke in der Baracke, putze nicht, koche nicht, für wen, wozu? Julius reißt mich aus der Apathie heraus, er führt mich zum Tanzen aus, mit Bernhard und Helga in ein Kellerlokal mit amerikanischer Musik, Bernhard tanzt wild, springt eher, Helga geht die Puste aus, er fordert mich auf, er führt, vollkommen durcheinander, ständig trete ich ihm auf die Füße, doch ihn stört das nicht, ich kann mich kaum von ihm befreien. Als es mir endlich gelingt und ich mit Julius zu zweit bleibe, schaue ich mich vorsichtig um und frage ihn flüsternd, ob es sein könnte, dass Bernhard Pervitin nimmt. *Woher kennst du Pervitin? Du stehst einer ausgekochten Schwarzhändlerin gegenüber!*

Julius sagt, Bernhard würde alles mit ihm teilen, er sei wie ein Bruder, aber auch er habe sein Kreuz zu tragen. *Was für ein Kreuz?* Das wisse er nicht, von selbst sage er es nicht und er wolle nicht fragen. Kann es sein, dass er gar nicht Bernhard heißt? Ist er ein Nazi, der sich mit einem Pseudonym versteckt hält und von den Amerikanern oder den Israelis gesucht wird? In der Zeitung wird oft über solche Leute berichtet, die schließlich in Südamerika geschnappt werden, gerade dort, wohin früher andere, wie beispielsweise der Bekannte von Dora aus Duppau, eben vor den Nazis geflohen sind. Südamerika scheint ein guter Zufluchtsort zu sein, bis dorthin reicht weder der Arm der Nazis noch der Amerikaner. Ich hätte eine rege Fantasie, könnte einen Roman schreiben, Julius lacht mich aus. Nein, lieber ein Märchenbuch. Zusammen mit Elsi, wie wir es uns in Nováky ausgedacht haben. Oder allein, weil Elsi die Märchen nicht mehr interessieren, sie will die Wahrheit wissen, das, was in Prerau geschehen ist. Davon ist sie besessen. Wie eine Ameise sammelt sie die Krümel zusammen, forscht nach Überlebenden aus Dobschau, sie steht nicht mehr nur mit halb Bayern, sondern schon mit der halben Welt im Briefverkehr, ist dazu noch Mitglied in allerlei Vertriebenenverbänden. *Die Märchen solltest du trotz allem nicht vergessen!,* habe ich ihr als Antwort auf ihren üblichen wöchentlichen Brief geschrieben. Märchen sind, egal, was in ihnen passiert und wie schrecklich das ist, nie so schmerzhaft wie die Wahrheit. Im Märchen bekommt der Gute seine Belohnung, der Böse die ihm gebührende Strafe, während in der Wirklichkeit der Henker von Prerau mit Amnestie freigekommen ist und sich nach Elsis Erzählungen irgendwo in Südamerika versteckt hält.

16.

Ein unerwarteter Gast: Der Doktor kommt allein, ohne Mama, und sagt uns ohne jede Einführung und Höflichkeiten, warum er da ist. Wir sollten ihm nicht böse sein, Mama habe selbst entschieden, zu ihm zu ziehen, er habe sie nicht gelockt oder dazu ermuntert, selbstverständlich könnten wir weiterhin auf seine Hilfe zählen, mit unserer Erlaubnis besuche er uns auch in Zukunft, und damit stellt er das übliche Hilfspaket auf den Tisch. Papa sagt kein Wort, der Doktor wendet sich an mich und spricht zu mir, ich solle ihm nicht böse sein, aber ich bin ihm böse, ich antworte knapp und schaue ihn dabei nicht an, ich schaue nur auf das Paket, es ist Butter darin, süße, seidige Butter, mürbes, weißes Hausbrot, zähflüssiger, goldgelber Honig, und wer weiß, was noch alles, ich stelle mir vor, wie ich die Butter auf das Brot schmiere, am Rand ganz dick, womit ich dem Honig gleichsam einen Damm baue, damit er nicht herunterfließt, ich beiße kräftig hinein, der leicht salzige Geschmack des Brotes unterstreicht die Süße des Honigs, der Bissen rutscht mir die Speiseröhre hinunter, ich kaue fast gar nicht, schlucke nur, wie Großmutter von Kartoffeln mit Butter könnte ich von Butterbrot mit Honig leben. Die Stille wird zunehmend peinlicher, der arme Doktor wird immer unruhiger, ich starre in meiner Verlegenheit auf den Boden, schließlich tritt Papa zum Tisch, nimmt das Paket, drückt es dem Doktor in die Hand und grummelt, *danke, wir haben alles, das würde nur schlecht*. Der Doktor steht wie ein begossener

Pudel da, er weiß nicht, was er tun soll, ich muss schlucken, um das Paket tut es mir einerseits leid, andererseits erfüllt mich ein Gefühl der Zufriedenheit, weil wir gezeigt haben, dass etwas zu essen doch nicht alles ist und man unseren Stolz damit nicht kaufen kann.

Als wir zu zweit sind, sagt Papa, wir müssten Mama verstehen, der Doktor sei ein guter Mann, der Mama aus ganzem Herzen liebe, im Gegensatz zu ihm, der als Ehemann nicht gut genug gewesen sei, eigentlich sei es kein Wunder, dass Mama sich für den Doktor entschieden habe, doch ich solle mir merken, dass sie nicht mich verlassen habe, sondern einzig und allein ihn, und natürlich würde er sich freuen, wenn sie zu ihm zurückkehrte, doch egal, was passiere, ich dürfe nie vergessen, dass sie meine Mutter sei. Das vergesse ich nicht und auch ich will, dass sie zurückkommt, hier bei uns ist, wir zusammen nähen, sie Kartoffelsuppe kocht, sich nervös die Hände reibt und mich für Kleinigkeiten tadelt, und ich will auch, dass Martin hier ist, *Mamama* sagt, an mir herumzerrt, sich mir an den Hals hängt, sein Märchen fordert, Mama zuliebe würde ich den Doktor bei seinem Namen nennen und ihm, wenn er fragt, antworten, und nicht nur widerwillig, sondern ordentlich, ich breche in Tränen aus, weine so sehr, dass ich Schluckauf bekomme und meine Nase verstopft.

„Na, komm, Rotstein ist gleich hier um die Ecke! Du kannst dich jederzeit in den Bus setzen, aber wenn du es dir anders überlegst, kannst du auch dorthin ziehen!", Papa murrt.

„Gab es da jemanden? Wer war das? Gab es jemanden außer Mama?"

Ob es jemanden gab oder nicht, eines sei sicher, er sei nie der perfekte Ehemann gewesen – Papa weiß nicht, wie er mit mir umgehen soll, schleicht nur um mich herum und sagt dann, er müsse jetzt gehen. Ich frage ihn nicht, wohin, ich weiß sowieso, wenn er zurückkommt, riecht er so, wie Herr Daxner gerochen hat, verströmt sauren Maischegeruch und liegt mit dem Gesicht zur Wand. Selbst wenn ich wollte, könne ich nicht mit ihm reden, aber das wolle ich auch gar nicht mehr, ich wolle ihn nicht so sehen!

„Wie denn, Lili?"

„Betrunken!"

„Du kannst mich ruhig so sehen! Betrunken! Und niederträchtig! Nur du meinst, ich sei ein Held! Wie könnte einer, der seinen Mitgefangenen bespuckt und sich danach damit herausredet, es sei ein Befehl gewesen, ein Held sein?"

Drei Tage und drei Nächte im Betonbunker, danach habe er den Toten bespuckt, zu dem er hätte hingehen müssen und ihn hochheben oder sich neben ihn legen, aber nein, er habe ihn bespuckt und sei danach einfach weitergegangen, in das als sicher geglaubte Elend, aber von da an waren nicht nur die äußeren Umstände elendig, auch innerlich fühlte er sich elend, das Spucken, ein Judaslohn, warum kam die Prozessaufnahme genau, nachdem er gespuckt hatte, warum gelang es ihm gerade danach? Ich sehe Papa, höre, wie er spricht, kann zu ihm reden, ihn berühren, er ist hier, neben mir, und doch ist er unendlich weit weg, er kann sich nicht befreien, ist noch immer ein Gefangener Jáchymovs, der arme Papa, er ist unfähig, unser verworrenes Leben in geordnete Bahnen zu bringen.

Ständige Kopfschmerzen, Brechreiz und Durchfall: Papa geht es schlecht. Seine Haare fallen in Büscheln aus, die Haut ist grau, die schwarzen Ringe unter den Augen reichen bis zur Nase, seine Hände sind trocken und heiß, die Augen glänzen, zweifelsohne vom Fieber, nichts Ernstes, er sei höchstens etwas erschöpft, er winkt ab, als ich ihn zum Arzt schicken will. Auch Julius gefällt Papa nicht, er versucht, ihn am Sonntag auszufragen. Vornehm geht die Welt zugrunde, der Arzt komme zu ihm nach Hause, so scherzt Papa mit ihm, er sei weiterhin nur Medizinstudent, höchstens ein angehender Arzt, protestiert Julius, wichtig sei jetzt, dass Papa ihn ernst nehme und offen mit ihm rede.

Er glaubt, dass er sich etwas im Bergwerk zugezogen hat, und zwar gar nicht unten im Schacht, sondern eher im Kamin, den er vom Geröll säubern musste, oder vielleicht auch in der Erzaufbereitung, wo das Erz sortiert, zerkleinert und in Kisten gepackt wurde, in kleine Kisten, die nicht größer waren als ein ordentlicher Nähkasten, aber so eine Kiste mit reinem Uranerz wog mehr als hundert Kilo, gemischt mit taubem Gestein auch mindestens fünfzig, ein Lastwagen brachte diese Kisten zur Erzmühle, wo das Erz zu feinem Mehl gemahlen wurde, danach kam es in die Waschanlage, die das taube Gestein herausschwemmte, schließlich verpackten sie das reine Uran in spezielle Blechkisten, all das mit bloßen Händen.

Zurück in München konsultiert Julius seinen Professor, der aufgrund der Symptome und des Uranbergwerks von Strahlenschäden ausgeht und Papa ausrichten lässt, dass er ihn sehr gerne kostenlos untersuchen würde. *Strahlen, was für Strahlen? Was sind das, Strahlenschäden? Er ist doch gar nicht mehr im Bergwerk, hier gibt es keinerlei Schäden und gegen Strahlen muss es doch auch irgendein Mittel geben!* Julius erklärt mir etwas über irgendwelche Isotope, ich verstehe kein Wort. Es käme ihm gar nicht in den Sinn, sich zur Schau zu stellen, es sei eben so, wie es sei, Papa sagt dem Münchner Professor glattweg ab, willigt aber ein, dass wir ihm hier, in unserem Krankenhaus einen Arzt suchen.

Nachdem sich herausgestellt hat, dass einer seiner Großväter aus Georgenberg in der Slowakei stammt, hat Papa zu Doktor Hell tiefstes Vertrauen, der zwar selbst noch nie in der Zips gewesen ist, sie vom Hörensagen aber ganz gut kennt. Er spricht über Straßen, Plätze, Kirchen, Flügelaltäre, während wir in der Aufnahme sitzen, streift der Doktor durch Georgenberg und Papa schwelgt in seinen Erinnerungen an Käsmark. Ich will es nicht hören, will ihnen nicht zuhören, vor Nervosität lache ich laut auf, die beiden benehmen sich wie zwei Kinder, denen man ihr Spiel verleidet hat, für einen Moment sehen sie mich perplex an, dann kehrt der Doktor plötzlich wieder in die Rolle des Arztes und Papa in die des Patienten zurück.

Blutabnahme, Röntgenaufnahme – Doktor Hell ordnet allerlei Untersuchungen an –, Station für innere Medizin, Zimmer sechs, Eisenbett, auf dem Laken der Stempel des Krankenhauses, Papa im gestreiften Pyjama, Besuchszeit jeden zweiten Tag von zwei bis vier, ich benachrichtige Mama, sie kommt, und nicht allein. Martin fliegt mir entgegen, er schlingt seine Arme um meinen Hals, erzählt von Pferden, Hunden und zwei kleinen Jungen, er fühle sich in Rotstein wirklich wohl, sagt Mama, aber ich würde ihm fehlen, vor allem abends, er wolle immer meine Märchen hören, von der Tatra und von der Schatzsuche, in der auch er vorkommt, tagsüber renne er herum, spiele mit den beiden Jungen, aber am Abend frage er immer nur nach mir.

Mama zieht eifrig das Laken straff, richtet die Decke, räumt das Nachtschränkchen auf und spült das Glas, dann bietet sie uns an, so lange, bis es Papa besser geht, zu uns zu ziehen. Mein Herz klopft laut, aber ich komme nicht mehr dazu, mich zu freuen, denn Papa lehnt ihr Angebot, ohne zu überlegen, ab, es sei überflüssig, er bekäme noch ein paar Infusionen und würde dann ohnehin entlassen.

Lavendelduft, Mamas Duft, Kompott auf dem Nachtschränkchen, sie hat es gekocht, eine flüchtige Umarmung, sie müssen zum Bus. Martin will nicht gehen, er kuschelt sich an mich, ich begleite sie bis zur Haltestelle, was sich als keine gute Idee erweist. Ich muss Martins Arme mit Gewalt von meinem Hals zerren und ihn regelrecht in den Bus schieben, dort dreht er den Kopf weg, ist nicht bereit, aus dem Fenster zu schauen, Mama redet ihm vergeblich gut zu. Er ist mir böse, hat das Gefühl, von mir hereingelegt worden zu sein, aber es gibt keine andere Möglichkeit, in dieser Situation ist es für ihn in Rotstein wirklich am besten.

Ich habe Mama nicht alles erzählt, was ich von Doktor Hell weiß. Nur so viel, dass es sich um eine Bergmannskrankheit handelt und dass Papa irgendeine Strahlung abbekommen hat. Der Doktor hat mich in sein Zimmer gebeten, um unter vier Augen mit mir zu reden. Schon an der Art, wie er mich ansprach, spürte ich, dass es schlimm sein musste. Sie würden den Verlauf der Krankheit nicht kennen und daher im Dunkeln tappen, Schmerzlinderung, bei Bedarf künstliche Ernährung mittels Infusion, Kräftigung: Das sei alles, was sie tun könnten. Ich bin mir sicher, dass er ähnlich wie mit mir auch mit Papa offen gesprochen hat. Es gibt keine Heilmethode, Papa wird nicht gesund, nach und nach lässt er das Leben hinter sich, er weiß es, und ich weiß es, aber wir sprechen es nicht aus, aussprechen ist verboten, Worte schaffen Wirklichkeit, wenn wir es aussprechen, tritt es ein. Eine allgemeine Schwäche unbekannten Ursprungs, Kraftlosigkeit, vitaminreiche Ernährung, schmerzlindernde Pulver und Ruhe, wenn es ihm schlechter ginge, könne er jederzeit wiederkommen: Nach einer Woche lässt Doktor Hell Papa nach Hause, genauer gesagt entlässt er ihn in die häusliche Umgebung, so steht es im Arztbrief.

Barackenkammer, Bretterwand, Eisenofen, Badezimmer mit Wolldecke und Waschschüssel, quietschende Tür, ein winzig kleines Fenster, morscher Fensterrahmen: das ist die häusliche Umgebung, das ist das Zuhause. Ohne Mama, ohne Martin, nur Papa und ich, und am Wochenende Julius. Doktor Hell hat mein Lächeln erwidert, er hat geglaubt, ich würde mich freuen, dass Papa heimkommt, doch ich habe nur in meiner Qual gelächelt. Als Papa nach Blumenstadt kam, wollte ich ihn ganz für mich, ich wollte, dass er sich mit mir beschäftigte, nur mit mir, nun habe ich erreicht, was ich wollte, doch wollte ich es nicht so, ich wollte den Papa von früher und dass wir wieder eine Familie wären, aber was für eine Familie ist das, die zur Hälfte gestorben ist, verschwunden, nach Übersee ausgewandert, und die andere Hälfte, die am Leben geblieben ist, die hier ist, quält sich auch nur.

Als Papa Mamas Angebot abgelehnt hat, sagte er, wir beide kämen gut zurecht, und wir kommen wirklich gut zurecht, trotzdem hatte ich gehofft, Mama würde gerade wegen seiner Krankheit wieder zu uns ziehen. Ich ärgere mich über ihn, weil er so abweisend ist, und ich ärgere mich über Mama, weil sie es nur als eine Möglichkeit angeboten hat, ich bin mir sicher, dass Papa mit dem „Solange" ein Problem hatte, denn er braucht Mama nicht nur solange, nicht für eine begrenzte, knapp bemessene

Zeit, sondern für immer, aber vielleicht wollte er auch nicht, dass sie ihn so krank und gebrechlich sah. Vor mir ist er der, der er ist: Wenn er leidet, leidet er eben, er sackt auf dem Bett zusammen, drückt seine Hand an den Bauch oder die Schläfe, ich bringe ihm ein nasses Tuch, koche Tee, gebe ihm das schmerzlindernde Pulver, er sagt, ich sei mutig, eine richtige Heldin, diesen Mut und diese Heldenhaftigkeit erwähnt er so oft, dass ich es leid bin, zu protestieren.

Eine Achterbahn; Papa kommt plötzlich zu Kräften und stürzt sich in die Hochzeitsvorbereitungen. Standesamt, Pfarramt, sogar mit den Musikern einigt er sich, mit den sudetendeutschen Jungs hier aus dem Lager, Ziehharmonika, Saxophon, Schlagzeug, Kontrabass, eine richtige Kapelle, berichtet er, *gut, gut, aber wo und wovon sollen wir feiern?* Die Jungs wollten nichts haben und das Wetter sei sicher gut, am Johannistag sei immer gutes Wetter, und natürlich auf dem Platz. Der Appellplatz wird zum Tanzplatz, warum eigentlich nicht, als es die neue Währung gab, haben wir auch dort bis in den Morgen getanzt, Tante Margit verspricht uns, der engsten Familie, ein Hochzeitsessen, man kann es ihr nicht ausreden, das sei ein Klacks für sie, zu Hause habe sie für Hochzeitsfeiern mit hundert Gästen gekocht, es wird auch Torte geben, eine Spanische Windtorte, die backt Mama, Papa ist ständig auf den Beinen, er kommt einfach nicht zur Ruhe, neben den Hochzeitsvorbereitungen bombardiert er die Ämter mit Anträgen und Gesuchen, denn die Sache mit der Entschädigung geht nicht voran, wir haben keine Zeugen, besitzen keinerlei Belege für unser verlorenes Vermögen, was war, ist vorbei, man müsste das Ganze lassen, was wir einmal angefangen haben, das geben wir nicht auf, das solle ich mir merken, ich dürfe niemals aufgeben!

Unter seinem Kissen ein blutiges Taschentuch, ich finde es zufällig, als ich es ihm zeige, bittet er mich, mich zu ihm zu setzen, es sei an der Zeit, miteinander zu reden. Ich sei erwachsen, sei bei der ersten Evakuierung erwachsen geworden und käme seitdem ausgezeichnet zurecht, ich solle meinen eigenen Weg gehen, den Weg, den ich als meinen eigenen betrachte. Ob es einen solche gebe. Ich zögere etwas, dann erwidere ich, den gebe es. Wie der aussehe. Mit Julius zusammenzuleben und zu schreiben, für eine Zeitung, für eine Kinderzeitschrift und ein großes Märchenbuch mit außergewöhnlichen Märchen, mit solchen wie das vom Karfunkel, von der Gläsernen Frau oder vom Frühlingsprinzen und der Elfenprinzessin. Julius und ich seien füreinander geschaffen, auch das mit den Märchen würde mir sicher gelingen, ich hätte nur noch ein paar Prüfungen, ich solle das Lehrerseminar beenden, was wir angefangen haben, geben wir nicht auf, also solle ich versprechen, dass ich meine Ausbildung nicht abbreche. Ich verspreche es. Einmal werde alles gut, alles werde gut, er habe nicht mehr viel Zeit, vor mir aber stehe das Leben, ich will nicht, dass er so spricht, am Johannistag werden wir tanzen, über das Feuer springen, er ist der Brautvater, ich werde seinen Anzug reinigen und bügeln, sein weißes, gestärktes Hemd, das Tante Frida im Paket mitgeschickt hat. Dunkelblaue Hose, Matrosenhemd mit goldenen Knöpfen, darauf Anker, für Martin, eine mit Perlen besetzte Handtasche, sie war mit raschelndem Seidenpapier ausgestopft, im Papier eine Ringschatulle, in ihr fünfzig Dollar für ein Brautkleid, den Ring mit den sieben Steinen, der seit Generationen in der Familie weitergegeben wird und den jeweils das älteste Mädchen erbt, übergäben sie mir dann persönlich, denn selbstverständlich kämen sie, den Ring hat Tante Frida ebenfalls bei ihrer Hochzeit bekommen, jetzt bin ich an der Reihe.

Ebenso plötzlich, wie er aufgeblüht ist, fällt Papa jetzt in sich zusammen. Er kann nicht aufstehen, liegt nur da. Ich koche ihm Kartoffelpüree mit viel Butter und Milch, damit es schaumig ist, er hat keinen Appetit. Dann leichte, luftige Knödel, weil er sie so gern mag, auch die will er nicht. Im Wald habe ich Himbeeren gefunden, ich bereite eine Obstsoße zu, die löffelt er bis zum letzten Tropfen in sich hinein. Ich sei geschickt, er lobt mich, ich widerspreche ihm nicht, an Mamas Seite habe ich gelernt, auch aus Nichts etwas zu kochen. Nach dem Himbeerpüree erbricht er sogar das Wasser, er muss ins Krankenhaus, sonst trocknet er aus, aber nein, er will nicht, dann würde ich Mama benachrichtigen, er protestiert nicht.

Er bittet um seine Mütze. *Im Bett? Ja, im Bett.* Sein Kopf friert fürchterlich, gefesselt hatte er auf einem Stuhl gesessen, das Wasser tropfte ihm auf den Kopf, so hatten sie ihn gefoltert. Er schließt die Augen, sein Gesicht voller Falten, sein Körper ein gespannter Bogen, er schläft, er schläft nicht, ich kann es nicht entscheiden, er öffnet seine Augen nicht, auch dann nicht, wenn er spricht. Er spricht leise, flüsternd, wie die Katholiken bei der Beichte. Papa wurde regelmäßig geschlagen. Die Fenster verdunkelt, ein wuchtiger Eichentisch, quer auf dem Tisch drei Häftlinge mit heruntergelassenen Hosen, nacktem Hintern, Papa in der Mitte, zwei Wächter prügeln sie mit Peitschen, als sie glauben, es sei vorbei, bestellt der Partisanenführer namens Zani jeweils noch eine Portion. Papa beichtet, ob er weiß, dass ich die ganze Zeit über neben ihm sitze, ist ungewiss, den vierten Tag schon sitze ich auf dem Küchenstuhl oder auf dem Boden an seinem Bett, ich warte auf Mama und warte auf Julius, beide habe ich benachrichtigt, Papa öffnet plötzlich die Augen und fragt nach dem Fahrplan, die Busse treffen jeweils zehn Minuten vor der vollen Stunde ein, von der Haltestelle ist es noch eine halbe Stunde bis zum Lager, die Tür öffnet sich, er hebt den Kopf, aber es ist nur Tante Margit, sie bringt eine kräftige Brühe vorbei, kurz darauf taucht Frau Daxner mit einem riesigen Pfirsich auf, ich zwinge ihn, das Obst häppchenweise zu essen, es kommen Herr Berger, Herr Krebs und Dr. Glatz, und es kommen die Bekannten und Freunde, aber Papa schläft nur und schläft.

Auch Julius trifft ein, er greift nach Papas Hand, fühlt seinen Puls, beugt sich an sein Gesicht, betrachtet ihn lang, Papa öffnet für einen Moment die Augen, schließt sie aber wieder, ich weiß nicht, ob er uns hört, ob er überhaupt irgendetwas von seiner Umgebung wahrnimmt oder ob er in die Bewusstlosigkeit gefallen ist. Julius umarmt mich und sagt, dass er am Abend nicht zurück nach München fahren würde, er bleibe bei mir, ich frage nicht, in Brünn war er Leichenbeschauer, jetzt arbeitet er an der Prosektur, Julius hat den Tod oft gesehen und sieht ihn auch jetzt Tag für Tag, *wenn du ihn noch lebendig sehen willst, dann komm!,* ich schicke Mama ein Telegramm, das Postfräulein meint, sie würden es innerhalb von ein bis zwei Stunden zustellen, dazu kommt eine Stunde für die Busfahrt, also höchstens drei Stunden und sie ist da, wenn sie will, kommt sie, jetzt ist sie nicht in ein Lager gesperrt wie bei Pollis Tod, sie wird kommen, sie muss kommen, es kann nicht sein, dass ich Papas Tod ohne sie mitansehen muss, es lässt sich nicht mehr umkehren, Papa stirbt, und es kann einfach nicht sein, dass auch er ohne Mama stirbt!

Bei Polli war ich durchweg an ihrer Seite, nur die letzte Nacht bin ich draußen im Flur auf der Bank eingeschlafen, aber ich war an ihrer Seite, dann habe ich sie beerdigt, in Topoltschan, rechte Parzelle, letzte Reihe, hinter dem Zaun drei Birken, dort liegt sie, dort ruht sie, ich wache an Papas Seite, höre seinen unregelmäßigen, stockenden Atem, solange ich wach bin, wird er nicht von uns gehen, ich habe das Gefühl, ich könnte bis ans Ende aller Zeiten wach bleiben, Papas Augen sind geschlossen, aber er redet, redet wieder wirr – *gleich wird das Jesuskind geboren, gleich ist Mitternacht! tatam, raram, auf, raus, Appell! glänzt, ihr Sterne! sie bringen ihn! voller Blut! und der da ist tot! du hast ihn bespuckt, Judas!* –, ich lege ihm ein feuchtes Tuch auf die Stirn, streichle seine Hand, er wird still.

Am Morgen öffnet er die Augen mit einem großen Seufzer, als sei er aus einem tiefen Traum erwacht, und sagt mit klarer Stimme, dass er sich rasieren möchte. Julius wäscht und rasiert ihn: überlegte, präzise Bewegungen, er macht es sehr professionell, Papa bittet um sein weißes Festtagshemd, das Tante Frida und ihr Mann ihm für die Hochzeit geschickt haben, warum sollte er nicht in seinem weißen Hemd im Bett liegen, wenn es schmutzig wird, wasche ich es eben, wenn es zerknittert, bügle ich es, Schirmmütze, gestärktes Hemd, die gestreifte Pyjamahose ist unter der Decke nicht zu sehen, Papa sieht ganz gut aus, wie neugeboren, so fühle er sich, sagt er. Was er denn gerne essen würde, frage ich ihn freudig, Speckknödel, antwortet er. Ich setze das Wasser zum Kochen auf, laufe los, um Speck zu besorgen, Julius passt so lange auf Papa auf, ich knete die Knödel, als sie gar sind, schläft er schon wieder, ich schüttele ihn, will ihn wecken, doch er schläft nur oder vielleicht schläft er auch gar nicht, seine Augenlider zittern, die Lippen sind fadendünn, wieder kämpft er mit seinen Dämonen. Ich werde ihn ihren Klauen entreißen, beuge mich an sein Ohr und spreche so zu ihm, halte ihm den Löffel vor die Nase, vielleicht spürt er ja den Duft der Knödel, ich versuche, ihm einen Bissen in den Mund zu drücken, Julius ermahnt mich, das dürfe man nicht. *Warum nicht?* Wenn ich doch nur irgendwie erreichen könnte, dass er den Mund oder die Augen aufmacht, wenn er mich sehen, mich hören könnte, dann würde er zu mir zurückkehren, ich weiß es, ich will es, ich versuche es, Julius wiederholt, dass man das nicht dürfe, er könne sich verschlucken und sofort ersticken. Ich kann nichts tun, nur neben ihm sitzen, ihm feuchte Tücher auf die Stirn legen und ihn trösten, dass es gleich besser, gleich leichter wird, das hat auch Mama gesagt, als Großmutter im Sterben lag, zehn Minuten vor der vollen Stunde kommen die Busse aus Rotstein an, eine halbe Stunde von der Haltestelle bis zum Lager, ein paar Minuten als Draufgabe wegen einer möglichen Verspätung, Stunde um Stunde warte ich auf Mama, aber sie will einfach nicht kommen.

Papas Atem ist stechend, er riecht nach Essig, und Julius wäscht ihn vergeblich, er verströmt einen schweren Modergeruch. Ich wechsle das feuchte Taschentuch auf seiner Stirn, sitze neben ihm, *es wird leichter, gleich wird es leichter,* sage ich immer wieder, aber vielleicht denke ich es auch nur, es ist nicht wahr, dass die Zeit hilft, die Zeit ist mörderisch, ein stiller, niederträchtiger Mörder ist sie, Papa atmet mit immer größeren Aussetzern, ich schrecke auf, als Julius mich an der Schulter schüttelt, *was ist passiert?,* stammele ich entsetzt, aber es ist nichts passiert, Papa liegt still da, seine Züge sind glatt, ich fühle am Hals nach der Schlagader, da ist der Puls am genausten, das weiß ich von Julius, und auch Mama hat es so gemacht, als Großmutter gestorben ist, bei meiner Berührung öffnet Papa seine Augen einen Spaltbreit und will etwas sagen, aber es reicht nur für ein kurzes *Siehst du.*

Hier bin ich, Lili!, Tante Margit ist gekommen, sie beugt sich über Papa, ein seltsamer Seufzer, fast ein Röcheln, noch einer und noch einer, dann ist es vorbei. Ich stehe nur da, bringe kein Wort heraus, kann mich nicht rühren, Julius nimmt mich in die Arme, umarmt mich ganz fest, ich fühle mich wie ausgepresst, fühle nichts außer einer tiefen Leere, Julius hält mich in seinen Armen, *das Kinn hochbinden, waschen, anziehen!,* Tante Margit versteht sich auf die Versorgung von Toten, zu Hause war sie nicht nur für die Heiratenden, sondern auch für die Toten zuständig.

Papa ist rasiert, trägt sein weißes Festtagshemd, wir müssen ihm nur noch das Sakko und eine richtige Hose anziehen, er hatte wohl gespürt, dass die Zeit gekommen war, und wollte uns helfen, damit wir weniger Scherereien mit ihm hätten, wollte deshalb das Hemd anziehen und sich rasieren. Tante Margit und Julius mühen sich, ich sehe ihnen zu und betrachte den leblosen Körper, nichts von Papa steckt in ihm, er ist eine Marionette, an der sie herumzerren, die sie verdrehen, alles ist erlaubt, alles geht, er spürt ohnehin nichts mehr, seine Züge sind streng, hart, kalt, Papa war nie so, im Tod ist er zudem geschrumpft, Nase, Mund, Gesicht und Hände sind kleiner, sein ganzer Körper ist kleiner, sie bitten mich um ein Laken, ich hole es, reiche es ihnen, schaue ihn ein letztes Mal an, der Körper, der hier liegt, ist nicht Papa, ich will ihn nicht mehr sehen, Tante Margit deckt ihn zu und betet ein Vaterunser, ich hebe das Laken doch noch einmal an, nur ein einziges Mal und noch einmal, zwanghaft hebe ich das Laken immer wieder, ich sehe Papa an, präge mir seine Züge ein, Tante Margit ist katholisch, sie fragt, ob es mir etwas ausmache, wenn sie einen Rosenkranz beten würde. Natürlich macht es mir nichts aus! Heilige Maria, Mutter Gottes, bitte für uns Sünder jetzt und in der Stunde unseres Todes, *du bist zu spät, Mama, einen ganzen Tag zu spät!*

Sie sei in München gewesen, um eine Nähmaschine zu kaufen, die Näherei komme in Gang, sie erhält den Kredit, den Papa ausgehandelt hat, erst am späten Abend war sie wieder zu Hause, das Telegramm ist nicht angekommen, aus diesen und jenen Gründen konnte sie erst jetzt hier sein, es interessiert mich nicht, wenn sie unbedingt gewollt hätte, wäre es sicher auch früher gegangen, aber sie wollte nicht, absolut nicht, wenn schon nicht wegen Papa, so hätte sie sich wenigstens wegen mir beeilen können! *Was macht der Opa unter dem Laken? Warum kriecht er da nicht raus? Warum sagt er nichts?* Warum, warum, Martin stellt Tausende von Fragen, jemand soll endlich mit ihm rausgehen, ich will und kann ihm nicht antworten, Tante Margit nimmt ihn an der Hand und führt ihn hinaus, Mama legt den Arm um mich, ich weine nicht, weine jetzt erst recht nicht, vor ihr nicht, ich habe Schluckauf und meine Schultern zittern, Mama sagt, ich solle die Tränen nicht unterdrücken, und dass es ihr leidtäte, sie wisse, wie lieb ich Papa hatte und wie schwer es für mich sein muss. Wenn sie es weiß, warum ist sie dann nicht gekommen? Ich entreiße mich ihrer Umarmung und sehe ihr in die Augen.

Sie will nur schnell nach Rotstein zurückfahren, um ein paar Sachen für sich und den Jungen zusammenzupacken, dann bleibe sie bis zur Beerdigung hier, gut, von mir aus, ich hingegen bleibe nicht, ich kann einfach nicht auf das Bett schauen, in dem Papa gestorben ist, aus dem

Glas trinken, aus dem er getrunken hat, aus dem Teller essen, aus dem er gegessen hat, ich kann nicht sehen, was er gesehen hat, berühren, was er berührt hat, Mama duftet nach Lavendel, aber sie ist nur noch ein Gast, sie wird zum Doktor zurückgehen und den Lavendelduft mitnehmen, stechender Essig- und schwerer Modergeruch, er hat sich in meinen Poren festgesetzt, ich stinke, ich wasche mich, schrubbe mir die Haut mit einer Bürste ab, Julius gibt mir ein Beruhigungsmittel, ich sei nicht verrückt, natürlich nicht, nur erschöpft, ich müsse schlafen, Baracke 2/4, die alte Baracke, ich liege in meinem alten Bett, schlafe nicht, liege nur, träume nicht, schlafe nur, Julius ist bei mir, morgen wird es besser als heute und übermorgen besser als morgen, Anni, Dora und Zelma sind bei mir, sie sprechen zu mir, ich nicke, Tante Margit flößt mir etwas Suppe ein.

Mama, Martin und Julius. Papa, Großmutter und Polli. Ich ziehe Bilanz, wer ist da und wer ist weg. Gerd schwebt im Nichts, von ihm weiß man nicht, ob es ihn überhaupt noch gibt oder nicht. Polli ist in Topoltschan beerdigt, Großmutter in Nováky, selbst wenn wir wollten, könnten wir ihr Grab nicht besuchen, weil man uns gar nicht in die Tschechoslowakei ließe. Papa wird wenigstens hier in unserer Nähe sein. Julius und Mama organisieren die Beerdigung: Parzelle 12, Reihe 4, Sargbestattung, mit Kranz, eine ordentliche Beerdigung nach evangelischer Zeremonie, was Polli und Großmutter nicht gegeben war, Papa bekommt es. Parzelle 12, Reihe 4, Papas Grab ist auch ihr Grab. Martin fragt leise, was der Opa in dieser Kiste mache.

„Er schläft, ruht sich aus."

„Er soll nicht schlafen, er soll aufstehen!"

„Das geht nicht, er muss schlafen, er muss ruhen."

„Wie wird er aufstehen, wenn er ausgeschlafen hat? Er schlägt sich doch den Kopf an der Kiste und kann nicht unter der Erde rauskommen."

„Er will nie mehr von dort rauskommen."

„Aber ich will ihn sehen, ich will mit ihm spielen!"

„Du kannst ihn jederzeit sehen, denk einfach an ihn und schließ' die Augen!"

Morgen ist es besser als heute und übermorgen besser als morgen, was wir angefangen haben, das führen wir zu Ende. Der Johannistag: Julius und ich heiraten in Trauer. Das Brautkleid in blau und weiß, mit blau-weißer Rose, wie ich es mir erträumt habe, der Hut mit Tüllschleier, blaue Schuhe, an meinem Finger der Ring mit den sieben Steinen, Tante Frida und ihr Mann haben ihn wirklich mitgebracht, auch Julius hat einen Ring, den Ehering seines Vaters, und er hat eine schöne Hose aus grafitgrauem Wollstoff, das Sakko und die Krawatte hat ihm Bernhard geliehen. Ein Hemd mit Matrosenkragen, eine kleine Weste mit goldenen Knöpfen, die Anker zieren, eine Kniebundhose mit Trägern: Martin sieht aus wie ein kleiner Prinz. Mama lächelt, Tante Frida, Onkel Paul, Julius Mutter, Schwester, Onkel und Tante lächeln, Doktor Grün lächelt, alle lächeln, man muss die Gegenwart leben, damit die Zukunft kommen kann, Anni, Zelma und Dora sind mit ihren Familien da, Frau Pryzbilla, Gerda aus dem Lehrerseminar, Herr Ludwig mit seiner Mutter, Bernhard und Hedi, und auch Elsi mit ihrer Schwester und Ingrid mit ihrem amerikanischen Reporter sind aus München gekommen, allesamt in schönen Kleidern, festlich, die Erlöserkirche aus roten Klinkern gleicht mit ihrem in den Himmel ragenden Turm ein wenig der evangelischen Kirche in Käsmark, *willst du, gelobst du, versprichst du? ich will, ich gelobe, ich verspreche!,* ich liebe ihn, bis dass der Tod uns scheidet, ich bin glücklich, überglücklich, am Johannistag ist alles möglich.

Porzellanschale, Porzellanservice, Bügeleisen, Französische Karten, Umschläge und Briefpapier mit Wasserzeichen: Wir werden mit nützlichen und nutzlosen Geschenken überhäuft. Die Klöße und die Soße, die Tante Margit zum Hochzeitsessen serviert, sind unvergesslich, und es gibt eine Spanische Windtorte, wie Mama versprochen hat, der Sekt ist ein Geschenk von Bernhard – vor zwei Monaten haben Papa, Julius und ich eine ganze Flasche getrunken, jetzt bekommt jeder einen kleinen Schluck, symbolisch –, Musik, die sudetendeutschen Jungs haben draußen auf dem Platz zu spielen begonnen, wir haben sie nicht gebeten, doch sie haben sich daran gehalten, was sie mit Papa ausgemacht hatten, alles ist so, alles passiert genau so, wie er es organisiert hat. Die Kapelle spielt eine Polka, es ist der Johannistag und unsere Hochzeit, warum sollten wir nicht tanzen, Papa würde sich freuen, wenn er hier wäre, würde auch er tanzen, wir tanzen auch für ihn, an seiner Stelle, bei Einbruch der Dunkelheit zünden wir ein Feuer an und springen darüber, Julius und ich als Paar, zu zweit, eine wundervolle, sternenklare Nacht, wir drehen uns im Tanz, die Musik spielt, Julius flüstert mir etwas zu, aber ich verstehe ihn nicht, er nimmt meine Hand und zieht mich hinter sich her, das Wasser plätschert, die Weide rauscht, Hochzeitsnacht am Fluss, am Fuß der riesigen Trauerweide, die Laubkrone des Baumes spannt sich wie ein Zelt über uns, niemand sieht uns, selbst, wenn es Tag wäre, würde uns niemand sehen, es ist weder gut noch schlecht, doch Julius stammelt und sein Atem stockt, seine Haare streifen mir über das Gesicht, ich schlinge meine Beine um seine Taille, was geschieht, geschieht von selbst, Julius atmet wieder regelmäßig, er zieht mich an sich, ich schmiege meinen Kopf an seine Schulter, es wäre schön, so ineinander verschlungen bis zum Morgen zu schlafen, doch wir sind ohne ein Wort verschwunden, am Ende würde man uns noch suchen.

Am nächsten Tag begleite ich ihn zum Zug nach München, das Physikum sitzt ihm im Nacken, er kann nicht länger bleiben. Ich gehe als Ehefrau allein zu Bett, stehe allein auf, doch Geduld, nur Geduld, alles ist geregelt: Auch ich lege meine Prüfungen ab, ziehe zu Julius, und sobald wir eine akzeptable Mietwohnung finden, nehmen wir Martin zu uns, er sieht mich als seine Mutter an, Julius und ich werden ihn großziehen, Mama lebt mit Doktor Grün zusammen und beendet, was sie mit Papa begonnen hat; in Rotstein eröffnet sie in der ehemaligen Kaserne ihre Näherei, es gibt dort schon eine Druckerei und einen kleinen Schuhmacherbetrieb, von dem Kredit kann sie sich eine gute Nähmaschine kaufen, eine, die auch endeln und Knopflöcher nähen kann, und ein Dampfbügeleisen, genauer gesagt mehrere, denn sie wird Lehrlinge aus der Berufsschule ausbilden, und sie hat in Rotstein einen ausgezeichneten Zuschneider gefunden, wenn ich Lust habe, kann ich natürlich auch Kleider entwerfen, wenngleich sie zuerst einmal Bettbezüge für das Krankenhaus nähen wird, fünf Jahre lang habe ich auf Papa gewartet, dann war er ein wenig hier und ist nun für immer fort, doch bis zuletzt war er sich treu: Er hat unser verworrenes Leben mit seinem Tod doch in geregelte Bahnen gelenkt.

17.

Strahlender Sonnenschein, rote Tulpen, violetter Flieder, es gibt nichts Wundervolleres als den Mai! Martin springt wie ein kleiner Grashüpfer neben mir her und berichtet glücklich, dass er beim Schulabschlussfest auftreten wird, die Lehrerin habe ihn ausgewählt, und auch sein Klavierlehrer, Herr Valent, habe ihn gelobt, was eine wirklich große Sache ist, da Herr Valent furchtbar streng ist und nur selten ein Lob ausspricht. Wir schlendern nach Hause, die Einkaufstasche in meiner Hand, sie ist überhaupt nicht schwer, Julius hat mir verboten, schwere Sachen zu tragen, es ist nur ein wenig Brot und Käse darin, doch Martin spielt den edlen Ritter, ich muss sie ihm geben, im Tausch bitte ich ihn um seinen Schulranzen und setze ihn auf. Wir lachen, die Menschen, die uns entgegenkommen, lächeln uns zu, wir machen eine Runde um den Häuserblock, denn wir haben Zeit und werden zu zweit zu Hause sein, Julius hat selbstverständlich wieder einmal Bereitschaftsdienst. Ständig hat er Bereitschaftsdienst. Er übernimmt drei in einer Woche, manchmal sehe ich ihn tagelang nicht, dann lastet alles auf meinen Schultern, Martin in die Schule und zu Herrn Valent zur Klavierstunde zu bringen und zweimal die Woche zum Schwimmen, weil er zu groß ist und zu dünn, er muss kräftiger werden, ich bin es, die einkauft, wäscht, kocht, putzt, und noch dazu muss auch ich arbeiten.

Ich habe es vergeblich versucht, eine Anstellung als Lehrerin habe ich nirgends bekommen, vielleicht, weil wir während des Schuljahrs umgezogen sind, aber es kann auch sein, dass in München überhaupt kein Lehrermangel herrscht, und als ich dann aufgegeben hatte und nicht weiter nach einer Arbeit suchte, nahm man mich bei einem Verlag als Assistentin. Ich hatte die Anzeige in der Römerstraße auf dem Weg zu Herrn Valent gesehen und war einfach seelenruhig in die Redaktion spaziert. Mit meinem Diplom vom Lehrerseminar waren sie zufrieden, mit meinen Kenntnissen im Maschineschreiben und meinen Erfahrungen, die ich in Blumenstadt beim *Kurier* gemacht hatte, ebenfalls, doch dann fragten sie mich, ob es vielleicht etwas gebe, was mich von den anderen hundert Kandidaten unterscheide, ich erwiderte ohne zu zögern, dass ich mindestens hundert Märchen und Legenden aus der Tatra kennen würde, auch das gefiel ihnen sehr, und sie fügten hinzu, das sei ja großartig. Ich hatte das Ganze schon vergessen, als die Benachrichtigung eintraf, dass sie sich für mich entschieden hätten. Wenn auch nur mit einer halben Stelle und halbem Gehalt, doch Julius verdient wirklich gut und macht Fortschritte, was seine Karriere angeht, sein Professor hat ihn als vielversprechenden jungen Kollegen in seine Arbeitsgruppe aufgenommen, worüber ich mich natürlich freue, nur sehe ich ihn leider kaum. Wenn er nicht arbeitet und keinen Bereitschaftsdienst hat, liest er Fachzeitschriften, es sind immer noch die Operationen am Panzerherzen, die ihn interessieren, dafür hat er sogar Englisch gelernt, denn er will die neuesten Operations- und Forschungsmethoden kennenlernen, und im Bereich der Medizinwissenschaft steht Amerika zweifelsohne an der Weltspitze, daher abonniert die Klinik auch englischsprachige medizinische Zeitschriften.

In letzter Zeit reist er mit seinem Professor immer öfter zu verschiedenen Konferenzen. Ich weiß, wie wichtig ihm das ist, aber ich mag es nicht, wenn er wegfährt. Mich überkommt immer ein schlechtes Vorgefühl. Ich habe Angst, dass ihm etwas zustößt. Dass man ihn festnimmt, interniert, verhört, foltert, *ach was!*, dazu gebe es doch keinerlei Grund – er verscheucht meine Ängste. Es bräuchte dazu keinen besonderen Grund, sie könnten zum Beispiel plötzlich eine Verordnung erlassen, dass alle die größer als ein Meter siebzig sind, die lockige, braune Haare haben, die nicht im Reich geboren sind ... Ich solle sofort aufhören, ich würde nur mich selbst verrückt machen – er fährt mich derart aufgebracht und wütend an, dass ich ihn nicht einmal zum Bahnhof begleite.

Den Mann mit dem grünen Lodenmantel bemerke ich schon an der Ecke, er geht vor unserem Haus auf und ab, und als wir ihn erreichen, grüßt er laut *Guten Tag*, ich grüße zurück, schaue ihn aber nicht an, schaue nur auf seinen Rucksack, er sieht haargenau so aus wie der, den mir Papa bei der Evakuierung in Käsmark gekauft hat, im Laden vom alten Herrn Mandel. Ich habe ihn noch immer, er steht in der Speisekammer bereit, darin eine Garnitur Kleidung, ein paar Konserven, Zahnbürste, Seife: das Notwendigste, wenn ich plötzlich gehen müsste. Es sei vorbei, wir hätten es hinter uns, jetzt wolle uns niemand mehr vertreiben, ich solle nicht manisch sein – Julius versucht, mich zu überzeugen, wenn ich den Rucksack einmal im Jahr, immer an Karfreitag, hervorhole, um die Garnitur Kleidung zu waschen und die abgelaufenen Konserven auszutauschen. Ich weiß sehr wohl, dass meine Angst irrational ist und Julius recht hat, aber das Auffrischen des Rucksacks kostet nun wirklich nichts und ist damit für ein Jahr erledigt, ich betrachte es als eine

Art Schutzmaßnahme, damit das, was ich nicht will, auch nicht eintritt, und jetzt, da das Baby kommt, schadet es auch nicht, noch vorsichtiger zu sein. *Ja, ja, es ist sicher, zwei Blutungen sind ausgeblieben!* Julius hat mich hochgehoben und getanzt mit mir, als ich ihm die Nachricht verkündete. Niemand anderem, nur ihm, erst wenn es zu sehen sein wird, werde ich es Mama, meinen Kollegen und Freunden erzählen, der Frühling zeigt sich in seiner ganzen Pracht, in meinem Bauch das Baby, ich glaube, ich war noch nie so glücklich in meinem ganzen Leben.

Ebenso wie in der Blumenstädter Redaktion des *Kurier* sind es auch hier vierundsechzig Stufen bis zu unserer Wohnung, schön langsam, wir haben Zeit, nur keine Eile, wir haben noch den ganzen Abend vor uns, doch wie ich Martin auch hinterherrufe, er rennt die Treppen hoch, und ich keuche ihm nach, *spielen wir oben etwas?,* ruft er vom Treppenabsatz zurück. *Natürlich! Und erzählst du mir auch etwas? Was soll ich dir denn erzählen? Das Märchen vom Karfunkelturm!,* Turm, Turm: Das Ende des Wortes schallt wie ein Echo, lieber etwas anderes, der Karfunkelturm ist wie die *Träumerei,* es legt sich das Gefühl einer Ohnmacht bei all der Vergeblichkeit und Vernichtung auf die Seele. Die Goldblume vom Krötensee, Der fliegende Mönch, Das Edelweiß, Die Gläserne Frau: Ich zerbreche mir den Kopf, welches Märchen es sein könnte, und dann fällt mir plötzlich die Geschichte vom Frühlingsprinzen ein, wir haben einen wundervollen Frühling, *das passt,* Martin erklärt sich zum Prinzen, Eva, das Nachbarmädchen, wird zur Elfenprinzessin, kaum habe ich die Wohnungstür hinter uns zugemacht, klingelt es auch schon.

Es ist der Mann im grünen Lodenmantel. Adlernase, zwei tiefe Furchen bis zum Kinn, die breite Krempe des Hutes wirft einen Schatten auf sein Gesicht, mehr sehe ich nicht von ihm. Eine seltsame Nervosität ergreift mich, ich müsste die Tür abschließen, wer weiß, was für ein Kerl das ist, es könnte ein Einbrecher sein oder ein Betrüger, solche Dinge gehen mir durch den Kopf, doch da beginnt er plötzlich zu sprechen. Ein samtener Bariton, der Klang streichelt geradezu, mit dieser Stimme könnte er ein weltberühmter Opernsänger sein, dachte ich damals, als Polli ihn mit nach Hause brachte und uns vorstellte, *Gerhard Bock,* derselbe Name, derselbe Tonfall, in Reichenhall hatte ich, bevor die Amerikaner einmarschiert waren, das Familienfoto verbrannt, darauf hatte ich ihn das letzte Mal gesehen, auf dem Bild lächelte ein fescher, junger Mann in Uniform, doch der Mann, der mir jetzt in Lodenmantel und Hut gegenübersteht und verlegen seinen Rucksack umklammert, ist ein wildfremder, alter Mann. Ich sehe ihn nicht an, richte meinen Blick starr auf die Schwelle, er suche seine Ehefrau, Apollonia Hartmann aus Käsmark, der Slowakei, und er suche die Eltern seiner Ehefrau, Daniel und Hilda Hartmann, sowie die jüngere Schwester, er habe die Adresse vom Roten Kreuz bekommen, seine Stimme versagt, er stockt, ich will ihn nicht sehen, muss ihn aber sehen, ich öffne die Tür sperrangelweit, *ich bin's, Lili, erkennst du mich nicht?* Er wiegt den Kopf, in seinen Augen Verwunderung, er nimmt meine Hand, dreht mich dem Licht zu und mustert mich, ich höre, wie er schlucken muss, dann sagt er mit heiserer Stimme, ich solle ihm nicht böse sein, er habe mich wirklich nicht erkannt, denn er habe mich fast zehn Jahre nicht gesehen und im Vergleich zu der Gymnasiastin mit den Zöpfen hätte ich mich gründlich verändert. *Polli?* Ein einziges Wort, fast nur geflüstert, die unterdrückte Angst ist hörbar. *Es tut mir leid, sie ist noch drüben an Typhus gestorben.* Und auch Großmutter ist gestorben, Papa wurde zur Zwangsarbeit verurteilt, Jáchymov, Uranbergwerk, nachdem er freigekommen ist, hat er uns gefunden, doch im Lager von Blumenstadt ist auch er gestorben. Polli, Großmutter, Papa: Ich zähle sie in einem Atemzug auf, danach spreche ich schnell von Mama, dass sie jetzt mit Doktor Grün zusammenlebt, der Tierarzt auf einem Gut in der Nähe von Blumenstadt ist und den sie in Nováky, im Lager kennengelernt hat, wir stehen einander gegenüber, die untergehende Sonne strahlt so stark durch das Fenster im Treppenhaus, dass ich Gerds Gesicht, seine Augen nicht sehe und nicht weiß, wie er die schlimme Nachricht aufnimmt. Mit einem Mal taucht Martin auf und fragt, *Mama, wer ist der Mann? Dein Onkel!* Die Antwort rutscht mir wie von selbst heraus.

Martin hat keine Onkel, Tanten oder Cousins und Cousinen, er hat keinen Begriff von verwandtschaftlichen Beziehungen, also runzelt er die Stirn, ich sehe, dass er den Fremden als Onkel nicht begreifen kann. *Ein süßer Fratz!,* Gerd verschlägt es die Stimme. Plötzlich setzt er den Hut ab, und ich erblicke sein linkes Auge, es ist von einer dicken Haut bedeckt, an der Stelle seines Augapfels ist nur ein grauer Ring zu sehen, ich wende meinen Blick schnell ab, doch er sagt von selbst, ihm sei Kalk ins Auge geraten, der habe seine Netzhaut verätzt, an der Wolga, in einem Gefangenenlager, dessen Nummer er sich nicht habe merken können, wo er zuerst im Bergwerk gearbeitet hat, nur eben in einem Kohle- und nicht in einem Uranbergwerk, dann auf einem großen Baugelände, sie bauten eine Fabrik und dort ist ihm der Kalk, als sie ihn löschten, irgendwie ins Auge geraten, zwar ist er da auf einem

Auge erblindet, doch hat er diesem Unfall eigentlich sein Leben zu verdanken, denn so konnte er als Heizer, Putzkraft, Pfleger, also gewissermaßen als Faktotum, im Lagerkrankenhaus bleiben, und im Vergleich zum Bergwerk oder Bau, wo sie auch bei minus zwanzig Grad draußen im Freien arbeiten mussten, war das Lagerkrankenhaus ein wahres Sanatorium.

Ich frage, er antwortet, er fragt, ich antworte, ich denke an Polli, er denkt an Polli, ich weiß, dass er es weiß, er weiß, dass ich es weiß, doch wir sprechen ihren Namen nicht aus, unterhalten uns nur weiter, plötzlich wendet sich Gerd an Martin und fragt ihn, wie er heißt, das Kind versteckt sich hinter meinem Rücken, ich antworte für ihn.

„Schön von dir, dass du ihm diesen Namen gegeben hast! Den hätten wir unserem Kind auch gegeben. Erzähle mir etwas von Polli!"

„Das ist lang her. Es sind viele gestorben. Sie ist erst ganz spät ins Krankenhaus gekommen, ich war bis zum Ende bei ihr, habe ihr feuchte Tücher auf die Stirn gelegt, sie auf dem Friedhof von Topoltschan beerdigt, in der rechten Parzelle, letzte Reihe, hinter dem Zaun drei Birken, mehr kann ich nicht sagen!"

Ich werde stumm, Tränen treten mir in die Augen, Gerd tröstet mich, du liebe Güte, ich habe es ihm nicht gesagt, habe es nicht gesagt! Ich habe behauptet, sie seien Neffe und Onkel, und jetzt kann ich auch gar nicht mehr auf die Mutterschaft und die Vaterschaft zurückkommen, ich rede bereits über Julius, darüber, dass er mein Ehemann ist, eine Lagerliebe, dass wir unsere Liebe Nováky zu verdanken haben, gemeinsam deportiert wurden und hier geheiratet haben, er hat sein Studium hier beendet, ist Arzt an der Klinik, gerade nicht zu Hause, hat oft Bereitschaftsdienst und reist häufig zu Konferenzen, ich sage alles Mögliche, was mir gerade einfällt, ich erzähle über alles und jeden. Und auch Gerd erzählt, in den ersten Jahren der Gefangenschaft durften sie keine Briefe schreiben, doch später schon, und er habe uns seine Adresse geschrieben, gewartet und gewartet, Polli hat ihn am Leben gehalten, für sie wollte er stark sein und ist zurückgekommen, er glaubte fest daran, dass sie, wenn er einmal freikäme, ein schönes Leben hätten. Ich höre ihm zu, stelle ihm Fragen, nicke, bemühe mich zu lächeln, dabei geht mir durch den Kopf, dass Martin blaue Augen hat, Gerds Augen aber braun sind, Pollis waren auch braun, Pollis Briefe hat er nicht bekommen, so konnte er gar nicht wissen, dass sie schwanger war, er fragt nicht, wie alt das Kind ist, ausgeschlossen, dass er nachrechnet, wann Martin geboren ist und misstrauisch wird.

Ein Schwager ist der Ehemann einer Schwester, erkläre ich Martin, als ich ihn ins Bett bringe. Polli war meine Schwester, Gerd ist ihr Mann, mein Schwager, dein Onkel, ja, Polli ist gestorben, ja, genauso wie der Opa, aber nein, warum sollte Onkel Gerd sterben, er ist doch gerade jetzt zurückgekommen, bei Opa war das etwas anderes, er war viel älter, ich erzähle ihm doch lieber das Märchen vom Karfunkelturm.

Vor langer, langer Zeit lebte am Ufer des Grünen Sees einmal ein Schäfer, der einst ein armer Schafhirte gewesen war, doch dann im Alter so reich wurde, dass er seine Reichtümer gar nicht mehr zählen konnte. Ein prunkvolles Haus, endlose Wälder, saftige Wiesen, unzählige Tiere, in eisenbeschlagenen Truhen mit sieben Schlössern gehütete, riesige Schätze. Wie er zu alldem Reichtum gelangt ist? So, dass er in seiner Jugend der ausdauerndste und glücklichste Schatzsucher der Tatra gewesen war. Was ihn reich machte, das war aber nicht irgendwelches Gold, das waren nicht Diamanten, Rubine oder echte Perlen, sondern das Kupfererz auf der Lomnitzer Spitze, das er mit viel Mühe und Not abbaute, zum Grünen See hinabschleppte und schmolz.

Der große Reichtum brachte aber nicht viel Gutes mit sich, denn wie das Vermögen des Schäfers wuchs, wurde er immer habsüchtiger und hochnäsiger. Er missachtete die Menschen, mied das Gotteshaus, und in seiner Unersättlichkeit warf er mit einem Mal ein Auge auf den glänzenden Edelstein des Karfunkelturms. Von morgens bis abends beobachtete er den Karfunkelturm, und dabei wuchsen ihm solche Furchen auf der Stirn, die sich nicht einmal während der Nacht glätteten, da er sich selbst im Schlaf so sehr nach diesem Stein sehnte. Besser gesagt nach den Schätzen des Königs der Tatra, die dieser am nördlichen Fuß des unerreichbaren Eistaler Turms, am Grunde des Krötensees in seinem königlichen Palast versteckt hielt. Den Weg dorthin versperrten Felsen, die sich nur durch die zauberhafte Berührung mit dem Karfunkel öffneten. Doch die glatten Panzerwände des Karfunkelturms sind unbezwingbar, jeder, der bislang versucht hat, sie zu erklimmen, musste mit seinem Leben bezahlen.

Martin schläft mitten im Märchen ein, ich jedoch wälze mich nur im Bett, stehe auf, sehe aus dem Fenster, weiß nicht, wie lange ich da schon stehe, als ich ermüde, hole ich einen Stuhl, betrachte das Haus gegenüber, beobachte, wann das Licht in den Wohnungen erlischt, schaue auf die leere Straße, sehe dem herumstreunenden Hund zu, wie er am Laternenpfahl schnüffelt, mein Gott, er sieht aus wie Fifi, ich schließe die Augen, als ich sie wieder öffne, ist er nicht mehr da, vielleicht war er es auch gar nicht, ich starre weiter nach draußen, denke an nichts, stelle mir nichts vor, der Grüne See und der Karfunkelturm existieren nicht, ein Fahrrad klackert und klappert, auf dem Gepäckträger etwas Kistenartiges, auf der Kiste eine Jacke, die beiden hinabhängenden Ärmel baumeln hin und her, wahrscheinlich weht der Wind, denn der Mann beugt sich ganz auf das Lenkrad, so tritt er in die Pedale, ich lege mich hin, stehe wieder auf, setze mich zurück ans Fenster, es taucht ein Pärchen auf, der Mann ist betrunken, die Frau ist betrunken, sie stützen einander, es folgt ihnen niemand, nichts, nur die im Mondschein lang gezogenen Schatten, die Straße ist wie ausgestorben, die Zeit ist leer.

Das Klacken des Türschlosses durchbricht die Stille wie eine Gewehrkugel. Es ist Julius, warum ich nicht schlafe, fragt er verblüfft. Es liegt mir auf der Zunge, dass er nie zu Hause ist, wenn ich ihn bräuchte, nicht an meiner Seite, dabei sehe und höre ich, wie ich mit ihm schimpfe, genauso wie seinerzeit Mama mit Papa, meine Stimme ist dieselbe, ich will nicht wie Mama sein und bin im Unrecht, Julius steht immer bei allem an meiner Seite, er tut nichts, womit ich nicht einverstanden bin, und schränkt mich in nichts ein. Manchmal habe ich das Gefühl, mit mir ist etwas nicht in Ordnung, beschleicht mich das Gefühl, ich bin verrückt geworden, obwohl ich nichts zu beklagen habe. Fleisch ohne Lebensmittelmarke, jeden Tag Milch und Brot, ich schlafe satt in einem Bett mit Kissen und Decke, habe ein Badezimmer mit Badewanne, die Tischdecke ordentlich auf dem Tisch, Gardinen hängen am Fenster, wir haben sogar ein Klavier. Als wir die Wohnung mieteten, sagte der Besitzer, wenn es uns störe, würde er versuchen, es wegbringen zu lassen, es könne ruhig bleiben, antworteten wir, er war erleichtert, und Herr Valent nahm Martin als Schüler an. Das Empfehlungsschreiben von Herrn Ludwig wäre allein zu wenig gewesen, er wollte ihn nur übernehmen, wenn er zu Hause üben konnte. Herr Valent ist einer der besten Klavierlehrer in ganz München, Martin mag ihn, er geht gern zu ihm und übt auch zu Hause gern, man muss ihn nicht drängen. Auf Anraten seines Professors hat sich Julius für ein Forschungsstipendium an der Medizinischen Universität in Baltimore beworben, mein Chefredakteur rechnet fest mit mir und meinen Märchen – die Eltern kaufen ihren Kindern, auch wenn sie wenig Geld haben, hin und wieder ein schönes Märchenbuch –, ich arbeite, verdiene Geld, Julius arbeitet auch und verdient sehr viel mehr als ich, er liebt mich sehr, und auch Martin liebt mich: Ich habe alles, wonach ich mich als Barackenbewohnerin so sehr gesehnt habe, dennoch fehlt mir etwas, ständig bedrückt mich dieses Fehlen. Ich weiß nicht, was mir fehlt, vielleicht käme ich drauf, wenn ich nur einmal, ein einziges Mal allein sein könnte, allein mit mir, vielleicht würde mich dieses Gefühl dann nicht mehr quälen, ich könnte immer lächeln, immer gut gelaunt sein, und auch Julius würde mich dann nicht mit seinen Fragen quälen, was ich hätte, was denn los sei. Auch jetzt fragt er wieder. *Gerd war hier, er ist zurückgekommen, hat mich gefunden,* das ist alles, was ich ihm antworte. *Das ist ja fantastisch! Gott sei Dank!* Julius zieht mich an sich, führt mich zum Bett, streichelt mich, deckt mich zu, ich liebe ihn so sehr, mein ganzes Leben habe ich ihn geliebt, habe ihn schon geliebt, als ich ihn noch gar nicht kannte – Gott sei Dank, so einfach ist das, man muss sich einfach freuen zu leben!

18.

Der Brief von Onkel Paul ist dicker als gewohnt, als ich ihn betaste, spüre ich, dass etwas Hartes darin ist. Ich öffne ihn, aus dem doppelt gefalteten Blatt fallen zwei alte Fotografien heraus. Unscharfe Schwarz-weiß-Fotos, sie sind '41 oder '42 bei unserem Sommerurlaub in Olmütz entstanden, auf dem einen sitzt Polli vor Tante Fridas berühmten großen roten Rosen auf einem weiß gestrichenen Flechtstuhl, ich auf der Lehne, meinen Arm habe ich um Polli gelegt, auf dem anderen Bild sind Großmutter, Mama, Tante Frida und wir beide am Ufer der Moldau beim Baden, Großmutter in diesem lächerlichen Aufzug, in dem sie aussah wie ein Riesenbaby im Steckkissen, als ich sie darin erblickte, konnte ich mir das Lachen kaum verkneifen Mama hatte einen schwarzen Badeanzug an, Polli und ich trugen einen pflaumenblauen, der Strohhut wirft einen Schatten auf Pollis Gesicht, es ist nicht einmal so viel von ihr zu sehen wie auf dem anderen Bild, aber das ist egal, ich freue mich auch so, freue mich so sehr, dass ich es kaum erwarten kann, diese Fotos Gerd zu zeigen.

Er ist bei uns gern gesehen, kann jederzeit kommen, das habe ich ihm gleich beim ersten Mal gesagt und auch, dass wir zusammen nach Rotstein fahren sollten, damit er Mama treffen könne, natürlich, antwortete er, doch er wolle vor allem unbedingt an Pollis Grab, ich solle ihn begleiten, denn nur ich wisse, wo es ist. In Topoltschan, rechte Parzelle, letzte Reihe, hinter dem Zaun drei Birken, doch derzeit sei mir häufig übel, es quäle mich Brechreiz.

Ich sei doch wohl nicht schwanger, fragte er lächelnd, auch das könne sein, antwortete ich, woraufhin er nach meinem Arm griff, mich behutsam drehte und anlachte, ich erwiderte sein Lachen, vielleicht später einmal, wenn diese ständige Übelkeit vorbei sei und ich ein wenig zu Kräften käme, versprach ich ihm.

Nun, da der Diktator gestorben ist und in den Sowjetländern eine Entspannung spürbar wird, bekommt man leichter eine Einreisegenehmigung, in der Männerunterkunft, in der er wohne, gebe es einen Mann aus Prag, der auf dem tschechoslowakischen Konsulat gewesen sei, zwar hieß es, die Bearbeitung des Antrags dauere sechzig Tage, doch habe man ihm zugeredet – Gerd kommt immer sonntagnachmittags und bringt die Reise jedes Mal zur Sprache. Ich solle verstehen, müsse verstehen, dass er Pollis Grab unbedingt besuchen will, solang er es nicht gesehen hat, ist er unfähig, nach vorn zu schauen, er kann nicht einmal entscheiden, ob er hier in München bleiben oder nach Übersee auswandern soll. Er kommt erst am Nachmittag, doch mich befällt bereits am Morgen eine derartige Nervosität, dass ich nicht einmal imstande bin zu frühstücken, Julius bringt mich in Rage, und auch Martin macht mich wahnsinnig, schon allein damit, wie er das Wort *Onkel* ausspricht, wenn er das sagt, hat seine Stimme einen ganz hellen Klang.

Wenn Gerd eintrifft, versteckt sich Martin nicht mehr hinter meinem Rücken, er hat sich schon so mit ihm angefreundet, dass er sogar Eva stolz von seinem Onkel berichtet, der sich heldenhaft von den Sowjets befreit hat. Er hat sich nicht befreit, sondern ist mit den anderen Mitgefangenen freigelassen worden, und nicht von den Sowjets, sondern aus einem Gefangenenlager in der Sowjetunion, ich berichtige ihn. Genau das habe er auch gesagt, erwidert er und fährt fort, von seinem Onkel zu schwärmen, ich hingegen würde am liebsten laut schreien und ihn anbrüllen, er ist gar nicht dein Onkel!

Ein Achtjähriger versteht die Welt schon, und er ist ein besonders sensibler und kluger Junge; Julius meint, ich dürfe es nicht länger hinauszögern, er müsse die Wahrheit erfahren, und zwar von mir, und wenn Gerd möchte, dass ich ihn an Pollis Grab begleite, dann sollte ich das tun.

„Wie soll ich denn so fahren, schwanger und mit Brechreiz?"

„Eine Schwangerschaft ist keine Krankheit, die Übelkeit wird früher oder später vergehen, und Gerd hat wie auch der Junge ein Recht darauf, die Wahrheit zu erfahren."

„Nein, nein, nein! Er gehört mir, ich habe ihn großgezogen, ich bin seine Mutter, das würde ihn nur verwirren." – Lügen gebären Lügen – predigt Julius immer.

„Aber ich würde es nicht aushalten, wenn Gerd ihn für sich haben wollte und mir wegnehmen würde!"

„Warum glaubst du, dass er seinem eigenen Kind etwas Schlechtes will? Er würde ihn dir sicher nicht wegnehmen! Du musst die Vergangenheit endlich klären und damit abschließen. Das ist auch in deinem eigenen Interesse, du wärst erleichtert und nicht immer so angespannt."

„Ich bin nicht angespannt! Aber gut, ich sage es ihm."

„Wann?"

„Bald."

„Wann bald?"

„Am Sonntag, wenn er wieder kommt."

Aber er kommt nicht. Ein Sonntag, zwei Sonntage, drei Sonntage, er kommt immer noch nicht. Ich ahne Schlimmes, ich kenne seine Adresse, Julius und ich gehen zu seiner Unterkunft, der Hausmeister sagt, ihm sei schlecht geworden, er habe Blut erbrochen, sie mussten einen Krankenwagen rufen. Wir rennen ins Schwabinger Krankenhaus, sie können ihn nur dorthin gebracht haben, das ist am nächsten zur Arbeiterunterkunft, Abteilung für innere Medizin, zweiter Stock, wir nehmen zwei Stufen auf einmal, Julius sucht den Stationsarzt, ich betrete den Krankensaal. Gerds Gesicht ist aschfahl, in seiner Nase ein Schlauch, durch den er atmet. Seine Augen sind geschlossen, ich rede vergeblich zu ihm, er öffnet sie nicht. Julius tritt ein, an seinem Blick erkenne ich, dass er schlechte Nachrichten hat, wir gehen auf den Flur hinaus.

„Magenblutung, sein Magen ist am Ende."

„Wird er sterben?" – Julius nickt.

Wir müssen Martin herbringen, er muss sich von ihm verabschieden. *Dein Onkel Gerd ist sehr krank,* ich versuche, ihn vorzubereiten, doch als er ihn mit dem Schlauch in der Nase, den geschlossenen, eingefallenen Augen sieht, fragt er, ob das wirklich sein Onkel sei und ob wir ihn nicht mit jemandem verwechselt hätten. *Gerhard Bock, dort über der Fieberkurve steht sein Name,* antworte ich, woraufhin er nickt und sich betreten ans Bettende setzt, auf einen runden, weißen Hocker, von wo aus er nichts sieht außer die Fieberkurve. Ich beuge mich zu Gerd, derselbe schwache, stockende Atem und dieser stechende Essiggeruch wie bei Papa, als ich an seinem Bett Wache hielt, ich beuge mich noch näher und flüstere ihm zu, *es ist deiner und Pollis, du bist sein Vater, Polli ist seine Mutter.* Er öffnet die Augen, doch sein Blick ist glasig, es ist unwahrscheinlich, dass er mich erkennt und versteht, was ich gesagt habe, ich habe es auf Slowakisch gesagt, habe nicht nachgedacht, so kam es mir über die Lippen.

Hast du auf eurer Sprache mit ihm geredet?, fragt Martin auf dem Heimweg und fügt hinzu, er habe es gewusst. Ich sehe Julius an, doch er schweigt, *gewusst, gewusst,* das

Wort springt mir monoton durch den Kopf, Martin tritt gegen die Kieselsteine, wetzt sich damit die Schuhspitze ab, ich müsste ihm sagen, er soll damit aufhören, die Luft vibriert, es regt sich kein Hauch, plötzlich neigen sich die Bäume dennoch bis zum Boden, die Häuser schwanken und die Autos tanzen einen wilden Reigen, *was hast du gewusst, was?,* eine süßliche Übelkeit überkommt mich, wie damals, als Jarinka und ich zusammen eine ganze Schüssel Schlagsahne verschlungen haben und ich mich fast übergeben musste, *dass er sterben wird!,* es ist, als käme die Antwort aus einem Keller, *hilf mir!,* rufe ich Julius zu, doch kein Ton verlässt meine Kehle, meine Lippen bewegen sich stumm, plötzlich falle ich in eine Finsternis, falle und falle immer tiefer.

Nachthemd, Laken, Kissen, ein blauer Krankenhausstempel in Ellipsenform, Julius sitzt auf dem runden, weißen Hocker an meinem Bett, er springt auf, als ich die Augen öffne.

„Was ist passiert?", mein Mund ist fürchterlich trocken, ich kann nur flüstern.

„Du bist in Ohnmacht gefallen", Julius' Stimme ist sonderbar, sein Blick wirkt verstört.

Meine Hand verirrt sich unter der Decke an meinen Schoß.

„Was ist da so nass?"

„Du hast eine Fehlgeburt gehabt. Aber das ist nicht schlimm! Du kommst rasch wieder auf die Beine, und beim nächsten Mal klappt es!", Julius versucht zu lächeln.

„Wenn du meinst."

„Ja, das meine ich! Warum sollte es nicht klappen?"

„Es kommt auch vor, dass es kein nächstes Mal gibt."

Gerd beerdigen wir auf dem Nordfriedhof, im Sarg, mit Gesichtstuch, Pfarrer und Gebet, so, wie es sich gehört. Weiße Chrysanthemen, zwei Kränze, einer für Polli, symbolisch, Mama mit Doktor Grün in schwarz, auch Martin in seinem Festtagsanzug, in seiner Hand eine weiße Lilie, es gefällt ihm, dass er sie ins Grab werfen darf.

Während der Beerdigung verspüre ich eine unendliche Ruhe, doch als ich durch das Friedhofstor trete, packt mich ein Gefühl der Angst und lässt mich nicht wieder los. Das Rattern der Straßenbahn, das Rauschen der Autos, das Surren der Fahrräder, Martins Geplapper, Julius' Brummen: Jeder Ton, jedes Wort tut weh, ich wünsche mir, nichts und niemanden um mich zu haben, ich will, dass es still ist, eine tiefe und dunkle Stille, sie aber kommen und reden zu mir, vor Martin hülle ich mich in Schweigen, Julius fahre ich an. *Mama muss sich ausruhen!* Julius geht mit Martin hinaus, der Vorhang ist zugezogen, das Licht ausgeschaltet, Dunkelheit und Stille, ich habe bekommen, was ich wollte, aber das ist jetzt noch schlimmer, wieder habe ich das Gefühl, ein Schrank stünde auf meinem Brustkorb, ich öffne das Fenster sperrangelweit, beuge mich weit hinaus, doch in diesem Augenblick steht Julius neben mir und reißt mich am Arm zurück. *Wo denkst du hin? Das war nicht meine Absicht, ich bekomme nur keine Luft!* Julius seufzt erleichtert und sagt, dies sei eine Atemnot, er legt mir feuchte Tücher auf Stirn und Handgelenke, und Ruhe, nur Ruhe, er weiß immer, wann was zu tun ist, was richtig ist und was gut, wir würden in die Slowakei fahren, Pollis und Großmutters Gräber suchen, das werden wir machen, das ist richtig, das ist gut. Es heißt, drüben würde es wirklich entspannter und man bekäme mit dem entsprechenden Grund ein Visum, ich frage Mama, ob sie mitfahren will, ohne zu überlegen verneint sie und fragt zurück, ob ich das wirklich wolle. Ja. Wegen mir und Gerd. Das bin ich ihm schuldig.

Die Reihe vor dem tschechoslowakischen Konsulat schlängelt sich auf der Straße, nach gut drei Stunden Warterei gelange ich vor einen Mann in schwarzem Anzug mit Brille, der mir die notwendigen Papiere in die Hand drückt. Drei Exemplare, das Dokument für das Kind sei von beiden Elternteilen zu unterzeichnen, wenn wir fertig seien, müssten wir alles zurückbringen, Bearbeitungsfrist dreißig bis sechzig Tage und *do videnija:* Nicht mehr als fünf Minuten und ich stehe wieder draußen vor der Tür.

Am Abend machen Julius und ich uns ans Ausfüllen. Beim Reiseziel kommen wir ins Stocken – Friedhofsbesuch wird nicht das Passende sein –, wir überspringen den Punkt, kehren später zu ihm zurück, grübeln lange, was passend sein könnte, wofür sie uns die Genehmigung bestimmt gäben oder weswegen man sie uns verwehren könnte. Das ist es! In eine Urlaubsreise lässt sich nichts hineininterpretieren, dabei kann man sich nichts denken, wir tragen ein: Tatra und Grüner See, sogar die Buchung einer Unterkunft in Lomnitz. Auch wenn wir deutsche Namen haben, können wir wie echte Touristen reisen, wir müssen nicht unbedingt vertriebene Zipser sein, aber auch daran wäre nichts Besonderes, wenn wir durch Käsmark spazierten, in die Basteigasse gingen, vor unserem Haus stehenblieben, vielleicht bei Jarinka vorbeischauten, denn Käsmark liegt am Fuße der Tatra, Touristen sind da nun wirklich nicht auffällig. Und überhaupt, die Slowaken haben die Deutschen nie so sehr gehasst wie die Tschechen, also ist es eher unwahrscheinlich, dass uns Geheimpolizisten beobachten werden, was kann denn schon an einem Ehepaar mit einem kleinem Kind verdächtig sein? Wir können ruhig mit dem Zug nach Nováky und Topoltschan fahren, selbst wenn man uns wegen unseres deutschen Reisepasses im Hotel vielleicht beobachten würde, wüssten sie nicht, dass wir in Wanderschuhen und mit Rucksack statt in die Berge zu gehen eine andere Richtung einschlügen. Wir würden am Bahnhof die Fahrkarten auf Slowakisch kaufen und überall Slowakisch reden, Martin würde ich eintrichtern, vor Fremden nicht zu sprechen, wir spielten, er sei stumm und könne sich nur mit Zeichensprache verständigen.

Ich sei geschickt im Kombinieren, Julius lobt mich, ach was, höchstens umsichtig beim Organisieren – das habe ich von Mama gelernt, die sogar für einen einfachen Ausflug eine Liste über die einzupackenden Sachen und das Programm geschrieben hat, denn die Zeit dürfe uns nicht einfach so unnütz durch die Finger rinnen –, wenn wir schon dort wären, könnten wir nach Trentschin fahren, vielleicht auch nach Brünn, schlage ich Julius vor, dort sei nichts, was er noch einmal sehen wollte, antwortet er. Und ich? Wozu würde ich nach Käsmark fahren? Was war, das gibt es nicht mehr, als hätte es nie existiert, wenn ich Jarinka überhaupt fände, was könnte ich ihr mit den Lagern und meinen Toten hinter mir schon sagen?

19.

Wir leben zwar in derselben Stadt, doch habe ich Elsi schon seit Langem nicht mehr gesehen. Hin und wieder ruft sie mich an, hin und wieder rufe ich sie an, es ist alles in Ordnung, es geht uns gut, nichts Besonders, ja, wir sollten uns einmal treffen, das machen wir bald, na, servus, pass auf dich auf: Wir legen auf, jede von uns kümmert sich um ihre eigenen Sachen. Sie hat die Gärtnerei und den Bund der Vertriebenen, wo sie jede freie Minute verbringt, ich habe die Redaktion, Martin, Mamas Näherei, für die ich gelegentlich dies und das entwerfe, und das Märchenbuch, das ich endlich zu schreiben anfange.

Elsi sieht sehr schlecht aus, sie ist spindeldürr und bleich wie der Mond. Sie hat nicht angerufen, nicht Bescheid gegeben, dass sie kommt, sondern steht plötzlich vor der Tür. Nachdem sie in Dobschau gewesen ist, allein. Erika, ihre große Schwester, lasse sich gerade scheiden, doch Elsi meint, es sei nur ein Vorwand gewesen, in Wirklichkeit wollte sie gar nicht mitfahren.

Das Visum hat sie für die Beerdigung eines entfernten Verwandten beantragt, der eigentlich gar nicht mit ihr verwandt ist, es ist nur jemand aus einer Dobschauer Familie, die sie kennt, allerdings stimmen die Nachrichten über die Entspannung, Elsi hat die Einreisegenehmigung erhalten. Zwar nur für achtundvierzig Stunden, doch in den zwei Tagen hat sie mehr erfahren als im Laufe der bisherigen acht Jahre. Ein Grab gäbe es nicht, doch wisse sie jetzt über den letzten Weg, über die letzten Stunden

Bescheid und darüber, wie sie gestorben sind, ihr Vater, ihre Mutter, ihr älterer Bruder, die Tanten und Onkel, Freundinnen und Mitschüler, Nachbarn und Bekannten aus Dobschau, Käsmark, Göllnitz, Heiligenkreuz, Mühlenbach und Drexlerhau, nach ihren bisherigen Kenntnissen mehr als zweihundert Menschen. Jetzt ist sie gekommen, damit ich ihr helfe. All das aufzuschreiben, in Worte zu fassen, was sie in Erfahrung gebracht hat. Sie verstehe sich auf Blumen, mein Beruf hingegen sei das Schreiben, ich arbeite in einer Redaktion, und damals in Blumenstadt sei auch ich es gewesen, die Papas Liste aus Jáchyimov abgetippt hätte, auch an ihrer Verbreitung hätte ich mich beteiligt, außerdem sei ich Mitarbeiterin beim *Kurier* gewesen, also gebe es keine geeignetere Person als mich.

Worte schaffen das Vergangene neu. Es ist nicht leicht, darüber zu sprechen. Nicht leicht, ihr zuzuhören. Nicht leicht, es niederzuschreiben. Nicht leicht, eine Überlebende zu sein. Auch ich bin eine Überlebende. Wen soll Elsi bitten, wenn nicht mich?

Hinter Prerau wandte sich die Kolonne nach Süden, Richtung Moštěnice. Ein staubiger Feldweg, gelb leuchtendes Getreide, die Luzerne perlgrün, in der Kurve Jesus am Steinkreuz. Rast. Pazúr war den beiden Männern, denen er Bescheid gab, sie sollten verschwinden, noch aus früheren Zeiten etwas schuldig. Es wurde eine Anordnung verlesen, zuerst auf Slowakisch, dann auf Deutsch. Verstecken von Waffen, Wehrmachtuniform, Standgericht, Militärgericht. *Aber das sind doch Frauen und Kinder! Das sind Faschisten, und Faschisten müssen liquidiert werden! Los, weiter!* Hinter ihnen Prerau, vor ihnen sanfte Hügel, von Wald bewachsen. Am Fuße der Anhöhe, nach der Kreuzung die Schwedenschanze. Ein kleiner Junge blieb wie angewurzelt stehen. *Weiter!* Der

Junge stellte sich stur. *Weiter, weiter!,* brüllte der Soldat ohne jeglichen Erfolg. *Zielen! Feuer!,* lautete der Befehl, und der kleine Junge sackte tot zusammen.

Auf der anderen Seite des Hügels wurde die Grabstelle markiert. Für mehr als zweihundert Menschen musste sie sehr groß sein, entsetzte Frauen und Greise hätten die Grube niemals ausheben können. Man holte aus Moštěnice acht Männer. Sie mussten kommen und graben, man drohte ihnen mit Erschießung. Es wurde Mitternacht, bis sie mit dem Grab fertig waren. Eine endlos lange Grube, aber nicht allzu tief. Sie richteten die Waffen auf die an der Kreuzung Wartenden. *Ausziehen bis auf die Unterwäsche!* Die Frauen weinten, die Kinder wussten nicht, warum, weinten aber auch. Unter den Männern gab es einstige Hlinka-Gardisten, sie wedelten mit ihren Ausweisen. Pazúr stellte sie an die Seite. Sie glaubten davongekommen zu sein.

Die erste Gruppe. Die Kleinsten auf dem Arm, die größeren Kinder an der Hand ihrer Mütter. Die Maschinengewehre bellten auf. Alte, Junge, ganze Familien waren da. In der Reihe, jeweils fünfzehn hintereinander. Weinen, Flehen, Todesschreie. Die Totengräber zogen die Leichen an den Beinen, wälzten sie in die Grube. Pazúr hatte den Hlinka-Gardisten befohlen, zu helfen. Die zweite, dritte, fünfte, zehnte Gruppe, aber es waren immer noch viele, und die Grube füllte sich rasch. Eine Reihe, zwei Reihen, Körper auf Körper. Ein Mann rannte weg, floh, doch sie riefen ihm seinen Namen hinterher. Im Exekutionskommando gab es Männer aus Dobschau, die die Opfer dem Namen nach kannten. Der Mann wurde gefasst und auf der Stelle erschossen. Die ehemaligen Hlinka-Gardisten kamen ebenfalls an die Reihe. Eine Maschinengewehrsalve, denn aus dem Grab war noch ein Wimmern zu hören. Die nächste Gruppe. Kinder, die Hände gefaltet flehten sie. *Wenigstens sie könnten wir verschonen! Ihr seid Weichlinge! Jeder Deutsche ist schuldig! Auch die Säuglinge!* Die Maschinenpistolen verstummten, die Munition war ausgegangen. Hervor mit den Handfeuerwaffen! Genickschuss. Auch Pazúr persönlich half mit. Er erschoss die schluchzend über ihre Kinder gebeugten Frauen. Als er müde wurde, mussten die Totengräber die noch Lebenden erledigen. Gibt es keine Kugel, tut es auch die Schaufel! Eine Reihe, zwei Reihen, Körper auf Körper. Zwei Uhr nachts, Stille. Die Grube war nicht allzu tief, man begrub sie rasch. Hier und dort bewegte sich die Erde noch, aber Munition gab es keine mehr, da war eben nichts zu machen. Von den Überlebenden – jene beiden Männer, die Pazúr gehen ließ und die dem Massaker im Wald versteckt zuschauten, sowie der eine Totengräber aus Moštěnice, der Verwandte in Dobschau hatte – wissen alle, was geschehen ist, nur spricht keiner darüber. Für die an Deutschen begangenen Morde wurde den Slowaken Amnestie gewährt, und das Gesetz über die Kollektivschuld ist weiterhin gültig. Wenn man nicht offen sprechen kann, so kann man doch flüstern. Etwa über die Henker, wie die vier slowakischen Soldaten des Exekutionskommandos aus Dobschau genannt werden. Diese vier verheimlichten und leugneten nichts; der eine kam in der Lederjacke von Annas Mann nach Hause, die Tochter des anderen trug die Ohrringe, die der Enkelin der Hebamme gehört hatten. Der Älteste von den vier Männern ist krank, er sieht gar nicht wie ein Henker aus. Eigentlich gleicht er niemandem, denn es sieht ihn keiner. Nachdem er die Armee verlassen hatte, ging er ins Bergwerk arbeiten, doch dort wurde er fast jeden Tag verprügelt. Man weiß nicht, von wem, er erkannte nie jemanden. Wenn er über einen Umweg nach Hause ging, lagen sie ihm auf der Lauer und verprügelten ihn wieder. Er kam in eine Nervenheilanstalt, aber auch dort wurde er verprügelt. Er wurde Frührentner, seitdem geht er nicht mehr vor die Tür, egal, wer klingelt, er öffnet das Tor nicht. Sein Haus ist sein Gefängnis. Jede Nacht brennt das Licht in seinem Zimmer, er kann nicht schlafen. Tagsüber spaziert er wie ein Häftling auf dem Hof immer im Kreis herum, der Pfad, den er um sein Haus ausgetreten hat, ist so tief, dass er bis zu den Knien einsinkt.

Zu den achtundvierzig Stunden zählten auch die Reise hin und zurück sowie eine Nacht: Elsi blieben bloß ein paar Stunden, um einige frühere Bekannte aus Dobschau zu treffen, mit einem der beiden Männer zu reden, die Pazúr hatte gehen lassen, und bei der Hebamme die Liste mit den Namen abzuschreiben, die die Überlebenden im Laufe der Jahre gesammelt hatten.

Bevor sie wieder abreiste, ging sie auf den Friedhof. Mit einem Umweg, durch die ganze Stadt – Rathaus, Kirche, Schule, am Ufer des Baches die alten Bergwerkshäuser mit den kleinen Fenstern, schmalen Höfen und den Schindeldächern, eines neben dem anderen, darunter auch die Häuser der vier slowakischen Soldaten, die dort in Prerau gewesen waren –, am Pumpbrunnen traf sie zwei von den vier Männern, Elsi sah sie an, sie sahen Elsi an, sie konzentrierte sich sehr, um ihre Schritte nicht zu beschleunigen, und es gelang ihr, sie ging an ihnen ohne ein Wort oder das kleinste Nicken vorbei, *was sucht die denn hier?*, sie hörte, wie sie hinter ihrem Rücken tuschelten.

Egal, wie dünn und blass Elsi auch ist, sie ist trotz allem stark. Stark in der Seele, und das ist wichtiger als die physische Kondition. Auf dem Friedhof angekommen, suchte sie das Grab ihrer Urgroßeltern auf, holte die Liste hervor und begann, die Namen aufzusagen. Johann Schmiedt, Grete Schmiedt, Hedwig Polay, Johann Kratochwill und Sohn, Susanne Kelbel, Frau Roth und ihre drei Kinder, Margit Glatz, Adalbert Novak, Johan Brauer und Familie, Zsuzsanna Török, Katarina Török, Anna Török, Pál Hurák, Mária Hurák, János Hurák, Maria Nichte, Emma Kaiser, János Gömöri, Lajos und Elza Molnár, seine Ehefrau, Juli Rozlosník, Alexander Rozlosník, der Polizist Münich mit seiner Frau und seinem Sohn, der Bäcker Scholtz mit seiner Frau, den Töchtern und dem Enkelkind, die Familien Alexy, Gotthardt, Lichi, Hänel, Lux, Fischer, Kraus und Hütter, ein Kind, zwei Kinder, nach unseren bisherigen Kenntnissen vierundsiebzig Kinder …

Genug, genug! Ich kann ihr nicht weiter zuhören, will es nicht hören, wozu die Liste, für wen die Liste, wer außer uns weiß, wo Prerau liegt und wer dieser Pazúr ist, und wie viele gibt es überhaupt, denen bei Dobschau nicht die Eishöhle einfällt? Die Liste ist wichtig. Nach altem Brauch verlesen wir ihre Namen am Totensonntag in der Kirche. Alle Namen, die wir kennen. Wir verlesen sie, schreiben sie nieder, veröffentlichen sie. Wir müssen vergeben. Aber wie kann man so viele Tote vergeben?

20.

Topoltschan ist groß genug, dass wir kein Aufsehen erregen. Am Bahnhof gehen wir nach rechts, spazieren am Krankenhaus vorbei, das Tor, die Allee, das graue Gebäude mit den Arkaden sehen genauso aus wie damals, als ich mit Polli hier ankam, zwischen Julius und mir das Kind, Martin hält uns an den Händen, wir gehen die Hauptstraße entlang zum Friedhof, es findet gerade eine Beerdigung statt, der Tote muss jemand Berühmter gewesen sein, eine angesehene Person, es sind Unmengen von Menschen da, an der Leichenhalle angekommen läutet die Totenglocke, die Menschenmenge öffnet den Sargträgern den Weg, auch wir treten beiseite, einige mustern uns, der Tote wird nach links getragen, wir gehen nach rechts.

Als ich Polli beerdigt habe, war außer den Totengräbern keine Menschenseele anwesend, statt der Totenglocke wimmerte Martin, auf der rechten Seite, die oberste Parzelle, letzte Reihe, hinter dem Zaun drei Birken: Das sind die Koordinaten von Pollis Grab, die damals letzte Reihe ist jedoch jetzt nicht mehr die letzte, der Friedhof hat sich weiter ausgebreitet, an der Stelle der nackten, unbeschrifteten Holzkreuze Grabsteine mit Goldbuchstaben, und auch die Bäume helfen nicht weiter, weil sie gefällt worden sind, wo mag Polli sein, wo mag sie nur sein? Ich durchforste die ganze Parzelle von oben bis unten, von unten bis oben, von Reihe zu Reihe, von Grab zu Grab, lese die Namen, doch Polli hatte keinen Grabstein, ja, nicht einmal ein Kreuz, ich bleibe an jedem unmarkierten Hügel stehen, versuche, mein Gedächtnis anzustrengen, aber am Zaun entlang lauter identische, schrumpelige Erdhaufen voller Unkraut, Polli könnte unter jedem liegen, hier irgendwo war es, muss es gewesen sein, ich rede mir zu, bin mir aber nicht einmal mehr sicher, ob ich sie wirklich in der Parzelle auf der rechten Seite beerdigt habe und ob hinter dem Zaun die drei Birken standen, vor meinen Füßen die ungehobelte Bretterkiste, sechs graue Kreise, die Köpfe von sechs Nägeln, um sie herum ragten Splitter heraus, an nichts anderes erinnere ich mich, ob ihre Augen braun oder doch blau waren, ihr Haar kurz oder lang, ihr Gesicht rund oder oval, ich erinnere mich nicht, *lass uns den Friedhofswart suchen, sicher gibt es ein Register!,* Julius setzt meiner Verzweiflung ein Ende. Das Büro neben der Leichenhalle aber ist geschlossen, kein Problem, dann auf ins Krankenhaus, dasselbe Tor, dieselbe Allee, dasselbe graue Gebäude mit den Arkaden, sogar an der Patientenaufnahme ist die Schwester genauso mürrisch wie seinerzeit, und ich will ihr glauben, kann es aber nicht ganz, dass es im Archiv einen Wasserschaden gegeben hat und die alten Karteien vernichtet wurden.

Martin nimmt seine stumme Rolle sehr ernst, er zieht am Ärmel meines Kleides und zeigt, dass ich mich zu ihm hinunterbeugen soll, dann flüstert er mir ins Ohr, indem er mit seinen Händen einen Trichter formt, ob denn diese Frau, die ich so sehr suche, die Ehefrau seines Onkels sei. Ja, seine Frau. Ob sie es war, zu der Onkel Gerd unbedingt kommen wollte. Ja, zu ihr. Ob auch sie gestorben sei wie der Opa und der Onkel. Ja, wie der Opa und der Onkel. Und ob sie, wenn sie lebte, seine Tante sei. Mein Gott, wie kann man einem Achtjährigen gestehen, dass die Person, die er für seine Mutter hält, gar nicht seine echte Mutter ist, sondern eine Scheinmutter, eine falsche Mutter, und dass die echte ein Phantom ist, ein ungreifbarer, unbeschreibbarer Geist, dass es außer ihrem Namen keinerlei Andenken gibt, nicht einmal ein Grab auf dem Friedhof, Julius liest meine Gedanken, er sagt von selbst, auf Slowakisch, wir könnten nichts weiter tun.

Ich ziehe Martin nah zu mir heran, achte auf nichts und niemanden und frage ihn auf Deutsch, ob er sich an das Foto erinnere, das Onkel Paul aus Amerika geschickt hat. Er antwortet mit einem Nicken.

„Und an die schöne Frau, die vor den Rosen auf dem Gartenstuhl saß?“ Er nickt wieder.

„Ihr Grab suchen wir, sie ist Polli, meine große Schwester und deine wirkliche Mutter. Du warst einen Monat alt, als sie hier, in diesem Krankenhaus, an Typhus gestorben ist, du warst zusammen mit ihr im Krankensaal und bei mir, als ich sie beerdigt habe, danach wurde ich deine Mutter. Verstehst du? Verstehst du das?“ Er nickt, nickt nur.

„Sag doch etwas, bitte!“

„Ich verstehe dich, Mama. Ich verstehe alles.“

Martin versteht nichts, er sagt es nur. Er will zurück in das schöne Hotel und hinauf auf den Schatzberg und zum Grünen See.

„Gleich, mein Schatz, sofort, mein Schatz, aber vorher müssen wir noch etwas erledigen, ganz in der Nähe, wir sind bald fertig, unterwegs erzähle ich dir ein Märchen, das vom Karfunkelturm, dann geht es zum Grünen See, und wir schauen nach, ob er wirklich grün ist!“

Vom Bahnhofsgebäude blättert der Putz, im Wartesaal feuchter Modergeruch, abgewetzte Bänke – der Fahrdienstleiter mustert uns gründlich, wir grüßen mit einem *dobrý* –, an der Ecke des Gebäudes eine himmelhohe Tanne, der untere Teil menschenhoch kahl geschlagen, eine lange Rampe, bröckelnde Stufen, acht Gleise, pfeilgerade, als hätte man ihre Linie mit einem Lineal gezogen, vor uns ein riesiger Platz, der Appellplatz, hier hatten wir uns aufzureihen, von hier hatten uns die Milizionäre weitergetrieben; der Bahnhof von Nováky hat sich kein bisschen verändert, es ist nur, als sei er geschrumpft.

Meine Hände schwitzen, mein Mund trocknet aus, mich überkommt ein quälender Hunger, er kriecht von unten, von meinem Bauch hoch in den Magen, ins Herz, in die Lunge, in die Kehle, ins Gehirn, ich kann ihm keinen Einhalt gebieten, alle meine Sinnesorgane sind darauf ausgerichtet, konzentrieren sich darauf, wie ich mir etwas zu essen beschaffen könnte, dabei bin ich überhaupt nicht hungrig, ich kann gar keinen Hunger haben, in Topoltschan habe ich mich mit Strapatschka im Bahnhofslokal satt gegessen. Ich bitte Julius, mir etwas zu kaufen, egal was, Hauptsache etwas Essbares, ich will nicht in den Wartesaal gehen, setze mich draußen auf dem Bahnsteig mit Martin auf eine Bank, Himbeersirup und Schaumzucker für ihn, für mich zwei Scheiben Brot mit irgendetwas dazwischen, ich habe keine Ahnung, was es ist, stopfe es nur in mich hinein, Julius schaut mir zu, ich sehe die Sorge in seinen Augen, *keine Angst!,* sage ich zu ihm, ich sage es auf Slowakisch, wir gehen zu Fuß in die Stadt, Julius hält auf dem Platz einen Kutscher an, es ist ein Pferdekarren, grün gestrichen, an den beiden Seiten ein Aufsatz, der Bock mit einer karierten Decke zugedeckt, als wären wir auf einer richtigen Kutschfahrt, Martin lacht hell auf und will etwas sagen, *psst!,* ich hebe meinen Finger vor meinen Mund, der Kutscher dreht sich argwöhnisch um, doch Julius verwickelt ihn in ein Gespräch; wir seien aus Pressburg gekommen, um Verwandte zu besuchen, am Rand von Koš hätten wir ein Stück Boden geerbt, das wollten wir uns anschauen.

„Aber die Felder musste man doch an die Genossenschaft abgeben!"

„Anscheinend ist Großvaters Feld irgendwie ausgeblieben", redet sich Julius heraus.

„Ach was", der Kutscher lacht, „Sie sind Juden oder Deutsche!"

„Und wenn?"

„Das ist mir vollkommen egal! Hauptsache Sie zahlen!"

Der Kutscher ist im Grunde genommen freundlich, er verrät uns sogar seinen Namen, er heißt Jakub und versichert uns, er persönlich habe keine Probleme mit den Juden und mit den Deutschen schon gar nicht, unter seinen besten Kameraden hätte es mehrere Deutsche gegeben, und überhaupt war das das Goldene Zeitalter, da saßen ihnen die Tschechen nicht im Nacken, denn was sei das denn für eine Slowakei, die Tschechoslowakei heiße. Die Slowaken spielten in ihr nur die zweite Geige, sogar im Landesnamen stünden sie hinten, der Kutscher redet und redet, wir nicken und freuen uns, an einen Patrioten geraten zu sein. Julius fragt ihn, wie er erkannt hätte, dass wir keine Slowaken sind, *wer will schon zum alten Lager fahren, wo es da nichts mehr gibt außer Luzernenfelder und Brachland?,* antwortet er, dann senkt er die Stimme und sagt auch, nach uns, den Deutschen, hätte man hier angeblich Huren gefangen gehalten, dann aber wurde das Lager endgültig geschlossen, den Stacheldrahtzaun, die Ziegel, die Steine und alles, was etwas wert war, haben die Bonzen mitgenommen, die

Baracken wurden von denen aus der Umgebung fortgetragen, alles in allem sei ein einziger Turm als Hochsitz geblieben.
Ich weiß nicht, was ich erwartet habe, doch ich betrachte den Hochsitzturm, wie er dort stolz über dem Nichts emporragt, tief enttäuscht. Die Baracken, die Kommandantur, das Lager, die Wäscherei, die Küche, alles ist verschwunden, so weit das Auge reicht nur ödes Brachland und grünende Luzerne, so wie der Kutscher gesagt hat. Allein die Allee ist an ihrem Platz, hinter ihr lag der Gefangenenfriedhof, Julius verspricht Jakub zusätzlich fünfzig Kronen, wenn er auf uns wartet und uns dann zum Bahnhof zurückfährt.

Martin läuft zwischen uns, hält unsere Hände, ich weiß nicht, was ich ihm sagen könnte, auch Julius weiß es nicht, schweigend überqueren wir die Wiese und erreichen die Allee, die Sonne streckt den Schatten der Bäume unwirklich schmal in die Länge, leuchtend gelbe Lichtstreifen spielen mit unscharfen, dunklen Schatten Versteck, hinter der Allee gibt es keinen Friedhof, nur Kühe, die Stricke, mit denen man sie an die Bäume und Pflöcke gebunden hat, sind gut fünf Meter lang, Schritt für Schritt, vorwärts, rückwärts in einem Radius von fünf Metern, eine Kuh, zwei Kühe, viele Kühe, sie weiden gleichmütig. Die Gräber wurden umgepflügt, das Gras ist dicht und üppig, Tote düngen den Boden, hundert, zweihundert, fünfhundert Tote, aber es kann auch sein, dass es mehrere Tausend sind, unter ihnen die Großmutter, auch sie ist irgendwo dort in der Erde, vielleicht weidet gerade diese hellbraune Kuh auf ihr, oder aber jene gescheckte; in dem Gras, das Jahr für Jahr sprießt, steckt Großmutter, die Kühe ernähren sich auch von ihr, die Milch, in der Großmutter steckt, trinken die Menschen, ein widerwärtiger Kannibalismus, ich bin verrückt geworden, *he, los, weg mit euch!,* die Kühe schauen dümmlich drein, sie regen sich nicht, ich binde sie los, eine nach der anderen, aber sie merken nicht einmal, dass sie frei sind, sie weiden seelenruhig weiter, ich schnappe mir einen Zweig, lasse ihn durch die Luft schwirren, dann schlage ich mit ihm nieder, zuerst nur ein bisschen, dann fester und noch fester, immer fester, hole nach rechts und nach links aus, schlage die Kühe, ihre Köpfe, Rücken, Schwänze, schlage sie überall, wo immer ich sie treffen kann, aber egal, wie fest ich auch zuschlage, sie hören mit dem Fressen nicht auf, gehen nur mit gesenktem Kopf ein paar Schritte weiter. *Ihr Schufte, Satansbrut, dreckige Viecher!,* ich renne zwischen ihnen hin und her und schimpfe aus vollem Hals, ein Wind kommt auf, bläst mir Sand in die Augen, ich stutze plötzlich, um mich herum überall Teufelshörner, in Quasten endende, um sich schlagende Schwänze, rosafarbene Mäuler, groß wie Teller, dümmliche Kulleraugen, ich sehe und höre mich wie eine Fremde von außen, wie ich mit schriller Stimme kreische und stolpernd hinter den Kühen her jage, sie vor mir her treibe, plötzlich halte ich inne und sinke zu Boden, mit beiden Händen reiße ich das Gras aus, *ihr Tiere, ihr Bestien!,* schreie ich immer wieder und weine.

Julius rennt auf mich zu, dicht hinter ihm Martin, ganz verschreckt, Julius zieht mich zu sich heran, streichelt mir das Haar, Martin meinen Rücken, Julius beruhigt mich, *es wird alles gut,* Martin wiederholt es wie ein Echo, *es wird gut, alles gut,* die Elfen treffen sich zum Tanz, der Karfunkelfelsen steht im Wasser des Grünen Sees auf dem Kopf, *es ist alles gut, ich erzähle dir ein Märchen, mein Schatz.*

Hundert Gefahren, hundert Tode, Schluchten und Abgründe, doch der Jüngling klettert unbeirrt zum Karfunkel hinauf, immer höher, und das Unmögliche gelingt ihm: Er erreicht den Gipfel, aber der Karfunkel ist am Felsen festgewachsen, ist wie verschweißt mit ihm, *fass ihn nicht an!,* der Nordwind braust auf, *wehe dem, der das Heiligtum verletzt, der den Stein der Elfen berührt!,* die riesigen Berge rauschen im Chor, und tief unten am Ufer des Grünen Sees flackert im Fenster eines Hauses ein stecknadelgroßes Flämmchen, dort betet die Liebste des Jünglings, ohne die das Leben nicht lebenswert ist, doch ihr habsüchtiger Vater will sie nur im Tausch für den Edelstein hergeben; die Berge werfen den Klang von Schüssen zurück, der Karfunkel stürzt wie ein funkelnder Komet in den See, die Wellen schlagen bis in den Himmel und die Gewitterburschen stürmen los, Erdgrollen und Donnerschlag, der Jüngling sucht vergebens Halt, er stürzt dem Karfunkel hinterher, stürzt hinab in die Tiefe.

Hundert Gefahren, hundert Tode, Polli, Großmutter, Gerd, Papa: Mit den Tatra-Märchen versuche ich sie zu vergessen, doch jedes Mal, wenn ich eines erzähle, überkommt mich die Sehnsucht, das quälende Gefühl, sie zu vermissen, mit einer solchen Gewalt wie das Sprudeln des Sodawassers, wenn es aus der aufgeschüttelten Flasche spritzt. Als Kinder hatten Polli und ich unseren Spaß daran, die Sodaflasche zu schütteln und zu schütteln, und wenn wir sie schon kräftig aufgeschüttelt hatten, zielten wir aufeinander und suchten kreischend Zuflucht in den Büschen oder drehten uns plötzlich um und drückten mit geschlossenen Augen immer wieder den Hebel der Flasche.

Es ist nicht wahr, dass die Zeit die Wunden heilt! Die Zeit ist mörderisch, ein stiller, niederträchtiger Mörder. Wer nicht vergessen kann, der stirbt. Ich habe mit Käsmark, der Tatra, den Slowaken, den Tschechen abgeschlossen, mit der ganzen Tschechoslowakei, ich setze nie wieder einen Fuß in dieses Land, und egal, wie Elsi sich dafür stark macht, ich trete keinem Verband bei, nehme an keinerlei Gedenkveranstaltung oder Kranzniederlegung teil, lese keine Zeitungsartikel und Memoiren, die derzeit reihenweise über unsere Vertreibung erscheinen. Niemand kann mich zur Rechenschaft ziehen, für nichts und wieder nichts, wie auch ich niemanden zur Rechenschaft ziehen kann, mein Leben gehört mir, ich habe nichts mehr mit der Vergangenheit zu schaffen!

Julius hat das Stipendium an der Medizinischen Universität in Baltimore erhalten, wir gehen nach Amerika. Alle drei. Martin wird dort die Schule besuchen, ich beende das Märchenbuch. Was wir einmal angefangen haben, das führen wir zu Ende. In Reichenhall hat Wendi, der furchtbar gescheit war und sogar Sachen wusste, die wir in der Schule gar nicht gelernt hatten, einmal gesagt, der Atlantische Ozean sei mehr als achttausend Meter tief, das ist die Strecke von Käsmark bis Leibitz zweimal hin und zurück oder von Lomnitz bis zum Grünen See, nur eben nicht an der Oberfläche, sondern im Wasser, in Richtung Meeresgrund. Nach Amerika nehme ich den Rucksack mit, den Papa noch bei der ersten Evakuierung in Käsmark im Laden des alten Herrn Mandel gekauft hat, packe mein Tagebuch ein, das Papier von der Todeserklärung Gerds, meinen Flüchtlingsausweis, alle Zeitungsausschnitte, die mir Elsi geschickt hat, zwei Wochen dauert die Reise, am siebten Tag werfe ich das alles vom Schiff aus ins Wasser. Weg mit den Erinnerungen, weg mit der Vergangenheit! In Amerika ist alles möglich, die Medizin ist der europäischen weit voraus, vielleicht können sie dort sogar die Rh-Unverträglichkeit behandeln und ich kann irgendwann einmal ein eigenes Kind bekommen.

Die Originalausgabe erschien 2019
unter dem Titel *Hazátlanok*
beim Magvető Verlag, Budapest

ISBN 978-3-9503906-7-4

Umschlag und Buchgestaltung: Zoltán Kemény

Druck: HVG Press, Budapest

Weitere Informationen finden Sie auf
www.nischenverlag.at